黑暗的另一半

美 斯蒂芬·金 著 金逸明 译

STEPHEN KING THE DARK HALF

人民文学出版社
PEOPLE'S LITERATURE PUBLISHING HOUSE

著作权合同登记号　图字 01-2016-2287

图书在版编目(CIP)数据

黑暗的另一半/(美)斯蒂芬·金著;金逸明译.
—北京:人民文学出版社,2016
(斯蒂芬·金作品系列)
ISBN 978-7-02-011726-0

Ⅰ.①黑…　Ⅱ.①斯…　②金…　Ⅲ.①长篇小说-美
国-现代　Ⅳ.①I712.45

中国版本图书馆 CIP 数据核字(2016)第 127741 号

出 品 人　**黄育海**
责任编辑　**甘　慧　潘丽萍**
封面设计　**陈　晔**

出版发行　**人民文学出版社**
社　　址　**北京市朝内大街 166 号**
邮政编码　**100705**
网　　址　**http://www.rw-cn.com**

印　　刷　**上海利丰雅高印刷有限公司**
经　　销　**全国新华书店等**

字　　数　**268 千字**
开　　本　**880 毫米×1230 毫米　1/32**
印　　张　**13.625　插页　5**
版　　次　**2016 年 9 月北京第 1 版**
印　　次　**2016 年 9 月第 1 次印刷**

书　　号　**978-7-02-011726-0**
定　　价　**49.00 元**

/

序　幕

“砍他，”马辛说，“砍他，我要站在这儿看。我要看见血流出来。不要让我对你说第二遍。”

——《马辛的方式》，乔治·斯塔克

人们的生活——他们的真实生活，有别于他们简单的肉体存在——开始于不同的时期。赛德·波蒙特，一个在新泽西州的瑞奇威地区出生、成长的小男孩，他的真实生活始于一九六〇年。那一年，两件事情发生在他身上。第一件事决定了他的人生；第二件事几乎要了他的命。那一年，赛德·波蒙特十一岁。

那年一月，他以一篇短篇小说参加了《美国少年》杂志赞助的一项协作比赛。六月，他从杂志编辑那里收到一封信，通知他说他被授予比赛小说类的荣誉提名奖。信里还说，要不是他的参赛申请表显示他的年龄离成为名副其实的“美国少年”还差两岁，评委们本会颁一个二等奖给他。不过，编辑们还是说，他的故事《在马蒂家外》是一篇非常成熟的作品，可喜可贺。

两周后，《美国少年》寄来了获奖证书。为了保险起见，用的还是挂号信。证书上有他的名字，但用的是古英语的繁复字体，让他几乎无法辨认。证书底部有一个金色的印章，凸起的图案是《美国少年》杂志的标志——一个平头男孩和一个梳马尾辫跳吉特巴舞的女孩的剪影。

他的母亲把他拉进怀里，一通狂吻。赛德是一个安静、认真的男孩，似乎从来都不会对什么事情过于坚持，还经常会被他自己的大脚绊倒。

他的父亲对他获奖一事反应冷淡。

“如果他的故事真他妈的那么好，他们为什么不给他一些钱呢？”他陷在安乐椅里咕哝道。

“格兰——”

“没事儿。当你折腾完他后，我们的海明威先生或许可以替我买点儿啤酒来。”

他的母亲没再说什么……但她用自己的零花钱请人把杂志寄来的信和证书装进镜框，挂在他房间的床头上。亲戚或其他客人来访时，她就带他们去房间里看。她告诉她的客人们，赛德有一天会成为一位伟大的作家。她一直觉得他注定将成就伟业，此次获奖是第一份证据。这让赛德很尴尬，但他太爱他的母亲了，没办法跟她这样说。

不论尴尬与否，赛德认为他的母亲至少部分正确。他不知道自己是否有天赋成为一位伟大的作家，但他无论如何都要成为一名作家。为什么不呢？他擅长写作。更重要的是，他已经开始写了。当文字对路时，他有了一个不错的起点。并且他们无法总是靠一个技术细节不给他钱。他不会永远十一岁。

一九六〇年，发生在他身上的第二件重大事情始于八月。他从那时起开始头痛。起初痛得并不厉害，但到了九月初学校开学时，他太阳穴和前额后的轻微隐痛恶化成了马拉松式的长时间病态剧痛。当头痛发作时，他毫无办法，只能躺在他黑暗的房间里等死。九月底，他希望自己能死掉。十月中旬，疼痛加剧到了他开始害怕自己死不掉的程度。

这种可怕头痛的发作通常都会伴随着一个只有他能听到的可怕声响——听上去像是无数只小鸟在远处吱吱地叫。有时，他想象自己几乎能看见这些小鸟，他认为它们是成群结队聚集在电话线和屋顶上的麻雀，麻雀在春秋两季常这么做。

他的母亲带他去西沃德医生那里看病。

西沃德医生用检目镜查看他的眼睛，然后摇摇头。接着，医生拉上窗帘，关掉头上的灯，叫赛德看着检查室墙壁上的一处空白。他通过快速开关手电筒在墙上制造出一个忽隐忽现的明亮光圈，让赛德盯着看。

“这让你觉得好玩吗，孩子？”

赛德摇摇头。

“你不觉得头晕？没觉得好像要昏倒？”

赛德再度摇摇头。

“你闻到什么气味吗？比如腐烂的水果或燃烧的布片的气味？”

“没有。”

“你的鸟呢？你看着墙上忽隐忽现的光圈时有没有听见它们的声音？”

“没有。”赛德迷惑地说。

“是神经紧张。”后来，当赛德被打发到外面的候诊室时，他的父母说，“这孩子他妈的神经质。”

“我认为是偏头痛。”西沃德医生告诉他们说，“发生在如此年轻的人身上很不寻常，但也并非前所未闻。而且他似乎非常……容易动感情。”

“他确实如此。”莎伊拉·波蒙特不无赞许地说。

“也许有一天会有治疗的方法。至于现在嘛，我恐怕他只得熬着点了。”

“是啊，我们和他一起受罪。”格兰·波蒙特说。

但那不是神经紧张，也不是偏头痛，事情还没完。

离万圣节还有四天，莎伊拉·波蒙特听见一个和赛德每天早晨一起等校车的孩子开始叫喊。她从厨房的窗户看出去，看见她的儿子正躺在车道上抽搐。他的午饭盒掉在他的身旁，里面装的水果和三明治都倒翻在车道滚烫的路面上。她跑出去，哄走其他孩子，然后只是无助地站在他边上，不敢碰他。

假如里德先生驾驶的黄色大校车停车晚一点点的话，赛德可能就当场死在车道底端了。幸好里德先生在韩国做过医生。他把男孩的头向后扳，让他呼吸畅通，才使赛德免于咬舌窒息而死。赛德被救护车送往伯根菲尔德县医院，当他被推进急救室时，一位名叫休·普瑞查德的医生正好在里面喝着咖啡与朋友聊高尔夫。休·普瑞查德碰巧是新泽西州最好的神经科医生。

普瑞查德安排给赛德拍了X光片，并仔细读片。他向波蒙特一家展示X光片，要他们特别留意他用黄色蜡笔圈出来的一处模糊阴影。

“这个。”他说，“这是什么？”

“他妈的我们怎么会知道？”格兰·波蒙特问，“你才是他妈的医生啊。”

“没错。”普瑞查德冷冷地说。

“我老婆说他像是发病了。”格兰说。

普瑞查德医生说：“如果你的意思是他痉挛发作，那么是的，他确实如此。如果你是指他患有癫痫，那么我非常肯定他不是这样的情况。像你儿子那么严重的痉挛本来一定是癫痫大发作，但赛德对立顿光测试却毫无反应。事实上，假如赛德真患有癫痫，你根本就不需要一个医生来向你指出这一情况，因为每次你家电视机上的画面一滚动，他就会倒在起居室的地毯上发病。”

“那么他得的是什么病？”莎伊拉小心翼翼地问。

普瑞查德转回去对着固定在灯箱前面的X光片。“这是什么？”他再次轻轻地敲了敲画圈的部分，回答道：“之前没有伴随痉挛的突然头痛发作在我看来是因为你的儿子长了一个脑肿瘤，肿瘤可能还很小，但愿它是良性的。”

格兰·波蒙特冷漠地注视着医生，他的妻子则站在他的旁边用手帕捂着脸哭。她哭的时候没有发出任何声响。无声的哭泣是多年婚姻磨炼的结果。格兰的拳头既快又狠，并且几乎不留痕迹，经历了十二年的沉默悲伤之后，即使她想要放声大哭，大概也哭不出来了。

“所有这些是不是说你想要切开他的脑袋？”格兰以他一贯的机敏与老练问道。

“我不太愿意使用这样的说法，波蒙特先生，但我认为有必要实施探查手术，确实如此。”他想：*假如真有上帝，假如上帝真是按照他自己的形象创造了我们，我不愿意去思考为什么像这个家伙一样的人多得要死，这些人手里还掌握着其他许多人的命运。*

格兰沉默了好一会儿，他垂着头，眉头紧锁地盘算着。最后，他抬起头，问了一个最让他烦恼的问题。

“跟我说实话，医生——总共要花多少钱？”

助理护士最先看到了它。

她刺耳的尖叫回响在手术室里，之前的十五分钟内手术室里唯一的声响是普瑞查德医生低沉的指示、庞大的呼吸机发出的嗞嗞声、以及锅子急促的呜呜声。

她踉踉跄跄地后退，撞到了一个上面整齐摆着二十多件手术工具的托盘，把它碰翻了。托盘哐啷一声掉在铺着瓷砖的地上，接着又是一阵较轻的叮当响。

“希拉里！”护士长大叫道。她的声音里充满震惊和诧异。她失态到了穿着裙裾飘飘的绿色长袍就迈出半步去追逃跑的护士的地步。

正在协助手术的艾尔伯森医生用他穿着拖鞋的脚踢了护士长的小腿一下。“请记住你是在哪里。”

“是的，医生。”她立刻转身回来，甚至没有朝被猛地撞开的手术室门看一眼，希拉里尖叫着从左边的楼梯冲出去，依然像一辆失控的消防车。

“把消毒器里的工具拿来。”艾尔伯森医生说，“马上。快点。”

“是的，医生。”

她开始一件件取工具，边拿边做深呼吸，明显很慌乱，但还能控制住自己。

普瑞查德医生似乎一点儿都没有注意到这些。他正全神贯注地通过赛德·波蒙特头盖骨上的切口往里看。

“难以置信。”他轻轻地说。“真是难以置信。这真该被载入史册。假如我不是亲眼所见——”

消毒器的嘶嘶声仿佛惊醒了他，他看看艾尔伯森医生。

“我需要抽液机。”他突然说，并扫了一眼护士。“你他妈的在干什么？玩《星期日泰晤士报》的填字游戏？快拿着那些工具过来！”

她把工具装在一个干净的托盘里过来了。

“给我抽液机，莱斯特。”普瑞查德对艾尔伯森说，“快点。我要向你展示一件你在乡村集市的畸形人秀场之外从没见过的东西。”

艾尔伯森拉来抽液机，熟练地摆好各种工具，没有理会给他让道的护士长。

普瑞查德看着麻醉师。

“替我保持血压稳定，我的朋友。我只要求一个稳定的血压。”

“他上压105，下压68，医生。稳如磐石。”

“好，他的母亲说躺在我们这儿的是下一个威廉·莎士比亚，那么就保持住这个血压。给他抽液，莱斯特——不要用那个见鬼的东西搔他！”

艾尔伯森用抽液机清除干净血污。监视器制造出的背景声稳定、单调却让人安心。接着，他大吸一口气，感觉仿佛有人重重地在他肚子上打了一拳。

“噢，我的老天。啊，上帝。耶稣基督。”他退缩了一下……然后又凑近。在他的面罩之上和角质眼镜之后，他瞪得大大的眼睛里突然闪起好奇的神色。“这是什么？”

“我想你看到它是什么了。”普瑞查德说，“只不过需要一点时间来适应罢了。我读到过这样的事情，但从没指望亲眼看见。”

赛德·波蒙特的脑子呈现出海螺壳外边缘的颜色——一种略带点玫瑰红的中度灰色。

从光滑的硬脑膜表面凸起的是一只畸形的瞎眼。脑子在轻微地搏动。这只眼睛也随之一起搏动。看上去就好像它在试图朝他们眨眼。正是这点——眨眼的样子——把助理护士从手术室里吓跑的。

“上帝，这是什么？”艾尔伯森又问了一遍。

“没什么。”普瑞查德说，“它曾经可能是一个活生生、会呼吸的人的一部分。现在它什么都不是。除了制造麻烦，它什么都不是。而它制造的麻烦恰巧是我们能对付的。”

麻醉师洛林医生说：“可以让我瞧瞧吗，普瑞查德医生？”

“病人情况稳定？”

“是的。”

“那么，来吧。这是可以说给你孙子孙女听的稀罕事。不过动作要快点。”

洛林看的时候，普瑞查德转向艾尔伯森。“我要锅子。”他说，“我要把切口开大一点。然后我们就可以探查。我不知道自己是否能把它都取出来，但我会尽我所能。”

莱斯·艾尔伯森①现在充当起护士长的角色，当普瑞查德要求时，他就把刚消毒过的探针啪的一声递到他戴着手套的手中。普瑞查德——一边轻轻地哼着《班尼沙》②的主题歌——一边几乎不费吹灰之力地迅速处理着伤口，只是偶尔瞄几眼装在探针顶端的齿镜式镜子。他主要是单凭触觉行事。艾尔伯森之后会说，他一辈子都没见过如此令人毛骨悚然的靠直觉和经验所进行的手术。

除了那只瞎眼，他们还发现了一个鼻孔的一部分，三片手指甲和两颗牙齿。其中的一颗牙齿上有一个小洞。眼睛继续搏动着，在普瑞查德用针型手术刀先刺穿再切除它的一刻，它依然试图眨一下。整个手术，从最开始的探查到最后的切除，只花了二十七分钟。五块血淋淋的肉扑通一声掉进赛德被剃光的脑袋边的不锈钢托盘里。

“我认为我们已经掏干净了。”最后普瑞查德说，“所有的异质组织似乎都由未发育完全的神经中枢相联。即使还有别的东西，我觉得基本也都被我们杀死了。”

“可是……如果孩子还活着，怎么可能这样呢？我的意思是，那都是他的一部分，不是吗？”洛林迷惑地问。

普瑞查德指指托盘。“我们在孩子的脑袋里发现了一只眼睛、几颗牙齿和一些手指甲，你认为这些是他的一部分？你看他缺了任何一片指甲吗？想要检查一下？”

“可即使癌也只是病人自己的一部分——”

“这不是癌。”普瑞查德耐心地告诉他说。他一边讲话一边两手继续干活。“在许多母亲产下单独一个孩子的情况下，那个孩子实际上是以双胞胎的状态开始存在的，我的朋友。这样的几率可能高达十分之二。那么在另一个胎儿身上发生了什么呢？较强壮的那个胎儿会吞并较弱小的那个。”

“吞并它？你的意思是吃掉它？”洛林问。他看上去脸色有一点

① 莱斯是莱斯特的昵称。

② 《班尼沙》是美国国家广播公司（NBC）在一九五九年至一九七三年间播出的一套西部剧集。

发绿。“我们谈的是在子宫内发生的自相残杀吗？”

“随便你怎么称呼它；这种情况经常发生。假如人们真能制造出他们在医学会议上一直谈到的声呐记录仪器，我们或许真可以查明此类事情发生得有多频繁。但无论它的发生频繁与否，我们今天看到的情况更为稀罕许多。这个男孩的孪生兄弟有一部分没被吞并。它恰巧留在他脑子的前额叶中。它也一样可能留在他的肠子、他的脾脏或他的脊髓中，任何部位都有可能。通常只有病理学医生会看到这样的东西——尸体解剖时能发现它，并且我从未听说过哪个人因为异质组织而死亡。”

“那么，现在是什么情况？”

“一年前这些组织大概在普通显微镜下还看不见，但某个原因导致它们又再度活跃起来。至少在波蒙特夫人分娩前的一个月，被吞并的孪生兄弟的生长钟就该永久地停止了，但不知怎么搞的，这个生长钟又被上紧了发条……鬼东西实际上是开始运转了。所发生的事情一点儿也不神秘；单是颅内压一项就足以导致孩子头痛及痉挛发作被送到这儿来。”

“是的。”洛林轻声说，“可是为什么会这样呢？”

普瑞查德摇摇头。“假如三十年后我依然在从事比打高尔夫更难的活动，你那时可以问我。我或许会有答案。现在我所知道的全部就是我发现并切除了一个非常特殊、极为罕见的肿瘤。一个良性肿瘤。而且，防止了并发症，我认为他的父母只需要知道这些。孩子的父亲会让皮尔当人看上去也像是一个聪明绝顶的孩子①。我无法想象向他解释，我为他十一岁的儿子实施了一次流产术。莱斯，我们替他缝合吧。”

然后，他又想了想，愉快地对手术室护士补充道：

“那个从这儿逃出去的傻瓜，我要炒她鱿鱼。请记录下来。”

“是的，医生。”

---

① 皮尔当人是一种推测的人类早期的种属，以一九一二年在一墓地发现的头骨为前提，但一九五三年确认是伪造品，实际是由人的头脑骨和猿的下颚骨制成。这句话暗示赛德的父亲非常愚蠢。

手术后第九天，赛德·波蒙特出院了。之后差不多有六个月的时间，他的左半边身体都非常虚弱，偶尔当他十分疲劳时，他的眼前会出现图形非随意的奇怪闪光。

他的母亲给他买了一台旧的瑞明顿 32 型打字机作为康复礼物，当他在睡前弓着背坐在打字机前，推敲合适的表达方式，以及试图构思他正在写的故事里下一步该发生什么时，那些闪光出现得最为频繁。最终，它们也都过去了。

那种吱吱喳喳的可怕声响——成群的麻雀拍打翅膀的声音——在手术后再也没有出现过。

他继续写作，越来越有信心，逐渐形成了自己的风格，并且卖出了他的第一个故事——卖给《美国少年》——在他真实生活开始的六年后。自那以后，他从未回首往事。

他的父母或赛德自己所知道的是，在他十一岁那年的秋天，医生在他大脑的前额叶上切除了一个良性肿瘤。无论如何，当他想起这些的时候（随着时间的推移，他想起这些的频率也越来越低），他想到的只是自己能活下来非常幸运。

早年许多经历脑手术的病人都没能活下来。

第一部　无用的废料

马辛用他修长、有力的手指仔细地慢慢扳直回形针。“扶住他的脑袋，杰克。”他对站在哈尔斯戴德身后的男人说，“请扶稳了。”

哈尔斯戴德明白马辛想干什么，当杰克·瑞吉利将大手贴住他的脑袋，稳稳地扶住它时，他开始尖叫起来。尖叫声在废弃的仓库里回响。巨大的空间成了一个天然的扩音器。哈尔斯戴德听起来就像是给开幕夜做暖场的歌剧唱家。

“我回来了。”马辛说。哈尔斯戴德紧紧地闭上双眼，但这么做不起任何作用。坚硬的小棒轻易地划穿左眼皮，随着一个微弱的爆裂音，刺破了眼皮下的眼球。黏稠的凝胶状液体开始渗出来。“我死而复生了，你见到我似乎一点儿也不高兴，你这个忘恩负义的狗娘养的。”

——《驶向巴比伦》，乔治·斯塔克

第一章 泄 密

1

五月二十三日的《人物》杂志颇具代表性。

给封面增辉的是那周去世的名人，一位因持有可卡因和各类麻醉药品而被监禁的摇滚明星，他在监狱中上吊自杀了。杂志里面的内容是通常的大杂烩：九宗发生在内布拉斯加州荒凉的西半部的未破的性谋杀案；一位健康食品权威因儿童色情作品而身败名裂；马里兰州的一个家庭主妇种出了一只有点像基督半身像的南瓜——条件是你在昏暗的房间里半闭着眼睛看它；一名勇敢的截瘫女孩为参加纽约自行车比赛而刻苦训练；一起好莱坞的离婚事件；一宗纽约社交界的婚事；一名摔跤手在心脏病发作后逐渐康复；一个喜剧演员正在打的赡养费官司。

还有一个故事说的是，犹他州的一位企业家正在销售一种名叫“唷，妈妈！”的新式玩偶。“唷，妈妈！”设计得像“人见人爱的丈母娘或婆婆”（丈母娘或婆婆可能人见人爱吗？）。她有一个内置式的录音机，可以说些类似“亲爱的，他从小到大，我家的饭菜从来不会是冷的”，“当我来住几周时，你的兄弟从没有给我看脸色”。最可笑的是，要让她讲话，你不用拉“唷，妈妈！”背后的线，而是要用尽全力踢这个鬼东西！“‘唷，妈妈！’里塞满了衬垫，保证不会破裂，也保证不会磕坏墙壁和家具。”它的发明者盖斯帕德·威尔摩特先生骄傲地说。（这篇文章里还顺便提到，此人曾因逃避收入所得税而被起诉——不过后来指控又被取消了。）

在这本美国主要的娱乐资讯杂志发行的这期娱乐资讯刊物的第三十三页上，页面顶端的图例是典型的《人物》风格：有力、简练、尖锐。上面写着：传记。

赛德和他的妻子丽姿并排坐在厨房的桌前，一起第二遍阅读杂志时，赛德说，“《人物》杂志喜欢直截了当。传记。如果你不想看传记，那么就翻到‘不幸遭遇’栏目，读读几个女孩子在内布拉斯加州腹地被干掉的故事。”

“当你真得思考这件事情时，就不那么好玩了。”丽姿·波蒙特说，接着又自相矛盾地用拳头捂着嘴咯咯地笑起来。

“不好玩，哈哈，但确实古怪。”赛德说着又开始翻那篇文章。他一边看，一边心不在焉地摸着自己额头上的一块白色小疤。

和《人物》上的多数传记一样，这篇文章也是文字多于图片。

“你为此感到遗憾吗？”丽姿问。她一直留心听着双胞胎的动静，但目前他们情况良好，正像羔羊一样熟睡。

“首先，这事不是我做的。”赛德说，“它是我们做的。两人共同做的一件事，一件与我们两人都有关系的事情，记得吗？”他敲敲文章第二页上的一张照片，照片中赛德坐在滚筒上卷着纸的打字机前，他的妻子正把一盘果仁巧克力蛋糕递向他。看不清照片里纸上是否打了字。这也无关紧要，反正都是摆摆样子。写作对他而言始终是一项艰苦的工作，不是有人在一旁观看时他可以做的事情——如果看客中的一人恰巧是《人物》杂志的摄影师，那更是不行了。若是乔治，会容易许多，但对赛德而言，实在是他妈的困难。在他试着写东西时（间或他倒也能成功地写出点什么），丽姿不会靠近他，不会拿电报给他，更别说递果仁巧克力蛋糕给他吃了。

“没错，可是——”

“其次……”

他看看这张丽姿拿着果仁巧克力蛋糕、他抬头看她的照片。他俩都在咧着嘴笑。这种笑容在某些人脸上看起来相当古怪，因为这类人即使在开心的时候也很少会展露出微笑这样平常至极的表情。他想起自己过去在缅因州、新罕布什尔州及佛蒙特州做阿巴拉契亚山地向导的时光。在那些暗淡的日子里，他的宠物是一只名叫约翰·威斯利·哈丁的浣熊。倒不是他试图豢养约翰；而是这只浣熊不知怎么搞的就跟上了他。他喜欢在寒夜里喝点小酒，约翰·威斯利也喜欢，有时，当浣熊多喝几口时，它也会那样咧嘴笑。

“其次什么？”

其次，曾获一次国家图书奖提名的作家和他的妻子像两只喝醉酒的浣熊那样咧着嘴对笑，真是有点滑稽，他想，然后就再也无法忍住笑了：笑声从他体内喷涌而出。

“赛德，你会吵醒双胞胎的！”

他试着压住笑声，但没成功。

“其次，我们看上去像一对白痴，可我一点也不介意。”他说着紧紧地抱住她，亲吻她的脖颈。

在另一个房间，威廉和温迪先后开始哭起来。

丽姿想要责备地瞪他，却没办法做到。听到他笑真是太好了。或许是一件好事，因为他笑得不够多。他的笑声对她有一种陌生而奇异的魔力。赛德·波蒙特从来都不是一个爱笑的男人。

“我的错。”他说。“我去摆平他们。”

他起身，撞到了桌子，差点儿把它撞翻。他是一个温文尔雅的男人，可是却出奇的笨手笨脚；他身上依旧保留了一部分孩子气。

丽姿在桌子中央的花瓶滑到桌边、摔到地板上之前，及时抓住了它。

“哦，赛德！”她说，但接着她也开始笑起来。

他又坐了一会儿。他没有完全握住她的手，但他用自己的双手温柔地抚摩它。“听着，宝贝，你介意吗？”

“不。”她说。有那么一瞬间，她想说：但它让我感觉不安。不是因为我们看上去有点傻，而是因为……唔，我也不知道因为什么。总之，它就是让我有点不舒服。

她想这么说，却没有说出口。听到他笑真是太好了。她抓住他的一只手，用力捏了一下。“不。”她说，“我不介意。我认为它很有趣。并且，当你终于决定好好写完那本该死的《金毛狗》时，如果宣传有利于它的出版销售，那就更好了。”

她站起来，当他也想起身加入她时，她按着他的肩膀要他坐下。

“你下次再去照顾他们吧。”她说，“我要你就坐在这儿，直到你想要摧毁我的花瓶的潜意识冲动最终消失。”

“好吧。”他微笑着说，“我爱你，丽姿。”

“我也爱你。”她跑去照料双胞胎，赛德·波蒙特则又开始翻阅他的传记。

与多数《人物》杂志上的文章不同，赛迪亚斯[①]·波蒙特的传记并没有以一张占据整页的照片开头，取而代之的是一张大小不到四分之一页面的照片。尽管如此，这张赛德和丽姿在墓地拍的照片还是很抓人眼球，因为某个品位独特的版面设计师给它镶了黑色的饰边。与之形成强烈反差的照片下面的几行铅字顿时被突显了出来。

照片里，赛德拿着一个铲子，丽姿拿着一把锄头。他俩旁边有一辆手推车，上面放着其他一些墓地上使用的工具。坟墓上，摆着几束花，墓碑上的文字清晰可见。

乔治·斯塔克

1975—1988

不是一个很好的人

与这个地点和显而易见的行为（根据碑文上的日期，刚被安葬的是一个才十几岁的小男孩）形成鲜明对比的是两名假教堂司事正隔着新铺的草皮握手——还笑得很开心。

当然，整件事情都是摆摆样子。配合这篇文章的所有照片——埋葬遗体、展示果仁巧克力蛋糕，以及赛德在拉德洛[②]树林中的一条废弃道路上独自漫步“找寻灵感”——都是拗造型给人看。这很滑稽。丽姿和赛德在超市买《人物》杂志差不多有五年了，他俩都取笑它，但如果手边没有好书，他们又都会在吃晚饭或上厕所时翻阅它。赛德时常会思考这本杂志的成功，它是如此有趣，究竟是因为它一直热衷

---

① 赛迪亚斯是赛德的全称。

② 马萨诸塞州西南部城镇。

于报道名人的花边新闻，还是因为它的编辑风格：大幅的黑白照片，主要由宣言式的简单句构成的黑体字正文。但他从未怀疑过这些照片是不是摆拍的。

给他们夫妇拍照的摄影师是一个名叫菲利斯·麦尔兹的女人。她跟赛德和丽姿说她拍了许多躺在儿童尺寸的棺材里的泰迪熊，所有的泰迪熊都穿着童装。她希望能将这些照片集结成书，卖给纽约主要的一家出版社。拍照和采访进行到第二天的晚上，赛德才意识到这个女人是在试探他是否愿意为她的影集撰写文字。她说，《死亡和泰迪熊》将是“对美国式死亡的终极完美注释，你不这样认为吗，赛德?”

从她那相当令人毛骨悚然的兴趣来看，赛德觉得这个姓麦尔兹的女人定制乔治·斯塔克的墓碑，并将它从纽约带来一事就没什么好惊讶的了。墓碑是混凝纸做的。

“你们俩不介意在这东西前面握手，是吧?”她微笑着问他们，态度殷情讨好，“这会是一张极棒的照片。”

丽姿看看赛德，神情中带着询问以及一点惊骇。然后他俩一起注视着这块从纽约市来到缅因州的罗克堡（赛德和丽姿·波蒙特的消夏地）的假墓碑，感觉既惊讶又困惑。赛德的目光反复停留在碑文上：

不是一个很好的人

说白了，《人物》想要告诉屏息凝神关注名流的美国民众的故事十分简单。赛德·波蒙特是一位很受尊敬的作家，他的第一本小说《突然起舞的人》荣获一九七二年国家图书奖的提名。这类事在文学评论家看来还有点分量，但屏息凝神关注名流的美国民众根本不把赛德·波蒙特放在眼里，一九七二年后他用自己的名字只出过一本书。大众关心的那个人压根就不是一个真实存在的人。赛德用另一个名字出过四本书，第一本极其畅销，后续的三本也非常成功。这另一个名字，当然就是乔治·斯塔克。

赛德的经纪人瑞克·考利在征得他本人同意之后，向《出版人周刊》的路易丝·布克透露了乔治·斯塔克的秘密，美联社沃特维尔分社的全职员工杰瑞·哈卡维则是在瑞克之后第一个将乔治·斯塔克的故事广而告之的人。无论哈卡维还是布克，都不知道故事的全部——一方面，赛德绝对不会提到那个自负的小眼中钉弗雷德里克·克劳森——但另一方面他认为，除美联社和出版行业周刊外，多一些人知道乔治·斯塔克的事情也挺好的。他告诉丽姿和瑞克，克劳森不是故事的一部分——他只是一个迫使他们将故事公开的卑鄙小人。

在第一次访谈的过程中，杰瑞问他乔治·斯塔克是什么样的人。赛德回答："乔治，不是一个很好的人。"杰瑞把这句话放在自己文章的开头，为那个姓麦尔斯的女人提供了灵感，她真去定制了一块刻有这句话的假墓碑。奇怪的世界。好一个奇怪的世界。

突然，赛德再次大笑起来。

2

赛德和丽姿在罗克堡的墓地拍的一张照片下面，黑底上印着两行白字。

第一行：死者与这两人的关系非常近。

第二行：那么他们为什么在笑呢？

"因为这个世界是一个奇怪的鬼地方。"赛德·波蒙特用手捂着鼻子哼哼道。

对于这股突如其来、有点古怪的小宣传，丽姿·波蒙特不是唯一感到不安的人。赛德自己也感到有些不安。可他依然觉得很难止住笑。他忍了几秒钟，当他的目光落在那行字上——"不是一个很好的人"——他又狂笑起来。试图止住笑，就像是去堵一个千疮百孔的泥土堤坝；你刚堵住一个漏洞，马上就会在别处发现一个新的漏洞。

赛德怀疑这样无法遏止的大笑有点不对劲——是一种歇斯底里。他知道这种发作与幽默没多少关系。事实上，个中原因往往毫不有趣。

可能是因为害怕什么，才会如此大笑。

你害怕《人物》杂志上一篇该死的文章？那正是你在想的事情吧？愚蠢。害怕受窘，怕你在英语系的同事看到那些照片时认为你失去了理智？

不。他根本不怕他的同事们，连那几个自恐龙行走地球起就待在系里的老资格同事他也不怕。他最终获得了终生职位，也有足够的钱以全职作家的身份面对生活，只要他想（他不确定自己是否真想这么做；他不太喜欢大学生活中的官僚作风和行政方面的事务；但教书的部分倒是很好）——请吹号鼓励！他不怕同事，也是因为他已经过了在乎同事们对自己的看法的时期，不再像几年前那样了。他在乎的是他的朋友们如何看待他，是的，在某些情况下，他的朋友、丽姿的朋友以及他俩共同的朋友恰好是同事，但他认为那些人往往也会觉得这是一种讽刺。

假如有什么事情要怕的话，那就是——

停，他的理智以干巴巴的严厉语调命令道，这种语调甚至可以让他最吵闹的英语系本科生变得脸色苍白不敢吱声。立刻停止这种愚蠢的胡思乱想。

不起作用。那个声音用在他的学生身上或许很有效，但对赛德自己却一点也没用。

他再次向下看看那张照片，照片上他和妻子像一对接受新生考验的孩子，正厚着脸皮互相做鬼脸，可这一回他的目光并没有落在他自己和妻子的脸上。

乔治·斯塔克

1975—1988

不是一个很好的人

那才是让他感觉不安的东西。

那块墓碑。那个名字。那些日期。尤其是那句别扭的墓志铭，这句话让他狂笑不止，但由于某种原因，笑声里却没有丝毫有趣的成分。

那个名字。

那句墓志铭。

“没关系。”赛德咕哝道，“那个混蛋现在死了。”

可不安的感觉依旧挥之不去。

当丽姿一手一个抱着刚换好衣服的双胞胎回来时，赛德又在俯身读那个故事了。

“我谋杀了他吗？”

赛德·波蒙特若有所思地重复着这句话，他曾经被捧为美国最有希望的小说家、《突然起舞的人》获得过一九七二年国家图书奖的提名。他看上去有点迷惑。“谋杀。”他又轻轻地说了一遍，仿佛自己从来不知道这个词……尽管谋杀几乎是他“黑暗的另一半”（波蒙特如此称呼乔治·斯塔克）思考的全部内容。

在他老式的瑞明顿32型打字机旁放着一只广口瓶，他从里面抽了一支贝洛牌黑美人铅笔（按波蒙特的说法，这是斯塔克写作时唯一的指定用笔），开始轻轻地咬它的笔杆。从广口瓶内十几支铅笔的外观判断，咬笔杆是一种习惯。

“没有。”他把铅笔扔回瓶子里，最后说道，“我没有谋杀他。”他抬起头，露出微笑。波蒙特三十九岁了，可当他爽朗地微笑时，可能会被错认为是一个本科生。“乔治是自然死亡。”

波蒙特说乔治·斯塔克是他妻子的主意。伊丽莎白·斯蒂芬思·波蒙特[①]是一个冷静、可爱的金发女人，她拒绝独揽功劳。她说：“我只不过是建议他用另外一个名字写一本小说，看看会是什么结果。赛德那时在写作上碰到了严重的阻碍，他需要重新启动。而且实际上，乔治·斯塔克一直就在那儿。”她笑了。“我从赛德断断续续写的某些未完成的作品中看到了他存在的迹象。我们只是让他从暗处

① 丽姿是伊丽莎白的昵称。

走出来罢了。”

在许多与波蒙特同辈的人看来，他的问题不仅是写作碰到阻碍。至少有两位知名作家（他们拒绝被指名道姓）说，在波蒙特的第一本和第二本书之间的重要时期，他们担心他的精神状况。其中的一位说，《突然起舞的人》出版后获得的评论称赞多于版税，波蒙特可能曾试图自杀。

当被问及是否考虑过自杀时，波蒙特只是摇摇头说：“那是一个愚蠢的念头。真正的问题不是大众的喜欢程度，而是写作上的阻碍。死掉的作家永远也无法克服这种阻碍。”

在写作受阻期间，用波蒙特的话来说——丽姿·波蒙特一直“游说”他使用一个笔名。“她说，只要我想，就可以东山再起。爱写什么就写什么，用笔名的话《纽约时报书评》就不会在我写作的整个过程中对我密切关注了。她说我可以写西部小说、推理小说、科幻小说。或者我也可以写一本犯罪小说。”

赛德·波蒙特咧嘴一笑。

“我觉得她是故意加上最后那句话的。她知道我一直有意写一本犯罪小说，尽管我看起来毫无头绪。

“用笔名的想法对我有一种奇怪的吸引力。不知怎么的，它让人感觉自由——就像是一个秘密的逃生舱口，如果你明白我的意思的话。

“但也有其他因素。有些事情很难解释。”

波蒙特将一只手伸向广口瓶里削得很好的贝洛牌铅笔，接着又缩了回来。他从书房后部那面墙上的一排窗户望出去，外面的树木正在变绿，一派春意盎然。

“考虑用笔名写作，就像考虑隐身一样。”最后他非常犹豫地说，“我越是玩味这个念头，就越发觉得自己将……唔……重塑自己。”

他的手悄悄地伸出来，这回他神不知鬼不觉地从广口瓶里抽了一支铅笔，与此同时，他的脑子一直在想别的事情。

赛德翻过一页，然后抬头看看坐在双人高脚椅上的双胞胎。龙凤胎总是异卵双生的产物，可威廉和温迪却非常相像。

威廉抱着奶瓶对赛德咧着嘴笑。

温迪也抱着她的奶瓶对赛德咧着嘴笑，但她在炫耀一件她哥哥没有的零件——单独的一颗前门牙，这颗牙长出来时一点儿也不痛，它悄悄地钻出牙龈，就像潜水艇的潜望镜悄无声息地滑出水面一样。

温迪把一只胖乎乎的小手从塑料奶瓶上移开。她摊开手，露出自己干净的粉红手掌。握拢手。接着又摊开。一次“温迪式”的挥手。

威廉没有看她，可他也把一只手从奶瓶上拿下来，摊开，握拢，又摊开。一次“威廉式”的挥手。

赛德郑重地从桌上举起自己的一只手，摊开，握拢，又摊开。

双胞胎抱着各自的奶瓶对他咧嘴笑。

他再次低头看杂志。啊，《人物》，他想——没有你，我们会在哪里，我们会干什么？大家好，这是美国的明星时代。

当然，作家已经披露了所有可以披露的秘密——最值得注意的是，《突然起舞的人》出版后毫无成就的漫长四年——可那是预料之中的，他并不觉得自己受此曝光的困扰。一方面，这也没什么可耻的，另一方面，他始终觉得真相比谎言容易接受。至少，从长远看是这样的。

当然，这又提出了一个问题：《人物》杂志和“长远”一词是否有任何联系？

唔，现在已经迟了。

写这篇文章的人叫迈克——赛德只记得这些，可这个迈克姓什么呢？替《人物》杂志写文章，你的署名一般都会出现在文章的末尾，除非你是一个对皇室说三道四的伯爵或八卦其他电影明星的电影明星。赛德必须翻过四页（其中两页整版都是广告）才能找到文章作者的名字。迈克·唐纳森。赛德和迈克海阔天空聊到很晚，当赛德问他，是否有人会真的介意他用另一个名字写了几本书时，唐纳森说了几句让赛德狂笑的话。“调查显示《人物》的大多数读者视野狭窄，这让他们常常陷入无聊之中，于是他们就去关心别人的事情。他们会想要知道关于你的朋友乔治的一切。”

“他不是我的朋友。”赛德回答，他一边说一边还在笑。

现在他问炉子前的丽姿：“你搞好了吗，宝贝？要不要帮忙？”

“没事。”她说，“我在煮给孩子们吃的糊糊。你还没自我欣赏够？”

“还没。”赛德厚着脸皮说，接着继续读那篇文章。

“最困难的部分其实是想出一个名字。”波蒙特轻咬笔杆继续说道，“可名字很重要。我知道换一个名字会起作用。我知道换名字能消除我努力想要克服的写作障碍……只要我有一个新身份。一个合适的新身份，一个可以与我自己区分开来的新身份。”

他怎么会选中乔治·斯塔克的呢？

“唔，有一个写犯罪小说的作家叫唐纳德·E·维斯特莱克。”波蒙特解释说，“维斯特莱克用真名写犯罪小说，其实写的都是些很好玩的关于美国生活及习俗的社会喜剧。

“但从六十年代早期到大约七十年代中期，他用理查德·斯塔克的名字写了一系列小说，这些书非常不同。它们讲的是一个名叫帕克的职业小偷的故事。帕克没有过去，也没有未来，在写得最好的那几本书里，他除了抢劫没有其他任何兴趣。

“不管怎么说，维斯特莱克最终停写了关于帕克的小说，至于原因你就要去问他本人了，但我始终没有忘记维斯特莱克在突然停用笔名时说的话。他说他自己在晴天写作，斯塔克负责在雨天写作。我喜欢这句话，因为从一九七三年到一九七五年初的那段时光，正是我的雨天。

“在写的最好的那些书里，帕克更像一台杀人机器而不是一个人。在那些书里，强盗被抢是一个贯穿始终的主题。帕克抢了许多坏蛋——我是指除他之外的其他坏蛋——他完全就像是一个被编了程序的机器人，只有一个目的。‘我要我的钱。’他说，这正是他所说的一切。‘我要我的钱，我要我的钱。’这让你想起什么人了吗？”

采访者点点头。波蒙特在描述亚力克西斯·马辛，乔治·斯塔克的第一本和最后一本书的主角。

“假如《马辛的方式》以它开始时的方式结束，我会把它永远塞在抽屉里，因为发表它将是抄袭。”波蒙特说，“但写到四分之一处时，它找到了自己的节奏，一切都恰到好处。”

采访者问波蒙特是否在说，他自己耗费片刻精力写了书的部分内容后，乔治·斯塔克就醒来开始说话了。

“是的。”波蒙特说，“情况基本就是如此。”

赛德抬起头，又不由自主地笑了起来。正在吃丽姿喂的豌豆泥的双胞胎看见他笑，也咧着嘴朝他笑。他记得自己实际上说的是：“天哪，这太戏剧性了！你把它搞得听上去犹如《弗兰肯斯坦》里的情节，闪电最终打在城堡护墙最高处的避雷针上，激活了怪物！”

“你若不停下，我将没办法喂完他们。”丽姿说。她的鼻尖上沾了一小点豌豆泥，赛德感觉到一股无理性的冲动，想要把它亲走。

“停下什么？”

“你笑，他们就笑。你没办法给一个正在笑的小孩喂食，赛德。”

“对不起。”他谦恭地说，并朝双胞胎眨眨眼。他们一模一样、沾着绿色豌豆泥的嘴巴一时咧得更开了。

然后他低下头，继续阅读。

“我在一九七五年的一天晚上开始写《马辛的方式》，我想好了名字，但还有一件事。准备好后，我在打字机上卷了一张纸……接着我又把它取了出来。我所有的书都是用打字机写出来的，可乔治·斯塔克显然不喜欢用打字机。”

他又笑了一下。

“可能是因为他服刑的监狱没有打字课。”

波蒙特提到的是书封套上乔治·斯塔克的个人简历，简历上说作者三十九岁，曾在三个不同的监狱服刑，罪名是纵火，以致命武器攻击和攻击企图谋杀。然而，封套上的简历只是故事的一部分；波蒙特还以达尔文出版社的名义写了一篇作者介绍，描述他的“第二自我”的经历，只有一名出色的小说家才能构想出那些细节。介绍涵盖了乔治·斯塔克从在新罕布什尔州曼彻斯特市出生，一直到最后在密西西比州牛津定居的全部经历，唯独没提六周前在缅因州罗克堡的“故乡墓园”为他举行的葬礼。

“我在写字台的一个抽屉里找到了一本旧笔记本，然后用这些笔写。”他指指插铅笔的广口瓶，当发现自己手中用来指瓶子的正是这样一支铅笔时，他似乎还有点惊讶。“我开始写作，接下来我知道的就是，丽姿告诉我已经是午夜了，还问我到底要不要睡觉。”

丽姿·波蒙特对那晚有着她自己的记忆。她说，“我十一点四十五分醒来，发现他不在床上，我想，‘唔，他在写作。’可我没有听到打字机的声音，于是我有点害怕。”

她的表情显示她可能不仅仅是有点害怕。

“当我下楼，看见他正在笔记本上奋笔疾书时，你可以用一根羽毛就把我击倒。”她大笑，“他的鼻子几乎要贴到纸上了。”

采访者问她是否松了一口气。

丽姿·波蒙特用温柔舒缓的口吻说：“很是松了一口气。”

“我往回翻翻笔记本，发现自己已经不带任何涂改地写了十六页。”波蒙特说，“而且一支崭新铅笔的四分之三已经被我变成了削笔器里的刨花。”他看看广口瓶，表情透着忧郁，抑或是掩饰过的幽默。“我想既然乔治已经死了，我应该把这些铅笔扔掉了。我自己不会用它们。我试过。就是不行。我，我离开打字机没办法工作。我的手会因为疲劳而变得笨拙。

“乔治从来不会这样。”

他抬头，神秘地眨了一下眼睛。

“亲爱的。”他抬头看看老婆，她正专注于把最后一口豌豆泥送进威廉的嘴里。孩子的围兜上似乎沾了许多豌豆泥。

“什么？”

“朝这儿看一下。”

她照做了。

赛德眨眨眼。

“这种眨眼神秘吗？”

“不，亲爱的。”

“我也不觉得神秘。”

余下的故事是整件事中另一个讽刺的章节，赛德把整件事称作“被人叫做小说的怪物”。

一九七六年一月，规模较小的达尔文出版社出版了《马辛的方式》（波蒙特“真实”的自我写的书由达顿出版社出版），它在那年取得了令人惊喜的成功，在全美两岸都登上了畅销书榜的第一名宝座，还被改编成非常流行的电影。

“有很长一段时间，我都在等待有人发现乔治是我，我是乔治。”波蒙特说，“版权是以乔治·斯塔克的名义登记的，但我的经纪人和他的妻子——现在已经是他的前妻了，不过在生意上她依然是完美的合作伙伴——都知道内情——当然，达顿出版社的高层主管和审计官也都知道。审计官必须知道，因为乔治虽然可以用草书写小说，但他在签支票方面却有点小问题。当然，美国国税局也必须知道。于是丽姿和我大概有一年半都在等人发现泄露这个秘密。这种情况却没有发生。我认为这纯属运气，当你觉得有人要泄密时，他们恰巧都闭上了嘴巴。”

接下来的十年，知情人继续集体守秘，在此期间，难以捉摸的斯塔克先生比他的另一半要多产得多，他相继出版了三本小说，没有一本像《马辛的方式》那样大获成功，但它们也都在畅销书榜上风光过。

经过长久的思索后，波蒙特开始谈论他最终决定终止这项有利可图的游戏的原因。“你必须牢记，乔治·斯塔克毕竟只是一个纸上人物。在很长的一段时间，我喜欢他的存在……而且见鬼，这家伙还很赚钱。我把这钱叫做我操你的钱。只要我想，我可以辞去教职，并照样付得起贷款，光是知道这点，就让我觉得非常爽快。

“不过，我想要再次写我自己的书，斯塔克也快黔驴技穷了。事情就是这么简单。我知道，丽姿知道，我的经纪人也知道……我认为连达尔文出版社里乔治的编辑也知道。假如我保守秘密，那么再写一本乔治·斯塔克的书的诱惑会强烈到最终让我无法抵制。我像其他任何人一样，都无法抗拒金钱的吸引力。解决办法就是一劳永逸地杀死他。

“换句话说，就是公开秘密。这就是我所做的。事实上，这就是我现在正在做的事情。”

赛德略带笑意地将目光从文章上移开，抬起头。突然之间，他对于《人物》里摆拍照片的惊讶本身就显得有点虚伪，有点做作。安排场景，使之呈现出读者希望或期待的模样，有时杂志摄影师不是唯一这么做的人。他认为大多数采访对象或多或少也是这么做的。但他猜想自己在摆造型方面可能做得比一些人更好；毕竟，他是一个小说家……小说家就是靠说谎赚钱的人。谎说得越大，收入越高。

斯塔克也快黔驴技穷了。事情就是这么简单。

多么直接。

多么动人。

多么扯淡。

“亲爱的。”

“嗯？”

她正努力想要把温迪擦干净。温迪对此类想法非常敏感。她不停地将自己的小脸扭到一边，还愤怒地呀呀乱叫，丽姿不停地用毛巾追着她的脸擦。赛德觉得老婆最后能制服温迪，尽管他猜测丽姿也可能先追累了。似乎温迪也觉得有那样的可能。

“我们在讲述这一切时，没有提克劳森，这样撒谎是不是错了？”

“我们没有撒谎，赛德。我们只是没有提他的名字。”

“他是一个令人讨厌的家伙，对不对？”

“不对，亲爱的。”

“他不是一个令人讨厌的家伙？”

“不是。”丽姿平静地说。她现在开始擦威廉的脸了。“他是一只卑鄙的小龌龊鬼。”

赛德哼了一声。“一只龌龊鬼？”

“是的。一只龌龊鬼。”

“我想这是我头一回听到这样的说法。”

“上周，我在街角的商店找片子租时，我在一盘录像带的盒子上看到了这个词。一部叫《龌龊鬼》的恐怖片。我心想，‘太棒了。有人拍了一部关于弗雷德里克·克劳森及其同类的电影。我一定得告诉赛德。’但我刚刚才想起这事。”

“那么你真觉得我们那样做不要紧？”

“真的不要紧。”她说。她用拿着毛巾的手先指指赛德，然后指指桌上翻开的杂志。“赛德，你从中获得了你的那部分利益。《人物》从中获得了他们的那部分利益。弗雷德里克·克劳森屁都没捞到……这是他活该。”

“谢谢。”他说。

她耸耸肩。“毫无疑问。有时你付出太多同情了，赛德。”

“这就是问题所在吗？”

“是的——一切问题……威廉，哦！赛德，要是你能来帮我一下——”

赛德合上杂志，抱起威廉，跟在抱着温迪的丽姿后面走进双胞胎的卧室。胖嘟嘟的孩子抱着感觉很温暖，沉甸甸的分量让人心情愉悦，威廉用胳膊勾住赛德的脖子，以他惯有的兴趣瞪大眼睛东张西望。丽姿把温迪放在一张换衣台上；赛德把威廉放在另一张上。他们给双胞胎脱下湿透的尿布，换上新的干尿布，丽姿的动作比赛德要利索些。

“唔。”赛德说，“我们上了《人物》杂志，这事就算完了，是吧？”

“是的。”她微笑着说。赛德觉得她的笑容中有某些不真实的成分，但他记得他自己的那阵古怪大笑，便决定不去管它了。有时候，他就是对事情不太有把握——脑筋不好使，就像他笨手笨脚一样——接着他会一点点地挑剔丽姿。她很少为此跟他争吵，但有时当他的挑剔持续太久时，他会发现她眼神中流露出一种疲惫。她刚才说了什么？有时你付出太多同情了，赛德。

他扣上威廉的尿布，整个过程中他的一只前臂始终放在正开心地扭来扭去的孩子的肚子上，以防威廉滚下台子摔死自己，可威廉似乎一心要那么做。

“布谷拉！”威廉喊道。

“好。”赛德表示赞同。

“第威特！”[①]温迪喊道。

赛德点点头。“你说得也很好。”

“他死了很好。”丽姿突然说。

赛德抬起头，考虑了一会儿，然后点点头。没必要指明这个他是谁；他俩都明白。“是的。”

“我不太喜欢他。”

这样说你的丈夫可真让人受不了，他差点儿回答，但还是没说出口。这并不奇怪，因为她说的不是他。乔治·斯塔克的写作方式不是他俩之间唯一的本质差异。

“我也不喜欢他。”他说，“晚饭吃什么？”

---

① “第威特”和“布谷拉”都是孩子胡乱喊的象声词。

第二章　噩　梦

1

那天夜里，赛德做了一个噩梦。醒来后，他眼泪满眶，浑身颤抖，犹如一只身陷暴风雨中的小狗。梦里，他和乔治·斯塔克在一起，只是乔治不是作家，而是一个房地产经纪人，而且他总是站在赛德背后，仿佛他只是一个会说话的影子。

2

赛德在开始写乔治·斯塔克的第二部作品《牛津蓝调》之前，替达尔文出版社写了一篇作者介绍，里面说斯塔克开“一辆一九六七年产的 GMC 小货车，车子破得简直是靠祈祷和底漆才没有散架”。然而，在梦里，他们开的却是一辆炭黑色的托罗纳多[①]，于是赛德知道自己写的小货车部分错了。这才是斯塔克开的车。这种喷气式引擎驱动的送葬车。

托罗纳多的车尾高翘，看上去一点儿也不像房地产经纪人开的车，倒像是一个三流匪徒所开的车。斯塔克不知何故，要带赛德去看一栋房子，当他们走向房子的时候，赛德回头望去，看到了车子。他本以为自己会看见斯塔克，一股强烈的恐惧像冰柱一样滑进他的心里。但此时斯塔克正站在他的另一只肩膀后面（虽然赛德搞不懂他怎

---

① 美国通用汽车公司生产的一款车型。

么能如此迅速、如此悄无声息地移动到那边），赛德能看到的只有车，像一只钢狼蛛似的在阳光下闪着光。车子高翘的后保险杠上有一张贴纸，上面写着：高调的杂种。这句话的左后两边分别画着一个骷髅和两根交叉的骨头。

斯塔克开车带他去的是他的房子——不是离大学不远的位于拉德洛的冬季住所，而是在罗克堡的消夏别墅。房子的后面对着卡索湖的北湾，赛德能隐约听到波浪拍击湖岸的声音。车道后的一小块草坪上竖着一块出售的牌子。

很漂亮的房子，不是吗？斯塔克在他的肩膀后面耳语。他的声音沙哑而亲切，像一只公猫用舌头在舔你的感觉。

这是我的房子，赛德回答。

你错了。这栋房子的主人已经死了。他杀了他的妻子和孩子，后又自杀。他结束了一切。砰的一声，拜拜。他身上有这种气质。你无须费力去发现它。你可以说那是一种一目了然的气质。

好玩吗？他想问——向斯塔克表明他不怕他，似乎很重要。重要的原因是，他其实非常害怕。可不等他想好说辞，一只似乎没有任何掌纹的大手（虽然这点无法完全确定，因为弯起的手指在手掌上投下了复杂的阴影）便从他的肩膀后面伸了过来，拿着一串钥匙在他的脸庞前摇晃。

不——不是摇晃。假如钥匙只是在他的面前摇晃，他可能无论如何还是会把话说出口的，甚至可能会把钥匙挡开，以显示他对这个坚持站在他身后的可怕男人的无所畏惧。可那只手是在把钥匙朝他脸上戳。赛德不得不抓住钥匙，以免它们插进他的鼻子里。

他将其中的一把钥匙插进前门的锁中，这是一扇光滑的橡木门，只有门把手和看上去像一只小鸟的铜门环坏了。钥匙顺利地转动，这很奇怪，因为它根本不是一把门钥匙，而是装在一根长钢棍顶端的打字机钥匙。钥匙圈上的其他钥匙看样子都是那种强盗携带的万能钥匙。

他握住门把手一拧。他这么做时，门上包着铁皮的木头开始收缩开裂，并发出一阵阵响得犹如鞭炮的爆炸声。光线穿过木板上的新裂缝。尘土飞扬。只听一声脆响，门上的一个金属饰物掉了下来，重重地敲在赛德脚边的台阶上。

他走了进去。

他不想这么做的；他想要站在门廊里与斯塔克争执。不止如此！要向他抗议，质问他究竟为何要这样做，因为走进房子甚至比斯塔克本身更令人恐惧。可这是一个梦，一个噩梦，在他看来噩梦的要素就是缺乏控制。做噩梦就像是乘坐过山车，它随时都可能抵达斜面的顶端并带你冲向砖墙，让你像一只被苍蝇拍扇过的虫子那样惨死。

熟悉的门厅变得陌生了，几近充满敌意，只不过是少了那条丽姿一直威胁说要换掉的褪了色的长条地毯……在梦里这似乎是一件小事，但以后他却一再想起，或许因为这才是真正恐怖的地方——脱离梦境之外的恐怖。如果像门厅地毯这样微不足道的东西少了都能引发如此强烈的隔绝、迷惑、悲伤以及忧虑的感觉，这样的生活又会有多少安全呢？

他不喜欢自己的脚步落在硬木地板上所发出的回响，不仅因为它们让房子听起来仿佛跟站在他身后的恶棍所描述的一样——即这房子没人租住，一片死寂。他不喜欢这种声音，还因为他自己的脚步声听起来迷茫且极度不快。

他想要转身离开，但他不能这么做。因为斯塔克在他背后，而且不知何故，他确信斯塔克此时正拿着亚历克西斯·马辛的那把手柄镶嵌珍珠的剃刀，在《马辛的方式》的结尾处，他的情妇曾用它割伤了那狗杂种的脸。

假如他转过身，乔治·斯塔克就会亲自动刀削他。

房子也许空无一人，但除了地毯（铺满起居室的橙红色地毯也不见了），所有的室内陈设依然都在。门厅尽头的冷杉木小桌子上摆着一瓶花，从那儿你既可以往前直走进入起居室（起居室的高天花板犹如教堂，一面墙上的窗户正对着湖），也可以向右拐进厨房。赛德一碰花瓶，它就裂成碎片，化为一堆气味刺鼻的陶瓷粉末了。发臭的水涌出来，原本在花瓶里绽放的半打玫瑰不等跌进桌上的那摊臭水中就枯死变黑了。他又碰碰桌子。木头啪的一声干裂开来，桌子一分为二，慢慢地倒在光秃秃的木地板上，而非一下子掉到地上。

你对我的房子做了什么？他冲自己身后的男人喊道……但却没有转身。他无须转身去证实剃刀的存在，诺妮·格里菲丝用它割过马辛，割得马辛脸颊上的肉红一片白一片地垂下来，一只眼睛在眼眶外晃荡，在她这么做之前，马辛自己曾用它削过“商业对手们”的鼻子。

没什么，斯塔克说，赛德无须用眼睛去验证自己在这个男人的声音里所听到的笑意。你正在做，老伙计。

然后，他们进了厨房。

赛德碰碰炉子，伴随一声类似结满灰尘的大钟所发出的沉闷响声，炉子裂成了两半。加热盘砰的一声弹出来变了形，造型奇怪的螺丝帽被气流冲到半空。一股有毒的臭气从炉子中间的黑洞里盘旋而起，他朝洞中望去，看到了一只火鸡。它已经腐烂了，气味令人作呕。充斥着无以名状的小肉块的黑色液体从火鸡身体上的窟窿里渗出来。

在这儿我们把它叫做无用的废料，斯塔克在他背后说。

你是什么意思？赛德问。你说的“这儿”是指哪里？

安兹韦尔[①]，斯塔克平静地说。这个地方，是所有铁路的尽头，赛德。

他还说了些别的，但赛德没听清。丽姿的手袋在地板上，赛德被它绊了一下。当他抓住厨房的桌子以使自己不摔倒时，桌子倒在油地毡上成了一堆碎片和锯屑。伴随一种金属发出的微弱的叮当声，一枚闪亮的钉子旋转着滚到了角落里。

立刻停止这一切！赛德大喊。我要醒过来！我痛恨打碎东西！

你始终是笨手笨脚的那一个，老伙计，斯塔克说。他说得仿佛赛德有许多身手矫健如瞪羚的兄弟姐妹。

我并非一定是这样的，赛德用一种几近哀号的声音焦虑地对他说。我并非一定是笨手笨脚的。我并非一定要打碎东西。我小心的时

---

① 原文 Endsville 有“不受欢迎的常与外界隔绝的地方，如路的尽头”的意思。

候，一切都很好。

是的——但你没有小心，真是太糟糕了，斯塔克以同一种带着笑意、就事论事的口吻说。然后他们就到了后厅。

丽姿在那儿，她坐在通向柴草房的门边的角落里，张着双腿，一只鞋套在脚上，另一只鞋则脱了。她穿着尼龙长袜，赛德发现其中一只脱了线。她垂着头，略有点毛糙的蜜色头发遮住了她的脸。他不需要看到她的脸。就像他不用看就知道斯塔克拿着剃刀在冷笑一样，他无须看到她的脸就明白她不是在睡觉，也不是失去了知觉，而是死了。

打开灯，你会看得更清楚，斯塔克用同一种带着笑意、仿佛是在和朋友聊天的语气说。他的手出现在赛德的肩膀上方，指着赛德过去亲自装在这里的灯。它们当然是电灯，但看上去却相当具有中世纪风格：两个安在一根木头固定杆上的防风灯，由墙上的一个变光开关控制。

我不想看！

他试图让自己听起来强硬且自信，可这一切开始影响到他。他能听出自己的声音纠结与不稳，这意味着他快要哭了。但无论如何，他说什么似乎是没有区别的，因为他还是把手伸向了墙上的环形变阻器。当他触碰到它时，无痛的蓝色电火从他的手指间喷出，它们是如此密集，以至于更像是果冻，而非火光。变阻器的象牙色圆把柄变黑后从墙上弹了出去，像一只微型飞盘那样嗞嗞地飞过房间。它打破房间另一边的小窗，消失在空中，窗外的天色犹如被风化后的铜，绿得十分诡异。

电防风灯亮得不可思议，接着固定杆开始转动，卷起固定装置所依托的链条，像发狂舞动的旋转木马一样在房间的各个地方投下阴影。两个玻璃灯罩先后炸得粉碎，淋了赛德一身的玻璃碴。

他不假思索地跳上前抓住瘫在那里的妻子，想要赶在链条断掉、沉重的木头固定杆砸到她之前把她弄出来。这个冲动是如此强烈，盖过了一切，其实他也明确知道她已经死了，所以即使斯塔克将帝国大厦拔起来砸在她身上，也没任何关系。但他就是觉得无论如何都不能让东西砸到她。再也不能让她受伤害了。

当他把手臂穿过她的腋下，环抱住她时，她的身体向前倾，头则往后倒。她脸上的皮肤像明朝花瓶一样布满裂纹。她呆滞的眼睛突然爆炸，有毒的绿色胶状物喷到他的脸上，热乎乎的令人作呕。她的嘴半张着，牙齿往外乱飞，犹如一场白色的暴风雪。他能感觉到光滑坚硬的小东西撒在自己的脸颊和前额上。半凝固的血液从她坑坑洼洼的牙龈间喷出来。她的舌头从她的嘴巴里滚落出来，像一条血淋淋的蛇，直直地垂在她的衣襟上。

赛德开始尖叫——是在梦里，而不是在现实中，感谢上帝，否则他会把丽姿吓坏的。

我跟你还没完，混蛋，乔治·斯塔克在他背后轻轻地说。他的声音里不再带有笑意，而是像十一月的卡索湖一样冰冷。记住这一点。你不想惹我生气，因为当你惹我时……

3

赛德猛然惊醒，他的脸湿漉漉的，他紧攥着贴在脸上的枕头也湿漉漉的。弄湿脸和枕头的可能是汗水，也可能是眼泪。

“……你是在惹最狠的人。”他对着枕头说完这句话，然后躺在那里，蜷缩起双腿，膝盖贴着胸口，抑制不住地颤抖。

“赛德？”丽姿从她自己错综复杂的梦境中醒来，含糊地咕哝，“孩子们好吗？”

“很好。”他应付道，“我……没事。你继续睡吧。”

“是的，一切都……”她还说了些别的，但他只听清了这几个字，就像他只听见斯塔克说位于罗克堡的房子是安兹韦尔——所有铁路的尽头，却没听清他之后说了什么一样。

赛德躺在床单上自己汗湿的那块区域中，慢慢地放开枕头。他用赤裸的手臂擦擦脸，等待噩梦过去，等待颤抖停止。它们最后的确消失了，只是速度惊人的慢。至少，他没吵醒丽姿。

他凝视黑暗，脑中一片空白，他试着不去想那场梦，只求它能过去，很久之后，温迪在隔壁房间醒来并开始哭闹，大概是尿湿了。当然，片刻之后，威廉也醒了，也闹着要求换尿布（尽管赛德脱下他的尿布后，发现它们还相当干燥）。

丽姿立刻就醒了，睡意朦胧地走进育婴室。赛德跟着她，比她更为清醒，这一回他很庆幸双胞胎半夜需要人照顾。至少今晚他这样认为。他和丽姿，一个替威廉换尿布，一个替温迪换，他俩都没怎么说话。他们回到床上后，赛德庆幸地发现自己渐渐又能入睡了。他本以为自己今晚大概再也无法睡着了。当他第一次醒来时，梦中丽姿爆炸性的腐烂依然历历在目，他以为自己永远也没办法睡觉了。

早晨它就会烟消云散了，梦总是如此。

这是他那晚醒着时的最后一个念头，但当他第二天早晨醒来时，他清楚地记得那个梦的所有细节（尽管唯有他在光秃秃的走廊里迷茫且孤独的脚步声保留了其全部的感情色彩），并且与通常的梦不同，它没有随着时间的推移而变得模糊。

那是他能始终记得的少数几个梦之一，真实得犹如记忆。他记得那把打字机钥匙，那只没有纹路的手掌，乔治·斯塔克干巴巴的、几乎毫无变化的声音在他的肩膀后面说，他跟他没完，若你惹这个高调的杂种生气，你就是在跟一个最狠的家伙过不去。

第三章　公墓疑云

1

罗克堡的三人土地养护队的头头叫史蒂文·霍尔特，大家都自然地叫他迪格[①]。新英格兰地区成千上万的小镇里有成千上万个公共土地养护工，“迪格”这个昵称被广为使用。像多数公共土地养护工一样，由于他所在的队伍规模很小，霍尔特要负责的工作量相当大。镇上有两小块俱乐部球场需要养护，一块靠近罗克堡和哈洛之间的铁路高架桥，另一块在景堡；有一块镇公共绿地需要春季播种，夏季割草，秋季清除落叶（更不用说修剪树枝，养护周围的露天看台及座位的活儿了）；镇上有两个公园，一个在卡索河上、靠近老锯木场的地方，另一个在外围的弗斯堡附近，长久以来一直是无数男女的幽会场所。

他可以负责所有这一切，保持平庸老史蒂文·霍尔特的形象直到终老。可罗克堡还有三块墓地也归他的队伍管。安葬顾客是墓地养护中最轻松的活儿。除安葬外，其他工作包括：耙平土地，重铺草皮，清理垃圾。你必须在假期过后清走枯萎的花朵和褪色的旗帜——阵亡将士纪念日[②]留下的垃圾最多，但七月四日[③]、母亲节和父亲节也是让人忙碌的日子。你还得偶尔清理孩子们留在墓碑上的涂鸦，驱逐掘墓人。

当然，这一切在镇上都是不起眼的活儿。替霍尔特这类人赢得昵称的是安葬死人的买卖。他的母亲给他取名“史蒂文”，但大家都

---

① 原文 Digger 意为“挖掘工”。

② 美国用于纪念阵亡将士的日子，通常为每年的五月三十日。

③ 美国的国庆日。

叫他迪格·霍尔特，自他一九六四年开始干这一行后，他就成了迪格·霍尔特，到死他都将是迪格·霍尔特，即使他在此期间从事另一行——以他六十一岁的高龄，估计也没可能了。

夏天到来前的六月的第一个星期三，是一个天气晴朗的日子，早晨七点迪格开着货车来到故乡墓园，他下车去开铁门。铁门上有一把锁，但这把锁一年只用两次——一次在中学毕业日的晚上，另一次在万圣节。铁门一打开，他就慢慢地沿着墓园的主干道往里开。

今天上午的工作纯限于视察。他的身边放着一块写字夹板，他会把从现在到父亲节前墓园里需要打理的区域都记下来。视察完故乡墓园后，他会继续去视察在镇子另一面的慈悲墓园，然后去位于思达克波路与镇三号公路交汇点上的思达克波墓园。今天下午他和他的队伍就会开始干任何需要干的活儿。情况不会太糟；重活在迪格视为春季清扫月的四月底已经干完了。

在那两周里，像每年春天一样，他、戴夫·菲利普斯和镇公共事务部门的负责人笛克·布拉弗德一起每天工作十个小时，疏通堵塞的管道，在地表被春雨冲走的地方重新铺草皮，扶正因地表隆起而倾倒的墓碑和纪念碑。春天有许多大大小小的杂事要做，迪格下班回家，常是勉强做顿便饭，喝罐啤酒，就睁不开眼上床睡觉了。春季清扫总是在同一天结束：就是他感觉持续的背痛要将他完全逼疯的那天。

六月的整修工作一点也不繁重，但却很重要。到了六月末，夏季的人潮就要开始纷至沓来了，那些过去的居民（以及他们的孩子）也会随游客一起回来，他们虽然都已经搬到更暖和、更赚钱的地方去了，但在镇上依然持有房产。迪格觉得这批人最讨厌，假如锯木厂的老水车掉了一块叶片，或者雷金纳德叔叔的墓碑倒了，他们就会大发雷霆。

唔，冬天要来了，他想。一年四季，他总是如此安慰自己，即使现在冬天还像梦一样遥远。

故乡墓园是镇上最大、最漂亮的墓园。它的主干道几乎和常规道路一样宽，四条稍窄的小径与之相交，这些小径比车轮印稍宽一点，小径之间长着修剪整齐的草。迪格沿着墓园的主干道往前开，穿过第一和第二个十字路口，到第三个路口时……他猛地踩住了刹车。

“哦，天哪！”他大喊一声，熄掉货车引擎，跳下车。他沿着主道往前走，大约五十英尺外、与主道相交的小径右边有一个挖得很粗糙的大洞。棕色的土块和大堆的烂泥垒在大洞周围，犹如手榴弹爆炸后四散的弹片。“该死的小屁孩！”

他站在洞边，布满老茧的大手放在褪色的绿工作裤的臀部。这真是一片狼藉。他和他的同事不止一次被迫清理小孩们半夜在墓地挖的洞，这些孩子不是吹牛吹昏了头，就是喝醉了酒——挖洞通常只是为了在月光下撒撒野。就迪格所知，实际上没人真的挖出过一具棺材或把安葬在这儿的顾客从坟墓里掘出来——无论这些胡闹的小王八蛋喝得有多么醉，他们通常顶多就是挖一个两三英尺深的洞，然后就会厌倦这个游戏并离开。尽管在墓园里挖洞是很令人不耻的行为（除非你恰巧像迪格一样，是被付钱和正式授权来安葬顾客的），但它一般不会造成太大的破坏。通常都是如此。

然而，这一次，情况却有点不寻常。

这个洞没有清晰的轮廓；只是一个窟窿。它看上去肯定不像一个四角方正、呈矩形的墓穴。它比醉汉和中学生通常所挖的洞要深，但深度并不均一；它被弄成圆锥形，当迪格意识到这个洞看上去到底像什么时，他感到一股刺骨的寒意爬上了自己的脊背。

它看起来就像是，一个人还没死就被活埋，苏醒后赤手空拳仅凭双手把自己从地底下挖出来。

“哦，别胡思乱想了。”他咕哝道，“该死的恶作剧。该死的小屁孩。”

一定是这样的。下面没有棺材，上面也没有翻倒的墓碑，这很正常，因为没人埋在这里。他不必走回工具房去查钉在墙上的墓地详细地图就对此很清楚。这一片的六小块土地归市镇管理委员会的首席委员丹弗斯·巴斯特·基顿所有。它们中其实只有两块被使用了，埋的是巴斯特的父亲和叔叔。他们被埋在靠右的两块地里，他们的墓碑挺立着，完好无损。

迪格清楚地记得这一块地方，还有另一个原因。那几个纽约来的人在编写赛德·波蒙特的故事时，正是在这里立了他们的假墓碑。波蒙特和他的妻子在镇上有一栋消夏别墅，就在卡索湖上。戴夫·菲利普斯照管他们的房子，去年秋天，在落叶遍地、事务再度繁忙之前，迪格自己也曾帮助戴夫为他们家的车道铺柏油。接着今年春天，波蒙特有点不好意思地问迪格，能否允许摄影师在墓地内竖一块假墓碑，用以拍摄他所谓的“傻照片”。

“如果不行，就请直说。”波蒙特对他说，听上去更加不好意思了，“真的不要紧。”

“完全没问题。”迪格爽快地回答，“你说是《人物》杂志，对吧？”

赛德点点头。

“哦，天哪！真了不起，不是吗？我们镇有人要上《人物》杂志了！我一定得买那期杂志！”

“我不确定我会买。”波蒙特说，“谢谢，霍尔特先生。”

迪格喜欢波蒙特，即使他是一个作家。迪格自己只读到八年级——而且考了两次才过关——镇上不是每个人都称呼他为“先生”。

“如果他们可以做到的话，可恶的杂志佬大概会要你赤身裸体，把你的老肥腿神气活现地搁在一只大丹犬的屁股上，是吧？”

波蒙特爆发出一阵少有的大笑。“是啊，我想那正是他们求之不得的。”他拍拍迪格的肩膀说道。

结果摄影师是一个女人，迪格把这类女人叫做“城里来的高级婊子”。当然，这里所谓的“城市”指的是纽约。她走路时，仿佛阴道和屁股里各插了一个轻快旋转的纺锤。她从波特兰机场的租车处租了一辆旅行车，里面塞满了各种摄影器材，车里居然还有空间给她和她的助手坐真是一个奇迹。假如车子装得太满，必须在她的助手和一些器材之间做选择的话，迪格估计那个从纽约来的娘娘腔助手就得想办法搭便车回机场了。

波蒙特夫妇开着他们自己的车跟在旅行车的后面，停车时也停在它的后面，他俩看上去都是既开心又有点不好意思。由于他们似乎是自愿和这个城里来的高级婊子待在一起的，迪格猜想他们还是开心多过不好意思。不过，他依然不顾高级婊子的目中无人，探身过来确认一下情况。“一切都好吧，波蒙特先生？”他问。

“天哪，不好，但我想会搞定的。”他回答，并朝迪格眨眨眼睛。迪格也立刻眨眼回应。

迪格一旦搞清楚波蒙特夫妇的意愿，他就乐得在一旁观看了——他喜欢作为旁观者免费看好戏。那个女摄影师所带的旅行用品中塞着一大块顶部呈圆形的老式风格的假墓碑。它看上去更像查尔斯·亚当斯[①]的漫画里的墓碑，而不像迪格最近竖起的真墓碑中的任何一块。她在假墓碑的周围忙来忙去，一次又一次叫她的助手把它立起来。迪格曾走过去问是否需要他帮忙，可她只是用她那傲慢的纽约方式说了句“不，谢谢”，于是迪格又退到旁边。

最后，假墓碑终于按她想要的方式立好了，她又让助手忙于布光。布光又耗去大约半小时。期间，波蒙特先生始终站在那里看着，有时他以自己特有的奇怪方式摸摸前额上的白色小疤。他的眼睛让迪格着迷。

这个男人在拍摄他自己的照片，他想。他拍的照片很可能比她拍得更好，并流传更久。他正在把她储存起来，以便某一天把她写进书里，她却一点也不知道。

最后，那个女人总算是准备好拍几张照片了。她叫波蒙特夫妇在假墓碑上方握手，一握就是十几次，那天还特别冷，她指挥他们就像指挥她那个尖声尖气、矫揉造作的助手那样。她操着纽约腔反复下达着指示，因为不是光线不对，就是他们的脸部表情不对，也可能是她自己出了点状况，期间迪格一直指望波蒙特先生会对她大发雷霆——他听说波蒙特先生不是那种非常有耐心的男人。可波蒙特先生——以及他的妻子——似乎兴致盎然，并不生气，他们只是不断按照城里来的高级婊子的要求去做，尽管那天寒意刺骨。迪格相信，换作他，他肯定过一会儿就对这个女人发火了，大概过十五秒钟吧。

正是在这儿，在这个该死的大洞的地方，他们竖起了那块假墓

---

① 查尔斯·亚当斯（1912—1988）美国著名的漫画家。

碑。哦，如果他还需要进一步的证据的话，这儿的草皮上依然有圆形的痕迹，那是高级婊子的鞋跟留下的。她是从纽约来的，毫无疑问；只有一个纽约女人才会在多雨季节的末期穿着高跟鞋在墓地里走来走去拍照片。假如那不是——

他的思绪中断了，那种寒意再度涌现出来。他一直在注视摄影师的高跟鞋所留下的模糊印子，当他盯着那些印子时，他的眼睛碰巧发现了其他一些更新鲜的痕迹。

2

脚印？这些是脚印吗？

它们当然不是脚印，不过是挖这个坑的家伙把一些土扔得比其他的土远了一点，仅此而已。

只是事情并非如此，迪格很清楚这一点。甚至不等走近绿草地上的第一块污泥，他就在离坑最近的一堆泥土上看到了一个深深的鞋印。

就算有脚印，那又怎么样呢？难道你认为挖这个坑的人是一个手持铲子飘来飘去的小幽灵？

这世上有许多擅长自我欺骗的人，可迪格不是这种人。在他脑中回响的那个神经质的嘲弄声音无法改变他所看到的一切。他这辈子追踪、猎杀过许多野兽，这个痕迹是什么太容易看出来了。他多么希望这不是真的。

这堆靠近坟墓的泥土上不仅有一个脚印，还有一个盘子大小的凹痕在脚印的左边。圆形痕迹的两边都有脚印，远处泥土上的凹槽显然是手指印，手指抓牢前打滑所留下的痕迹。

他在第一个脚印的后面又看到了另一个脚印，在更远处的草地上又看了第三个脚印的一半，那是鞋底的泥土掉下一块所形成的。这块泥从鞋底掉下来，却有足够的湿度留住印痕……起初引起他注意的另外三四个脚印也是如此。倘若他没有到得这么早，草还是湿润的，那么太阳会晒干泥土，它们也将碎成无迹可寻的小土粒。

他希望他没有到得那么早，希望自己从家里出发后，先去了慈悲墓园。

但他没有，就是这样。

在距离坑洞（坟墓）不到十二英尺的范围内逐渐消失了。迪格怀疑远处湿润的草地上可能还有痕迹，他想自己会去检查一下，尽管他并不是很想那么做。此刻，他再次将目光投向坑附近的小土堆上那几个最清晰的痕迹。

手指抠出的凹槽；凹槽往前一些是一个圆形的痕迹；圆形痕迹旁是一个脚印。这种图案道出了怎样的一个故事呢？

迪格几乎无须问自己，答案就跳进了他的脑中，就像过去格劳乔·马克斯的节目《赌你人生》[①] 里的参赛高手。整件事情在他看来一目了然，仿佛是当时身临其境，这正是他不愿意与此事再有任何瓜葛的原因。这事真是太恐怖了。

瞧，这儿，一个男人站在地上新挖的坑里。

嗯，可是他是怎么到下面去的呢？

嗯，可是他是自己挖的坑，还是其他人挖的？

嗯，可是那些小草根怎么会看起来扭曲、磨损和断裂，仿佛土是被人徒手扒开的，而不是用铲子整齐铲开的？

别这些“可是”了。别管它们了。或许不去想它们会更好。只想想这个男人站在坑里，一个深得不可能跳出来的坑。那么他做了什么？他将手掌放在离坑最近的土堆上，把自己撑了出来？如果是一个成年人，而不是一个孩子的话，没必要这么做。迪格注视着一些他发现的清晰、完整的痕迹，想道：*如果这人是一个孩子，那么他有一双大得吓人的脚。这双脚至少有十二号。*

手放在坑外面。将身体撑上来。撑上来的过程中，疏松的泥土让

---

① 格劳乔·马克斯（1890—1977），美国著名的喜剧和电影明星，《赌你人生》是他主持的一档电台和电视测验节目。

手有点打滑，于是你的手指抠进土里，留下了那些短短的凹槽。然后你从坑里出来了，单膝着地支撑身体，造成了那个圆形的凹陷。你把一只脚放在支撑身体的膝盖旁边，将重心从膝盖移到脚上，站起来，走掉了。简单至极。

那么某人将自己从坟墓里挖出来，然后走掉了，是这样吗？他大概是在下面待饿了，于是决定去“奶奶快餐店”吃一份芝士汉堡包，喝一杯啤酒？

“妈的，这不是一个坟墓，是地上的一个烂坑！”他大声说，一只麻雀冲他叫，让他有点吓了一跳。

没错，只是地上的一个坑——难道他不是这样对自己说的吗？但为什么他看不见任何铲子挖掘的痕迹？为什么只有一组从坑里朝外走的脚印，却没有任何围绕它、走向它的脚印？像所有挖坑的家伙一样，若一个人边挖边不时踩在自己挖出来的泥土上，怎么会只留下一组朝坑外走的脚印？

迪格只想知道自己接下来该如何处理此事，可他知道才怪。他认为从技术角度而言，罪行已经被实施了，可你无法指控一名盗墓犯——一名挖开一块没埋尸体的土地的盗墓犯。你最多只能把它称做“恶意破坏”，倘若还可以对此采取其他措施，迪格也不确定自己是否想参与其中。

或许，最好的做法是先把坑填回去，把他觉得完整的草皮铺回原处，找到足够的新鲜草皮完成这项工作，然后忘掉整件事情。

毕竟，没有人真的埋在这儿，他第三次告诉自己。

在他的记忆中，那个下雨的春日闪烁了片刻。哦，那个假墓碑看上去好逼真！你看那个苗条的助手抗着它走来走去时，你知道它是假的，但他们将它竖起来后，配上它前面的假花等，你会断言它是真的，并会确信那里真的有人——

他的手臂上开始起鸡皮疙瘩。

“你现在就停止胡思乱想。”他严厉地告诉自己，当那只麻雀再次冲他叫时，迪格愉快地接受了这种难听却极其真实、极其平凡的声音。“你继续叫吧，妈的。”他说，然后走向最后一个脚印。

在它的后面，正如他多少猜测的那样，他可以在草地上看到其他痕迹。这些痕迹之间分得很开。看着它们，迪格不认为那个家伙当时在奔跑，但他肯定也没有浪费任何时间。四十码外的地方，迪格发现了那家伙行进路线上的另一个痕迹：一大篮花被踢翻了。尽管隔着这么远的距离，他看不见地上的足迹，但花篮应该正是在他可以找到足迹的路线上。经过的人本可以绕开花篮，可那人却没有选择这么做。他直接将它踢到一边，继续前进。

在迪格·霍尔特看来，做出这样事情的人，不是那种你想要打交道的人，除非你有十足的理由。

这个男人斜穿过墓园，仿佛是要走向位于墓地和主路之间的矮墙。他的行动像一个有地方要去、有事情要做的人。

虽然迪格对事物的想象力不比他的自欺手段高明多少（毕竟，这两者从某方面而言是相互关联的），但他有一瞬看到了这个男人，确实是看见他了：一个大脚的大个子，在黑暗中大步走过这片葬着死者的安静郊区，步态自信从容，走到花篮边时，他一脚将它踢开，连步子都没有变。他也不害怕——这个男人不会害怕。因为假如像一些人相信的那样，这儿依然有活着的东西的话，他们会害怕他。移动，行走，阔步前进，上帝保佑挡他道的男人或女人。

鸟大声叫。

迪格吓了一跳。

“忘掉它吧，朋友。”他再次告诉自己。“只管把这该死的坑填好，别再想它了！”

他填好了坑，打算忘掉此事，可那天傍晚，笛克·布拉弗德在思达克波路的墓地找到他，跟他说了关于霍默·葛玛奇的新闻，葛玛奇那天上午被人发现死在三十五号公路上，距离故乡墓园不到一英里。一时间，整个镇上各种谣言和推测满天飞。

于是，迪格不情愿地跑去找县治安官庞波谈话。他不知道那个坑及那些痕迹是否与葛玛奇的谋杀案有关，但他觉得最好还是把自己知道的事情说出来，让那些吃这碗饭的人来判断。

第四章　小镇上的命案

1

至少在最近的几年里，罗克堡是一个倒霉的镇子。

仿佛是为了证明那句“风水轮流转”的老话不总是正确的，在过去的八年或十年间，罗克堡发生了许多倒霉事——倒霉到足以成为全国性的新闻。那些事情发生时，乔治·班纳曼是当地的县治安官，人们亲切地称他为“大乔治”，但大乔治不用管霍默·葛玛奇的案子了，因为大乔治死了。他在第一桩罪案发生后还活着，那是他自己手下的一名警官犯下的连环强奸杀人案，但两年后他在镇三号公路上被一只患有狂犬病的狗咬死了——不仅仅是咬死，确切地说是几乎被分尸了。这两桩案子都非常奇怪，可这世界就是一个奇怪的地方，一个严酷的地方，有时还是一个倒霉的地方。

新治安官庞波当时还没来罗克堡（目前艾伦·庞波实际上已经在“县治安官”的位置上干了八年，但他决定至少等到二〇〇〇年才正式就任“新治安官”一职——他这样告诉他的妻子，总是想当然地觉得自己能干那么久，也能一直被大家选中）；一九八〇年以前，他在纽约上州的一个中小城市负责公路执法，离锡拉丘兹[①]不远。

霍默·葛玛奇破碎的尸体躺在三十五号公路旁的一条沟渠里，看着它，庞波希望自己依然待在原来的那个中小城市。看来镇子的霉运并没有随乔治·班纳曼的死而终结。

*哦，别瞎想——你并不希望自己在这个地球上的其他任何地方。别说你希望，否则坏运气真的会落到你的头上并跟随着你。*对安妮和

① 位于纽约上州中部的城市，因为该地降雪极丰，又常被称作“雪城”。

孩子们来说，这个地方好极了，对你来说，这也是一个非常好的地方。所以你为什么不打消这个念头呢？

好建议。庞波发现，你的脑袋总是给你的神经提供它们无法接受的好建议。你的神经说，是，先生，既然你提到它了，那它就是千真万确的。接着，你的神经就真的开始紧张不安。

不过，他对这类事情早有心理准备，不是吗？担任县治安官期间，他在镇公路上搬走过差不多四十具遗体，制止过无数起打斗，处理过上百起虐待配偶和儿童的案件——这还只是报案的部分。但世事都遵守着一种平衡法则；在这个不久之前刚出现了本地的连环杀手的小镇里，庞波极少碰到谋杀案。他只处理过四起，仅有一名罪犯——乔·罗德威，打爆老婆的脑袋后潜逃。庞波对那位女士有所了解，所以当他从罗德岛的金斯顿警察局收到电报，说他们已经拘捕了罗德威时，他几乎为他感到惋惜。

另一起是汽车凶杀案，剩下的两起都是普通的二级谋杀案，一起用刀，另一起只用指关节——后面这起是极端的虐待配偶案，仅有一点不同寻常：妻子将烂醉的丈夫活活打死，夸张地报复了丈夫对自己将近二十年的虐待。当女人被控告时，她身上的最后一组瘀伤依然清晰可见。法官只判她入女子教养所六个月外加六年的查看期，庞波对此一点也不感到遗憾。潘德法官这样判大概纯粹是因为没办法授予这位女士她真正应得的东西，一枚奖章。

他发现，现实生活中的小镇谋杀案，与阿加莎·克里斯蒂的小说中的小镇谋杀案鲜有任何相似之处。她的小说里，在一个风雨交加的阴郁冬日，在邪恶的老上校的乡村别墅里，七个人轮流朝他刺了一刀。在现实生活中，庞波知道，你几乎总是可以在到达现场时发现罪犯依然站在那儿，低头看着一片混乱，不知道自己干了什么，一切又是如何在毁灭性的瞬间失去了控制。即使罪犯已经走了，通常也走不远，总会有两三个目击者可以告诉你究竟发生了什么，是谁干的，以及他去了哪里。最后一个问题的答案经常是离现场最近的酒吧。通常，真实生活中的小镇谋杀案都是简单、残忍和愚蠢的。

通常。

但总有例外。就像闪电有时真会击中同一个地方两次一样，有时发生在小镇上的谋杀案也无法立刻破案……眼下这起谋杀案即是如此。

庞波本可以等待。

2

诺里斯·瑞治威克警官从自己的巡逻车那儿走回来，他的车就停在庞波的车子后面。晚春的暖和空气中，两台警察局波段的无线电劈啪作响。

“雷在赶过来吗？”庞波问。他说的雷是雷·凡·艾伦，卡索县的法医和验尸官。

“是的。”诺里斯说。

“霍默的老婆怎么样了？有人跟她说过这事了吗？”

庞波边说边驱赶霍默脸上的苍蝇。霍默脸上除了像鸟嘴那样突出的鼻子，已经不剩下什么了。要不是那只假左臂，以及原本在葛玛奇嘴里、现在裂成碎片掉在他有肉垂的脖子和衬衫前襟上的金牙齿，庞波怀疑连葛玛奇的亲妈也没法认出他来。

诺里斯·瑞治威克长得很像老电视剧《安迪·格里菲思》[①] 里的副警长巴尼·法夫，他走路拖着脚，低头看着自己的鞋子，仿佛突然觉得它们很有趣。“唔……约翰在巡逻，安迪·克拉特巴克在奥本的地方法庭——”

庞波叹了一口气，站起来。葛玛奇六十七岁。他和妻子住在旧火车站旁的一栋干净的小房子里，离这儿不到两英里。他们的孩子都长大离开家了。今天一大早是葛玛奇夫人给县治安官办公室打电话的，当时她都快哭了，她说霍默有时因为她打呼噜而睡在孩子们的老房间

---

① 美国二十世纪六十年代的一部电视剧。

里，但她今天早晨七点醒来却发现他昨晚一整夜都没回家。他昨天晚上七点出门去参加保龄球社团活动，就像往常一样，他本该午夜之前回到家的，最晚不超过十二点半，可他没有回家睡觉，他的货车也没在前院或车库里。

日间调度员希拉·布里汉姆将这第一个电话转给县治安官庞波，当时正在加油的他用加油站的付费电话回电给葛玛奇夫人。

她给他提供了他所需的车辆信息——一九七一年产的白色雪佛莱小卡车，生锈的地方露出栗色的底漆，驾驶室里有一个枪架，缅因州车牌，号码是 96529Q。他将讯息通过电台传给辖区内他手下的警官（只有三人，包括在奥本地方法庭作证的克拉特巴克），并告诉葛玛奇夫人他一有消息就会立刻通知她。当时他没有太过担心。葛玛奇爱喝啤酒，尤其是在参加保龄球社团活动的晚上，但他并不愚蠢。如果他喝多了感觉驾车不安全，他会在某个球友家的起居室沙发上睡一晚。

可有一个问题。假如霍默决定在某个队友家过夜，他为什么不打电话跟他老婆说呢？难道他不知道她会担心吗？唔，或许是因为太晚了，他不想打扰她。这是一种可能。庞波觉得，另一个更好的解释是，他打过电话，但她在床上熟睡，房门紧闭，所以没听见房子里唯一的一部电话在响。而且你还必须考虑到她呼噜打得震天响。

庞波与心情烦乱的葛玛奇夫人说再见，挂了电话，他认为她的丈夫最迟今天上午十一点就会满脸惭愧、宿醉未醒地露面了。他回家后，埃伦[①]会将他臭骂一顿。庞波则会在这一点上悄悄地称赞霍默——南巴黎[②]距离罗克堡有三十英里，霍默喝多后，正确地选择了不开车回家。

与埃伦·葛玛奇通电话的一小时后，庞波意识到自己对情况的第一种分析有点不对头。假如葛玛奇是在球友家过夜，那么他觉得这一定是葛玛奇第一次这么做。否则，他的老婆自己就会想到这样的可能，至少会等久一点才打电话到县治安官办公室。然后庞波想到葛玛

① 葛玛奇夫人的名字。

② 南巴黎，位于缅因州。

奇已经老得不太会改变习惯了。假如他昨晚在某个地方过夜，那么他应该以前也这样做过，可他老婆的电话表明他没这样做过。假如他以前酒后驾车回家过，那么昨晚他大概会再这么干一次……可他没有。

那么老家伙是学会了一个新招数，他想。有这种可能。也可能他只是喝得比平时更多。见鬼，他甚至可能喝得和往常一样多，却比往常醉得厉害。人们说这种情况确有可能发生。

他试图忘掉霍默·葛玛奇，至少暂时忘掉他。他的桌上放着许多有待处理的工作，他却坐在那里一边转铅笔，一边想着那个开着小卡车在某个地方的老头，老家伙一头白发，剃得很短，戴着一只机械手臂，他是在一个名叫“斧山”的地方失去自己的手臂的，那是越战之前一场未正式宣布的战争，现在的那批越战老兵中大多数人当时还在穿尿布呢……算了，想这些既不能帮他干完桌上的活儿，也无助于找到葛玛奇。

但他还是朝希拉·布里汉姆的小格间走去，想叫她用无线电联诺里斯·瑞治威克，好知道诺里斯有何发现，这时诺里斯自己来电话了。诺里斯汇报的内容加剧了艾伦的不安，一股冻彻心肺的寒意让他觉得有点麻木。

他嘲笑那些打电话去电台节目大谈心灵感应或未卜先知能力的人。当暗示和直觉在人们的生活中扮演了极其重要的角色，人们就会在不自觉的情况下使用它们，他嘲笑这些人的做法。但假如问他在那一刻是怎么想霍默·葛玛奇的，艾伦会回答：当诺里斯来电话时……唔，我开始觉得老头不是受了重伤，就是死了。十有八九是第二种情况。

3

诺里斯碰巧在三十五号公路上的阿思诺特农场停下，从这儿往南差不多一英里就是故乡墓园。他一点都没想到霍默·葛玛奇，尽管阿思诺特农场离霍默家不到三英里，假如霍默前一晚按常规路线从南巴黎开车回家，他会经过阿思诺特农场。诺里斯认为，昨晚阿思诺特一家不会有人看到过霍默，因为如果被他家人看到的话，霍默应该在大约十分钟后安然无恙地回到家中。

诺里斯在阿思诺特农场停下的唯一原因是他们家经营着附近三镇公路边最好的农产品商店。他是极少数喜欢做饭的单身汉之一，还狂爱新鲜的甜豌豆。他想看看阿思诺特农场何时卖甜豌豆，并顺便问一下多利·阿思诺特昨晚是否见过霍默·葛玛奇的小卡车。

"哦，你知道吗，你提到这点真有意思，因为我确实见过他。昨天深夜，不……我想想，应该是今天凌晨，因为约翰尼·卡森[①]的节目还在放，不过快结束了。我想再吃一碗冰激凌，看一会儿戴维·莱特曼[②]的节目就上床睡觉。我最近睡眠不太好，那个站在马路对面的男人让我神经紧张。"

"什么男人，阿斯诺特夫人？"诺里斯问，突然感兴趣起来。

"我不认识——只是一个男人。我不喜欢他的样子。我几乎看不见他，可我就是不喜欢他的样子，奇怪吗？我知道这听上去很糟，可那个杜松山疯人院离这儿并不远，当你看到一个男人凌晨一点独自站在乡村马路边时，这足以让任何人紧张，即使他穿着西装。"

"他穿的西装是什么样的——"诺里斯试图提问，但插不上嘴。阿斯诺特夫人是一个喋喋不休的乡下女人，她直接忽略诺里斯·瑞治威克的问话，继续滔滔不绝。他决定等她说完再去归纳信息。他从口袋里拿出笔记本。

"在某种程度上，那件西装让我*更加*紧张了。"她继续说道，"一个男人在那样的时间穿西装显得很不对劲，你明白我的意思吧。你大概不明白，你大概觉得我只是一个愚蠢的老太婆，大概我确实只是一个愚蠢的老太婆，但在霍默出现前的一两分钟，我觉得那个男人或许会走向我们家，我起身去确认门锁好了。他朝我们这个方向看，你知

---

① 约翰尼·卡森（1925—2005），已故美国著名的脱口秀主持人。

② 戴维·莱特曼（1947— ），美国著名的脱口秀主持人。

道，我看见他那么做的。我猜他看了，因为他大概能看到窗户还亮着，尽管已经很晚了。他大概还能看见我，因为窗帘很薄。我其实看不清他的脸——昨晚没月亮，我不相信他们会在这么偏远的地方装路灯，更不用说安装镇上的那种有线电视了——可我能看见他转过头。然后他确实开始穿马路了——至少我觉得他正在这么做，或想要这么做，你明白我的意思吧——我想他会过来敲门，说他的车抛锚了，问是否能借用电话，我想知道如果他这么做，我该怎么说，或者我到底要不要应门。我想我是一个愚蠢的老太婆，因为我想到了《阿尔弗雷德·希区柯克剧场》[①]一集中的疯子，他有着足以将鸟儿从树上吸引下来的非凡魅力，却用斧子把一个人砍得稀巴烂，他把尸块放在自己汽车的后备箱里，他们抓到他，因为他的一个后车灯坏了，或者类似这样的原因——可另一方面——”

“阿思诺特夫人，我想知道我是否可以问问——”

“我不想做那种在路上碰到有人需要帮助却见死不救的人。”阿思诺特夫人继续说道，“你知道，就像好撒马利亚人的故事[②]。我对此有点持付什一税者[③]的态度……但我对自己说——”

这时，诺里斯已经彻底忘记了甜豌豆。他告诉阿思诺特夫人，她看到的男人可能与一桩他们正在调查的罪案有关，这才终于让她停了下来。他让她退回去，从头开始说她所看到的一切，尽量排除与之无关的《阿尔弗雷德·希区柯克剧场》和好撒马利亚人的故事。

他通过无线电告诉艾伦长官的故事是这样的：阿思诺特夫人独自一人在看约翰尼·卡森的节目《今晚秀》，她的丈夫和儿子们在睡觉。她的椅子摆在窗户边，对着外面的三十五号公路。窗帘没拉上。十二点半或十二点四十分左右，她抬头看见一个男人站在马路对面……即故乡墓园的那一边。

那个男人是从故乡墓园的方向还是从其他方向走过来的？

阿思诺特夫人无法确定。她认为他可能是从故乡墓园的方向走过

---

① 希区柯克本人主持的一档电视剧集。

② 参见《新约》。

③ 自愿捐出年收入的十分之一用以支持教堂和神职人员的人。

来的，这意味着他是在朝镇外走，但她不能肯定是什么给了她这样的印象，因为她先朝窗外看过一次，只看到了马路，接着在起身去取冰激凌前她又朝外看了一眼，就看到他在那儿。他只是站在那儿，注视着亮着灯的窗户——想来就是朝着她的方向。她觉得他要穿马路，或者已经开始穿马路了（艾伦认为他大概只是站在那儿；其他不过是阿思诺特夫人的想象），这时山顶上出现了灯光。当穿西装的男人看见驶近的灯光时，他竖起大拇指，做了一个请求搭车的通用手势。

“没错，那是霍默的小卡车，霍默坐在方向盘后面。”阿思诺特夫人告诉诺里斯·瑞治威克。“起初，我以为他会一直开过去，就像任何在午夜碰到要求搭便车的正常人一样，可接着他的尾灯亮了，那个男人跑到驾驶室的乘客席那边，上了车。”

阿思诺特夫人六十四岁，看上去却比实际年龄老二十岁，她摇了摇满头白发的脑袋。

“霍默一定是喝醉了才会这么晚让人搭车。”她对诺里斯说，“不是喝醉了，就是头脑简单，我认识霍默有差不多三十五年了，他不是头脑简单的人。”

她停下思考了片刻。

“唔……不是很简单。”

诺里斯试图让阿思诺特夫人描述一下那个男人穿的西装的细节，却问不出个所以然。他觉得路灯仅装到故乡墓园那里真是令人遗憾，可像罗克堡这样的小镇可供支配的钱只有那么多。

她确定那个男人穿的是一件西装，而不是运动外套或男式夹克，西装不是黑色的，但除此之外的颜色也多了去了。阿思诺特夫人觉得搭车者的西装不是纯白色的，可她只能保证它不是黑色的。

“我其实并不需要您保证，阿思诺特夫人。”诺里斯说。

“当一个人与执法人员谈正经事时，总是这样的情况。”阿思诺特夫人拘谨地双臂交叉抱于胸前，回答说。

那么她所知道的就是：她在凌晨十二点四十五分左右看见葛玛奇载了一个要求搭便车的人。没什么可向联邦调查局汇报的，你会说。可当你想到霍默在离自家前院不到三英里的地方载上这个乘客……然后就没有回到家，感觉便有点不祥了。

阿思诺特夫人对于西装的看法也很对。午夜在离城镇那么远的郊区看到一个搭车客已经够古怪的了——夜里十二点三刻，任何普通的流浪汉都已经在某个废弃的谷仓或农场主的工棚里躺下了——再加上他还穿着西装，打着领带（阿思诺特夫人说：“某种深颜色，只是别叫我确定是哪种深色，因为我无法断言，也不会断言。”），这就更让人感觉不舒服了。

“接下来，你想要我怎么做？”诺里斯通过无线电汇报完毕，便问道。

“继续待在那儿。”艾伦说，“与阿思诺特夫人扯《阿尔弗雷德·希区柯克剧场》的故事，等我赶到。我自己过去一直很喜欢那些故事。”

但他开了不到半英里，他和诺里斯的碰头地点就从阿思诺特农场换到了从那里往西大约一英里的地方。一个名叫弗兰克·加维诺的男孩清早在小溪钓完鱼，走路回家时在三十五号公路南面高高的杂草丛中看到两条伸出的腿。他跑回家告诉他妈妈。她打电话到县治安官办公室。希拉·布里汉姆将消息传给艾伦·庞波和诺里斯·瑞治威克。希拉遵守规范，没有在广播里提及任何名字——因为有太多耳朵总是在偷听警察局的波段——但艾伦从希拉沮丧的声音里就能听出连她都清楚地知道那两条腿属于谁。

整个上午唯一的好事是诺里斯在艾伦赶到之前就清空了自己的胃，他明智地选择吐在公路的北边，远离尸体及其周围可能发现的证据。

“现在干什么？”诺里斯打断艾伦的思绪问道。

艾伦重重地叹了一口气，停止驱赶霍默遗体上的苍蝇。这是一场失败的战斗。“现在我要上路去见埃伦·葛玛奇，告诉她今天清早起她成寡妇了。你待在这儿守着尸体。尽量让苍蝇不要叮他。”

“呀，长官，为什么？苍蝇太多了。而且他已经——”

“已经死了，没错，我明白。我也不知道为什么。因为看来应该这么做，我认为。我们没办法替他把那只假胳膊装回去，可至少我们能阻止苍蝇在他鼻子剩余的部分上拉屎。”

“好的。”诺里斯顺从地说，“好的，长官。”

“诺里斯，你能叫我‘艾伦’吗？试一下好吗？”

“当然，长官，没问题。”

艾伦哼了一声，转身最后看了一眼沟渠所在的区域，等他回来时，这儿很可能已经被写着“犯罪现场，请勿进入”的黄色警戒线圈起来了。县验尸官会在这里。从牛津县的州警察局赶来的亨利·佩顿也会在这里。首席检察官的死罪组里的摄影师和技术员大概不会在——除非他们中的几个人碰巧已经在这个区域处理另一桩案子——但他们很快就会赶到。下午一点之前，州警察局的流动实验室也会出现在这里，配备齐全的各色法庭辩论专家和一个专门负责调石膏、提取轮胎印模的家伙，如果尚有没被诺里斯自己的巡逻车破坏的轮胎印，那么诺里斯不是足够聪明，就是运气好（艾伦有点不情愿地选择第二条）。

那么兴师动众的结果将是什么？哦，只是这个：一个半醉的老头停车帮助一个陌生人。（*上车吧，孩子，艾伦可以听到他说，我开了很长的路，但我还是可以送你一程*），而陌生人却以打死老头、偷走他的车作为报答。

他猜穿西装的男人要求霍默靠边停车——最有可能的借口是说他要小便——一旦车子停下，他就猛揍老头，将他拖出车子，接着——

啊，接着就是最恶心的部分了。真他妈的恶心。

艾伦最后一次低头看沟渠，诺里斯·瑞治威克正蹲在血肉模糊的尸体旁边，耐心地用写字板驱赶霍默脸上的苍蝇，艾伦再度感觉到一阵反胃。

他不过是一个老头，你这婊子养的——一个半醉的老头，只有一条真胳膊可以用，唯一的小乐趣就是参加保龄球社团活动。那么你为什么不只是在他小卡车的驾驶室里痛打他一顿，然后就放过他呢？那是一个暖和的夜晚，就算再冷一点，他十有八九也会没事的。我拿我的手表打赌，他的抗寒能力很强。而且无论如何车牌号码都会被通报出去。那么为什么要这样做？哦，我希望能有机会问问你。

可作案理由重要吗？肯定跟霍默·葛玛奇没关系，再也没关系了。对霍默来说，什么都无关紧要了。因为搭车者重击他后，又将他拉出驾驶室，拖进沟里，很可能是架着他的腋窝拽他的。艾伦无须借助重案组的人员，就能读懂葛玛奇的鞋跟所留下的痕迹。搭车者在拖葛玛奇的过程中，发现了他的残疾。在沟渠的底部，他从老头身上拧下他的假胳膊，并用它将老头打死。

第五章 96529Q

“停，停。”康涅狄格州警察沃伦·汉密尔顿大声地说，尽管巡逻车里只有他一个人。这是六月二日晚上，距霍默·葛玛奇的尸体在缅因小镇被发现大约过了三十五个小时，州警察汉密尔顿从未听说过那个地方。

他在韦斯特波特[①]九十五号州际公路旁麦当劳餐厅的停车场（正往南行驶）。他在州际公路巡逻时，养成了拐进餐厅和加油站的停车场的习惯；如果你在夜里关掉车灯慢慢驶进停车场的最后一排，有时你会有一些不错的发现。比“不错”更好，应该说是绝佳的发现。当他感觉自己可能碰到这样的机会时，他经常会自言自语。这种独白常常是以“停，停”作为开始，接下去则会说些类似“让我们查查这玩意儿”或“问问妈妈是否相信”这样的话。当他发觉一些有趣的迹象时，州警察汉密尔顿会狂说“问问妈妈是否相信”这句话。

“我们在这儿发现了什么？”这一次他边咕哝边倒车。经过一辆卡玛罗[②]。经过一辆丰田，它在纳弧灯眩目的铜橙色下看上去就像一堆慢慢风化的马粪。还经过……哈！一辆老旧的通用牌小卡车，灯光下看上去是橙色的——这意味着它是——或曾经是——白色或浅灰色的。

他打开聚光灯，照在车牌上。根据州警察汉密尔顿的拙见，车牌是越做越好了。各个州都相继在车牌上印上小图案，这让它们在夜里变得容易辨认，因为变化的灯光条件会使实际颜色变得面目全非。最不利于看清车牌的灯光是那些该死的橙色强光灯。他不知道它们是否达到了挫败行凶抢劫的设计目的，但他确信它们使像他自己这

---

① 美国康涅狄格州西南部城镇，位于长岛海峡岸边。最初建于一六五四年，是住宅区和避暑胜地。

② 雪佛莱旗下的一款跑车。

样辛苦工作的警察看错被盗车辆的车牌号码或漏掉没有牌照的逃亡车辆。

牌照上的小图案对辨认车辆大有帮助。无论是在明媚的阳光下还是在该死的铜橙色强光下，一个自由女神的图案始终都是一个自由女神的图案。并且无论它是什么颜色，自由女神的图案代表的就是纽约州。

同样的，他现在正用聚光灯照着的那个粗糙的螯虾图案代表的就是缅因州。你无须再费神寻找什么“度假胜地”的字样，也不用猜测看上去的粉色、橙色或铁青色是否实际是白色的。你只要看那个粗糙的螯虾图案就行了。汉密尔顿知道它其实是一种龙虾，但一只低贱的螯虾即使换个名字还是一只低贱的螯虾，他宁愿吃一头猪刚拉出来的屎也不愿意将一只该死的螯虾放进嘴里，不过他还是非常高兴看到它们出现在车牌上。

今晚，他正好在寻找一张带螯虾图案的车牌，所以看到它们格外高兴。

“问问妈妈是否相信。”他边咕哝边将巡逻车驶进停车场。他从贴在驱动轴峰上方的仪表盘中央的磁条上取下写字板，翻过空白格式页（所有警察都会留着它当保护页，盖住警方追踪的车牌号码列表，以免在警察去买汉堡或去就近的加油站方便时，广大群众傻傻地盯着那些号码看），用大拇指点着列有车牌信息的那页纸逐行往下搜寻。

找到了。96529Q；缅因州；该死的螯虾的家乡。

州警察汉密尔顿最初经过这辆小卡车时，看到驾驶室里没有人。车里有一个步枪架子，不过是空的。可能——不是非常有可能，但却可能——有人待在车厢里。待在车厢里的人手上甚至可能拿着本该放在枪架上的步枪。更有可能的是，司机不是早走了，就是在里面吃汉堡。无论如何……

“老警察，大胆的警察，但不要做大胆的老警察。”州警察汉密尔顿轻轻地说。他关掉聚光灯，沿着那排车慢慢开下去。他停下两次，两次都闪了灯，尽管他根本没看他用灯照的那辆车。总有这种可能性：96529Q先生从餐厅附带的洗手间方便回来的路上，已经发现汉密尔顿用聚光灯照这辆偷来的小卡车了，假如他看见警车沿着那排车辆往前开，并在检查其他车子，他可能不会离开。

“安全就是安全，遗憾就是遗憾，这就是我所知道的。”州警察汉密尔顿大声地说。这是另一句他最喜欢说的话，使用得不如“问问妈妈是否相信”频繁，但也是经常挂在嘴边。

他把车停进一个可以观察到小卡车的空位。他打电话给不到四英里之外的总部，告诉他们说他已经找到了那辆涉及缅因州凶杀案的通用牌小卡车。他要求支援，被告知后援人员马上就会赶到。

汉密尔顿观察到没人接近小卡车，于是他认为小心地接近它应该不算太过鲁莽：事实上，当其他人赶到时，如果他依然隔着一排坐在暗处，他会显得像一个懦夫。

他走出巡逻车，解开枪套的扣带，但没有把枪拔出来。他执行任务时只有两次拔出过枪，但开枪是一次都没有。现在他既不想拔出枪，也不想开枪。他选了一个角度接近小卡车，这个角度让他可以同时观察到车子（尤其是它的车厢）及从麦当劳方向来的人。当一男一女从餐厅出来，走向一辆福特色当[①]时（这辆车停在小卡车往前数第三排，离餐厅更近），他停了一下，等他们上车开往出口后，他才继续走近小卡车。

汉密尔顿始终将右手放在他的佩枪上，左手放在屁股上。以汉密尔顿的拙见，皮带也是越做越好了。他从小就是蝙蝠侠的超级追随者——他猜对蝙蝠侠的崇拜是他当警察的原因之一（他当然不会将这种未经证实的东西放在自己的工作申请表上）。他最喜欢的蝙蝠侠配件不是强吸力抓钩枪或飞镖，甚至不是蝙蝠侠开的车子，而是他的腰带。它像一家琳琅满目的礼品商店：上面有一切场合所需的任何东西，比如绳子、夜视镜，或镇暴弹。汉密尔顿的皮带无法与蝙蝠侠的腰带媲美，但他皮带左端的三个吊环上挂着三件非常有用的东西。第一件是用电池的警棍。你一按上面的红色按钮，它所发出的超声波就能立刻将一头愤怒的公牛变成一团柔软的通心粉。警棍旁边是一只梅

① 福特旗下的一款车型。

斯毒气[1]罐（康涅狄格州警察局版本的蝙蝠侠镇暴弹），梅斯毒气罐旁是一个用四节电池的手电筒。

汉密尔顿从吊环上取下手电筒，打开它，然后用左手遮住部分光线。他这么做的时候，右手一刻也没离开过枪柄。老警察；大胆的警察；但不要做大胆的老警察。

他用电筒在小卡车的车厢上来回扫。里面除了一小块防水油布，别无他物。车厢和驾驶室一样空空如也。

汉密尔顿始终谨慎地与这辆挂着螯虾图案车牌的通用小卡车保持着一段距离——这已成一种根深蒂固的习惯，他甚至都没意识到自己在这么做。现在他弯下腰，用电筒照卡车的下面，车底下是最后一处意欲伤害他的人可能埋伏的地方。虽然有人藏在车底的可能性不大，但当他最后死掉时，他不希望牧师念悼词时这样开场："亲爱的朋友们，今天我们在这儿哀悼州警察沃伦·汉密尔顿的意外逝世。"那太傻了。

他用电筒迅速地从左到右扫过卡车的下面，什么也没发现，除了一个锈迹斑斑、快要脱落的消音器——从它上面的破洞来看，它真掉了司机也不会注意到。

"我想没有别人，亲爱的。"州警察汉密尔顿说。他最后检查了一遍卡车周围的区域，尤其是餐厅方向的来路。他观察到没有人在注意他，于是他走到驾驶室乘客座那边的车窗前，用电筒照进去。

"天哪。"汉密尔顿低声说道。"问问妈妈是否相信这事情。"他突然很感激穿过停车场，照进卡车驾驶室的橙色灯光，因为它们将暗红色几乎变成了黑色，使血迹看上去更像是墨水印。"他就这么开着它？上帝啊，就这么一路从缅因州开过来？问问妈妈——"

他把电筒向下照去。这辆通用车的座位和地板污秽不堪。他看见啤酒罐、软饮料罐、空的或接近空的番茄酱和熏猪肉皮的袋子、巨无霸和皇堡的包装纸。金属的仪表板上粘着一块看着像泡泡糖的东西，仪表板下方的收音机不见了，只剩下一个空洞。烟灰缸里有许多不带

① 一种暂时伤害性压缩液态毒气。

过滤嘴的香烟头。

驾驶室里最多的就是血迹。

座位上到处都是血。连方向盘上也积满了血。喇叭上有一块干掉的血迹，几乎覆盖住了那里的雪佛莱浮雕标记。车内驾驶座边的门把手以及后视镜上都有血——后视镜上的血呈一个小椭圆形，汉密尔顿认为 96529Q 先生沾满受害者鲜血的手在调节镜子时可能留下了一个几乎完美的指纹。扔在车内的巨无霸盒子中，有一个上面也有一大摊血迹，似乎上面还粘着几根头发。

“他是怎么跟汽车餐厅[①]的服务小姐解释的呢?”汉密尔顿咕哝道。“说刮胡子时切到了自己?”

他身后传来一个摩擦声。汉密尔顿急忙转身，可还是觉得自己动作太慢了，尽管他已经按惯例十分小心了，但他确信自己还是太鲁莽、活不长了，因为这不是一个寻常的罪犯，不，长官，很快那辆旧雪佛莱小卡车的驾驶室里就会有更多的血，他的血，因为这个将移动屠宰场般的车从缅因州一路几乎开到纽约州的人是疯子，这种人会像买一夸脱牛奶一样不假思索地杀掉一个州警察。

汉密尔顿在职业生涯中第三次拔出手枪，用大拇指推开保险栓，几乎要朝黑暗中开上一枪（或两三枪）；他紧张到了极点。可没人在那儿。

他慢慢放下枪，太阳穴处血脉贲张。

一阵微风吹过夜空。又传来一个摩擦声。他在人行道上看到一个麦香鱼盒子——毫无疑问，正是就近的这家麦当劳卖出来的，你真聪明，福尔摩斯，不值一提，华生，这是基本常识——听到异样，立刻跳开五六英尺，然后再站住。

汉密尔顿颤抖着长长地松了一口气，小心翼翼地锁上手枪的保险栓。“差点丢人现眼，福尔摩斯。”他说这句话时的声音还是颤抖的。“差点要去填一张 CR-14。”CR-14 是开枪情况说明表。

---

① 在汽车餐厅，驾车者不必下车，沿着餐厅提供的车道即可在车内点单、付费和取餐。

他想把枪再放回去，因为显然除了那个空的麦香鱼盒子，没什么可以射击的东西，但他决定拿着枪直到后援人员赶到。手中握着枪的感觉比较好。安心。不仅是因为那些血，也不仅是因为这个缅因警方通缉的杀人犯开着满是血污的车狂奔了四百英里左右。这辆小卡车周围弥漫着一股恶臭，犹如汽车在乡村公路上撞到并碾碎了一头臭鼬。他不知道即将赶到的援兵是否能闻到这股气味，还是只有他自己能闻到，但他对此不太在意。这不是血腥味，也不是腐烂的食物或狐臭的气味。他认为这只是一种很难闻的气味。非常非常难闻。难闻到他不想把手枪放回枪套，即使他几乎确定这股气味的主人已经走掉了，大概在几个小时前——如果车子引擎还是热的，就会发出一种滴嗒声，他没听到这种声音。无关紧要。这不会改变他所知道的事实：不久之前，这辆小卡车是某个可怕畜生的巢穴，这个畜生可能会回来杀他个措手不及，他可不想冒任何险。妈妈可以拿这点打赌。

他站在那儿，手里握着枪，后颈的汗毛直竖，似乎过了很久援兵才终于赶到了。

第六章 大城市里的凶案

多蒂·艾伯哈特很生气，当多蒂·艾伯哈特很生气时，你最好别去惹这个住在首都的女人。她神情冷淡地爬上L街上的公寓楼梯，就像一头犀牛穿过一片开阔的草地（她的体形也跟犀牛差不多）。她穿着海军蓝色的衣服，胸部大得已经不能简单地用“丰满”一词来形容了，两条粗壮的手臂像钟摆一样来回摆动。

许多年以前，这个女人是华盛顿最出挑的应召女郎之一。当时，她的身高——六英尺三英寸——加上她娇好的面容，使她不仅仅是一只性感小猫；追求她的人是如此之多，与她共度良宵几乎和赌场大赢一样让人激动，假如你仔细回顾在约翰逊①的第二任期和尼克松②的第一任期内拍摄的那些关于华盛顿的各种派对和晚会的照片，你可能会在很多照片上看到多蒂·艾伯哈特的身影，通常是被那种名字频繁出现在重要政治文章和评论里的男人挽着。单是她的身高就让人难以忽略。

多蒂是一个妓女，可她有着银行出纳的心思与贪婪肮脏的灵魂。她的两位常客，一位是民主党参议员，另一位是资深的共和党代表，他们给她提供了足够她从这一行退休的现金。他们这么做并非完全出于自己的意愿。多蒂意识到患病的风险不会减少（身居高位的政府官员和普通人一样容易感染上艾滋病或其他不那么严重却依然麻烦的性病）。她的年龄不会减少。她也不完全相信这些绅士会在他们的遗嘱里留一些东西给她，虽然这两个人都如此承诺。她告诉他们，对不起，可我不再相信圣诞老人或牙齿仙女了，你们明白吧。小多蒂的一切都靠她自己。

---

① 林登·贝恩斯·约翰逊（1908—1973），美国第三十六任总统。

② 理查德·米尔豪斯尼克松（1913—1994），美国第三十七任总统。

小多蒂用那些钱买了三栋公寓楼。多年过去。当时让那些强大的男人跪倒在地（通常是在她面前，当她裸体站在他们前面时）的一百七十磅体重如今变成了二百八十磅。七十年代收益不错的投资到了八十年代都不行了，这个国家把钱放在股市里的其他每个人似乎都变富了。在她职业生涯的活跃期结束之前，她的常客名单上一直有两位出色的股票经纪人，她后悔自己退休时没能维持住与他们的关系。

一九八四年她失去了一栋公寓楼；一九八六年，在一次灾难性的国税局审计之后，她失去了另一栋公寓楼。她像残酷垄断游戏[①]中快要输掉的玩家一般，牢牢地守住L街上的这栋房子，不过她确信自己也快失去它了。只是还没到那一步，她认为一两年内还不会到那一步……从目前的情况判断。真到了那一步，她打算打包搬去阿鲁巴岛[②]。在这之前，这位曾经是首都最受追捧的婊子的房东，只得撑下去。

她始终是这么做的。

她打算继续这么做。

上帝保佑那些挡她道的人。

比如自以为是的弗雷德里克·克劳森。

她到了二楼的楼梯平台。舒曼夫妇的公寓里传出很响的“枪炮玫瑰”乐队的音乐。

“把那该死的唱机调轻一点！”她大声吼道……当多蒂·艾伯哈特将嗓门提到最高分贝时，窗户会裂，小孩子的耳膜会破，狗会倒地身亡。

音乐立刻从尖叫变成了低语。她能感知到舒曼夫妇犹如暴风雨中受惊吓的两只小狗，正挤在一起发抖，并祈祷“L街上邪恶的女巫”不是来找他们的。他们怕她。这不是一种不明智的感觉。舒曼是一家实力强大的公司的律师，但他自己不足以震住多蒂。如果年纪轻轻的他在现阶段惹恼多蒂，她会让他吃不了兜着走，他明白，这让她很

---

① 一种棋盘游戏，也常译做“强手棋”。

② 委内瑞拉海岸北面背风群岛中一座属于荷兰的岛屿。是加勒比海观光胜地。

满意。

当你的银行账户和投资收益均空空如也时，你不得不从其他方面寻求满足。

多蒂不带停顿地转过二楼楼梯平台的拐角，开始往三楼走，自以为是的弗雷德里克·克劳森一个人独占着三楼。她依然像犀牛穿过草原似的迈着平稳的步伐，昂首前进，肥胖并没有让她气喘吁吁，坚固的楼梯被她的体重压得有点轻微的摇晃。

她要的正是这种效果。

克劳森甚至不是公司的低层律师。目前，他压根都没入行。像她见过的所有法律专业学生一样（多数是她的租户；在她所谓的“过去的生活”中，她从未和学法律的人上过床），他雄心勃勃，穷得叮当响，却喜欢夸夸其谈。多蒂通常从不吃这一套。在她看来，相信法律学生的大话，就像免费陪人睡觉一样傻。一旦你开始出现这样的行为，你还不如去死。

当然，这只是打个比方。

然而，自以为是的弗雷德里克·克劳森从某种程度上而言，打破了她的防备。他已经连续四次迟交房租了，而她允许他这么做，因为他让她确信，对他而言，那句老掉牙的话是事实（或可能成为事实），即：他确实马上就会有钱了。

假如他声称西德尼·谢尔顿[①]实际上是罗伯特·鲁德伦[②]，或维多利亚·霍尔特[③]实际上是罗斯玛丽·罗杰斯[④]，多蒂根本就不会理睬他，因为她对那些人及与他们类似的不计其数的作家一点儿也不感兴趣。她喜欢犯罪小说，而且越血腥越好。从《华盛顿邮报》周日版上的畅销书榜单来看，她猜许多人喜欢看浪漫小说或间谍小说那类狗屁

① 西德尼·谢尔顿（1917—2007），美国著名的畅销书作家，也是一位成功的剧作家。

② 罗伯特·鲁德伦（1927—2001），美国著名的畅销书作家，被誉为“现代惊悚小说之父”。

③ 维多利亚·霍尔特（1906—1993），英国小说家，本名埃莉诺·希伯特，她一生写了一百多部历史小说，维多利亚·霍尔特只是她最常用的笔名之一。

④ 罗斯玛丽·罗杰斯（1932—　），生于锡兰，即现在的斯里兰卡，后移居美国，是著名的历史浪漫小说家，被认为是现代历史浪漫小说的奠基人之一。

玩意儿，她在艾尔默·伦纳德[①]登上畅销书排行榜之前就读他的书好几年了，她还非常喜欢吉姆·汤普森[②]、大卫·古迪斯[③]、贺瑞斯·麦克考伊[④]和查尔斯·韦勒福德[⑤]等人的书。简而言之，多蒂·艾伯哈特爱读的小说是这样的：男人抢劫银行，互相射杀，主要通过毒打女人来证明他们是多么爱她们。

在她看来，乔治·斯塔克是——或者曾经是——这些作家中最好的一个。她是《马辛的方式》、《牛津蓝调》及他写的最后一本书《驶向巴比伦》的忠实书迷。

她第一次去三楼催讨房租时（当时房租只是过期了三天，可你若是表现得宽容，这些家伙就会得寸进尺），发现那个自大狂的公寓里堆满了笔记和斯塔克的小说，在她的催讨之下，他承诺第二天中午之前一定把支票送到她手里，随后她问他现在学法律是否必须要读斯塔克的作品。

“不是的。”克劳森微笑着说，灿烂、欢快的笑容迷人至极，“但它们或许能给一个法律学生提供经济支持。”

正是他的微笑俘获了她，让她对他网开一面，她对其他租户一贯是毫不留情的。她从前在自己的镜子里也多次看到过这样的笑容，当时她相信这样的笑容是装不出来的，念及过去，她如今依然这么认为。克劳森研究塞迪亚斯·波蒙特真有一套；他的错误在于过分自信，以为波蒙特会听从一个像他这样的人的摆布。这也是她的错误。

克劳森跟她解释了他的发现后，她看了一两本波蒙特的书——比如《紫雾》，她认为这是一本十分愚蠢的书。尽管克劳森向她展示了一堆通信与复印件，她还是觉得难以相信斯塔克和波蒙特是同一个人。除了……她读《紫雾》读到四分之三时，一度想把这本乏味的破

---

① 艾尔默·伦纳德（1925—　），美国著名的畅销小说家及剧作家。

② 吉姆·汤普森（1906—1977），美国通俗小说家，擅长写犯罪小说。

③ 大卫·古迪斯（1917—1967），美国著名的畅销小说家。

④ 贺瑞斯·麦克考伊（1897—1955），美国通俗小说家。

⑤ 查尔斯·韦勒福德（1919—1988），美国作家，作品中以一系列侦探小说最为出名。

书扔到房间另一端，彻底忘掉整件事情，却被一个农民射杀马的场景吸引住了。那匹马断了两条腿，不得不杀掉，可问题是老农民约翰却很享受这个过程。事实上，他用枪管顶住马头，然后开始手淫，在高潮时扣动扳机。

她觉得，仿佛是波蒙特写到那儿时，出去买咖啡……乔治·斯塔克走进来写了那个场景，就像文学中的侏儒怪[①]。此场景无疑是那堆干草中仅有的一点金子。

唔，现在这些都无关紧要了。它只证明了一点，即没有人是永远不会受骗的。克劳森摆了她一道，但至少她被蒙蔽的时间不长。现在一切都结束了。

多蒂·艾伯哈特到了三楼的楼梯平台，她的手已经紧紧地捏成了拳头，准备用力捶门，而不是礼貌地敲门，接着她发现没必要捶门。克劳森公寓的门微敞着。

“天哪！”她撇撇嘴，嘀咕道。这不是一个吸毒者聚集的地区，但若要洗劫某个白痴的公寓，吸毒者是很乐意跨界过来的。这家伙比她想的还要蠢。

她用指关节敲敲门，门就开了。“克劳森！”她厉声喊道。

没人回答。从短短的过道望去，可以看见客厅里的窗帘拉着，天花板上的灯也亮着。收音机正轻轻地播放节目。

“克劳森，我要跟你讲话！”

---

① 德国民间传说中的一个人物。相传一个磨房主对国王声称自己的女儿能将稻草纺成金子。国王招来磨房主的女儿，把她关在塔里，命令她用纺车连续三晚将稻草织成金子，若做不到，就处决她。她放弃了一切希望，直到一个侏儒怪出现，第一晚，侏儒怪拿走了她的项链，替她完成了任务；第二晚，侏儒怪又替她交差，只是拿走了她的戒指；第三晚，她没有东西犒劳侏儒怪了，侏儒怪还是替她将稻草纺成了金子，只是要她承诺将来生的第一个孩子归他所有。后来，国王让王子娶了磨房主的女儿，但他们的第一个孩子出生时，侏儒回来要求王后兑现当初的承诺。王后为了保住自己的孩子，愿意给侏儒怪一切财物，但遭拒绝。侏儒怪坚持要求得到孩子，除非王后能在三天之内猜出他的名字。起初，王后当然猜不出，可第二天晚上，王后的信使无意中听到侏儒怪在唱歌时唱出了自己的名字，并将此信息禀报王后。于是，第三天当侏儒怪来要孩子时，王后准确地说出了他的名字，最终保住了孩子。

她开始沿着短短的过道往里走……然后她停住了。

沙发的一只垫子掉在地板上。

仅此而已。没有迹象显示这个地方被犯瘾的吸毒者洗劫过，可她的直觉依然敏锐，她立刻警觉起来。她嗅到了一丝异样。尽管气息很微弱，但却是存在的，有点像变质却还未腐败的食物所散发出来的气味，并不完全像，可这是她所能想出来的最接近的气味了。她从前闻到过这样的气味吗？她觉得自己闻到过。

屋里还有另一种气味，可她觉得不是鼻子让她意识到这种气味的存在。她一进屋就意识到了。她和州警察汉密尔顿会立刻就此达成一致：不祥的气味。

她站在客厅门口，望着滚落在地的沙发垫，听着收音机。爬三层楼梯没能制造出的效果，一只无害的沙发垫就做到了——她的心脏在她硕大无比的左胸下狂跳，呼吸急促。这儿有点不对头。非常不对头。问题是假如她继续逗留，是否会成为事件的一部分。

常识告诉她应该离开，趁还有机会赶紧走，这种感觉十分强烈。好奇告诉她说留下来看一眼……好奇的力量更为强大。

她慢慢把头伸进客厅，先看看她的右边，那里有一个假壁炉，两扇对着L街的窗户，其他就没什么东西了。她又看看左边，头突然停止了移动，实际上她的脑袋仿佛是固定住了，她瞪大双眼。

这种凝视只持续了不到三秒钟，可她却觉得长得多。她看到了一切，包括最小的细节；她的脑子拍下了她的所见，就像拍摄犯罪现场的摄影师所拍的一样清晰。

她看见咖啡桌上放着两个啤酒瓶，一个是空的，另一个半满，瓶颈处还有一圈泡沫。她看见烟灰缸弯曲的表面上写着“芝加哥大都会区”的字样。两只不带过滤嘴的香烟头被按灭在烟灰缸中间干净的白色区域，可克劳森并不吸烟——至少不吸纸烟。她看见曾经装满大头针的白色小塑料盒倒在啤酒瓶和烟灰缸之间。克劳森过去用来在厨房的记事板上订东西的大头针，多数都散落在咖啡桌的玻璃台面上。有几枚大头针落在一本翻开的《人物》杂志上，正好是刊登赛德·波蒙特/乔治·斯塔克故事的那一期。她能看见波蒙特夫妇在斯塔克的墓碑上方握手，虽然从她的位置看那张照片是倒着的。根据弗雷德里克·克劳森的说法，这是一个永远也不会刊登出来的故事，但它会使他成为一个小有财富的人。事实上，他似乎大错特错了。

她能看见弗雷德里克·克劳森，他坐在客厅的两把椅子中的一把上，一点自以为是的气焰都没有了。他被绑在椅子上。赤身裸体，衣服被揉成一团扔在咖啡桌的下面。她看见他的腹股沟上有一个血淋淋的窟窿。他的睾丸还在老地方；他的阴茎被塞在他的嘴巴里。他的嘴里有足够的空间，因为凶手还割掉了克劳森的舌头。舌头被订在墙上。大头针深深地扎进粉红色的肉里，深得她只能看见明黄色的大头针顶部的一小瓣，她的脑子也无情地拍下了这个细节。血顺着舌头往下淌，在墙纸上构成了一个模糊的扇形图样。

凶手还用另一个顶端是鲜绿色的大头针将《人物》上那篇文章的第二页钉在克劳森裸露的胸口。她看不见丽姿·波蒙特的脸——它被克劳森的血盖住了——可她能看见丽姿的手，丽资正伸手举着一盘果仁巧克力蛋糕让赛德微笑着检查。她记得克劳森特别讨厌这张照片。多么装腔作势！他大声地评价。她不喜欢烹饪——她在紧接着波蒙特出版第一本小说后的一次采访中这样说过。

被紧钉在墙的舌头上方，有人用手指蘸着血写了一句话：

麻雀又在飞了。

上帝啊，她的脑海深处想道，这就像一部乔治·斯塔克的小说……像亚历克西斯·马辛会干的事情。

从她后面传来一个轻轻的撞击声。

多迪·艾伯哈特尖叫着急转身。马辛拿着他那把可怕的剃刀朝她走来，闪亮的钢刃上现在蘸满了弗雷德里克·克劳森的鲜血。他的脸上全是扭曲的疤痕，它们是诺妮·格里菲丝在《马辛的方式》的结尾处割伤他后唯一留下的东西，不过——

不过那儿根本没有人。

门旋上了，如此而已，有时门会自己关上。

如此而已？她在脑海深处发问……只是这次脑海深处的声音更近了，提高了音量，急迫且惊恐。你走上楼梯时，门毫无疑问是半开着的。不是敞得很开，但足以让你看清它不是关着的。

此刻她的目光回到咖啡桌上的啤酒瓶。一只是空的。一只半满，瓶颈处还有一圈泡沫。

她走进来时，凶手躲在门后。假如当时她转头，她几乎肯定能看见他……如今，她也要死了。

当她站在这儿，被自大狂克劳森五颜六色的遗体震住时，他直接走出去，关上了身后的门。

她感觉腿上越来越没力气，双膝一软，跪倒在地，姿势里透着一种奇怪的优雅，仿佛是一个准备接受圣餐的小女孩。同一个念头在她的脑子里疯狂打转，就像滚轮上的沙鼠：我不该尖叫，他会回来的，噢，我不该尖叫，他会回来的，噢，我不该尖叫——

接着她听到了他发出的声响，他的大脚踏在门厅的地毯上，发出有节奏的砰砰声。后来，她才相信是该死的舒曼夫妇又把音响开大了，她将低沉的贝司声错当成了脚步声，可在那一刻，她确信是亚历克西斯·马辛回来了……一个如此专注且残忍的人，连死亡都无法阻止他。

多迪·艾伯哈特生平第一次晕倒了。

不到三分钟后，她苏醒过来。她的腿依然无力支撑身体，于是她披头散发地爬过短短的公寓过道，爬到门口。她本想打开门看看外面，却没力气这么做。于是她反锁上门，插上门闩，并将门锁棍[①]扣进它的钢基座内。做完这些后，她背靠门坐下来，大口喘气，眼前一片模糊。她隐约意识到她把自己和一具破碎的尸体关在一起了，可这并不算太糟。一点也不算糟糕，如果你想想其他可能的情况。

她逐渐恢复了体力，可以站起来了。她转过客厅尽头的角落，走进有电话的厨房。她尽量避免看到克劳森的尸体，虽然这无济于事；

① 一种一端安在门上，另一端可扣进地上的基座内的铁棍，作用是以防门轻易被人从外面撞开。

在未来的很长一段时间里，她脑海中都会清晰无比地呈现出这幅可怕的画面。

她给警察打电话，当他们赶到时，她却不让他们进来，直到他们中的一人将他的证件从门下面塞进来。

“你的老婆叫什么?”她问警察，薄薄的警徽上显示他名叫“小查尔斯·F.图梅”。她的声音既尖锐又颤抖，完全不像她平常的声音。她的密友们（假如她有密友的话）一定听不出来。

“斯蒂芬妮，夫人。”门外的人耐心地回答。

“我可以打电话去警察局核对，你知道!”她几乎是在尖叫。

“我知道你可以，艾伯哈特夫人。”那人回答，“但如果你直接放我们进来，你就能快点感觉安全，难道你不这么认为吗?”

因为她依旧能听出警察的声音，就像她能闻出不祥的气息一样，所以她打开门，放图梅和他的搭档进来。他们一走进来，多迪就做了一件她过去从未做过的事情：她变得歇斯底里。

第七章　执行公务

1

警察来访时，赛德正在楼上的书房写作。

丽姿在起居室看书，威廉和温迪在他俩共享的特大号游戏围栏内玩耍。她走到门口，没有直接开门，而是先从门侧面的一扇装饰性窄窗向外望去。这是她自赛德初登《人物》杂志后养成的习惯。随那期杂志纷至沓来的访客——大部分是有点认识的熟人，还有不少好奇的小镇居民，甚至包括一些完全陌生的人（后者全都是乔治·斯塔克的书迷）。赛德称之为“看活鳄鱼综合征”，他说这种情况过一两个星期就会逐渐消失。丽姿希望他是对的。同时，她担心某个新访客是杀害约翰·列侬的那类疯狂的鳄鱼猎人，所以她开门前会先从侧面的窗户向外张望。她不知道自己是否能辨别出一个真正的疯子，可她至少能让赛德每天早晨两小时的写作不受打扰。写作时段之后，他自己去开门，通常他会像做错事的小男孩那样看看她，让她不知该如何回应。

这个星期六早晨站在门前台阶上的三个男人既不是波蒙特的书迷也不是斯塔克的书迷，她觉得他们也不是疯子……除非现在的一些疯子已经开始驾驶警车了。她打开门，感到一阵不安，当警察不请自来时，即便是最无辜的人也一定会如此感觉。她猜想，假如她的孩子年纪大到足以在这个下雨的周六早晨在外嬉闹，此刻她一定已经在怀疑他们是否安然无恙了。

“什么事？”

“您是伊丽莎白·波蒙特女士吗？”他们中的一位问。

“是的，我是。有什么可以帮你们的吗？”

“您的丈夫在家吗，波蒙特夫人？”第二个人问。他和前一个发问的人都穿着同样的灰色雨衣，戴着州警察帽子。

不在，你们听到的楼上的声响是欧内斯特·海明威的鬼魂搞出来的，她想这么说，不过当然没说出口。警察不请自来，你先是害怕有人出事，接着是莫名其妙地心虚，让你想要说些尖刻、讽刺的话，无论实际措辞如何，意思无非是：走开。这儿不需要你们。我们没做任何错事。走开，去找干了坏事的人吧。

“我能问问为什么你们想要见他吗？”

第三个警察是艾伦·庞波。“执行公务，波蒙特夫人。”他说，“可以让我们跟他谈谈吗？”

2

赛德·波蒙特不会系统地写日记之类的东西，但他有时确实会把生活中让自己感到有趣、开心或害怕的事情写下来。他把这些事记在一本分类记事册里，他的妻子对它们不太感兴趣。事实上，它们使她毛骨悚然，虽然她从未告诉赛德。他记录的大部分事情都出奇的缺乏感情，几乎像是他的一部分站在旁边，以他自己置身度外、几乎漠不关心的眼睛报道他的生活。六月四日早晨警察来访后，他一反常态，写了一篇暗含着强烈感情的长文。

“现在我对卡夫卡的《审判》和乔治·奥威尔的《1984》有更为深刻的理解（赛德写道）。把它们仅仅当政治小说阅读是一个严重的错误。我认为，写完《突然起舞的人》之后的抑郁，以及那种无所适从的茫然感——再加上丽姿的流产——依旧是我们婚姻生活中最痛苦的一段情感历程，可今天发生的事情似乎还要糟糕。我告诉自己这是因为今天的经历依然在眼前，但我怀疑情况并非如此简单。我认为假如我的低潮期和失去第一对双胞胎是伤口的话，它们都已经愈合了，只留下表明它们曾经发生过的疤痕，我想这次的新伤口也会愈合……但我不相信时间能彻底抚平它。它也会留下疤痕，比过去更短却更深的疤痕——就像猛砍一刀后逐渐褪色的伤痕。

“我确定警察是在按他们的誓约行事（如果他们依然遵守就职时的誓约的话，我猜他们是遵守的）。然而，当时以及现在我依然觉得自己处在被拉进某个不知名的官僚机器的危险中，不是人，而是一台会有条不紊地执行任务直到将我搅碎的机器……因为将人搅碎是这台机器的任务。我的尖叫声既不会加快也不会减慢这台机器的运行速度。

“当丽姿上楼告诉我说警察要见我，却不肯跟她说是什么事时，我能看出她的紧张。她说他们中的一人是艾伦·庞波，卡索县的治安官。我以前可能见过他一两次，但我真正能认出他，还是因为他的照片时常出现在罗克堡的《呼声》上。

“过去的一周里，我笔下的人物总要做我不想让他们做的事情，我很好奇，也很高兴能离开打字机一会儿。要说我想到了什么的话，我只是以为可能与弗雷德里克·克劳森有关，或是与《人物》杂志上的那篇文章有点联系。

“我不知道自己能否准确地描述出这次会面的气氛。我不知道这到底是否有意义，只是觉得有必要一试。他们站在客厅里，靠近楼梯底部，三个身材魁梧的男人（难怪人们叫他们公牛[①]），地毯上有一些从他们身上滴下的雨水。

“‘你是赛迪亚斯·波蒙特吗？’他们中的一人——即县治安官庞波——问道，正是这时，我想要描述（或至少说明）的情绪变化开始了。好奇和摆脱打字机的喜悦（无论这种摆脱是多么短暂）之中掺杂着迷惑不解，还有一点点的担忧。警察用的是我的全名，而非“先生”，犹如法官称呼一个他准备宣判的被告。

“‘是的，没错。’我说，‘您是庞波长官吧，我知道，因为我们在卡索湖上有一栋别墅。’接着我伸出手，这是每个受过良好教育的美国男人都会自动做的老动作。

“他只是看着我，脸上闪过一个表情——仿佛他打开冰箱，却发现他买来当晚饭的鱼坏掉了。‘我没打算和你握手。’他说，‘所以你

---

① 在英语俚语中，“公牛”（bull）一词可以指“警察”或“侦探”。

最好把手放下，免得我们都尴尬。’这么说话真是太奇怪了，实在太粗鲁，可他说话的方式比他说的话更让我不爽。他好像觉得我脑子不正常。

“正是如此，我被吓到了。甚至现在，我还是觉得很难相信自己的情绪能如此迅速、快得惊人地从普通的好奇和休息时惯有的愉快转变成赤裸裸的恐惧。在那一瞬，我明白他们来这儿不仅是要和我谈一些事，而且他们相信我做了一些事，最初感到恐惧的那一刻——‘我没打算和你握手’——我都肯定自己犯事了。

“这是我需要说明的。庞波拒绝和我握手后的死寂瞬间，事实上我认为自己干了一切……并且觉得无法不坦白自己的罪行。”

3

赛德慢慢放下手。他用眼角的余光可以看到丽姿的双手在胸前紧握成球状，突然他想对这个警察大发雷霆，此人被欣然请进他的家里，接着却拒绝与他握手。这个警察的薪水里至少有一小部分来自波蒙特一家在罗克堡交纳的房产税。这个警察吓到了丽姿。这个警察也吓到了他。

“很好。”赛德平静地说，“如果你不愿和我握手，那么你或许愿意告诉我为什么你来这儿。”

与那两个州警察不同，艾伦·庞波没有穿雨衣，而是穿了一件长度只到腰的防水夹克。他将手伸进裤子后袋，掏出一张卡片，开始念上面的字。赛德过了一会儿才意识到自己正在听某个版本的“米兰达警告”①。

---

① 根据美国联邦最高法院在一九六六年“米兰达诉亚利桑那州案”的判例中，最终确立的米兰达规则。在讯问刑事案件嫌疑人之前，警察必须对其明白无误地告知其有权援引宪法第五修正案（刑事案件嫌疑人有不被强迫自证其罪的特权），而行使沉默权和要求得到律师协助的权利。

“正如你所言，我的名字是艾伦·庞波，波蒙特先生。我是缅因州卡索县的治安官。我来这儿是因为我必须就一桩凶案对你进行讯问。我将在位于奥罗诺[1]的州警察局对你提问。你有权保持沉默——”

“噢，上帝啊，这算什么？”丽姿问，赛德听到自己用比丽姿更高的声音说：“等等，稍等一下，见鬼。”他本打算大吼出这句话，可即使他的脑子指挥他将嗓门提到最高，他竭尽全力却只迸出一句温和的抗议，庞波轻易就压过了他。

“——你也有权请律师。如果你请不起律师，我们将为你指定一名律师。”

他把卡片重新放回裤子后袋。

“赛德？”丽姿像被响雷吓到的小孩一样紧紧靠着他。她的一双大眼睛迷惑地盯着庞波。她还不时瞥一眼那两个州警察，他们壮得足以充当职业橄榄球队里的防守队员，不过他们基本是看庞波的眼色行事。

“我不会跟你去任何地方。”赛德说。他的声音发抖，忽高忽低，像处在变声期的少年。他依然试图显得愤怒一点。“我不信你可以强迫我那么做。”

一个警察清清喉咙，说：“另一个选择是我们回去拿逮捕令，波蒙特先生。根据我们所掌握的信息，那会是很容易的。”

警察看看庞波。

“说得明白一点吧，庞波长官本来是要我们带一张过来的。他强烈主张那么做，我猜他本来会如愿，如果你不是……一个公众人物的话。”

庞波一脸厌恶，可能是因为这点事实，也可能是因为警察将它告诉了赛德，十有八九是两者兼而有之。

警察看到庞波的表情，抖抖他的湿鞋子，仿佛有点尴尬，不过他还是继续往下说：“考虑到目前的情况，我觉得让你知道这点也无

---

① 缅因州城镇。

妨。”他询问地看看他的搭档，后者点点头。庞波继续摆出厌恶的表情，而且显得很生气。赛德想，他看上去好像他想用指甲把我撕开，用我的肠子包住我的脑袋。

“这听上去非常专业。”赛德说。他感觉轻松了一点，发现自己至少缓过气来了，声音也恢复平静了。他想要生气，因为生气可以减轻恐惧，可他依然只觉得迷惑，仿佛被人在暗中抡了一拳。“问题是我压根就不知道这该死的情况是什么。”

“假如我们也这样认为，我们就不会来这儿了，波蒙特先生。”庞波说。他脸上厌恶的表情终于触动了赛德的神经：赛德突然被激怒了。

“我不在乎你们怎么认为！”赛德说，“我跟你说过我知道你是谁，庞波长官。我和我的妻子从一九七三年起就在罗克堡拥有一栋消夏别墅——远早于你听说这个地方。我不知道你在这儿干什么，这儿离你的辖区有一百六十多英里，我也不明白你为什么像看砸在新车上的一坨鸟屎那样看我，但我可以告诉你，在我搞清楚之前，我是不会跟你去任何地方的。如果你要去取逮捕令，你尽管去取吧。但我希望你明白如果你那样做，我会让你吃不了兜着走。因为我什么都没干。这真他妈的过分。简直……他妈的……太没天理了！”

现在他的嗓门拔到了最高，两个州警察看起来都有点惭愧。庞波则没有。他继续以那种让人不安的神情盯着赛德。

在另一个房间，双胞胎中的一个开始哭。

“哦，上帝。”丽姿抱怨道，“这算什么？倒是告诉我们啊！”

“去照顾孩子们，宝贝。”赛德说，并继续与庞波对视。

“可——”

“快去吧。”他说，这时两个孩子都在哭了。“会没事的。”

她最后颤抖地看了他一眼，目光说，你保证吗？然后她去了起居室。

“我们想就霍默·葛玛奇的谋杀案问你几个问题。”第二个州警察说。

赛德将紧盯着庞波的目光从他身上移开，转向州警察。“谁？”

“霍默·葛玛奇。”庞波重复道，“你要跟我们说这个名字对你而言毫无意义吗，波蒙特先生？”

“当然不是。”赛德惊讶地说，“我们在镇上时，霍默替我们倒垃圾，整修房子各处的小问题。他在韩国失去了一只胳膊。他们颁发给他银星勋章[①]——”

“是铜星勋章。”庞波冷冷地说。

“霍默死了？谁杀了他？”

此时，两个州警察惊讶地看看彼此。除了悲伤，惊讶可能是最难装得像的人类情绪。

第一个州警察以一种出奇温和的声音回答：“我们有充分的理由相信是你杀了他，波蒙特先生。这就是我们来这儿的原因。”

4

赛德彻底茫然地看了他一会儿，然后笑了。“哦，天哪，这真荒谬。”

“你要去拿件外套吗，波蒙特先生？”另一个州警察问，“外面雨下得挺大的。”

“我不会跟你们去任何地方的。”他心不在焉地重复，完全没有注意到庞波突然恼火起来。赛德正在思考。

“不管怎样，恐怕你都得跟我们走一趟。”庞波说。

“我肯定不会去的。”他说，接着他回过神来问，“这是什么时候发生的？”

“波蒙特先生，我们来这儿不是为了向你提供信息。”庞波谨慎地慢慢说——仿佛他正在跟一个理解能力不太强的四岁小孩说话。

丽姿抱着两个孩子回到门口。她脸色煞白，额头像灯一般亮亮

---

① 美国军队颁发的第三最高等级的勋章。

的。“这真是荒谬。”她说着将目光投向庞波，接着又看看两个州警察，最后又转回到庞波身上。“荒谬。难道你们不明白？”

赛德走向丽姿，用一只胳膊搂住她，说：“听着，我没有杀霍默，庞波长官，但我现在可以理解为什么你如此生气。上楼去我的办公室吧。让我们坐下来，看看我们是否能理出头绪——”

“我要你去拿你的外套。”庞波说。他瞥了丽姿一眼。“原谅我的粗鲁，但在这么一个下雨的星期六早晨我已经受够了。你必须听我们的。”

赛德看看两个州警察中年纪较大的那个。“你能不能让这个人理智一点？跟他说，他只要告诉我霍默被杀的时间，就能避免许多尴尬与麻烦。”接着，他又补充道，“还有，霍默是在哪里遇害的？如果是在罗克堡，那么我想不出霍默在那儿干什么……唔，过去的两个半月里，除了去大学，我没离开过拉德洛。”他看看丽姿，丽姿点点头。

警察思索了一会儿，然后说：“抱歉，请等一下。”

他们三人退到门口，看上去几乎是警察在领着庞波。他们走出前门。门一关上，丽姿就连珠炮似的抛出一堆混乱的问题。赛德很了解她，要不是霍默·葛玛奇的死讯，他怀疑她的恐惧会以生气——甚至狂怒的形式冲警察发泄出来。在目前的情况下，她都快哭了。

“会没事的。”他说，亲亲她的脸颊，又去亲吻威廉和温迪，他俩开始显示出明确的烦躁。“我认为警察已经知道我说的是事实。庞波……嗯，他认识霍默……你也认识他。他只是非常生气。”*从他的表情和声音来判断，他一定是掌握了将我和谋杀联系在一起的铁证，*赛德这样想，却没有说出口。

他走到门口，像丽姿先前那样，从侧面的窄窗朝外窥视。若不是考虑到目前的情况，他所看到的场面可算十分搞笑。他们三人半淋着雨站在门廊内开会。赛德能听到他们说话，可听不清他们在说什么。他觉得他们看上去像对手得分后聚在投球区土墩上商量的棒球手。两个州警察都在跟庞波说话，后者则摇着头，情绪激动地回答。

赛德又走回门厅里。

“他们在干什么？”丽姿问。

“我不知道。”赛德说，“但我想州警察正试图劝说庞波告诉我为什么他如此确信是我杀了霍默·葛玛奇，或者至少告诉我他这样想的部分原因。”

“可怜的霍默。”她咕哝道，“这像是一个噩梦。”

他从她手里抱过威廉，并再次告诉她不要担心。

5

大约两分钟后，警察进来了。庞波脸色阴沉。赛德猜测两个州警察跟他说了庞波自己早就知道却不愿意承认的事实：这位作家身上找不到任何可以让他们与罪行联系起来的迹象。

“好吧。”庞波说。赛德觉得，他在尽量避免显得粗鲁，效果还不错。考虑到他正面对谋杀一个独臂老人的头号嫌疑犯，他还算做得不错，虽然情绪掩饰得不是非常成功。“这两位先生要我至少在这儿问你一个问题，波蒙特先生，那么我就问吧。你能讲一下五月三十一号晚上十一点到六月一号凌晨四点之间你在哪里吗？”

波蒙特夫妇交换了一下眼神。赛德感觉压在心头的大石块松动了。虽然它尚未被彻底移走，但他觉得固定大石块的钩子都被解开了。现在只需要推一下，就能把它从心头移开了。

“是那天吗？”他低声问妻子。他想是那天，可这似乎也太巧了，让人难以置信。

“我肯定是的。”丽姿回答。“你说三十一号，是吧？”她满怀希望地看着庞波。

庞波怀疑地回看她。“是的，夫人。不过我恐怕你未经证实的话不会——”

她不理会他，扳着手指往回数。突然她像一个女学生那样咧嘴笑起来。“星期二！三十一号是星期二！”她冲丈夫喊。“是那天！谢天谢地！”

庞波显得迷惑，且更加怀疑了。两个州警察互相看看，然后又看着丽姿。“你能跟我们说明一下情况吗，波蒙特夫人。”一个警察问。

“三十一号，即周二晚上我们在这儿开了一个派对！”她回答，胜利且非常厌恶地瞥了庞波一眼。“我们家来了一屋子人！是不是，赛德？”

“确实如此。”

“像这样的情况，一个完美的不在场证明本身就会引起怀疑。”庞波说，但他看上去有些慌乱。

“噢，你这个愚蠢、傲慢的家伙！”丽姿喊道。她的脸颊现在变得通红，恐惧正在减退，愤怒正在积聚。她注视着警察。“如果我的丈夫没有不在场证据，你们会说他杀了人，并把他送进警察局！如果他有不在场证据，这个家伙会说它可能意味着他还是杀了人！你们都是什么人，都害怕相信事实？你们为什么来这儿？”

“别说了，丽姿。”赛德平静地说，“他们来这儿有充分的理由。假如庞波长官毫无头绪或全凭直觉行事，我想他会独自一人来这儿。”

庞波很不高兴地看了他一眼，然后叹了一口气。“跟我们说说那次派对，波蒙特先生。”

“开派对是为了汤姆·卡洛尔。”赛德说，“汤姆在大学的英语系已经干了十九年，过去的五年他一直是系主任。五月二十七号，本学年正式结束的时候，他退休了。他一直是系里很受欢迎的人，我们中多数老资格的人都叫他‘荒诞汤姆’，因为他非常喜欢亨特·汤普森[①]的文章。我们决定为他和他的妻子办一个庆祝他退休的派对。”

“这次派对几点结束的？”

赛德咧嘴一笑。“嗯，凌晨四点之前结束的，不过还是结束得很晚。当你将一群英语系的老师放在一起，并几乎无限量地提供酒水时，你的周末很快就过去了。客人们大约八点陆续到达，唔……谁迟到了，亲爱的？”

---

① 亨特·斯托克顿·汤普森（1937—2005），美国另类作家，“荒诞新闻学”的开创者。“荒诞新闻学”主张抛弃过去所坚持的客观新闻报道的立场，在新闻报道加入作者自己的主观观点。

“罗利·德莱塞普和他长久以来一直约会的那个历史系的傻女人。”她说，“那人总是到处喊：‘叫我比丽，每个人都这么叫我。’”

“对。”赛德说，又咧嘴笑起来。“那个邪恶的东方巫婆。”

庞波的眼神分明在说“我们都知道你在说谎”。“那么这些朋友是何时离开的呢？”

赛德抖了一下。“朋友？罗利，是的。那个女人，肯定不是。”

“两点钟。”丽姿说。

赛德点点头。“我们送他们出去时，至少已经两点了。几乎是把他们推出去的。我说过，我非常讨厌罗利的女友维尔汉米娜·伯克斯，但假如罗利要驱车三英里以上，或时间尚早，我一定会坚持要他们留下过夜。总之，可能除了几头骚扰园地的鹿，周二晚上的那个时间，路上不会有人——对不起，是周三凌晨。”他突然闭上了嘴巴。他一放松，就变得几乎唠叨了。

大家都沉默了一会儿。两个州警察此时看着地板。庞波摆着一副赛德无法理解的表情——他相信自己过去从未见过这样的表情，不是懊恼，尽管懊恼也是其中的一部分。

这他妈的究竟是怎么回事？

“唔，是个不错的解释，波蒙特先生。”庞波最后说，“可它与可靠的事实还相距甚远。我们已经听你和你的妻子讲了你们是何时送走最后一对夫妇的时间——这也可能是你们估计的时间。如果他们喝得像你们认为的那么醉，那么他们将无法确认你们所说的事情。并且，如果那个德莱塞普真的是你们的朋友，那么他也许会说……嗯，谁知道呢？”

说是这么说，艾伦·庞波的气焰正在变衰。赛德看得出来，他认为——不，是*知道*——两个州警察也是如此。然而，庞波还不准备放弃。赛德最初感觉到的恐惧和之后的愤怒正转变为着迷和好奇。他想庞波从未碰到过迷惑和确信如此势均力敌的情况。关于派对的事实——可以轻易地验证，庞波必须接受它为事实——他有所动摇……但并非深信不疑。赛德看得出来，州警察也不是完全确信。两者唯一的区别在于，警察没那么生气。他俩本身不认识霍默·葛玛奇，所以他们对此不带任何私人情感。艾伦·庞波认识霍默，所以他的感觉不一样。

我也认识霍默，赛德想。所以我可能也将个人因素掺杂其中，虽然我有所掩饰。

“好吧。”他耐心地说，眼睛依旧与庞波对视，并尽量不像庞波那样充满敌意。“就像我的学生们喜欢说的那样，让我们面对现实。你问我们是否能有效地证明那天我们的行踪——”

“你的行踪，波蒙特先生。”庞波说。

“好吧，我的行踪。那是很难找到证人的五个小时。那个时段，多数人都在床上睡觉。幸亏我们撞了狗屎运，我们——你喜欢的话，就说‘我’吧——五小时里至少有三小时的行踪有人可以作证。罗利和他讨厌的女朋友可能是两点走的，也可能是一点半或两点一刻走的。不管几点，反正是很晚了。他们能证实，即使罗利会替我说谎，他的女友伯克斯也不会为我的不在场作伪证。我想假如比丽·伯克斯看到我在海滩上快淹死了，她会往我身上再多浇一桶水。”

丽姿从他手中抱过开始扭动的威廉，笑着冲他做了一个奇怪的鬼脸。起初，他并不理解这个微笑，然后他才反应过来。它表达的意思当然是——为我的不在场作伪证。这是乔治·斯塔克小说中的主人公流氓亚历克西斯·马辛有时说的一句话。从某种程度上而言，这很奇怪；他不记得以前曾在对话里用过斯塔克的语言。另一方面，他以前也从未被控谋杀，谋杀是乔治·斯塔克经常面对的情况。

“即使我们再减去一个小时，算客人最迟一点离开。”他继续说道，“再假设我当即跳上我的车——就在他们离开的那一刻，并像疯子那样朝罗克堡飞驶，那我也要凌晨四点半或五点才可能到那儿。往西没有高速公路，你知道的。”

警察中的一个说：“阿思诺特夫人说大约在十二点三刻她看到——”

“我们现在没必要谈这个。”艾伦快速打断他。

丽姿发出一个粗鲁的喘气声，温迪滑稽地瞪着她。在她的另一个臂弯里，威廉停止扭动，突然专心地玩着他自己的手指头。丽姿对赛德说："一点钟这儿依然有许多人，赛德。许多人。"

然后她开始与艾伦·庞波争论——这次她是来真的。

"你到底是怎么回事，长官？你为什么非要把罪名强加在我丈夫头上？你是一个傻瓜吗？一条懒虫？一个坏蛋？你看着不像是那样的人，可你的行为让我对此表示怀疑，让我非常怀疑。也许你是在抓阄，是吗？你是不是从他妈的一顶帽子中抽出了他的名字？"

艾伦有点儿退缩，她的暴怒显然令他大吃一惊并感觉窘迫。"波蒙特夫人——"

"恐怕我的解释更为合理，长官。"赛德说，"你认为我杀了霍默·葛玛奇——"

"波蒙特先生，没人指控你——"

"没有。但你这么认为，不是吗？"

红色像温度计里的色带一般慢慢爬上庞波的脸颊，赛德认为这不是因为尴尬，而是因为挫败。"是的，先生。"庞波说，"我确实这么认为，虽然你和你的妻子说了那么多。"

这个回答让赛德惊讶不已。天哪，是什么让这个男人（正如丽姿所言，他看上去一点儿也不蠢）如此确信？他妈的如此确信？

赛德觉得一阵凉意爬上脊背……然后一件古怪的事情发生了。有那么一瞬，一个虚幻的声音充满了他的意识——不是他的脑子，而是他的意识，这个声音隐约透出一种似曾相识的感觉，因为距他上一次听到它已经过了差不多三十年。它是好几百只，也可能是好几千只小鸟所发出的可怕声响。

他抬手摸摸头上的小疤，又打了个寒颤，这次寒意更为强烈，像电线一般缠绕着他的身体。*为我的不在场作伪证，乔治*，他想。*我这里形势有点吃紧，所以为我的不在场作伪证。*

"赛德？"丽姿问，"你没事吧？"

"嗯？"他看看她。

"你脸色苍白。"

"我很好。"他说，确实如此。那个声音消失了，假如它曾真的存在过的话。

他又转向庞波。

“正如我所说，长官，在这件事上我的解释是合理的。你认为我杀了霍默。然而，我知道我没有。除了在书里，我从来没有杀过任何一个人。”

“波蒙特先生——”

“我理解你的愤慨。他是一位友善的老人，有一个傲慢的妻子，有一种自然的幽默感，只有一条胳膊。我也很愤慨。我愿尽我所能提供帮助，但你必须抛开秘密警察那一套，告诉我你为什么来这儿——究竟是什么让你首先来找我。我很迷惑。”

艾伦注视了他很久，然后说：“我的一切本能都告诉我，你讲的是事实。”

“感谢上帝。”丽姿说，“这个男人终于明白过来了。”

“如果你说的话得到证实，我会亲自去 ASRI 把搞错身份的人找出来，剥了他的皮。”艾伦说这话时，只盯着赛德一人看。

“这个 AS 什么的，是什么地方？”丽姿问。

“军队服务记录及身份认定处，在华盛顿。”警察中的一个说。

“我从未听说他们以前搞错过。”艾伦继续慢慢地说。“人们说凡事总有第一次，可是……假如他们没有搞错，假如你说的派对得到证实，那我自己就会彻底糊涂了。”

“你不能告诉我们这究竟是怎么回事吗？”赛德问。

艾伦叹了一口气。“我们已经谈了这么多了，为什么不呢？确实，客人最晚几点离开你们的派对不是太重要。如果你午夜在这儿，如果有人能证明你在——”

“至少有二十五人可以证明。”丽姿说。

“那么你就摆脱嫌疑了。根据警察提到的那位女士的目击证词以及法医的验尸报告，我们几乎可以肯定霍默是在六月一日凌晨一点到三点之间被杀的。他被人用他自己的那只假胳膊活活打死。”

“上帝啊。”丽姿咕哝道，“你认为赛德——”

“两天前，在康涅狄格州九十五号州际公路上的一个休息区的停车场里，有人发现了霍默的小卡车，那个地方离纽约州边界很近。”

艾伦停顿了一下。“车上到处都是指纹，波蒙特先生。大多数指纹是霍默的，但也有许多是凶手留下的，其中的一些非常清晰。有一个几乎像印模般清晰，凶手用大拇指将嘴里吐出的口香糖按在仪表板上，它就在那儿变硬了。不过，最清晰的一个指纹是在后视镜上发现的，它像在警察局里印的一样好，只是用的是血而不是墨水。”

“那么为什么怀疑赛德呢?”丽姿愤怒地质问，“不管是否开派对，你怎么能认为赛德——”

艾伦看着她说：“当 ASRI 的人将指纹输入他们的电脑后，你丈夫的服役记录出来了。准确地说，是你丈夫的指纹。”

有一会儿，赛德和丽姿都惊得说不出话来，只能面面相觑。然后丽姿说：“那么，这是一个错误。那些核对指纹的人肯定有时会出点错。”

“是的，但他们很少会犯这么严重的错误。指纹鉴定中肯定存在含糊的因素。看《科杰克》和《巴纳比·琼斯》[①]长大的门外汉以为指纹鉴定是一项精密的科学，可它不是。但计算机的使用排除了指纹比对中的许多不确定因素，而且此案中提取的指纹特别清晰。当我说它们是你丈夫的指纹时，波蒙特夫人，我的意思很明确。我看了电脑打印出的指纹，也看了两者的比对，结果不仅仅是接近。”

现在他转向赛德，用冷冷的蓝眼睛注视着他。

“比对结果是完全吻合。”

丽姿盯着他看，吃惊得合不拢嘴，她臂弯中的威廉和温迪先后开始哭起来。

---

① 均为美国二十世纪七十年代播放的侦探系列电视剧。

第八章　庞波来访

1

这天晚上七点一刻，当门铃再次响起时，又是丽姿去开的门，因为她已经完成了威廉上床前的准备工作，而赛德还没搞定温迪。书本上都说为人父母是一项后天习得的技能，与父母的性别无关，但丽姿对此有所怀疑。赛德尽职尽责，事实上是极其认真地对待他所承担的那部分工作，但他很慢。星期天下午，他能迅速去商店完成购物并回家，所花的时间只够丽姿走到店里的最后一条通道，但轮到安排双胞胎上床的事宜，唔……

威廉已经洗完澡，换上干净的尿布，穿好绿色的睡衣，坐在游戏围栏里了，赛德却还在忙着替温迪换尿布（而且丽姿发现，他还没把她头上的肥皂泡洗干净，但考虑到他们今天所经历的一切，她什么也没说，决定等一会儿自己用毛巾把泡沫擦干净）。

丽姿走过起居室，走到前门口，从侧面的窗户朝外看了一下。她看见庞波长官站在外面。这一回，他是一个人，可这并不能减轻她的紧张。

她转过头，隔着起居室，朝楼下兼作婴儿护理室的卫生间喊道："他又回来了！"她的声音中明显透出惊恐。

过了好一会儿，赛德才出现在起居室另一头的门口。他光着脚，穿着牛仔裤和一件白色T恤衫。"谁？"他用一种古怪的缓慢语调问。

"庞波。"她说。"赛德，你没事吧？"在他臂弯中的温迪除了一块尿布，其他什么都没穿，她的两只手在他脸上乱摸……丽姿只能看到赛德的一点点脸，但还是觉得他不太对劲。

"我很好。让他进来。我先去替温迪穿衣服。"丽姿还来不及说什么，他突然就走开了。

与此同时，艾伦·庞波仍耐心地站在门廊内。他看见丽姿朝外张望，便没有再按门铃。他的样子仿佛是希望自己戴了一顶帽子，这样他就能把它拿在手里，或许甚至可以拧拧它。

丽姿慢慢地拉开门链，毫无笑容地放他进来。

2

温迪高兴地扭来扭去，很难对付。赛德设法将她的脚塞进睡衣里，接着是她的胳膊，最后才得以把她的手从袖口拉出。她立刻兴致勃勃地举起一只手去按他的鼻子。 他没有像往常一样大笑，而是向后一缩，温迪从换衣桌上抬头看看他，有点迷惑。他伸手去抓从温迪睡衣的左腿一直延伸到喉咙的拉链，接着却在自己身前停住了手。它们在颤抖。一种很轻微的颤抖，可确实在抖。

你究竟在害怕什么？还是你又产生内疚了？

不；不是内疚。他几乎希望是内疚。事实是，他在一天内又受到了一次惊吓，这一天充斥着太多的惊吓。

首先是警察登门，他们带着莫名其妙的肯定对他进行了莫名其妙的指控。然后是那种挥之不去的奇怪啁啾声。他不知道它是什么，不敢肯定，虽然它听起来很熟悉。

晚饭后，这种声音又出现了。

他正在写新书《金毛狗》，晚饭后他上楼去书房校对自己那天所写的部分。突然，当他低头在那扎手稿上做一个小修改时，那种声音充满了他的脑子。几千只鸟，同时啁啾叫个不停，这一次还伴随着画面。

麻雀。

成千上万只麻雀，挨挨挤挤地排列在房顶上和电话线上，早春时节，当三月的最后一场雪依旧脏脏地堆积在地上时，它们经常这么做。

哦，头痛又来了，他沮丧地想，说出这种想法的声音来自一个惊恐的小男孩，它触动了赛德记忆中某个熟悉的部分。

是那个肿瘤吗？它又复发了？这次是恶性的吗？

那种可怕的声音——鸟叫的声音——突然变得很响，几乎震耳欲聋。随之而来的是一阵微弱、阴沉的翅膀拍动声。现在他可以看到麻雀在飞，所有的麻雀同时起飞；数千只小鸟将春季白色的天空变得黑压压的。

“将要回到北方，伙计。”他听见自己用一种低沉的喉音说，这不是他自己的声音。

然后，突然，鸟的画面和声音都消失了。时间是一九八八年，不是一九六〇年，他在他的书房里。他是一个有妻子和一双儿女的成年男子，正面对一台瑞明顿牌打字机。

他长长地深吸了一口气。头痛没有接踵而至。吸气的那一刻没有头痛，此时头也不痛。他感觉良好。除了……

除了当他再次低头看那扎手稿时。他看见自己在上面写了一行字。一行写在整齐字迹上的大写字母。

麻雀又在飞了，他写道。

他抛开斯克瑞普托牌的钢笔，用一支贝洛牌黑美人铅笔写了这行字，虽然他一点都不记得换笔的事情。他甚至都不太用铅笔了。贝洛牌铅笔属于过去的岁月……黑暗的岁月。他把用过的铅笔扔回瓶中，接着将全部东西都放进一个抽屉里。他这么做时，手始终有点抖。

然后，丽姿喊他去帮忙安顿双胞胎上床，他便下楼去帮她。他想要告诉她所发生的事情，却发现那种纯粹的恐惧——恐惧儿时的肿瘤复发——恐惧这一次它会是恶性的——封住了他的嘴。他或许还是可以告诉她的……但这时门铃响了，丽姿跑去开门，并以完全不合时宜的语调说了一句完全不合时宜的话。

他又回来了！丽姿喊道，她的声音里充满了完全可以理解的恼怒与惊恐，恐惧犹如一阵畅通无阻的冷风吹遍他的全身。除了恐惧，还有一个词闪过他的脑海：斯塔克。在回过神来之前的那一秒，他很肯定她指的是谁，他以为她是指乔治·斯塔克。麻雀在飞，斯塔克回来了。他死了，死了并被公开埋葬，首先他从未真正存在过，但这无关紧要；无论是否真正存在过，他反正是回来了。

别胡思乱想，他告诉自己。你不是一个神经质的人，也没必要让这古怪的状况把你变成一个神经质的人。你所听到的声音——鸟的声音——只是一种叫做“记忆持续”的心理现象。它是由紧张和压力引起的。所以只要自我调节好就行了。

但一些恐惧挥之不去。鸟的声音不仅唤起了某种似曾相识的感觉，而且还让他顿悟了。

这种顿悟的感觉是：他仿佛经历了某些还未发生，但即将发生的事情。不是预知，准确地说是“错位的记忆”。

你的意思是，错位的胡思乱想。

他伸出手，死死地盯着它们看。颤抖已经变得很轻微，接着便完全停止了。当他确定自己不会让温迪的睡衣拉链夹到她洗得粉红的皮肤时，他拉上拉链，把她抱进起居室，放在游戏围栏里，让她和她的哥哥待在一起，然后他走到门厅里，丽姿和艾伦·庞波正站在那儿。除了这次庞波是一个人外，一切仿佛是早晨的重演。

现在，这是一个提高嗓门的合法时间与地点，他想，可这一点儿也不好笑。他依然未能摆脱另一种强烈的感觉……麻雀的声音还在。“我能为你做什么，长官？”他面无微笑地问。

啊！还有另一点不同。庞波的一只手里拿着半打啤酒。现在，他举起它们，说：“我想我们是否都可以喝一杯，好好聊聊这件事。”

3

丽姿和庞波喝啤酒；赛德从冰箱里拿了一罐百事可乐喝。他们一边谈话，一边看着双胞胎以他们特别的方式一本正经地互相玩耍。

“我来这儿不是执行公务。”艾伦说，“我是来和一个涉嫌两桩而不仅仅是一桩谋杀案的人打交道。”

“两桩！”丽姿喊道。

“我会具体讲的。事实上，我会详细说明一切。我想我会倾肠倒肚的。一方面，我肯定你丈夫也有不在第二起凶杀现场的理由。州警察也这么认为。他们现在晕头转向了。”

“谁被杀了？”赛德问。

“一个名叫弗雷德里克·克劳森的年轻男子，在华盛顿特区。”他看见丽姿在椅子上一惊，将一点啤酒喷在了自己的手背上。“我想你知道这个名字，波蒙特夫人。”他补充道，语气中觉察不出讽刺。

“发生了什么？”她有气无力地轻声问。

“我一点儿也不知道发生了什么。我正发疯似的想要弄明白一切。我来这儿不是为了逮捕你，甚至不是为了与你争论，波蒙特先生，虽然我根本不理解其他人怎么可能犯下这两桩罪行。我来这儿是请求你的帮助。”

“你为什么不叫我赛德呢？”

艾伦不安地在椅子上动了动。“我想，目前还是叫你波蒙特先生让我感觉比较舒服。”

赛德点点头。“你觉得怎么好就怎么叫我吧。那么说克劳森死了。”他低头沉思了片刻，然后又抬头看着艾伦。“这一次，我的指纹也遍布犯罪现场吗？”

“是的——非常多。《人物》杂志最近为你做了一篇报道，是吗，波蒙特先生？”

“两周以前 。”赛德说。

“在克劳森的公寓里发现了这篇文章。有一页似乎被用作一桩高度仪式化的谋杀的象征。”

“上帝啊。”丽姿说。她听起来既疲惫又惊骇。

“你愿意告诉我他是你的什么人吗？”艾伦问。

赛德点点头。“没有理由不告诉你。你有碰巧读过那篇文章吗，长官？”

“我的妻子从超市买了一本杂志回来。”他说，“但我最好还是跟你实话实说吧——我只看了那些照片。我打算回去后尽快读读那篇文章。”

“不读文章你也不会错过很多信息——但弗雷德里克·克劳森是那篇文章的起因。你瞧——”

艾伦抬起一只手。“我们会说到他的，但让我们先回去说说霍默·葛玛奇吧。我们和军队服务记录及身份认定处再次核对过了。葛玛奇车子上的指纹——克劳森公寓里的指纹，虽然没有一个像葛玛奇车上的口香糖和后视镜上的指纹那样清晰——但它们看起来还是与你的指纹完全吻合。这意味着假如你没有杀人，那么我们就有了两个指纹完全相同的嫌犯，这可被载入《吉尼斯世界大全》。”

他看看正在游戏围栏内玩拍手游戏的威廉和温迪。他们似乎主要是在试着戳对方的眼睛。“他们是同卵双生的吗？”他问。

“不是。”丽姿说，“他们确实看着很像，但他们是兄妹。龙凤胎从来都不是同卵双生的。”

艾伦点点头。“就连同卵双生的双胞胎都不会有一样的指纹。”他说。他停顿片刻，接着以一种赛德认为完全是装出来的漫不经心的口吻补充道：“你不会碰巧有一个双胞胎兄弟吧，波蒙特先生？”

赛德慢慢地摇摇头。“没有。”他说，“我没有任何兄弟姐妹，我的亲属都死了。威廉和温迪是我唯一在世的血亲。”他冲孩子们笑笑，然后又回头看着庞波。“丽姿在一九七四年流产过一次。”他说，“那一次……那个第一次……她怀的也是双胞胎，据我所知，但我想没有任何办法可以确定他们是否会是同卵双生的双胞胎——流产时才三个月，不可能知道。即使有办法知道，又有谁会想知道呢？”

艾伦耸耸肩膀，看上去有点尴尬。

“当时她正在波士顿的费里尼购物中心购物。有人推了她一下。她从自动扶梯上一路摔下来，严重割伤了一只胳膊——要不是那儿的一名保安立刻替伤口扎上止血带，她也会立刻有生命危险——就这样她怀的第一对双胞胎流产了。”

“这个故事有写进《人物》杂志的文章里吗？”艾伦问。

丽姿正经地微笑了一下，摇摇头。“当我们同意做那个报道时，我们保留了编辑我们的生活的权利，庞波长官。当然，我们没有把这件事情跟来采访的迈克·唐纳森说，就是如此。”

“那人是故意推你的吗？”

“不知道。”丽姿说。她的目光落在威廉和温迪身上……凝视着他们。“假如那是一次意外的撞击，那也是撞得特别重。我都飞起来了——往下几乎摔到半路才碰到自动扶梯。无论如何，我尽量让自己相信那是一次意外。这样想比较容易接受。想到有人故意将一名妇女从陡直的自动扶梯上推下去，只是为了看看会发生什么……这是一个保证能让你夜夜失眠的念头。”

艾伦点点头。

“我们看过的医生们都跟我们说丽姿大概永远也不会有孩子了。”赛德说，“当她怀上威廉和温迪时，他们又告诉我们说她十有八九不可能保住他们。但她顺利度过了整个孕期。而且，十年后，我终于再度开始用自己的名字写一本新书。它将是我名下的第三本书。所以你瞧，我俩都干得不错。”

“你写书用的另一个名字就是乔治·斯塔克吧。”

赛德点点头。“但现在那已是往事了。丽姿安然无恙怀孕到八个月时，我开始了结那事。我决定如果我再度有机会成为父亲，我也应该重新做回自己。”

4

此刻谈话有点陷入僵局——但只是略微停顿了一下。接着，赛德说：“坦白说吧，庞波长官。”

艾伦抬抬眉毛。“请你再说一遍？”

赛德的嘴角露出一丝微笑。“我不认为你已经想明白了所有的情节，但我打赌你至少勾画出了大致的轮廓。假如我有一个同卵双生的兄弟，则可能是他举办了我们的派对。那样的话，我就能在罗克堡谋杀霍默·葛玛奇，并在他的汽车上到处留下我的指纹了。但故事不可能到此就结束，不是吗？我的双胞胎兄弟还要跟我的妻子睡觉，替我赴约，在此期间，我把葛玛奇的小卡车开到康涅狄格州的那个休息站，在那儿偷了另一辆车，开到纽约，丢掉这车，然后乘火车或飞机赶到华盛顿特区。一旦我到了那儿，我干掉克劳森，匆忙回到拉德洛，带着我的双胞胎赶到他所在的地方，然后他和我又重新回到各自的生活里。或者说是我们三人都重新回到各自的生活里，假如你认为丽姿也参与了这骗局的话。”

丽姿盯着他看了一会儿，接着开始大笑。她没有笑很久，可她笑得很厉害。这种大笑中没有任何被迫的成分，但它依然是一种勉强的笑——一个大感惊讶的女人的幽默表达。

艾伦注视着赛德，毫不掩饰他的惊讶。双胞胎朝他们的妈妈笑了一会儿——或者说是跟着她一起笑了一会儿——然后他们继续在游戏围栏里将一只黄色的大皮球滚来滚去。

“赛德，这太可怕了。”丽姿控制住自己的情绪后说。

“也许吧。”他说，“假如是这样，我很抱歉。”

“情况……相当复杂。”艾伦说。

赛德朝他咧嘴一笑。“我断定你不是已故作家乔治·斯塔克的书迷。”

“坦白说，不是。可我的副手诺里斯·瑞治威克是他的书迷。他不得不跟我解释其中的各种奥妙。”

“唔，斯塔克写的故事打乱了推理小说的某些传统手法。我刚才提到的情节与阿加莎·克里斯蒂的风格非常不同，但这并不意味着我想不出那样的套路。说吧，长官——你的脑子里有没有闪过这种念头？如果没有，那我真该向我的妻子道歉。”

艾伦沉默片刻，浅笑了一下，显然是进行了大量的思考。最后他说：“也许我确实有那样想，但不是想得很认真，也不是仅沿着那一条思路想。你不必向你善良的妻子道歉。从今天早晨起，我发现自己甚至愿意考虑那些最不合乎情理的可能性。”

“在目前的状况下。”

“在目前的状况下，没错。”

赛德笑笑说：“我出生在新泽西的伯根菲尔德，长官。你瞧，当你可以核对记录，看看我是否有‘被我忘记’的孪生兄弟时，你就无须采信我说的话了。”

艾伦摇摇头，又喝了几口啤酒。“那是一个疯狂的念头，我感觉自己像个傻瓜，不过这种感觉并非是全新的，今天早晨，当你出人意料地跟我们讲了派对的事情后，我一直就是这样感觉的。顺便说一句，我们逐一询问了参加派对的那些人，他们验证了你的说法。”

“当然他们会验证。”丽姿略带刻薄地说。

“而且由于你也没有一个孪生兄弟，这个问题也差不多结束了。”

“让我们设想一下。”赛德说，“这纯粹是为了论证，假设事情真如我所说的那样，那么这将是一桩奇闻……焦点将集中在一样东西上。”

“什么东西？”艾伦问。

“指纹。我费尽心机，协同一个长得跟我一模一样的家伙，制造出我不在犯罪现场的证据……然后又通过在犯罪现场留下指纹来推翻它，我为什么要这样做呢？”

丽姿说：“我打赌你真的会核对出生记录，是不是，长官？”

艾伦淡淡地说：“警察工作程序的基本原则就是穷追到底。但我已经明白如果我去查出生记录，会发现什么。”他犹豫了一下，然后补充道，“不仅是派对的事情，我觉得你是一个说真话的人，波蒙特先生。我在区分真相和谎言方面还有些经验。当警察至今，我觉得这世界上高明的撒谎者很少。他们可能有时会出现在你谈到的那些推理小说中，但在真实的生活里，他们是非常罕见的。”

“那么究竟如何解释那些指纹？”赛德问，“这正是让我感兴趣的一点。处理我的指纹的人是不是一个外行？我对此表示怀疑。你想过指纹的特性就有其不可信之处吗？你提到过存在含糊的因素。我在写斯塔克的小说时研究过指纹，对此略知一二，但我实在是太懒了，没有深究到底——直接坐在打字机前编瞎话比做研究容易多了。不过，在指纹被采信之前，不是必须有一定数目的比对点相吻合吗？”

“在缅因州，这个数字是六。”艾伦说，“一个指纹被采信必须有六处比对完全吻合。”

“在多数案件中，指纹只剩下一半或四分之一，甚至只是环状和螺旋形的模糊污迹，难道不是这样吗？”

“是的。在现实生活中，罪犯很少因为指纹证据进监狱。”

“然而现在，按你的形容，你在霍默汽车后视镜上发现的那个指纹就像在警局提取的那样清晰，另一个指纹则恰好被印在一块口香糖上。不知为何，这点让我很想不通。这两个指纹仿佛是被人故意留在那里让你去发现的。”

“我们也想到了这点。”事实上，情况更为蹊跷。这是本案最让人费解的一方面。克劳森的谋杀案看上去像典型的黑社会对长舌者的惩罚：舌头被割下来，阴茎塞在受害者的嘴巴里，血流满地，用尽各种折磨手段，然而楼里却没有一个人听到任何声响。可假如这是职业杀手干的，那又怎么会到处都是波蒙特的指纹呢？一桩看似十分像诬陷的案件可能不是诬陷吗？可能不是诬陷，除非有人发明了全新的伎俩。与此同时，艾伦·庞波依然笃信那句古老的格言：如果它走路像鸭子，叫声像鸭子，游泳像鸭子，那么它大概就是一只鸭子。

“指纹能伪造吗？”赛德问。

“你是不是既会写书，又会读人的心思，波蒙特先生？”

“读人的心思，写书，可亲爱的，我不会擦窗户。”

艾伦满口啤酒，突然的大笑差点让他把啤酒都吐在地毯上。他尽力吞下啤酒，却呛到了气管，他开始咳嗽。丽姿起身拍拍他的背。这么做可能有点奇怪，但她不觉得奇怪；照顾两个小孩的生活使她习惯如此。威廉和温迪从游戏围栏里盯着外面看，黄色的皮球停在他们之间被遗忘了。威廉开始笑。温迪也跟着他笑起来。

出于某种原因，这让艾伦笑得更厉害了。

赛德加入到笑声中。仍在拍打艾伦背脊的丽姿也开始笑起来。

“我没事。”艾伦说，还是边笑边咳嗽，“真的没事。”

丽姿又最后拍了他一下。啤酒像锅炉里的蒸汽一样，从艾伦的酒瓶中喷出来，溅在他的裤裆上。

“没关系。”赛德说，“我们有尿布。”

然后他们又都大笑起来，从艾伦·庞波开始咳嗽到他最终停止大笑的这段时间里，他们三人至少暂时成了朋友。

5

“就我目前所知道的或所能发现的情况来看，指纹是不能伪造的。”过了一会儿，艾伦接着刚才的话题说道——这时他们的谈话已经进行到了第二轮，艾伦裤裆处让人尴尬的污迹也开始干了。双胞胎在游戏围栏里睡着了，丽姿离开起居室去了浴室。“当然，我们还在调查，因为到今天早晨为止，我们还没有任何理由怀疑此案中存在那样的情况。我知道有人这样试过：几年前，一个绑匪在杀死被绑架者之前取了他的指纹，将它们弄成……印模，我想你会这么叫它们……并把它们印在非常薄的塑料上。他把塑料指垫套在自己的手指上，试图在受害者的山间小屋内到处留下指纹，好让警察以为整桩绑架案是一个骗局，那么这个家伙就可以逍遥法外了。”

“他的伎俩没有得逞？”

“警察取得了一些可爱的指纹。”艾伦说，“是那个罪犯的。那家伙手指上天然的油脂弄平了假指纹，又因为制作假指纹的塑料非常薄，自然连最细微的起伏形状都会印上去，于是那家伙最后留下的还是自己的指纹。”

“或许换一种材料——”

“当然，换一种材料伪造或许结果会不同。那桩案子发生在五十年代中期，我猜自那以后人们已经发明了一百种新型的聚合塑料。什么都有可能。目前我们只能说，没人在法庭辩论或犯罪学中听说过指纹被伪造，我认为大家对指纹的认识会继续停留在这一水平。”

丽姿回到起居室，坐下来，像猫一般将脚盘在身体下面，用裙子盖着小腿。赛德很欣赏这个姿势，不知为何他觉得这个姿势散发着一种永恒的优雅。

“与此同时，还存在其他考虑因素，赛德。”

听到艾伦用他的名而非姓来叫他，赛德和丽姿迅速交换了一下眼神，快得艾伦都没注意到。艾伦从屁股口袋里抽出一本破旧的笔记本，看着其中的一页。

“你抽烟吗？”他抬头问道。

“不抽。”

“他七年前戒烟了。”丽姿说，“戒烟对他来说很困难，但他坚持下来了。”

“有些批评家说，如果我挖一个洞，死在里面，世界会变得更美好，但我对他们嗤之以鼻。”赛德说，“为什么问这个问题？”

“你过去确实抽烟，对吗？”

“是的。”

“保尔·莫尔斯牌香烟？”

赛德正在举起他的汽水罐，它在离他嘴巴六英寸的地方停住了。“你是怎么知道的？”

“你的血型是 A 型 RH 阴性？”

“我开始明白你今天早晨过来时为什么准备好逮捕我了。”赛德说，“要不是我有充分的不在场证据，我现在就已经在监狱里了，是不是？”

“猜得很对。”

“你可以从后备军官训练队的记录中找到他的血型。”丽姿说，“我猜你们也是首先从那儿取得他的指纹的。”

“但你们不会是从那儿知道我抽了十五年保尔·莫尔斯。”赛德说，“据我所知，军队不会记录此类信息。”

“这点是我们今天早晨才知道的。”艾伦告诉他们，“霍默·葛玛奇车上的烟灰缸里塞满了保尔·莫尔斯牌的烟头。老头只是偶尔抽抽烟斗。弗雷德里克·克劳森的公寓的烟灰缸里也有一些保尔·莫尔斯牌的烟头。除了偶尔吸大麻，他根本就不抽烟。这是他的房东说的。我们从烟头上的唾液中获取了罪犯的血型。血清专家的报告也为我们提供了许多信息。比指纹更有说服力。”

赛德不再微笑了。“我不明白。我一点儿也不明白。”

“只有一点与你不符合。”庞波说，“金发。我们在霍默的小卡车里发现了五六根金头发，在克劳森公寓客厅里有一把凶手用过的椅子，我们在椅背上也发现了一根金发。你的头发是黑色的。不知何故，我不认为你正戴着假发。”

“没有——赛德没有戴假发，但或许凶手戴了假发。”丽姿阴郁地说。

“有可能。”艾伦表示同意。“如果是这样，那凶手戴的假发也是真人头发制成的。如果你要到处留下指纹和烟头，又为何要费心改变头发的颜色呢？这个家伙要么是十分愚蠢，要么就是想把你牵扯进来。金发却与这两种情况都对不上。”

“或许他只是不想被认出来。”丽姿说，“记住，赛德两周前刚上过《人物》杂志。全国闻名。”

“是的，这是一种可能性。不过，假如这个家伙看上去像你的丈夫，波蒙特夫人——”

“丽姿。”

“好吧，丽姿。假如他看上去像你的丈夫，那么也是像换成金发的赛德·波蒙特，不是吗？”

丽姿盯着赛德看了一会儿，然后开始吃吃地笑。

“什么如此好笑？”赛德问。

“我正在想象你金发的样子。”她说，还是吃吃地笑。“我想你看起来会像是一个邪恶版的大卫·鲍伊[①]。”

“这好笑吗？”赛德问艾伦。“我不觉得好笑。”

“唔……”艾伦笑着说。

“没关系。我们只知道，这家伙可能戴着太阳眼镜，头上顶着玩具天线，还套着一个金色假发。”

“阿思诺特夫人在六月一号凌晨十二点三刻看到一个男人上了霍默的小卡车，如果凶手就是她看到的那个家伙，那么他就没有戴墨

---

① 大卫·鲍伊（1947—2016），英国摇滚音乐家和演员，对七十年代至今的摇滚乐有着显著的影响。

镜、顶天线和套假发。”

赛德凑上前，问：“他长得像我吗？”

“她讲得不太清楚，只说他穿着一身西装。不管她说的是不是真的，今天我让一个手下，诺里斯·瑞治威克，给她看了你的照片。她说她不认为那人是你，但她也不能肯定。她说她觉得上霍默车的人身材比你高大。”他又干巴巴地补充道，“她是一个谨小慎微的女人。”

“她能凭照片就看出身材尺码的区别？”丽姿怀疑地问。

“她夏天时在镇上见过赛德。”艾伦说，“而且她确实说她不能肯定。”

丽姿点点头。“当然她认识他。应该说，我俩她都认识。我们一直在他们的蔬菜摊上买新鲜蔬菜。我问的那个问题真蠢，抱歉。”

“没什么好道歉的。”艾伦说。他喝完自己的啤酒，检查了一下裤裆。干了。很好。留下了一个浅浅的痕迹，除了他的老婆大概不会有人注意到。“无论如何，我要说的最后一点……或者说是一方面……你想怎么叫它都可以。我怀疑它甚至都不能算是此案的一部分，不过调查一下总不会有错。你的鞋码是多少，波蒙特先生？”

赛德瞥了丽姿一眼，她耸耸肩。“我想，对于一个身高六英尺一英寸的男人来说，我的脚算是很小的。我穿十号的鞋子，尽管大半号或小半号也都可以——”

“报告给我们的脚印可能比这要大一点。”艾伦说，“不管怎么说，我不认为脚印是此案的一部分，即使它们是，脚印也是可以伪造的。在脚趾前塞一些报纸，你就可以穿上大两码，甚至三码的鞋子了。”

“报告给你们的脚印是几码的？”赛德问。

“无关紧要。”艾伦摇摇头说。“我们甚至没有照片。我认为我们几乎已经掌握了关于此案的一切，赛德。你的指纹，你的血型，你抽的香烟品牌——”

“他没有——”丽姿开口说道。

艾伦安抚地举起一只手。“过去抽的香烟品牌。我想，我真是疯了才会让你知道这一切——无论如何，至少我的脑子有一部分如此认为——但既然我们已经聊了那么多，没理由只谈细节不谈全局。你在其他方面也有嫌疑。根据你在罗克堡和拉德洛的纳税状况，它们都是你的合法定居地。霍默·葛玛奇不仅是你的一个熟人；他还……替你干些零碎的活儿，对吗？”

“是的。”丽姿说，“我们买房子那年，他从全职房屋管理员的工作上退休了——现在戴夫·菲利普斯和查理·佛丁轮流做这些工作——但他还是喜欢插手帮帮忙。”

“如果我们假设阿思诺特夫人看到的搭车人杀了霍默——那么我们从这个假设出发继续推理——就出现了一个问题。搭车人杀了他，是因为霍默是第一个蠢到——或者说醉到——让他上车的人呢？还是因为他是霍默·葛玛奇，赛德·波蒙特的熟人，他才杀他的呢？”

“他怎么能知道霍默会经过？”丽姿问。

“因为那晚霍默打保龄球的日子，并且霍默是——活着的时候是——一个遵守习惯的人。他就像一匹老马，丽姿；他总是按老路返回牲口棚。”

“你的第一个假设是，霍默不是因为喝醉了才停车的，他停车是因为他认出了要求搭车的人。”赛德说，“一个想要杀害霍默的陌生人，根本就不会使用要求搭车的计策。他会认为这是一件困难的事情，即便不是完全没有成功的可能。”

“是的。”

“赛德。”丽姿说，她的声音有点颤抖，“警方认为，霍默停车是因为他看见要求搭车的人是赛德……对吗？”

“是的。”赛德说。他伸出手握住了她的手。“他们认为只有一个像我这样的人——一个认识霍默的人——才会尝试那种手段。我猜想，连那套西装也很符合我的身份。当衣冠楚楚的作家计划凌晨一点在乡下杀人时，还能穿什么其他衣服呢？当然是考究的粗花呢西装……那种肘部带有棕色鹿皮贴布的外套。这是所有英国推理小说绝对坚持的标准配置。”

他看看艾伦。

“相当奇怪，不是吗？整件事情。”

艾伦点点头。“确实很怪。阿思诺特夫人觉得，当霍默驾驶小货车经过时，那人已经开始穿马路或至少准备这么做了。但你也认识住在华盛顿特区的克劳森的事实，更让人觉得霍默被杀是因为他的身份，而不仅是因为他醉到停下让人搭车。那么让我们谈谈弗雷德里克·克劳森吧，赛德。跟我说说他。”

赛德和丽姿交换了一个眼神。

“我认为，比起我来，我的妻子或许能更快、更简明地完成介绍他的任务。我想，她还能少说脏话。”

“你确定你想要我来介绍他？”丽姿问他。

赛德点点头。丽姿开始说，起初说得很慢，然后语速逐渐加快起来。开始时，赛德打断了她一两次，接着他便安心地在一旁倾听。有大约半小时，他几乎没有说话。艾伦·庞波拿出他的笔记本做记录，在问了最初的几个问题之后，他也没有再打断丽姿。

第九章　龌龊鬼来犯

1

“我把他叫做‘一只龌龊鬼’。”丽姿开始说道，“我很遗憾他死了……但他依然是一只龌龊鬼。我不知道真正的龌龊鬼是天生的还是后天形成的，但不管是哪种方式，他们总能在生活中爬到他们自己那令人作呕的位置上，所以我想他们是怎么来的并不重要。弗雷德里克·克劳森碰巧生活在华盛顿特区。他在世界上最大的法律疯人院学习法律。”

“赛德，孩子们在闹了——你能去喂夜奶吗？请再替我拿一瓶啤酒。”

他拿了啤酒给她，然后走去厨房加热奶瓶。他把厨房的门敞着，以便自己能听得更清楚……在此过程中，他重重地撞到了自己的膝盖骨。这是一件过去在他身上多次发生的事情，所以他几乎没有注意到。

*麻雀又在飞了，他想，*一边摸摸额头上的疤痕，一边先在炖锅里倒满热水，然后将它放在炉子上。*现在但愿我知道那他妈的是什么意思。*

“我们最终从克劳森本人那里获知了这个故事的大部分内容。”丽姿继续说道，“但他的观点自然是有一点扭曲的——赛德喜欢说，我们所有人都是我们自己生活中的英雄，在克劳森看来，他是鲍斯威尔[①]，而不是一只龌龊鬼……但我们加入了达尔文出版社提供的材料，

---

① 根据上下文，丽姿指的应该是“詹姆斯·鲍斯威尔”（James Boswell 1740—1795），苏格兰作家，现代传记文学的开创者。他与英国大作家约翰生过往甚密，后来出版了以翔实著称的《约翰生传》。今天，“鲍斯威尔”已成为忠实的传记作家的代名词。

获得了一个更为客观的故事，赛德用斯塔克的名字写的小说，以及瑞克·考利经手的东西都是由达尔文出版社出版的。”

“谁是瑞克·考利？”艾伦问。

“文学经纪人，赛德用两个名字写的作品都交由他代理。”

“克劳森——你嘴里的‘龌龊小鬼’——想要什么？”

“钱。”丽姿冷冷地说。

厨房里，赛德从冰箱里取出两瓶夜奶（为了减少半夜换尿布的不便，奶瓶只装了半满），将它们投进那锅水中。丽姿说得既对……又不对。克劳森想要的远不止钱。

丽姿可能是感受到了他的心意。

“钱不是他唯一想要的东西。我甚至不确定钱是他的主要目标。他想要成为揭示乔治·斯塔克真实身份的人，并以此出名。”

“类似成为一个最终成功扯掉不可思议的蜘蛛侠的面具的人？”

“完全正确。”

赛德把一根手指伸进炖锅内测试水温，然后交抱着双臂靠着炉子继续听他们的谈话。他意识到自己想要抽烟——多年来第一次他又想要抽烟了。

赛德打了一个冷战。

2

“克劳森太多次出现在了正确的时间与地点。”丽姿说，“他不仅是一个学法律的学生，还在书店兼职做店员。他不仅在书店兼职做店员，还是一个乔治·斯塔克的狂热书迷。他可能是国内唯一一个也读过赛德·波蒙特的两本小说的乔治·斯塔克的书迷。”

厨房里，赛德咧嘴一笑——有点酸溜溜的——接着他又试了一下锅里的水温。

“我认为他想要把自己的怀疑变成一出引人注目的戏剧。”丽姿继续说道，“事实表明，他必须花大力气才能取得一点进展。一旦他认定斯塔克就是波蒙特，波蒙特就是斯塔克，他便打电话到达尔文出版社。”

“斯塔克小说的出版社。”

“没错。他找到埃莉·戈登，斯塔克小说的责编。他开门见山地问——请告诉我乔治·斯塔克是否就是赛迪亚斯·波蒙特。埃莉说这种想法很愚蠢。克劳森接着问到了斯塔克小说封底上的照片，他说他想要照片上的那个男人的地址。埃莉告诉他说，她不能泄露出版社作者的地址。”

“克劳森说，‘我不要斯塔克的地址，我要的是照片上的那个男人的地址。那个作为斯塔克摆造型的男人。’埃莉跟他说，他太荒唐了——作者照片上的男人就是乔治·斯塔克。”

“在此之前，出版社从未公开说这只是一个笔名？”艾伦问。他听上去真的非常好奇。“他们一直宣称他是一个真人？”

“哦，是的——赛德坚持要这么做。”

是的，他想，从锅里拿出奶瓶，在手腕内测试了一下牛奶的温度。赛德坚持要这么做。回想起来，赛德不知道自己为什么坚持要这么做，一点也不明白，但赛德确实坚持要这么做了。

他拿着奶瓶回到起居室，路上没有撞到厨房的桌子。他给双胞胎一人一个奶瓶。他们郑重其事、睡意蒙眬地举起奶瓶，开始吮吸。赛德再次坐下来，听丽姿讲述，他告诉自己抽烟是最不着边际的念头。

“无论如何，克劳森想要问更多的问题——他有一卡车的问题，我猜——但埃莉不会理睬他。”丽姿说，“她叫他打电话给瑞克·考利，然后就挂断了他的电话。于是克劳森打电话到瑞克的办公室，找到了米里亚姆。她是瑞克的前妻，在经纪公司里也是他的合伙人。这种安排有点奇怪，但他们相处得很好。”

“克劳森问了她同一件事情——乔治·斯塔克是否就是赛德·波蒙特。据米里亚姆说，她给了他肯定的答案。她还跟他说自己是朵蕾·麦迪逊。‘我已经跟詹姆士离婚了。’她说，‘赛德要和丽姿离婚，我们两个将在春天结婚！’然后她挂断电话。她冲到瑞克的办公室，告诉他说某个来自华盛顿特区的家伙正在打探赛德的秘密身份。之后，克劳森再打电话给考利联合公司，除了被立刻挂断，就别无所获了。”

丽姿喝了一大口啤酒。

“但他没有放弃。我认为真正的龌龊鬼从来都不会放弃。他只是觉得礼貌问话的方式行不通。”

“他没有打电话给赛德？”艾伦问。

“没有，一次也没有。”

“我猜想，你们的号码不在电话号码簿上吧。”

赛德对故事做了一次少有的补充。“我们的号码没有列在公共电话号码簿上，艾伦，但我们在拉德洛的家庭电话号码被列进了学校教师的通讯录。必须如此。我是老师，受我指导的学生需要知道我的号码。”

“可那个家伙从未直接打电话给你。”艾伦感到惊异。

“他后来有联系我们……通过写信。”丽姿说，“但那是后面的事情了。要我继续说下去吗？”

“请讲。”艾伦说，“这是一个本身就很吸引人的故事。”

“唔，龌龊鬼只花了三个星期和大概不到五百美元就打探出了他一直确信的事情——即赛德和乔治·斯塔克是同一个人。

“他先从《文学市场》入手，它几乎汇集了业内每一个人的姓名、地址和工作电话——作家，编辑，出版社，经纪人。他用《文学市场》和《出版人周刊》上的‘人物’专栏，找出了几个在一九八六年夏天到一九八七年夏天之间从达尔文出版社离职的雇员。

“他们中的一人知道内幕并愿意透露。埃莉·戈登相当确信泄密者是那个在一九八五年到一九八六年间担任了八个月财务总监秘书的姑娘。埃莉把她叫做有着难听鼻音的瓦萨尔[①]荡妇。”

艾伦大笑起来。

“赛德也认为泄密的是那个女人。”丽姿继续说道，“因为克劳森

① 美国地名。

最后掌握的确凿证据是乔治·斯塔克的版税报告的复印件。它们来自罗兰·布莱特的办公室。”

“罗兰是达尔文出版社的财务总监。”赛德说。他一边照看双胞胎，一边听丽姿和艾伦的谈话。双胞胎现在正穿着睡衣、抱着奶瓶、面朝天花板仰躺着，两人的脚亲密地压在一起。他们的眼神呆滞而冷淡。他知道，他们很快就要进入夜晚的梦乡了……当他们入睡时，他们会同时睡着。*他俩做什么事情都是同步的*，赛德想。*孩子们要睡觉了，麻雀要起飞了*。

他再次摸摸额头上的疤痕。

“赛德的名字不在复印件上。”丽姿说，“版税报告有时会和支票挂钩，但它们本身并不是支票，所以赛德的名字不是一定会出现在上面。你查过这条线索，是吗?”

艾伦点点头。

“但版税报告上的地址还是向他透露了他所需知道的大部分信息。地址是，乔治·斯塔克，邮政信箱1642，布鲁尔，缅因04412。那儿离斯塔克应该居住的密西西比很远。看一眼缅因州地图，他发现紧靠布鲁尔南面的城镇就是拉德洛，他知道拉德洛住着一位即使不算非常出名也算是很受尊敬的作家，赛德·波蒙特。这真是太巧了。

“赛德和我都没有见过克劳森本人，但克劳森见过赛德。根据他已经收到复印件，克劳森知道达尔文出版社何时寄出每一季度的版税支票。大多数版税支票都会先寄到作者的经纪人那里。然后经纪人会再开一张在原来数额上扣除了他的佣金的新支票。但在处理斯塔克的版税时，财务会将支票直接寄到位于布鲁尔的邮政信箱。”

“那经纪人的佣金呢?”

“达尔文出版社会在总额上扣掉佣金，另寄一张支票给瑞克。”丽姿说，“这又是一个明确的信号，告诉克劳森乔治·斯塔克不像他自称的那样是……到了这一步，克劳森就不需要更多的线索了。他想要的是无可辩驳的证据。于是他开始寻找。”

“到了将要签发版税支票的时间，克劳森飞到这儿。他在假日旅馆住了好几晚；白天就守在布鲁尔邮局外面监视。之后他在写给赛德的信中就是这么说的。监视。一派‘黑色电影’风格。但他所做的是一个很蹩脚的调查。假如‘斯塔克’在克劳森逗留在此的第四天没有出现在邮局取支票，克劳森就不得不卷铺盖打道回府，重新缩回暗夜之中。但我不认为事情会到此为止。当一只真正的龌龊鬼咬住了你，不咬下一大块肉，他是不会放过你的。”

“或者你敲落他的牙齿，让他放过你。”赛德咕哝道。他看见艾伦转向他，抬起眉毛，做了一个鬼脸。糟糕的措辞。有人显然正是这么对待丽姿所说的龌龊鬼的……甚至更加残忍。

“无论如何，这是一个无关紧要的问题。”丽姿继续说道，艾伦又将注意力转回到她身上。“不久，在克劳森监视邮局的第三天，他坐在邮局对面的公园长椅上，看见赛德的“巨无霸”①停进了邮局附近的十分钟停车位内。”

丽姿又喝了一口啤酒，接着用手抹去上嘴唇的泡沫。当她的手移开时，她在微笑。

“现在要说到我喜欢的部分了。”她说，“用《旧地重游》②里的那个同性恋的话来说，这真是太有趣了。克劳森有一架相机，是那种你可以藏在手心里的微型相机。当你准备拍照时，你只要稍微张开手指，露出镜头就可以了！就是这么简单。”

她咯咯笑了一会儿，对自己所描述的克劳森形象大摇其头。

“他在信中说他是从某个售卖间谍装备的邮购目录上买到这个照相机的，那个目录上还有电话窃听器、密写药水、带自毁功能的公文包之类的东西。克劳森就像《代号 X-9》③的密探一样尽心尽责。如果他可以买到合法销售的内藏氰化物的假牙，我打赌他也一定会买一颗。他真把自己当间谍了。

“不管怎么说，他倒是拍到了六张还算过得去的照片。没有什么艺术价值，但你可以看到照片上的主角是谁，以及他在干什么。有

---

① 雪佛莱的一款 SUV。

② 又译《故园风雨后》，英国小说家伊夫林・沃的一部小说，后被改编成十一集的电视剧。

③《代号 X-9》是美国著名的连环漫画。

一张照片是赛德在邮局大厅朝邮箱走去，另一张是赛德将钥匙插进1642号邮箱，还有一张是赛德从邮箱中取出信封。”

“他将这些照片寄给了你们?”艾伦问。她说他想要钱，艾伦猜丽姿明白自己所说的话是什么意思。克劳森的计划不仅是带有敲诈的意味；简直是明目张胆的敲诈。

“哦，是的。而且最后一张照片被放大了。你可以从照片上看到一部分回信地址——可以看到‘达尔文’的字样，还能清楚地看到字样上面达尔文出版社的商标。”

“密探X-9再世。”艾伦说。

“没错。密探X-9再世。他冲印完照片后就飞回华盛顿去了。没过几天，我们就收到了他附带照片的信。信写得真是很妙。他游离在威胁的边缘，却绝不越界。”

“他是一个法律专业的学生。”赛德说。

“没错。”丽姿表示赞同。“他显然知道自己的尺度。赛德可以把信拿给你看，但我可以给你讲一下它的大意。克劳森在信的开头说，他很仰慕赛德的两个自我，他把它们称为‘分裂的意识’。他叙述了他的发现以及他是如何发现它的。接着他才谈到了他的正事。他的措辞很谨慎，但意思就摆在那儿。他说他自己立志成为一名作家，但他没有太多的时间写作——他的法律学业相当耗费精力，但这只是部分原因。他说，真正的问题在于他不得不在一家书店兼职以支付学费和其他账单。他说他想给赛德看一些他的作品，如果赛德认为它们还有些希望，或许赛德能在被打动后拿出一笔钱资助他。”

“一笔助学金。”艾伦困惑地说，“他们现在是用这种说法吗?”

赛德仰面大笑。

“无论如何，克劳森是这么说的。我想我能背出信的最后部分。‘我知道这种要求初看之下一定显得很放肆。’他说，‘但我敢肯定假如您研究了我的作品，您会很快明白这样的安排对我们双方都有利。’

“赛德和我欣赏了一会儿这段奇文，接着我们大笑起来，然后我们又欣赏了一会儿。”

“是的。”赛德说，“我记不清是否大笑了，但我们确实就此信胡侃了一通。”

“最后，我们终于平静下来可以好好谈谈这件事情了。我们一直聊到午夜。我俩都清楚克劳森的信和照片是什么意思，赛德生完气后——”

“我依然在生气。”赛德插嘴说，“这家伙倒死了。”

“唔，大发雷霆之后，赛德几乎是如释重负。他想要丢弃斯塔克有相当一段时间了，并且他已经开始写一部自己的长篇严肃作品，名叫《金毛狗》。我读了开头的两百页，非常不错，比他用乔治·斯塔克的名义写的最后两部作品好许多。于是赛德决定——”

“是我们认为。”赛德说。

“好吧，我们认为克劳森让我们因祸得福，加快了我们原本已经计划好的事情的进程。赛德唯一的担忧是瑞克·考利不会很喜欢这个主意，因为到目前为止，乔治·斯塔克替经纪公司赚的钱比赛德多。但他倒是很支持这个主意。事实上，他说这事或许能起到一些宣传效用，在许多方面都有利：利于斯塔克的库存书的销售，也利于赛德自己的库存书的销售——”

“我名下总共只有两本书。”赛德微笑着插话。

“也利于新书的销售，当它终于问世后。”

“请原谅——什么是库存书？”艾伦问。

赛德咧嘴笑着说：“就是那些不再出现在连锁书店门口的醒目促销位置上的旧书。”

“于是你们就把秘密公开了。”

“是的。”丽姿说，“我们首先告知了美联社的缅因分社，然后通知了《出版人周刊》，但这个故事突然出现在全国电信网上——毕竟斯塔克是一位畅销书作家，而他压根从未真实存在过的事实也是很有趣的新闻补白。接着，《人物》杂志就跟我们联系了。”

“我们从弗雷德里克·克劳森那儿又收到过一封愤怒的抱怨信，说我们是如何卑鄙、无耻和忘恩负义。他似乎认为我们没有权利像这样把他踢出局，因为他做了全部的工作，而赛德不过是写了几本书。之后，他就没声音了。”

“现在他是永远销声匿迹了。”赛德说。

“不。”艾伦说，“是有人让他销声匿迹了……区别很大。”

他们再度陷入沉默。沉默持续的时间很短……但感觉却非常、非常沉重。

3

艾伦思考了几分钟。赛德和丽姿没有打扰他。最后，他抬起头说：“好吧。但为什么呢？为什么有人要因此痛下杀手？尤其是在秘密已经被公开之后？”

赛德摇摇头：“如果这事与我或者与我以乔治·斯塔克的名义写的书有关，那我既不知道谁会这么干，也不知道为什么。”

“就为一个笔名？”艾伦沉思着说，“我的意思是——我无意冒犯你，赛德——笔名既不是什么机密文件，也不是什么军事大秘密。”

“我不觉得你有所冒犯。”赛德说，“事实上，我非常同意你的看法。”

“斯塔克有许多书迷。”丽姿说，“他们中的一些人对于赛德不再以斯塔克的名义写小说感到很气愤。《人物》杂志登出那篇文章后收到一些信，赛德则收到一捆信。一位女士甚至建议亚历克西斯·马辛应该复出干掉赛德。”

“谁是亚历克西斯·马辛？”艾伦又掏出笔记本了。

赛德咧嘴一笑。“别激动，别激动，我的好长官。马辛只是乔治·斯塔克写的两本小说中的一个人物。第一本和最后一本。”

“虚构作品中的虚构人物。”艾伦说着将笔记本放了回去，“好极了。”

与此同时，赛德显得有点吃惊。“虚构作品中的虚构人物。”他说，“这种形容不错。很不错。”

“我的看法是，克劳森或许有一个朋友——龌龊鬼也总是有朋友的——这个朋友是斯塔克的狂热书迷。或许他知道克劳森真是要为捅破秘密负责，他非常生气，因为再也不会有斯塔克的新小说了……”

她叹了一口气，低头看了一会儿自己的啤酒瓶，然后又抬起头。

“这种解释很没有说服力，是不是？”

“恐怕是这样。”艾伦温和地说，然后看看赛德。“现在，你应该跪谢上帝你有不在场的证据，如果之前你没这么做的话。你也意识到这一切让你看起来更像一个嫌疑犯了，不是吗？”

“我想从某种程度而言，确实如此。”赛德表示同意，“赛迪亚斯·波蒙特写了两本几乎没人读过的书。第二本出版在十一年前，甚至连评论都不是太好。除了微薄的预付款，基于作品销量的收入几乎为零；就这个行业的现状来看，他能再发表作品就算是一个奇迹了。另一方面，斯塔克大把赚钱。钱的数字也不是很夸张，但每年他的书所赚的钱依然是我教书收入的四倍。克劳森这个家伙出现了，带着他精心措辞的敲诈威胁。我拒绝投降，但我唯一的选择就是自己公开整个故事。不久之后，克劳森被杀了。这看似是一个很充分的动机，其实却不是。在你自己已经公开秘密之后，再去杀掉一个未遂的敲诈者，是很愚蠢的。”

“没错……可总是有人想要报复。”

“我想是这样的——但你听完余下的故事，就不会这么认为了。丽姿跟你说的事情都是千真万确的。无论如何，我已经准备放弃斯塔克了。我可以以他的名义再写一本书，但仅此一本。正如丽姿所言，瑞克·考利能支持这个做法的原因之一是他对此看得很明白。对于公开秘密一事，他的判断很正确。《人物》杂志的文章，尽管很傻，却创造了销量奇迹。瑞克告诉我，《驶向巴比伦》有望重新回到畅销书的榜单上，斯塔克的全部小说都销量看涨。达顿出版社甚至打算重印《突然起舞的人》和《紫雾》。你从这个角度看，克劳森是帮了我一个忙。”

“那么这可以让我们得出什么结论？”艾伦问。

“我要知道才是见了鬼。”赛德回答。

丽姿打破之后的沉默，温和地说：“是鳄鱼猎人干的。我今天早晨还在想他们。是鳄鱼猎人干的，这人和疯子一样丧心病狂。”

“鳄鱼猎人？”艾伦转向她。

丽姿跟他解释了赛德所谓的“看活鳄鱼综合征”。“可能是一个疯狂的书迷干的。”她说，“这种解释不是那么站不住脚，你想想枪杀约翰·列侬的人和试图干掉罗纳德·里根以给朱迪·福斯特留下印象的那个家伙吧。这类人就生活在我们周围。假如克劳森能挖出赛德的秘密，那么其他人也能找到克劳森。”

“可这样的一个人，如果他是如此喜欢我写的东西，他为什么要试图把我牵连进去呢？”赛德问。

“因为他不喜欢你。”丽姿激动地说，“斯塔克才是鳄鱼猎人喜欢的人。他恨你的程度大概几乎跟他恨克劳森一样严重了。你说你对斯塔克之死不感到难过。光凭这一点就足以构成他试图将你牵连进来的理由了。”

“我依然不相信这种看法。”艾伦说，“那些指纹——”

“你说指纹从未被复制或伪造过，艾伦，但鉴于两个地方都留下了指纹，那么一定得有一个复制或伪造指纹的办法，因为这是唯一合乎逻辑的解释。”

赛德听见自己说：“不，你错了，丽姿。如果有这么一个人，那么他不只是喜欢斯塔克。”他低头看看自己的胳膊，发现上面布满了鸡皮疙瘩。

“不是吗？”艾伦问。

“你有没有想过，杀死霍默·葛玛奇和弗雷德里克·克劳森的人可能认为他是乔治·斯塔克？”

4

艾伦在台阶上说：“我会与你保持联络的，赛德。”他一手拿着用赛德办公室里的机器复印出来的弗雷德里克·克劳森的两封信。赛德暗想，艾伦愿意接受复印件——至少在目前——而没有坚持要求拿走信的原件作为证物，这是他已经打消了对赛德的大部分怀疑的最为清晰的信号。

“如果在我的不在场证据中发现了漏洞，你就要回来逮捕我？”赛德微笑着问。

“我想不会发生这种情况。我唯一的要求就是你也与我保持联络。”

“你的意思是，如果有事发生的话？”

“没错。我就是这个意思。”

“很抱歉，我们没能帮上更多的忙。”丽姿对他说。

艾伦咧嘴一笑。“你们已经帮我很多了。我本来无法决定是否要在这儿多待一天，多待一天意味着在华美达[①]炉渣砖的房间里再睡一晚，不待就要开车返回罗克堡。感谢你们告诉我的一切，这让我可以选择开车回去。现在就出发。能回去真好。就在最近，我的妻子安妮身体有点不舒服。”

“希望没有什么严重的问题。”丽姿说。

“偏头痛。”艾伦简要地说。他开始往下走，然后又转回来。“还有一件事情。”

赛德冲丽姿转转眼珠。“瞧，穿着皱雨衣的老科伦布[②]发现了新证据。”

“不是那么回事。”艾伦说，“但华盛顿警方没有公开克劳森谋杀案中的一个物证。这是一种惯常的做法；有助于排除那些喜欢承担自己并未犯下的罪行的疯子。克劳森的公寓墙壁上写着一些字。”艾伦停顿了一下，接着几乎语带歉意地补充道，“那些字是用受害者的血写的。如果我告诉你们文字的内容，你们能向我保证对此守口如瓶吗？”

他们点点头。

---

① 连锁酒店名。

② 一部美国同名犯罪系列电视剧中的男主角，在剧中，警察科伦布经常穿一件皱巴巴的雨衣。

“那句话是‘麻雀又在飞了’。这对你俩而言有什么特别的意思吗?”

“没有。”丽姿说。

“没有。”赛德迟疑了一下，以一种中性的口吻说。

艾伦盯着赛德的脸看了一会儿。“你非常确定?”

“非常确定。”

艾伦叹了一口气。“我不知道这句话是否对你们有特别的含义，但似乎还是值得一问。还有其他许多怪异的线索，我本以为也要算上这句话。晚安，赛德，丽姿。若有任何事情发生，记得保持联系。”

“我们会这么做的。”丽姿说。

“放心吧。”赛德附和道。

一会儿之后，他俩都回到室内，关上了门——艾伦·庞波则将在一片黑暗中完成漫漫归途。

第十章 当天深夜

1

他们将睡着的双胞胎抱上楼，然后开始做他们自己上床前的准备工作。赛德脱得只剩短裤和汗衫——这就是他的睡衣——然后走进浴室。他正刷着牙，突然颤抖袭来。他扔下牙刷，朝水池中吐了一大口白色泡沫，然后踉踉跄跄地走到马桶边，他的双腿一点感觉都没有，仿佛只是两根木头杆子。

他作呕了一次——只发出了一个干巴巴的痛苦声音——却什么都没吐出来。他的胃又开始平复下来……至少是试图不再翻腾。

他转过身，发现丽姿站在门口，穿着一件长度到膝盖上方几寸处的蓝色尼龙睡衣，正面无表情地注视着他。

“你心怀秘密，赛德。这样不好。从来都不好。”

他重重地叹了一口气，手指张开伸出双手。它们依然在颤抖。“你知道多久了？”

“自从今晚县治安官又回来后，你就有点不对劲。当他问你最后一个问题时……关于克劳森公寓墙壁上的那句话……你的表情就明显很不正常。”

“庞波没有觉察到。”

“庞波长官不像我这么了解你……但假如你没有注意到他最后的反应，那说明你没在看他。连他都觉察到了一丝异常。从他看你的样子就知道了。”

她的嘴巴稍微朝下努了努。这一表情突显了她脸上的旧皱纹，赛德第一次看到这些皱纹是她在波士顿发生意外并流产之后，随着她目睹赛德越发艰难地想要在一口似乎已经干涸的井中打出水来，这些皱纹也变得越来越深。

大约正是在这个时候，赛德的酗酒问题开始失控。所有这些事情——丽姿的意外，流产，《紫雾》在评论和财政方面的双重失败，以斯塔克之名写的《马辛的方式》取得了巨大的成功，突然毫无节制的饮酒——累积在一起导致他陷入了深深的抑郁。他承认这是一种自私、内向的心态，但仍无法摆脱。最后，他用半瓶杰克丹尼[①]将一大把安眠药冲下喉咙。这是一次缺乏热情的自杀尝试……但也算是一次自杀尝试。所有这些事情都发生在三年间。那三年显得要漫长许多。那三年就像是永远。

当然，这一切极少，甚至完全没有出现在《人物》杂志的报道里。

现在，他看见丽姿又像当初那样注视着他。他恨这种眼神。焦虑不好；不信任更糟糕。他认为直白的仇恨也比这种古怪的谨慎注视容易承受。

“我恨你对我撒谎。”她坦率地说。

“我没有撒谎，丽姿！看在上帝的分上！”

“有时候沉默不语就是撒谎。”

“反正我会告诉你的。”他说，“我只是想要找个合适的方式。”

可这是真实的吗？的确如此吗？他不知道。事情很怪异，十分离谱，但这不是他靠沉默来撒谎的理由。他感到自己就像一个在大便中看到鲜血或在腹股沟上摸到肿块的人一样，本能地保持着沉默。在此类情况下的沉默是不理智的……但恐惧也是不理智的。

赛德靠沉默来撒谎还有其他原因：他是一名作家，一个幻想家。他从来没有见过哪个人——包括他自己——能明确知道他或她行事的理由。有时，他相信写小说的冲动不过是为了防御混乱，甚至可能是为了防御精神失常。它是一些人对于秩序的强行执行，这些人只能在他们的脑子里找到秩序……却永远也无法在内心寻到这种可贵的东西。

第一次，他的体内有一个声音在低语：*你写作时，你是谁，赛德？当时你是谁？*

---

① 一种威士忌酒的名字。

对于这个问题，他没有答案。

“唔？”丽姿问。她的语调很尖锐，已经到了愤怒的边缘。

他从自己的思绪中抬起头，吃了一惊。“你说什么？”

“你有没有找到合适的方式？不管是什么方式。”

“瞧。”他说，“我不理解你为什么听上去如此生气，丽姿。”

“因为我害怕！”她愤怒地喊道……现在他看到她的眼角闪着泪花。“因为你对县治安官有所隐瞒，我依然怀疑你是否会对我有所隐瞒。要不是我看到你脸上的表情……”

“哦？”现在他自己也开始感到愤怒了。“什么表情？你觉得是什么表情？”

“你看上去很心虚。”她呵斥道，“当你告诉大家你已经戒酒，但却没有戒时，你看起来也是这个样子。当——”她突然不说下去了。他不知道她在他脸上看到了什么——也不确定自己是否想知道——但她的所见打消了她的愤怒。取而代之的是一副遭受打击的神情。“我很抱歉。我这么说不公平。”

“为什么？”他木然地说，“情况确实如你所说。有一段时间。”

他走回浴室，用漱口水漱净最后一点牙膏。这是一种不含酒精的漱口水，就像咳嗽药水和厨房橱柜里的人造香草精。他自完成最后一部斯塔克的小说后就没有喝过酒。

她将手轻轻地搭在他的肩膀上。“赛德……我们都在生气。这对我俩都有所伤害，无论问题出在哪里，生气都无助于解决问题。你说可能有一个男人——一个精神病患者——自认为是乔治·斯塔克。他杀了我们认识的两个人。其中的一个要为斯塔克的假名被揭穿负有部分责任。你一定已经意识到自己在那人的黑名单上排位很靠前。但尽管如此，你还是有所隐瞒。那句话是怎么说的？”

“麻雀又在飞了。”赛德说。浴室镜子上方的荧光灯投射出惨白的灯光，赛德注视着灯光下自己的脸。同一张老脸。眼睛下面可能有点黑眼圈，但依然是同一张老脸。他很高兴。这不是一张明星脸，却是他自己的脸。

“没错。这句话对你而言别有深意。是什么意思？”

他关掉浴室的灯，将胳膊放在她的肩膀上。他们走到床边，在床上躺下。

“在我十一岁时，我动了一次手术。”他说，“手术是为了割掉我大脑前叶上的一个小肿瘤——我认为它是长在我大脑的前叶。你知道这事情。”

“是吗？”她迷惑地望着他。

“我跟你说过，我在被诊断出肿瘤之前，头疼得很厉害，对吧？”

“是的。”

他开始心不在焉地抚摸她的大腿。她的腿修长漂亮，身穿的睡衣又真得很短。

“我跟你讲过那种声音吗？”

“什么声音？”她显得很迷惑。

“我想我没跟你讲过……但你瞧，这一直都不是很重要。所有这一切都发生在很久以前。长脑瘤的人经常都会头痛，有时会痉挛，有时会两者并发。这些症状都有它们自己的征兆。它们被称为感官先兆。最常见的感官先兆是气味——铅笔屑的味道，新切的洋葱的气味，腐烂的水果味。我的感官先兆是听觉方面的，是鸟的声响。”

他平视她，两人的鼻子几乎贴到了一起。他能感觉到她散落下来的一束头发扫过他的额头。

“准确地说是麻雀所发出的声响。”

他坐起来，不想看到她脸上震惊的表情。他拉过她的手。

“跟我来。”

“赛德……去哪里？”

“书房。”他说，“我想要给你看点东西。”

2

占据赛德书房的主要空间的是一张橡木书桌。它既不是时髦的古董，也非时髦的现代家具。它只是一张格外大、格外耐用的木头桌子。它像一只恐龙那样站在三个吊起的球形玻璃灯罩下；它们投射在工作台上的灯光一点儿也不刺眼。桌子表面的大部分都被遮住了，手稿、大叠的信件、书籍和寄给他的校样堆得到处都是。书桌上方的白墙上挂着一张海报，上面印的是赛德最喜欢的建筑：纽约的熨斗大厦[①]。它不可思议的楔子造型总能让赛德感到赏心悦目。

打字机旁放着他的新小说《金毛狗》的手稿。打字机上是他那天写出的稿子。六页纸。这是他通常的日产量……就是说，当他以自己的名义习作时。以斯塔克的名义来写的话，他一般每天可以写出八页纸，有时写十页。

“庞波出现之前，我就在忙这个。”他拿起打字机上的那一小叠纸，递给她说。“接着那个声响来了——麻雀的声响。这是今天的第二次了，只是这一次声响更大了。你看到写在第一页纸上的字了吗？”

她看了很久，他只能看见她的头发和头顶。当她再次望着他时，她的脸色煞白，双唇抿成了一条灰色的窄线。

“是一样的。”她轻轻地说，“完全一样。噢，赛德，这是怎么回事？怎么……？”

她晃了一下，赛德迈步上前，一度担心她会晕倒。他抓住她的肩膀，他的脚卡在工作椅呈 X 形的椅腿中，他自己和丽姿都差点摔倒在办公桌上。

“你还好吧？”

“不好。”她细声细气地说，“你呢？”

“不太好。”他说，“对不起。我还是那个笨手笨脚的老波蒙特。即使像骑士般全副武装，我也只能站着摆摆样子。”

“你在庞波出现之前就写下了这句话。”她说，似乎觉得不可能彻底理解这种情况，“在那之前。”

“没错。”

---

① 建造时称为福勒大厦，竣工于一九〇二年，是当时纽约最高的大楼之一。

“它是什么意思？”她极度紧张地看着他，尽管屋内灯光很亮，她的瞳孔依旧显得又黑又大。

“我不知道。”他说，“我本以为你或许会有点想法。”

她摇摇头，将纸放回到他的书桌上。然后她用手在自己身穿的尼龙短睡裙上擦了擦，仿佛她刚才碰了什么脏东西似的。赛德相信她没有意识到自己的这一动作，他也没有跟她说。

“现在你明白我为什么有所隐瞒了吧？”他问。

“是的……我想我明白。”

“若他知道，他会说什么？我们务实的长官来自缅因州最小的县，他笃信军队服务记录和身份认定处提供的电脑打印资料和目击者证词。我们的长官认为相比某人发明了复制指纹的方法，还是我有一个孪生兄弟更为可能。像他这样的人若是知道此事，会说什么？”

“我……我不知道。”她努力想要恢复平静，想将自己从激荡的情绪中拉出来。他以前也见过她这么做，但这并没有削减他对她的赞赏。“我不知道他会说什么，赛德。”

“我也不知道。我想最坏的情况是他可能认为我预先知道那些罪行。更有可能的是，他会认为我是在他今晚离开后才跑到这儿来写下那句话的。”

“你为什么要做这样的事呢？为什么？”

“我想，第一种假设会是我有精神病。”赛德面无表情地说，“我认为，一个像庞波这样的警察，会更倾向于相信我精神有问题，而不会去接受一个在科学所知范围内似乎无法解释的事件。我会隐瞒这事，直到我有机会亲自搞清楚问题，假如你认为我这样做是错的——我可能是做错了——那么就请直说。我们可以打电话给罗克堡的县治安官办公室，给他留言。”

她摇摇头。“我不知道。我想，我在某个谈话节目中听说过超感知觉和心灵感应……”

“你相信这些吗？”

“以前从来没有什么事情让我仔细去思考这些东西。”她说，“现在我想我有了思考的理由。”她伸手拿过那页写着那句话的纸。“你写这句话时用的是乔治·斯塔克的铅笔。”她说。

“纯粹是因为它离我最近。”他暴躁地说。他想到了斯克瑞普托牌钢笔，但旋即便将它从自己的脑子里赶了出去。“还有，它们不是乔治·斯塔克的铅笔，永远也不会是。它们是我的。我受够了把他当成另外一个独立的人来说。即便曾经有必要这么做，现在也已经毫无意义了。”

“然而，你今天也用了一个他的说法——‘为我的不在场作伪证’。除了在书里，我以前从未听你这么说过。这难道仅仅是巧合吗？”

他想要告诉她这是巧合，当然是巧合，却说不出来。这很有可能是巧合，但参照他在那页纸上所写的句子，他怎么能确定呢？

“我不知道。”

“你当时是否处于恍惚的状态，赛德？你写这句话时，你是否处在恍惚的状态中？”

他勉强地慢慢回答：“是的。我认为我是的。”

“这就是所发生的一切吗？还有没有其他事情？”

“我不记得了。”他说，接着他更为勉强地补充道，“我想我可能说过什么，但我真的不记得了。”

她盯着他看了良久，说：“我们上床去吧。”

“你认为我们能睡着吗，丽姿？”

她凄凉地笑了。

3

但二十分钟之后，他居然迷迷糊糊地快睡着了，丽姿的声音将他拉了回来。“你必须去看医生。”她说，“星期一就去。”

“目前我没有头痛。”他对丽姿的提议表示反对。“只是会听到一些鸟的声响。至于我写的那句奇怪的话。”他停顿了一下，接着期待地补充道，“你不会认为那只是一个巧合吧？”

“我不知道那是什么。”丽姿说，“但我必须告诉你，赛德，我是非常不相信巧合的人。”

不知怎么的，这句话让他俩都觉得很滑稽，他们相拥着躺在床上咯咯地笑起来，为了避免吵醒孩子们，他们尽量压低笑声。无论如何，他们之间算是没事了——眼下赛德对什么事情都不太能确定，但这点是例外。没事了。暴风雨已经过去。不快的往事被再度掩埋，至少目前如此。

“我会跟医生约时间。”当他们止住笑后，她说。

“不。”他说，“我自己来约。”

“你不会故意把这事忘掉吧？”

“不会的。我会把它作为周一的第一件事情来做。我向你保证。”

“那么，好吧。”她叹了一口气。“如果我能睡着，那真是他妈的奇迹。”但五分钟后，她的呼吸变得均匀平和，又过了不到五分钟，赛德自己也睡着了。

4

他又做了那个梦。

梦的内容直到结尾部分都是相同的（或者说，似乎是一样的）：斯塔克领着他穿过废弃的房子，总是走在他的身后，当赛德以颤抖且狂乱的声音坚持说这是他自己的房子时，斯塔克便会提醒他说他搞错了。你完全弄错了，斯塔克在他的右肩后说（或者是在他的左肩后？这重要吗？）。他再次告诉赛德，这栋房子的主人已经死了。这栋房子的主人在传说中所有铁路终结的地方，这儿（无论它究竟是哪儿）的人都把这个地方叫做安兹韦尔。一切都和上次的梦境一样。直到他们来到后厅，这次丽姿不是一个人在那儿。弗雷德里克·克劳森也在那儿。他光着身子，只穿了一件可笑的皮衣。和丽姿一样，他也死了。

斯塔克在赛德肩膀后面若有所思地说：“在这儿，尖叫的人的下场就是如此。他们被变成无用的废料。现在他已经被解决掉了。我将解决掉他们所有的人，一个一个来。最好别让我必须来解决掉你。麻雀又在飞了，赛德——记住这点。麻雀在飞。”

接着，在房子外面，赛德听到了它们的声音：不仅仅是几千只麻雀，而是好几百万只麻雀，可能是几十亿只麻雀，巨大的鸟群飞过太阳时，完全将它遮蔽住了，天空变得一片漆黑。

“我看不见了！”他尖叫道，乔治·斯塔克在他身后轻声地说：“它们又在飞了，老伙计。不要忘记。并且不要挡我的道。”

他醒来，浑身冰冷，颤抖不止，这一回他久久无法入睡。他躺在黑暗中，思考着这个梦所带来的念头，觉得十分荒谬——第一次做梦时可能也让他产生过这样的念头，但这一回这个念头变得清晰了许多。真是太荒谬了。过去他一直把斯塔克和亚历克西斯·马辛想成两个长得很像的人（为什么不呢？实际上，他们都诞生在同一时间，随《马辛的方式》而出现），两人都很高大，肩膀宽阔——他们看上去不是长成这样的，而仿佛用某种坚硬的材料造出来的——两人都是金发……他过去的想法并不能改变由梦而生的念头的荒谬性。笔名不会活过来杀人。他会在吃早饭时告诉丽姿，他们会哈哈大笑……唔，考虑到目前的处境，他们或许不会真的大笑，但他们会咧咧嘴交换一个怜爱的微笑。

我将把这叫做我的威廉·威尔森[①]情结，他想，接着又慢慢睡着了。但当早晨来临时，这个梦却显得不值一提——没有比其他事情重要。于是他没有提……但那天随着时间的流逝，他却发现自己不断想起它，好像它是一块神秘的宝石似的。

---

① 威廉·威尔森是爱伦·坡一八三九年出版的短篇小说《威廉·威尔森》中的主人公，他被一个与他同名、长相也跟他一模一样的男人纠缠，那人就像他的良心介入他的言行。主人公最后杀死另一个威廉·威尔森，也等于杀死了他自己。

第十一章　安兹韦尔

1

星期一一大早，不等丽姿催他，赛德就跟休姆医生约好了。一九六〇年他所接受的肿瘤切除手术是他医疗记录的一部分。他告诉休姆最近他的脑子里又两次响起了鸟叫声，在他当年被诊断出肿瘤并接受切除术前的几个月里，这种声音作为头痛的预兆，也曾反复出现。休姆医生想要知道头痛本身是否也复发了。赛德告诉他说没有。

赛德一点儿也没说他的恍惚状态和他在此状态下所写的东西，也没有提到警察在华盛顿特区遇害者的公寓墙壁上所发现的句子。这些事情就像昨夜的梦一样遥远。事实上，他发现自己正试图将这一切抛诸脑后。

然而，休姆医生却对此很重视。相当重视。他要赛德当天下午就去东缅因医疗中心，拍头部 X 光片，并接受计算机化 X 射线轴向分层造影……一种 CT 扫描。

赛德去了。他坐着让人替他拍片，接着又把脑袋放进一台看上去像工业用衣服烘干机的机器里，它隆隆作响了十五分钟后，他就被释放了……不管怎么说，至少此刻他可以回家了。他打电话给丽姿，告诉她大约在周末可以拿到检查的结果，还说他要去一趟他在大学的办公室。

“你有没有再想过给庞波长官打电话？”她问。

“让我们等检查结果出来再说吧。”他说，“我们一拿到结果，或许就能做出决定了。”

2

他在办公室里清理办公桌和书架上一学期积下来的杂物时，他的脑袋里又开始响起鸟叫声。先是几只鸟在叫，接着其他鸟加入进来，于是很快就变成了一种震耳欲聋的大合唱。

白色的天空——他看见被房子和电话杆的黑色剪影所分割的白色天空。到处都是麻雀。它们密密麻麻地站在每一个屋顶上，挤满了每一根杆子，等待着集体的号令。然后，它们会一起冲向天空，发出类似几千张床单在风中抖动的声响。

赛德踉踉跄跄地扑向办公桌，摸索找寻他的椅子，找到后便瘫坐下来。

麻雀。

麻雀和晚春白色的天空。

声音充斥着他的脑袋，一种嘈杂刺耳的噪音，当他扯过一张纸，开始写字时，他并没有意识到自己正在做什么。他的脑袋有气无力地挂在他的脖子上；他的眼睛茫然地注视着天花板。笔上下左右地移动，似乎是在听它自己的指挥。

在他的脑子里，所有的鸟一起展翅高飞，犹如一片乌云，完全遮蔽住了新泽西伯根菲尔德瑞奇威地区三月的白色天空。

3

在听到第一波鸟叫后，过了不到五分钟，他就清醒过来了，大汗淋漓，左腕剧烈地颤动，但没有头痛。他低下头，看到了办公桌上的纸——那是一张订购美国文学补充教材的订货单的背面——他茫然地盯着写在上面的词语。

小妞　猫　傻瓜　又飞了

小妞　现在　娘娘腔

永远　傻瓜　米里

电话　安兹韦尔　娘娘腔

妹妹　终止　小妞

割伤　剃刀　小妞　在这儿

麻雀　米里　小妞　在这儿

麻雀　小妞　剃刀　小妞

永远　现在及永远　小妞

猫　东西　小妞　麻雀

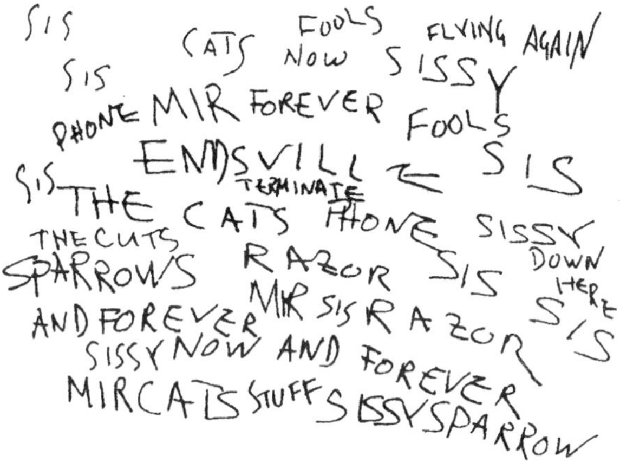

“这些字眼毫无意义。”他低语道。他用手指尖揉搓自己的太阳穴，等待头疼再度发作，或者说是等待不规则地散布在纸上的词语连贯成有意义的句子。

这两件事情，他一件也不希望发生……它们也都没有发生。那些字眼依旧是那些字眼，被反复重复。一些词显然是选自他关于斯塔克的梦；另一些则纯属于毫无关联的胡言乱语。

他的头倒是一点儿也不痛了。

这一次我不会告诉丽姿，他想。决不告诉她。倒也不仅是因为我害怕……尽管我确实有点怕。不告诉她的原因很简单——并不是所有的秘密都是坏秘密。一些是好秘密。一些是必须的秘密。这个秘密两者兼是。

他不知道这是不是真的，但他发现了一件让人如释重负的事情：他不在乎了。他厌倦了左思右想之后却依然搞不明白。他也厌倦了像一个闹着玩走进一个洞穴、现在却开始怀疑自己迷路的男人那样担惊受怕。

那么，不要再去想它了。这就是解决问题的办法。

他怀疑这个办法的正确性。他不知道自己是否能做到这点……但他打算尽力尝试一下。他慢慢伸出手，用两只手捏住那张订购单，然后开始把它撕成一条一条的。纸上乱七八糟的字开始消失了。他又将那些纸条横过来一撕为二，然后将纸片投进了废纸篓，它们像节庆场合使用的五彩纸屑似的散落在他之前扔进去的其他垃圾之上。他坐在那里盯着这堆纸片看了几乎有两分钟，有点期待它们会一起飞起来并回到他的办公桌上，就像一盘倒退的电影胶片。

最后，他拎起废纸篓，将它带到楼下的大厅里，电梯旁的墙壁上有一扇不锈钢小门。门下面的标牌上写着：焚化炉。

他打开小门，将垃圾倒进黑漆漆的斜槽内。

“到那里去吧。”他对着夏季异常安静的英语—数学楼说。“统统消失吧。”

在这儿我们把它叫做无用的废料。

“在这儿我们把它叫做胡说八道。”他咕哝道，然后手提着空废纸篓回到了他的办公室。

纸片消失了，顺着斜槽而下变得无影无踪。在拿到医院检查的结果之前——或者说在出现另一次眩晕、恍惚、记忆丧失或任何类似的情况之前——他打算什么都不说。绝口不提。写在那张纸上的字很有可能完全是他自己臆想出来的，就像那个关于斯塔克和空房子的梦一样，与谋杀霍默·葛玛奇和弗雷德里克·克劳森的凶手没有丝毫的关系。

安兹韦尔，这儿是所有铁路的尽头。

“这没有任何意义。”赛德断然地强调……但那天，当他离开大学时，他却几乎是在逃跑。

第十二章　公寓施暴

她知道事情有点不对头，当她将钥匙插进公寓大门的锁里时，没有出现一系列熟悉的、令人安心的喀哒声，相反门却直接打开了。她没有去想自己有多愚蠢，去上班却不锁公寓门，天啊，米里亚姆，你为什么不直接在门上贴一张纸条说“嗨，强盗们，我在厨房架子顶上的炒菜锅里藏了现金”呢？

她没有去想自己有多愚蠢，因为你一旦在纽约住了六个月，甚至只有四个月后，你就不会忘记锁门。如果你住在乡下，或许你只会在离家度假时锁门，如果你住在一个像北达科他州的法戈或爱荷华州的埃姆斯这样的小城市，那么你可能会在去上班时偶尔忘记锁门，但一旦你在疯狂的纽约住上一段时间，你会连去隔壁送杯糖也要锁门。忘记锁门就像是呼出一口气后却忘了吸入下一口气。纽约有许多博物馆和画廊，但这个城市也有许多吸毒者和精神变态的人，你不能冒险。除非你生性愚蠢，米里亚姆不是生来如此。可能有一点傻，但不愚蠢。

于是她知道出事了，米里亚姆肯定闯入她公寓的小偷大概已经在三四个小时前离开了，拿走了一切可能典当掉的东西（不要提炒菜锅里的八九十美元了……可能连炒菜锅本身也拿走了，她想；毕竟，那难道不是一个可以典当的炒菜锅吗？），东西也可能仍在那儿。不管怎么说，它仅仅是你所做的一个假设，就像初次拿到真枪的男孩们所受到的教导，在受到任何其他教导之前，他们先被教导假设枪永远是装着子弹的，甚至当你把它从出厂的盒子里拿出来时，它也是装着子弹的。

她开始退离门。她几乎是立刻这么做的，甚至在门停止其短暂的向内转动之前，但已经太晚了。黑暗中，一只手像子弹一样从门和侧柱间两英寸宽的空隙里射出来，死死夹住了她的手。她的钥匙掉在了门厅的地毯上。

米里亚姆·考利张开嘴巴尖叫起来。就站在门后的高大金发男子，不喝咖啡，不抽香烟，已经耐心地等待了四个多小时。他想要抽一支烟，并且这事一结束，他就会抽的，但在事情办完之前，烟味可能会引起她的警觉——纽约人就像树林下草丛中畏手畏脚的小动物，即使在觉得自己很开心的时候，他们也会时刻提防危险。

她甚至都来不及思考，右手腕就被他的右手牢牢抓住了。现在他用左手掌顶住门，然后用尽全力猛拉女人。门看上去像是木头的，但其实它当然是铁做的，在疯狂的纽约，所有好公寓的门都是铁的。她的一边脸重重地撞在门边上。两颗牙齿从牙龈上脱落下来，划破了她的嘴。她原本紧闭的嘴唇松开了，鲜血溅到下嘴唇上。小滴的血还撒到了门上。她的颧骨像嫩枝发出断裂声。

她半昏迷地倒下。金发男子放开了她。她瘫倒在走廊的地毯上。动作必须非常迅速。据说在纽约，只要东西不是倒在他们自己的脚上，没人会管闲事。据说在纽约，正午时分，一个精神变态者可以在第七大道上一家有二十个座位的理发店门外连戳一个女人二十刀或四十刀，没人会出来干涉，可能只会听到有人说“你能把头发修到耳朵上面一点吗”或“这次我不要喷古龙水，乔”。金发男人知道这种说法是假的。对于被捕猎的小动物而言，好奇心是它们生存秘籍中的一部分。管好你自己的事情，没错，事不关己，高高挂起，游戏规则就是如此，但一只毫无好奇心的动物容易很快就变成一只死动物。因此，行事的速度是关键。

他打开门，一把抓住米里亚姆的头发，把她拉了进去。

旋即，他听到走廊另一端锁闩咔嗒一声轻响，接着门被打开了。他不必探头望出去就知道，一只秃头兔子正翕动着鼻子从另一间公寓往外窥视。

“你没有把它摔坏吧，米里亚姆，摔坏了吗？”他大声地问。然后他提高嗓门，没有用假声，而是双手在离嘴巴两寸的地方掬成杯状，作为一个声音反射器，装出一个女人的声音。“我想没有。你能帮我把它捡起来吗？”放下双手，他又恢复到自己正常的语调。“当然，等一下。”

他关上门，透过窥孔往外看。窥孔的鱼眼镜头提供了一幅变形的走廊广角图，他看到了和他的预期完全一致的画面：在走廊另一边，一张白脸正在一扇门边窥视四周，就像一只从洞里探头出来张望的兔子。

那张脸缩了回去。

门被关上了。

它不是重重地关上的；而是轻轻地合上的。愚蠢的米里亚姆把什么东西掉在地上了。跟她在一起的男人——可能是她的男朋友，或前男友——正在帮她把东西捡起来。没什么好担心的。天下太平。

米里亚姆呻吟着开始苏醒过来。

金发男人把手伸进口袋，掏出一把折叠剃刀，啪地抖开来。他只留了起居室里的一盏台灯，刀刃在昏暗的光线下闪烁。

她睁开眼睛，抬眼看到了他上下颠倒的脸，因为他正俯身向着她。她的嘴里满是红色的血污，犹如刚吃了草莓。

他给她看剃刀。她原本恍惚朦胧的眼睛突然警惕地睁大了。她又湿又红的嘴巴也张开了。

“叫一声我就割断你的喉咙，小妞。”他说，她闭上了嘴巴。

他又将一只手缠上她的头发，把她拖进起居室。她的裙子擦过光滑的木地板，发出沙沙的轻响。她的屁股碾过一块织毯，织毯在她的身下滑行。她痛苦地呻吟着。

“不要发出声音。”他说，“我告诉过你了。”

他们进了起居室。起居室面积小，却舒适宜人。墙上挂着法国印象派艺术家画作的印刷品。镜框中镶着一幅音乐剧《猫》的广告海报，上面写着：现在及永远。房间里摆着一些干花。一套小组合沙发上套着带点状突起的小麦色布料。他看见书架上，一层摆着波蒙特的书，斯塔克的全部四本书则摆在下面的另一层上。这样的安排不对，但他只能认为是这个婊子压根没见识。

他松开她的头发。“坐到沙发上去，小妞。那一头。”他指指沙发靠着小茶几的那一头，茶几上摆着电话和留言答录机。

“求你了。”她轻轻地说，没有站起来。她的嘴巴和脸颊现在都开始肿起来了，说话声音含糊不清。“你要任何东西都可以。什么都给你。钱在炒锅里。”

“坐到沙发上去。那一头。”这一次，他一只手拿剃刀指着她的脸，另一只手指向沙发。

她爬上沙发，尽量缩进垫子里，一双黑眼睛睁得非常大。她用手抹抹嘴巴，难以置信地看着自己手掌上的血，然后又重新望着他。

“你想要什么？”她听起来就像是一个嘴里塞满食物的人在讲话。

“我想要你打一个电话，小妞。仅此而已。”他拿起电话，用手持剃刀的手按了一下电话答录机上的“播放”键。然后他将电话听筒递给她。这是一台老式电话机，机座就像是一个稍微有点变形的哑铃，它比“王子牌”电话机要重许多。他知道这点，当他把听筒递给她时，她的身体略微有点收紧，就此看来，她也知道这点。金发男人的嘴唇上闪现出了一丝微笑。笑容没有蔓延到其他任何地方；只出现在他的嘴唇上。微笑中没有任何暖意。

“你在想你可以用那玩意儿砸烂我的脑袋，是吗，小妞？”他问她。“让我告诉你一件事——那不是一个快乐的念头。你知道当人们失去他们的快乐念头时会发生什么，不是吗？”当她没有回答时，他说，“人们会从天上掉下来。真的。我曾经在卡通片里看到过这样的场面。所以你拿好腿上的电话听筒，集中精神把你的快乐念头招回来吧。”

她死死地盯着他看。鲜血缓缓地沿着她的下巴往下淌。一滴血掉下来，落在她衣服的前胸上。永远也洗不掉了，小妞，金发男人想。他们说如果你立刻用冷水漂洗血迹，你就可以洗掉它，但并不是这样的。他们有机器。分光镜。气相色谱仪。麦克白女士是对的。

“如果那个糟糕的念头重新回到你的脑袋中，我能从你的眼睛里看出来，小妞。它们是一双如此大的黑眼睛。你不想让其中的一只大黑眼睛沿着你的脸颊滚下来，不是吗？”

她立刻猛摇头，头发围着她的脸飞扬。当她摇头时，那双美丽的黑眼睛始终都没有离开过他的脸，金发男人感觉大腿根部一阵骚动。

先生，你的口袋里装着一把折叠尺，还是你喜欢看我？

这一次他的嘴巴和眼睛周围都出现了笑容，他觉得她放松了一丁点儿。

“我要你往前靠一点，拨赛德·波蒙特的号码。”

她只是盯着他看，她的眼睛里满是震惊。

“波蒙特。”他耐心地说，“那个作家。快拨，小妞。时间过得飞快，就像墨丘利带翅膀的双脚[①]一样。”

“我的本子。”现在她的嘴巴已经肿得闭不拢了，说话也更含糊不清了。她听上去像是在说“鹅的膀子”。

“鹅的膀子？”他问。“什么东西？我不知道你在讲什么。说得明白点，小妞。”

她小心翼翼、痛苦地说：“我的本子。本子。我的通讯录。我不记得他的号码。”

折叠剃刀滑过空气指向她。剃刀似乎发出了一声类似人类耳语的声音。那大概只是想象，然而他俩都听到了这个声音。她越发向后缩进小麦色的靠垫深处，肿胀的嘴唇挤出一个痛苦的表情。他转动剃刀，让台灯昏暗的柔和灯光照在刀刃上。他斜过刀，让灯光像水一样滑过它，然后他看着她，仿佛他俩若不欣赏这件如此可爱的东西就是疯了。

“不要跟我耍花样，小妞。”现在他说话时带有一点柔和的南方口音。“当你跟我这样的人打交道时，这是一件你永远也不想做的事情。现在快他妈的拨他的号码吧。”她或许不记得波蒙特的电话号码了，因为跟他的业务往来不多，但她一定记得斯塔克的号码。在图书界，斯塔克是你需要认识的基本人物，碰巧他的号码和波蒙特的一样。

眼泪开始从她的眼睛里涌出来。“我记得了。”她呻吟道。

金发男人准备用剃刀割她了——不是因为他生她的气，而是因为当你让这样一位女士说谎蒙混过关一次后，她就会一直骗你——这

---

① 罗马神话中掌管商业、贸易、道路、旅游、盗窃的保护神。他戴着有翅膀的帽子或者头盔，脚上穿着一双有翅膀的鞋，奔跑如飞。

时，他又重新考虑了一下。他认为她完全有可能真的暂时忘记了电话号码这样的平常事，甚至是波蒙特/斯塔克这样的重要客户的电话。她处在震惊之中，如果他叫她拨打她自己公司的电话，她大概也想不起来。

但由于他们谈论的是赛德·波蒙特而非瑞克·考利，他可以帮上忙。

“好吧。”他说，“好吧，小妞。你心烦意乱。我明白。我不知道你是否相信这点，但我甚至很同情你。你很走运，因为我碰巧自己就知道那个号码。你可以说，我记那个号码就像记我自己的号码一样清楚。你知道吗？我甚至都不要你来拨它，部分原因是我不想坐在这里等你搞很久才拨对号码，也是因为我确实同情你。我将弯下身子，亲自来拨号。你知道这意味着什么吗？”

米里亚姆·考利摇摇头。她的黑眼睛似乎占据了她的大部分脸。

“这意味着我将信任你。但到此为止；到此为止，不会更进一步，老姑娘。你在听吗？你全都听懂了吗？”

米里亚姆发疯似的点头，头发飘扬。天啊，他喜欢头发多的女人。

“很好。这很好。在我拨电话号码的时候，小妞，你要一直将眼睛定在刀刃上。它会帮你留住那些愉快的念头。”

他俯身向前，开始在老式的电话拨盘上拨号码。他这么做的时候，放大的滴答声从电话旁的留言答录机内传出来，就像流动游艺团里的幸运轮正逐渐慢下来。米里亚姆·考利腿上放着电话听筒，坐在那里，目光在剃刀和这个可怕的陌生人扁平、粗野的脸之间游移。

“跟他讲话。”金发男人说，“如果接电话的是他老婆，就告诉她你是纽约的米里亚姆，你想跟她的老公说话。我知道你的嘴巴肿了，但不管谁接电话，都要让对方知道是你在打电话。给我好好干，小妞。如果你不想让你的脸变得像毕加索的肖像画，你就给我好好干。”最后几个字几乎是从他的嘴里挤出来的。

“我……我要说什么？”

金发男人笑了。她真是个尤物，没错。非常有味道。那长长的头发。他皮带扣下面的区域又是一阵骚动。下面那东西越来越活跃了。

电话响了。他俩都能通过留言答录机听到。

“你要想对路，小妞。”

电话喀嚓一声被接起来了。金发男人等到他听见波蒙特说“嗨”，便像一条蛇一样迅速靠过来，用折叠剃刀在米里亚姆·考利的左颊上一划，拉开了一道口子。鲜血顿时像洪水一般喷涌而出。米里亚姆尖叫起来。

“嗨！”波蒙特在大声喊。“嗨，哪位？见鬼，是你吗？”

是的，是我，没错，狗娘养的，金发男人想。是我，而且你知道是我，不是吗？

“告诉他你是谁，还有这里正在发生什么！”他冲米里亚姆大喊。“快点！不要让我跟你说第二遍！”

“你是谁？”波蒙特喊道，“发生了什么事情？是谁？”

米里亚姆又尖叫起来。血溅在小麦色的沙发垫上。现在她衣服的前胸处已经不止一滴血了；而是被血浸透了。

“照我说的做，否则我用这玩意儿割下你的脑袋！”

“赛德，有个男人在这儿！”她对着电话尖叫。在痛苦和恐惧中，她又能清楚地说话了。“有个坏人在这儿！赛德，有个坏人在——”

“报你的名字！”他朝她咆哮，并用折叠剃刀在她眼前一英寸处划了一下。她向后缩去，嚎啕大哭。

“你是谁？你是——”

“米里亚姆！”她尖叫道，“哦，赛德，别让他再割我，别让这个坏蛋再割我，别——”

乔治·斯塔克用折叠剃刀一下切断了纠结的电话线。电话机发出一声愤怒的噪音，接着便彻底安静了。

很好。本来可以更好；他本想干她，真的很想干她。他已经很久没有想要干一个女人了，但他想操这个女人，可他不会去操她。她叫得太多了。兔子们又将从他们的洞穴里伸出脑袋，在空气中嗅闻大型食肉动物的气息，食肉动物正在丛林的某处徘徊，离兔子们可怜的电营火不远。

她仍在尖叫。

很显然，她已经丧失了所有的快乐念头。

于是斯塔克又一把揪住她的头发，把她的脑袋往后拽，直到她盯着天花板，对着天花板尖叫，然后他割断了她的喉咙。

房间陷入了寂静。

“好啦，小妞。”他温柔地说。他将剃刀折回它的手柄内，放进口袋里。接着，他伸出血淋淋的左手，合上了她的眼睛。他衬衫的袖口立刻浸透了热乎乎的鲜血，因为她的颈静脉仍在往外喷血，但该做的事情还是要做。当对方是女人时，你就替她合上双眼。无论她有多么坏，无论她是不是一个卖掉自己的孩子来买毒品的下贱妓女，你还是要合上她的眼睛。

她只是一个小角色。瑞克·考利就不同了。

还有那个写了那篇杂志文章的男人。

还有那个拍照的婊子，尤其是她拍了那张墓碑的照片。一个婊子，没错，一个十足的婊子，但他也会合上她的眼睛。

等他们都被解决了以后，就到了和赛德本人谈话的时候了。没有中间人；面对面地谈话。是时候让赛德明白个中的原因了。当他解决掉他们所有人之后，他满心期待赛德已经做好了理解个中原因的准备。如果他没准备好，有办法让他明白。

毕竟，他是一个有妻子的男人——有一个非常漂亮的妻子，是一位名副其实的皇后。

而且他有孩子。

他将食指放在米里亚姆喷出的温热鲜血中，然后迅速开始在墙壁上写字。他不得不两次回去蘸血以获得足够的血液，但还是很快就写好了信息，就写在女人无力的脑袋之上。如果她的眼睛还睁着，就可以倒着读它。

当然，前提是她仍活着。

他俯身向前，亲吻米里亚姆的脸颊。“晚安，小妞。”他说，然后离开了公寓。

住在走廊对面的男人又在朝门外看了。

当他看见高大的金发男人血淋淋地从米里亚姆的公寓里出来时，他砰地关上门，并把门锁了起来。

很明智，乔治·斯塔克想，他大步穿过走廊走向电梯。真他妈的明智。

与此同时，他必须快走。他没有时间逗留。

今晚还有其他事情要做。

第十三章　纯粹恐慌

1

有几度——赛德也不知道持续了多久——他彻底陷入了恐慌，以至于他真的完全无法以任何方式思考。他还能呼吸真是令人惊奇。后来，他认为唯一和这次感觉稍微有点相似的经历发生在他十岁时，那年五月中旬，他和他的几个朋友决定去游泳。这比他们中的任何人以往每年去游泳的最早时间都要早上至少三个星期，但这似乎仍是一个不错的主意；那天天气晴朗，对于新泽西的五月而言，已经算很热了，气温有八十几度①。他们三人走到戴维斯湖，这是他们给离赛德在伯根菲尔德的家一英里的小池塘起的讽刺性名称。他是第一个脱掉衣服，穿上泳裤的，所以也是第一个下水的。他只是从岸上抱膝跳入水中，可他依然认为当时自己可能死掉——但究竟有多接近死亡，他却并不想知道。那天的天气或许给人仲夏的感觉，但水却冷得像初冬湖水结冰前的最后一天。他的神经系统暂时短路了。他的肺彻底停止了呼吸，他的心脏也停止了跳动，当他浮出水面时，他就像一辆电池没电需要助推启动的汽车，急需助推启动，可他却不知道该如何做。他记得阳光是那么灿烂，在蓝黑色的湖水表面投射下数以万计的金色的亮点，他记得哈利·布莱克和兰迪·威斯特站在岸上，哈利正在把他褪色的游泳裤拉到他的大屁股上，兰迪正一只手拿着游泳裤光着身体站在那里喊，“水怎么样，赛德？”这时他在往上浮，他所能想到的只是：*我快要死了，我正和我的两个最好的朋友在这里的阳光下，放学了，我没有作业要做，今天晚上要放《燕雀香巢》，妈妈说我可*

① 约二十七摄氏度。

以在电视机前吃饭，但我却再也看不到这部电影了，因为我要死了。几秒钟前还很容易、并不复杂的呼吸像一只运动袜似的堵在他的喉咙里，他既无法将它喷出去，也无法将它吸进来。他胸腔内的心脏就像一块冰冷的小石头。然后，小石头爆开了，他大大地吸了一口气，他的身上冒出无数个鸡皮疙瘩，他不假思索地以小男孩才有的那种恶意高兴地回答兰迪说：水很好！不太冷！快跳进来！几年后，他才意识到自己这么做可能会杀死他们俩，就像他差点杀了他自己一样。

现在的情况就像当时一样；他全身处在同样的冻结状态。在军队中，他们管这叫自乱阵脚。是的，这种说法真不错。军队很善于发明各种术语。他坐在这儿，正在自乱阵脚。他坐在椅子上，不是靠在上面，而是端坐在上面，身体前倾，手里依然握着电话，眼睛盯着电视机里的神枪手。他意识到丽姿走到门口，她先是问他是谁打来的电话，然后又问他出了什么事情，就像在戴维斯湖的那天一样，他的喉咙犹如被一只脏袜子堵住了，既不能喷出它也不能吸进它，大脑和心脏之间的所有联系突然就中断了，对于这次意外的中断我们很抱歉，我们将尽快恢复服务，或许服务将永远都无法恢复，但无论如何，请您享受在安兹韦尔的美丽市中心所度过的时光，这个地方是所有铁路的尽头。

然后，就像上回一样，这种状态突然被打破，他大吸了一口气。他胸腔内的心脏没有规律地急速狂跳了两下，接着恢复了规律的跳动节奏……尽管节奏依然很快，实在是太快了。

那声尖叫。上帝啊，老天啊，那声尖叫。

此刻丽姿正跑过房间，只有当他看见丽姿对着电话听筒一遍遍喊“喂?”以及“是谁?”时，他才意识到她已经从自己手里夺过了电话。然后她听见电话线被切断的声音，把电话听筒放了回去。

“米里亚姆。”当丽姿转向他时，他终于开口说道，“是米里亚姆，她在尖叫。”

除了在书里，我从来没有杀过任何一个人。

麻雀正在飞。

在这儿我们把那玩意叫做无用的废料。

在这儿我们把这个地方叫做安兹韦尔。

将要回到北方，伙计。你要为我的不在场作伪证，因为我将要回到北方。将要与我干一架。

“米里亚姆？她在尖叫？米里亚姆·考利？赛德，出了什么事情？”

“是他。”赛德说，“我知道是他。我想我几乎从一开始就知道，然后今天……今天下午……我又有一次。”

“又有一次什么？”她的手指压在脖子的一侧，使劲地按摩。“又一次眩晕？又一次恍惚？”

“两者皆有。”他说，“先是麻雀又在飞。恍惚中，我在一张纸上写下了许多胡言乱语。我把那张纸扔掉了，但她的名字也在纸上，丽姿，米里亚姆的名字是我在这次恍惚中所写的东西的一部分……并且……”

他停下来。眼睛瞪得很大，很大。

“什么？赛德，你要说什么？”她抓住他的一只胳膊，用力摇动。“并且什么？”

“她的起居室里挂着一幅海报。”他说。他听着自己的声音，仿佛它来自另一个人——一个很遥远的声音。也许是从对讲机中传来的。“一张关于百老汇音乐剧《猫》的海报。我们上次在她家时，我看到的。猫，现在及永远。我也把这句话写下来了。我写下它，是因为他在那儿，所以我也在那儿，我的一部分，我的一部分正通过他的眼睛看到……”

他看着她。他眼睛瞪得大大地看着她。

“这不是肿瘤，丽姿。至少在我身体里的不是肿瘤。”

“我不知道你在说什么！”丽姿几乎是在尖叫。

“我必须打电话给瑞克。”他咕哝道。他的部分思维似乎飘了起来，正在四处移动，并自言自语地说着各种形象和符号。有时候他写作时就是这种状态，但这是他记忆中第一次自己在真实生活中这样——写作是真实的生活吗？他突然有所怀疑。他不认为写作是真实的生活，它更像是真实生活中的暂停。

“求求你，赛德！”

“我必须提醒瑞克。他可能处在危险之中。”

“赛德，你在胡说什么！”

没错，他当然是在胡言乱语。可假如他停下来解释，他就会显得更像在胡言乱语……如果他停下来向妻子坦承自己的恐惧，大概不会有什么好处，只会让她想知道填写那些精神病院的表格需要多久，而乔治·斯塔克将能在这段时间里穿过瑞克和他前妻的公寓间相隔的九个曼哈顿街区。就赛德所知，斯塔克可能坐在一辆出租车的后座，或者驾驶一辆偷来的汽车，见鬼，或是开着一辆赛德在梦里见过的黑色托罗纳多——如果你已经偏离理智那么远了，那为什么不干脆疯到底？赛德想象斯塔克正坐在车里，吸着烟，准备去杀瑞克，就像他对米里亚姆干的那样——

他已经杀了她吗？

也许他只是吓唬吓唬她，让她哭泣和震惊。或者他可能伤到了她——转念一想，这是有可能的。她说了什么？别让他再割我，别让这个坏蛋再割我。赛德在纸上写了“割伤”。并且……纸上还写了“终止”吗？

是的，没错，纸上有“终止”一词。但这必须与那个梦有关，不是吗？必须与安兹韦尔，那个所有铁路终止的地方有关，不是吗？

他祈祷情况是这样的。

他必须为她寻求帮助，至少得试试，而且他必须提醒瑞克。但如果他直接打电话给瑞克，突然打电话告诉他说要警惕，瑞克一定会想要知道为什么。

出什么事了，赛德？发生了什么？

如果他提到了米里亚姆的名字，瑞克会像子弹一样冲到她家去，因为瑞克依然关心她。他依然非常在乎她。那么他就会成为那个发现她的人……可能她已经变成碎块了（赛德的部分思维极力想要回避这样的念头和这样的画面，但他余下的思维却十分无情，迫使他去看漂亮的米里亚姆变成了什么样子，犹如屠夫操作台上被切碎的肉块）。

或许那正是斯塔克指望达到的目的。愚蠢的赛德，将瑞克送入陷阱。愚蠢的赛德，为他办事。

但我不是一直都在替他办事吗？看在上帝的分上，笔名不就是那么做的吗？

他能感到自己的思维又陷入了混乱，思绪轻轻地把它自己打成一个结，就像肌肉抽筋一样，他无法承受这个念头，此刻他根本无法承受这个念头。

“赛德……求求你！告诉我发生了什么事情！”

他深深地吸了一口气，用自己冰冷的双手抓住她冰冷的胳膊。

“就是那个杀了霍默·葛玛奇和克劳森的人。他跟米里亚姆在一起。他正在……威胁她。但愿他只做了这些。我不知道。她在尖叫。信号被切断了。”

“哦，赛德！上帝啊！”

“没有时间让我们俩歇斯底里发作了。”他说，一边想，虽然天知道我的一部分很想发作一下。“上楼去。把你的通讯簿拿来。我的通讯簿里没有记录米里亚姆的电话号码和地址。我想你的里面有。”

“你什么意思，你几乎从一开始就知道？”

“没有时间讨论这个了，丽姿。去拿你的通讯簿。快点，行吗？”

她又犹豫了一会儿。

“她可能受伤了！快去！”

她转身，跑出房间。他听见她迅速、轻盈地跑上楼梯，努力想让他自己的头脑恢复工作。

不要打电话给瑞克。如果这是一个陷阱，那么打电话给瑞克就是一个很糟的主意。

好吧——我们已经想到了这点。虽然不是很多，但至少是一个开始。那么，应该打电话给谁呢？

纽约市警察局？不——他们会问许多耗费时间的问题——先是会问，一个缅因州的人怎么会来报告一桩发生在纽约的罪案。不能给纽约市警察局打电话，那也是一个非常糟的主意。

庞波。

他的脑子里闪现出这个念头。他要先打电话给庞波。他必须言辞谨慎，至少目前要这样。终于眩晕、麻雀的声音以及斯塔克等事，之后可说可不说，到时再议。现在，米里亚姆是最重要的事情。如果米里亚姆受伤了，但还活着，那么提及任何可能影响庞波行动速度的事情没什么好处。应该由庞波来给纽约的警察打电话。如果消息来自他们自己的一位同行，他们会更快行动，少提问题，即使这位同行碰巧也远在缅因。

但是要先给米里亚姆打电话。上帝保佑她接电话。

丽姿拿着她的通讯簿飞跑回屋内，脸色苍白，就像刚生完威廉和温迪时那样。“给你。”她说，呼吸急促，几乎气喘吁吁。

会没事的，他想跟她说，但又打住了。他不想说任何可能很容易变成谎言的话……米里亚姆的尖叫声显示事态早就过了“没事”的阶段。至少对米里亚姆来说，事情可能永远也无法回到“没事”的阶段了。

有个男人在这儿，有个坏人在这儿。

赛德想到乔治·斯塔克，打了个冷颤。他是一个非常坏的人，没错。赛德比任何人都了解真相。毕竟是他一手创造了乔治·斯塔克……难道不是吗？

“我们没事。”他对丽姿说——至少，这句话是真的。目前为止，他的脑子里不由自主地响起几声低语。“如果可能，要保持镇静，宝贝。换气过度，晕倒在地板上都帮不了米里亚姆。”

她直挺挺地坐下，凝视着他，一边不安地用牙齿咬着下嘴唇。他开始按米里亚姆的电话号码。他的手指微微有些颤抖，在按第二位数字时错按了两次。*你告诉别人要镇定，看看你自己的样子。*他又深吸了一口气，屏住呼吸，按了电话机上的“挂断”，强迫自己放慢节奏，重新开始拨号。他按了最后一位数字，听着连接的嘟嘟声尘埃落定。

上帝啊，保佑她一切都好，如果你没办法让她一切都好，那至少让她能接听电话。求求你。

但电话没有接通。只有持续不断的占线忙音。可能真的是占线，可能她正在打电话给瑞克或医院。抑或可能是电话机没摆好。

尽管还有一种可能，他再次按下“挂断”键时想。或许斯塔克从墙壁上拔掉了电话线。抑或可能……

（别让坏蛋再割我。）

他切断了电话线。

就像他割米里亚姆一样。

剃刀，赛德想，背上一阵发凉。这个词也是当天下午他写在纸上的一堆词中的一个。*剃刀*。

2

在接下来的半小时左右的时间里，他又回到了那种不祥的超现实主义的情绪中，正如庞波和两个州警察出现在他家门口要为他根本都不知晓的谋杀案逮捕他时，他所感受到的。没有受到人身威胁的感觉——没有受到人身直接威胁的感觉，至少——但这种感觉如同走过一个漆黑的布满蜘蛛网的房间，蛛丝拂过你的脸庞，先是有点痒，最终则让人发狂，蛛丝并不黏，你正要抓它们时，它们就会轻轻地飘开。

他试着再拨米里亚姆的电话，依然是占线，他又一次按下“挂断”键，犹豫了一瞬，不知道究竟是该打电话给庞波呢，还是打电话让纽约的接线员检查一下米里亚姆的电话。忙线、电话线被拔了和线路被人弄坏了，这三种情况他们有办法区分吗？他认为他们可以区分出来，但当然重要的是米里亚姆与他的通话突然中断了，而且不再找得到她。但他们能确定——丽姿能确定——他们是否有两条线路。他们为什么没有两条线路呢？没有两条线路是很愚蠢的，不是吗？

尽管这些念头闪过他的脑海大概只花了两秒钟，但却仿佛过了很长时间，他怪自己犹豫不决，此时米里亚姆可能正在她的公寓里流血而即将死去。书里的人物——至少在斯塔克的书里——人们从来不会像这样犹豫，也从来不会停下来想“为什么他们没有安装第二条电话线以防一个女人在另一个州失血而亡”这种无意义的问题。书里人从来不会浪费时间，也从来不会像这样紧张无措。

如果每个人都像通俗小说里的人物，那么这个世界将变得更有效率，他想。通俗小说里的人从一个章节顺利地走入下一个章节时总能保持思路清晰。

他拨通缅因州的查号台，当接线员说“请问哪个城市？”时，他一时不知道该怎么说，因为罗克堡是一个镇，而非城市，只是一个小镇，也不知道是否是县城，然后他想：*这是恐慌，赛德。纯粹恐慌。你必须冷静下来。你一定不能让米里亚姆由于你的恐慌而死掉。*他似乎甚至有时间考虑为什么他不能让那样的事情发生，答案是：他是唯一一个他可以有所控制的真实人物，而恐慌显然不是他这个人物形象的一部分，至少他这么看。

在这儿我们把它叫做胡说八道，赛德。在这儿我们把它叫做无用的——

“先生？”接线员催促道，“请问哪个城市？”

好吧。稳住。

他深吸一口气，定定神，说：“卡索市。”*天哪。*他闭上眼睛。他闭着眼睛，缓慢且清晰地说：“对不起，接线员，是罗克堡。我想要县治安官办公室的电话。”

停了一下，然后一个机器的声音开始播放电话号码。赛德意识到自己手边既没钢笔也没铅笔。机器声又重复了一遍号码。赛德非常努力地想要记住它，数字穿过他的脑海掉进一片黑暗中，连一点儿痕迹都没有留下。

机器声继续说道：“如果您需要进一步的帮助，请不要挂断，接线员——”

“丽姿？”他请求。“笔？有能写字的笔吗？”

她的通讯簿里插着一支笔，她把笔递给了他。接线员——真人接线员——又回到了线路上。赛德告诉她说自己没有记下号码。接线员又将电话转给机器，它用类似女性的声音又报了一遍数字。赛德将号码草草地写在一本书的封面上，刚要挂断，又决定再听一遍机器声核对一下。机器的第二遍报号声显示他颠倒了两个数字。噢，显而易见，他已经恐慌到了极点。

“别着急，赛德。”

“你没有听到她讲话。”他冷冷地说，并开始拨县治安官办公室的电话。

电话铃响了四次才传来一个很倦怠的声音：“卡索县治安官办公室，我是副治安官瑞治威克，有什么能帮您的吗？”

“我是赛德·波蒙特。我从拉德洛打电话来。”

“哦？”对方没有认出这个名字的意思，一点儿都没有。这意味着需要进行更多的解释，更多的说明。瑞治威克这个名字听起来倒有点耳熟，当然——他就是那个采访阿思诺特夫人和发现葛玛奇尸体的警官。天哪，他发现了被认为是赛德谋杀的老人，却怎么能不知道赛德是谁呢？

“庞波长官来我这里……跟我谈过霍默·葛玛奇的谋杀案。瑞治威克副长官，我有关于那件事的情报，我必须马上跟他通话。”

“长官不在这儿。”瑞治威克说，听起来一点儿也不为赛德急迫的语气所动。

“好，那么他在哪里？”

“家里。”

“请给我电话号码。”

对方令人难以置信地回答说：“哦，我想我不该给你号码，波曼先生。长官——我指艾伦——最近很少休息，他的老婆身体不太好。她头痛。”

“我必须跟他通话！”

“好吧。”瑞治威克从容地说，“不管怎么说，显然你认为你必须跟他通话。也许的确如此。我的意思是，也许你真的必须跟他通话。跟你说吧，波曼先生，你为什么不跟我说说情况，让我来看看——”

“他来我这儿是要因谋杀霍默·葛玛奇而逮捕我，副长官，有些其他的事情发生了，如果你不立刻给我他的电话号码——”

“噢，天哪！”瑞治威克喊道。赛德听到一个轻轻的撞击声，可以想象瑞治威克的脚已经从他的办公桌上放下来——或许更可能是从庞波的办公桌上放下来——落到了地上，他在椅子上坐直了。“波蒙特，不是波曼！”

“没错，而且——”

“噢，天哪！上帝啊！长官——艾伦——说如果你打电话来，我应该立刻把电话转给他！”

“很好。那么——”

“天哪！我真是个该死的大笨蛋！”

赛德对此太同意了，他说：“请给我他的号码。”他自己也没想到自己能忍住不吼起来。

“当然。稍等。呃……”随之而来的是一阵令人窒息的停顿。当然，只有几秒钟，但对赛德而言，这个停顿却长得足以建起金字塔。长得足以建完后，又把它推倒。与此同时，五百英里之外，米里亚姆可能正躺在起居室的地毯上慢慢死去。我可能害了她，他想，我没有先打电话给纽约警察局，而是决定打电话给庞波，于是便碰到了这个天生的白痴。或许我应该打 911 的。可能那才是我本应该做的，拨 911，把事情交给他们处理。

不过这个想法即使在此时也显得不那么真实。他认为一切都是恍惚中的幻觉，他在恍惚中写的那些话并不真实。他不认为他预见到了米里亚姆遭袭……但他隐约地目睹了斯塔克为袭击米里亚姆所做的准备。几千只麻雀如幽灵般的叫声似乎让这个疯狂事件变成了他的责任。

不过，假如米里亚姆的死亡纯粹是由于他太过恐慌没有拨打 911 造成的，那他以后怎么有脸面对瑞克呢？

他妈的。他以后怎么有脸面对镜子里的自己呢？

彻头彻尾的白痴瑞治威克回来了，他给了赛德县治安官的号码，他报每个数字时语速慢得足以让一个智障人士记录下来……但赛德还是让他重复了一遍，尽管他火急火燎地想要快点。他依然对自己刚才轻易弄错县治安官办公室电话号码的事情感到震惊，犯过的错误很可能再犯，所以还是有必要进行核对。

“好。”他说，“谢谢。”

“呃，波蒙特先生？我将万分感谢，如果你不跟长官提及我——”

赛德毫不怜悯地挂断电话，开始拨打瑞治威克给他的号码。当然，庞波不会接电话。在这样的夜晚期待他亲自接电话纯粹是一种奢望。最终接起电话的人（肯定先要啰嗦个几分钟）会告诉他说长官出去买面包和牛奶了。大概会是在新罕布什尔州的拉哥尼亚，虽然凤凰城也不是完全不可能。

他猛地狂笑一声，丽姿震惊地看着他。“赛德？你没事吧？”

他刚要回答，电话就被接通了，于是他只是冲她摆摆手表示自己没事。接电话的不是庞波。无论如何，这点他还是猜对了。接电话的听起来像是一个十岁左右的小男孩。

“你好，这是庞波家。”他尖声尖气地说，“我是托德·庞波。”

“嗨。”赛德说。他隐约意识到自己把话筒抓得太紧了，想要放松手指。它们发出一些咯吱声，却并没有真的松动。“我叫赛德——”他差点说成庞波，天哪，连自己的名字都差点讲错，赛德，你真是太行了，“波蒙特。”他连忙改正过来。“长官在家吗？”

不，他一定是去了加利福尼亚的洛蒂[①]*买啤酒或香烟。*

与赛德的猜测相反，男孩的声音离开话筒大喊道：“爸爸！电话！”接着传来了一阵沉闷的脚步声，赛德的耳朵都被震疼了。

片刻之后，谢天谢地，艾伦·庞波的声音响了起来：“嗨？”

听到这个声音，赛德的紧张感一下子就消失了。

“我是赛德·波蒙特，庞波长官。纽约有一位女士现在可能急需帮助。这和我们星期六晚上所谈的事情有关。”

“说吧。”艾伦干脆地说，就那么一句话，哎呀，赛德感觉自己心中的一块石头立刻落地了。

“那位女士叫米里亚姆·考利，她是我的代理人的前妻。”要不是刚刚想了一下，赛德差点说成“她是我前妻的代理人”。

“她打电话到我这里，发狂似的喊叫。我开始甚至不知道她是谁。然后我在背景中听到一个男人的声音。他叫她告诉我她是谁和正在发

---

① 加州重要的葡萄酒产区。

生什么事情。她说有个男人在她的公寓里，威胁要伤害她。要……”赛德咽了一下口水，“要割她。我那时已经听出了她的声音，但那个男人冲她大吼，跟她说要是她不报出自己的姓名，他就要把她的脑袋切下来。他的原话是，‘照我说的做，否则我用这玩意儿割下你的脑袋！’接着她说她是米里亚姆，并恳求我……”他又咽了一下口水。他的喉咙里仿佛有个什么东西在那里上下活动，发出的声响就像是摩尔斯电码发送的字母 E。“她恳求我不要让那个坏蛋这么做。不要让他再割她。”

坐在他对面的丽姿脸色变得越来越苍白。*不要让她晕倒*，赛德请求，抑或是祈祷。*请不要让她现在晕倒*。

“她在尖叫。接着电话线路就断了。我认为是他割断的，或是将电话线从墙上拔掉了。”这些是废话，但除此之外，他没想过任何事情。他心里明白。没错，电话线是被他割断的。用一把折叠剃刀。“我试图再联系她，但——”

“她的地址是哪里？”

庞波的声音依旧干脆，依旧悦耳，依旧很镇静。除了一种急迫和指挥的语气外，他听上去就像是在跟老朋友聊天。打电话给他是对的，赛德想。感谢上帝，总算有人知道他们在做什么，或者至少认为他们知道。感谢上帝，总算有人能像通俗小说中的人物一样行事。要是我现在不得不与一个索尔·贝娄[①]笔下的人物打交道，我想我会发疯的。

赛德看看丽姿通讯录上米里亚姆名字下面的记录。“亲爱的，这是 3 还是 8？”

“8。”她冷冷地说。

“很好。重新坐回椅子上。把你的脑袋放在腿上。”

“波蒙特先生？赛德？”

“不好意思。我的妻子感觉很不舒服。她看上去像是快要晕倒了。”

---

① 索尔·贝娄（1915—2005），美国作家，诺贝尔文学奖获得者，其作品包含了丰富的社会内容和深邃的哲理思辨。

“我并不感到惊讶。你俩都很心烦。这是一种让人心烦的情况。但你表现得很好。坚持住，赛德。”

“好的。”他沮丧地意识到如果丽姿晕倒了，他也将不得不让她躺在地板上，先跟庞波汇报直到庞波收集到了足够采取行动的信息。请不要晕倒，赛德又这样想了一遍，再次去看丽姿的通讯录。“她的地址是西 84 大街 109号。”

“电话号码呢？”

“我跟你说了——她的电话不——”

“我还是需要她的电话号码，赛德。”

“好。当然，你需要。”尽管他根本不明白为什么。“抱歉。”他报了一遍电话号码。

“求救电话打来有多久了？”

几个小时了，他想，他看看壁炉架上面的钟。他的第一个念头是钟停掉了。钟一定是停了。

“赛德？”

“我就在这儿。”他以一种像是来自别人的冷静声音说。“大约六分钟前。我和她的谈话是在那时结束的。线路被切断了。”

“好，没耽误多少时间。要是你打电话给纽约警察局，他们或许会耽误你三倍的时间。我会尽快回电给你的，赛德。”

“瑞克是她的前夫。”他说，“当你和警察谈的时候，告诉他们瑞克还不知道此事。如果那家伙……你明白的，如果那家伙对米里亚姆干了什么，那么瑞克将是他名单上的下一个人。”

“你相当肯定就是干掉霍默和克劳森的那个人吗？”

“我肯定。”接着，他甚至还没想好是否要说，便对着电话脱口而出道，“我想我知道他是谁。”

庞波在片刻迟疑后说：“好。留在电话旁。我一有时间便会跟你谈谈此事。”然后他就挂了。

赛德朝对面的丽姿望去，看到她斜躺在椅子上，两只大眼睛毫无神采。他站起来，快步走向她，把她扶正，轻轻地拍拍她的脸颊。

“是哪一个？”她迷迷糊糊地问，“是斯塔克，还是亚历克西斯·马辛？是哪一个，赛德？”

他过了很久才说：“我不觉得这两者间有什么分别。我去泡茶，丽姿。”

3

他确定他们会就此事谈谈。他们怎么能回避它呢？但他们却没有谈。有很长一段时间，他们只是坐在那儿，越过他们杯子的边缘，互相望着对方，等待艾伦的回电。时间过得很慢，仿佛永无止境，赛德逐渐开始觉得他们不谈论这件事情是对的——至少在庞波回电话告诉他们米里亚姆是死是活之前，还是不要谈比较好。

他一边吮着茶，一边看她双手捧杯将茶送进嘴里，他想，假设我们一天晚上坐在这儿，手里拿着书（外人看来，我们像是在读书，我们或许也是在看书，但我们真正在做的是品味犹如某种美酒佳酿的寂静，只有孩子很小的父母才能如此品味它，因为他们极少拥有寂静），再假设，我们这么做的时候，一颗陨星撞穿屋顶，冒着烟、闪着光地落在起居室的地板上。我们中的一人是否会跑进厨房，在水桶里装满水，在陨星点燃地毯前把水浇在地上，然后就继续看书呢？不会——我们会谈论它。我们不得不谈论。就像我们不得不谈论现在的事情一样。

或许在艾伦回电后他们会开始谈论它。或许他们甚至会通过他来谈论，艾伦提问，赛德回答，丽姿则在一旁仔细地聆听。没错——他们自己的谈话可能就会以那样的方式开始。因为在赛德看来，艾伦就像是一种催化剂。赛德奇怪地觉得艾伦是引发这件事的人，即使县治安官只不过是对斯塔克已经犯下的事做出反应而已。

在此期间，他们坐着等待。

他感觉到一股冲动，想要再试试拨打米里亚姆的电话，但他不敢——艾伦此刻可能正在回电过来，那他就会发现波蒙特的电话是忙音。他发现自己又在漫无目的地希望他们有第二条电话线路。唔，仅仅是希望而已，他想。

理智告诉他斯塔克不可能像人体内古怪的毒瘤那样在外面四处乱逛杀人。正如奥立弗·高德史密斯的《屈身求爱》一书中的乡巴佬常说的那样，那是完全不可能的，迪格瑞。

然而，他是那样的人。赛德知道他是的，丽姿也清楚这点。他不知道当他告诉艾伦时，艾伦是否也能明白。你认为艾伦不会懂；你觉得他只会叫来穿着白大褂的医生。因为乔治·斯塔克不是真人，亚历克西斯·马辛也不是，他们只是虚构小说中的虚构人物。他俩都没存在过，与乔治·艾略特、马克·吐温、刘易斯·卡罗尔或艾德加·鲍克斯一样。笔名只是一种更高级的虚构人物形式。

可是，赛德觉得很难相信艾伦·庞波会不信，即使他开始不愿相信。赛德自己也不愿相信，但他发现自己身不由己。请原谅这样的说法，但这确实看起来是可能的。

“他为什么不打电话来？”丽姿不安地问。

“才过了五分钟，宝贝。”

“快十分钟了。”

他抑制住了想要呵斥她的冲动——这不是电视游戏节目中的加分赛，艾伦不会因为在九点前打来电话而得到额外的分数和值钱的奖品。

斯塔克是不存在的，他脑子里的一部分仍在坚持这一点。这个声音合乎理性，却出奇的无力，仿佛是在背诵这句话而非真的确信，就像受过训练的鹦鹉不断重复一句话一样。但这是真的，不是吗？难道他应该相信斯塔克像恐怖片中的怪物一样**从坟墓中爬出来**了吗？那不过是一个巧妙的把戏，因为这个人——或者说是非人的东西——从来都没有被埋葬过，他的墓碑只是一块竖在一片空墓地表面的纸型碑石，与他的其他部分一样，也是虚构出来的——

无论如何，我要说的最后一点……或者说是一方面……你想怎么叫它都可以。我怀疑它甚至都不能算是此案的一部分，不过调查一下总不会有错。你的鞋码是多少，波蒙特先生？

赛德缩在他的椅子上，尽管有很多烦心事，但他还是快要瞌睡了。现在他猛地坐起来，动作突然得差点打翻他的茶。脚印。庞波提过有关——

那些是什么脚印？

无关紧要。我们甚至没有照片。我们几乎已经掌握了关于此案的一切……

“赛德？怎么啦？”丽姿问。

什么脚印？在哪里发现的？在罗克堡，当然，否则艾伦不会知道。是在故乡墓园发现它们的吗？那个神经衰弱的女摄影师就是在那儿给他和丽姿拍了那些他们觉得非常有趣的照片。

“不是一个很好的人。”他咕哝道。

“赛德？”

这时电话响了，他俩都打翻了各自的茶杯。

4

赛德的手伸向电话听筒……接着手却悬在听筒上方，停顿了一会儿。

假如是他怎么办？

我跟你还没完，赛德。你不想惹我生气，因为当你惹我生气时，你就是在找死。

他放下手，摆在电话附近，然后将听筒拿到耳边。“喂？”

“赛德？”是艾伦·庞波的声音。赛德突然觉得全身乏力，仿佛之前他的身体都是靠硬的细钢丝支持着、现在钢丝被抽去了一般。

“是我。”他说，声音咝咝的，像叹气一样。他又吸了一口气。“米里亚姆没事吧？”

“我不知道。”艾伦说。“我把她的地址给了纽约警察局。我们应该很快就能得到回音了，不过我想跟你说的是今晚十五分钟或半个小时对你和你的妻子而言可能并不算很快。”

“是的，不算很快。”

“她没事吧？”丽姿问，赛德用手捂住话筒，告诉她说庞波还不知道。丽姿点点头，重新坐好，她的脸色依旧非常苍白，但相比之前看上去镇静、情绪稳定了一些。至少现在大家都在行动，这事已经不再只是他俩的责任了。

“他们通过电话公司也拿到了考利先生的地址——”

“嘿！他们不会——”

“赛德，他们在了解清楚考利前妻的情况之前是不会做任何事情的。我跟他们说，《人物》杂志里有一篇文章的内容是关于斯塔克这个笔名的，一个精神不正常的人可能正在追杀文章里所提到的人，我还向他们说明了考利一家与你的关系。我希望我没有说错。我对于作家知道的不多，对他们的代理人就了解得更少了。但他们确实已经明白，如果那位女士的前夫比他们早一步赶到，事情就糟了。”

“谢谢你。谢谢你所做的一切，艾伦。”

“赛德，纽约警察局现在正忙于行动，来不及要求更详尽的解释，但他们会要解释的。我也是如此。你认为这个家伙是谁？”

“我不想在电话里跟你说这个。我想去找你，艾伦，但此刻我不愿离开我的妻子和孩子。我想你能理解。你必须到我这儿来。”

“我做不到。”艾伦耐心地说。“我有自己的事情，并且——”

“你的妻子生病了吗，艾伦？”

“今晚她看上去还不错。但我的一个副手打电话来说病了，我必须替他的班。这是小镇里的标准程序。我正准备走。我要说的是你在这时绕圈子很不合适，赛德。告诉我。”

赛德考虑了一下。他异常自信地认为当庞波听了后会相信他的。但可能不该在电话里说。

“你明天能来这儿吗？”

“我们明天必须见一面，毫无疑问。”艾伦说。他的声音既平静又非常坚决。“但我今晚就需要了解你所知道的一切。就我而言，纽约警察需要一个解释倒在其次。我有我的事情要处理。在这个镇上，有许多人想要立刻将杀害霍默·葛玛奇的人绳之以法。我碰巧也是其中之一。所以不要让我再问你一遍。我现在打电话给培诺伯斯科特县地方法院检察官，叫他把你作为卡索县一桩谋杀案的重要证人抓起来，也不算太晚。他已经从州警察局那里获悉了你是嫌疑犯，无论你是否有不在场证据。"

"你会那么做吗？"赛德问，既困惑又感兴趣。

"如果你让我别无选择，我会的，但我不认为你会这样。"

赛德的头脑现在似乎清楚了一点。实际上他的思维似乎正游走到别处。对于庞波或纽约警察局来讲，他们在寻找的是个认为自己是斯塔克的心理变态者还是斯塔克本人，这其实并不重要……不是吗？他不认为这点重要，无论他是什么人，他认为他们都将抓住他。

"正如我妻子所言的，我相当肯定他是一个精神病患者。"他最终对庞波说。他盯着丽姿看，试图向她传达一个信息。他一定是成功地向她传达了些什么，因为她稍微点了点头。"我有一种很奇怪的感觉。你还记得跟我提过那些脚印吗？"

"记得。"

"是在故乡墓园发现它们的，是吗？"对面的丽姿睁大了眼睛。

"你是怎么知道的？"艾伦第一次听上去很震惊，"我没跟你说过这点。"

"你读过那篇文章了吗？就是《人物》杂志上的那篇？"

"读了。"

"那个女人就是在那儿竖的假墓碑。那正是埋葬乔治·斯塔克的地方。"

电话另一头陷入了沉默。接着，他说："哦，见鬼！"

"你明白了吗？"

"我想是的。"艾伦说，"如果这个家伙认为他是斯塔克，如果他疯了，那么他从斯塔克的坟墓开始一切的想法是有一定道理的，不是吗？那个摄影师在纽约吗？"

赛德吃了一惊。"是的。"

"那么她可能也处在危险中？"

“是的，我……唔，我从未想过这点，但我想她可能是身处险境。”

“她的姓名？地址？”

“我没有她的地址。”她给过他名片，他记得——大概是想跟他合作搞一本书——但他把名片扔掉了。见鬼。他能告诉艾伦的只有她的名字。“她叫菲利斯·麦尔兹。”

“写文章的那个人呢？”

“迈克·唐纳森。”

“他也在纽约吗？”

赛德突然意识到自己对此不了解、不确定，于是他有点迟疑。“唔，我猜想，我估计他俩都——”

“这是一个合理的猜想。如果杂志社在纽约，那么他们应该就住在附近，不是吗？”

“也许，但如果他们中的一个或两人都是自由职业者——”

“让我们继续谈谈那张预先设计好的照片吧。无论是在照片的文字说明中还是在正文里，都没有指明拍摄地点是故乡墓园。我对此很肯定。我本该从背景里认出它，但我看的时候没有关注细节。”

“确实没有指明地点。”赛德说，“我也是这么想的。”

“镇长丹·基顿一定会坚持不指明拍摄地点是故乡墓园——这是一个不可妥协的条件。他是非常谨慎的人。实际上是谨慎得有点让人讨厌。我能想象他同意你们在那里拍照，但我认为他绝不会允许你们透露具体是哪个墓地，因为他怕招来破坏行为……人们或许会去寻找墓碑什么的。”

赛德点点头。艾伦说得很有道理。

“那么你说的精神病患者要么认识你，要么就是故乡墓园这里的人？”艾伦继续问道。

赛德现在对于自己过去做过的一个假设感到羞愧，他曾以为：一个树比人多的缅因小县的治安官一定很蠢；但他肯定比世界级的小说家赛迪亚斯·波蒙特更聪明。

“鉴于他似乎掌握了内部消息，我们目前只能做出这样的假设。”

“那么你所提过的那些脚印确实是在故乡墓园发现的。”

“千真万确。”庞波几乎是心不在焉地说，“你在隐瞒什么，赛德?”

“你什么意思?”赛德警惕地问。

“我们不要绕弯子了，好吗？我要打电话去纽约告诉他们这两个名字，你要好好想想，是否还有什么名字是我应该知会他们的。出版人……编辑……我不知道。现在，你告诉我说我们要抓的那个家伙实际上自认为是乔治·斯塔克。我们周六晚做过推理，认为这不可能，可今晚你却跟我说这是明确无误的事实。接着，为了支持这点，你向我抛出了脚印的问题。你要么是从我们共同知道的事实中做出了大胆的推测，要么就是知道一些我不知道的事情。我自然更倾向于第二种可能。所以跟我坦白吧。”

但他有什么好说的呢？以几千只麻雀的齐声叫为先兆的恍惚状态？在艾伦·庞波告诉他写在弗雷德里克·克劳森家起居室墙壁上的那句话之前，他就在手稿上写下了同样的词语？其他写在一张后来被撕碎并送入英语—数学楼里的焚化炉的词语？梦中被一个隐身的男人领着走过他自己在罗克堡的房子，并且他碰到的包括他自己的妻子在内的一切都自我毁灭了？我可以把我相信的一切叫做“心灵感知的事实”而非“头脑的直觉”，他想，但依然没有证据，不是吗？指纹和唾液显示了一些非常古怪的事情——毫无疑问！——但有那么古怪吗?

赛德不这么认为。

“艾伦。”他慢慢地说，“你会嘲笑我的。不——我收回这句话，我现在知道你不会的。你不会嘲笑我——但我强烈怀疑你是否会相信我。我对此已经思量良久，但结论是：我真的不认为你会相信我。”

艾伦的声音立刻传了回来，语气急迫、强势、难以抗拒。

“说来让我听听。”

赛德犹豫了一下，看看丽姿，然后摇摇头。“明天吧。我们面对面时，我会跟你说。今晚，它无关紧要，你只要相信我已经把能告诉你的一切有实际价值的事情都告诉你了。”

“赛德，我说过可以把你作为重要证人抓起来——”

“如果你必须这么做，那就做吧。我不会有所怨恨的。但我在见到你之前不会再多说什么，无论你如何决定。”

庞波沉默了片刻。接着叹息道：“好吧。”

“我想跟你简略描述一下警方正在寻找的那个男人。我不完全肯定描述是准确的，但我想它会比较接近，足以告知纽约警察。你有笔吗？”

“有的。说吧。”

赛德闭上上帝安在他脸上的眼睛，睁开上帝安在他脑中的眼睛，这眼睛总能看到他不愿看到的东西。读过他的书的人第一次见到他时，总是有点失望，他们试图对他掩饰这点，却没办法做到。他不会怨恨他们，因为他理解他们的感受……至少有一点儿理解。如果他们喜欢他的作品（有些人甚至声称热爱它们），他们就会事先把他想成上帝的表兄弟。可他们见到的不是上帝，而是一个六英尺一英寸高的男人，戴着眼镜，开始脱发，并且习惯性地被东西绊倒。他们见到的这个男人有头皮屑，鼻子也是两个孔，就和他们自己一样。

他们看不见的是他脑中的第三只眼。那只眼睛在他黑暗的另一半里闪闪发光，那是始终被阴影笼罩的一半……那只眼犹如上帝，他很高兴他们看不见它。如果他们能看到它，他觉得他们中的许多人会试图偷走它。没错，即使这意味着用一把钝刀把它从他的体内生生地挖出来。

凝视黑暗，他招来了他自己的乔治·斯塔克形象——真正的乔治·斯塔克，看上去一点儿也不像书封套照片上的模特。他寻找与他无声无息共生了多年的那个影子，找到他后便开始向艾伦·庞波描述。

“他相当高。”他说道，“总之，比我要高。六英尺三英寸，穿靴子后也许有六英尺四英寸。一头短短的整齐金发。蓝眼睛。远视力极佳。大约五年前，他开始戴眼镜做细活，主要是阅读和写作。”

“他引人注目不是因为他的身高，而是因为他的魁梧。他不胖，但他相当魁梧。颈围可能有十八寸半，也许有十九寸。他与我年纪相仿，艾伦，但他不像我这样开始衰老或发胖。他很健壮。就像开始变瘦一点的施瓦辛格。他锻炼时举杠铃。二头肌鼓起时，硬得足以撑裂衬衫袖子上的缝线，但他并非肌肉僵硬。

“他出生在新罕布什尔州，但他父母离婚后，他随母亲搬去了密西西比州的牛津，那是她长大的地方。他一生的大部分时间都是在那儿度过的。年轻时，他有很重的南方口音。在大学里，许多人都取笑他的口音——尽管不是当着他的面，像他这样的人，你不会当着他的面取笑他——他努力想要摆脱这种口音。现在我想你只有在他发怒的时候才会听出他的口音，我认为让他发怒的人经常无法在之后出来作证。他易怒，狂暴，危险。事实上，他是一个处在发作期的精神病患者。”

“什么——”庞波开口问道，但赛德打断了他。

“他的皮肤晒得很黑，由于金发男人通常不会晒得那么黑，这点或许会让他很好辨认。大脚，大手，粗脖子，宽肩膀。他的脸看起来像是一个有才华的人匆忙从一块坚硬的岩石上凿出来的一样。

“最后一件事情：他可能开一辆黑色的托罗纳多。我不知道是哪一年的车。不过是那种动力强劲的老款。黑色。它可能挂着密西西比的车牌，但他大概已经把它换掉了。”他停顿了一下，接着补充道，“哦，并且后保险杠上有一张贴纸，上面写着‘高调的杂种’。”

他睁开双眼。

丽姿正注视着他。她的脸色愈发苍白了。

电话另一头沉默了许久。

“艾伦？你——”

“等一下。我正在写。”又过了一会儿。“好了。”他终于说道，“我记下了。你能告诉我这一切，却不能告诉我这家伙是谁，你和他之间的关系，或你是怎么认识他的？”

“我不知道，但我会试试。明天吧。总之，今晚知道他的名字无助于任何人，因为他在使用另一个名字。”

“乔治·斯塔克。”

“唔，他可能会疯狂到称自己为亚历克西斯·马辛，但我怀疑他不会这么做。我认为他会叫自己斯塔克，对。”他试着对丽姿眨眼。他不是真的认为眨眼什么的能让心境变得轻松，但无论如何，他还是试着这么做了。他只是像一只困倦的猫头鹰那样双眼同时眨了一下。

“我没办法说服你今晚再多讲一点，是吗？”

“对。没有办法。对不起，但没有办法。”

“好吧。我会尽快跟你联系。”然后他就这么挂了，没说谢谢，也没说再见。仔细想想，赛德认为自己并不应该被感谢。

他挂上电话，走向妻子，她坐在那里看着他，仿佛已经变成了一座雕像。他拉住她的手——它们十分冰冷——说：“一切都会好的，丽姿。我发誓。”

“你明天跟他谈话时，会告诉他你的那些恍惚状态吗？那些鸟叫声？小时候你是怎么会听到它们，以及它们意味着什么？你写的那些词语？”

“我将告诉他一切。”赛德说，“他选择将哪些内容转述给其他人士……”他耸耸肩，“是他的事情。”

“这么多事情。”她无力地轻轻说道。她的眼睛依然盯着他——仿佛没力气将目光从他身上移开。“你对他了解得这么多。赛德……你是怎么知道的呢？”

他只能跪在她前面，握住她冰冷的双手。他是如何知道这么多的呢？人们一直在问他这个问题。他们用不同的词语来表达这个意思——你是怎么虚构出来的？你是如何将它变成文字的？你是怎么记住的？你是怎么认为的？——但这些问题总是归结到同一件事上：你是怎么知道的呢？

他不知道自己是怎么知道的。

他只是知道。

“这么多事情。”她重复道，就像一个做噩梦的人在说话一样。接着他俩都陷入了沉默。他一直指望双胞胎能感知到父母的烦恼，然后醒来大哭，但却只听到钟发出的单调的滴答声。他在她椅子边的地上换了一个更舒服的姿势，继续握住她的双手，希望他能将它们捂暖。十五分钟后当电话响起时，它们依然冰冷如初。

5

艾伦·庞波的声音平静干脆。瑞克·考利在他的公寓中安然无恙，并且已经处在警方的保护之下。他很快会赶去他的前妻家里，现在她将永远是他的前妻了；他俩不时探讨及相当向往的和解，永远也无法实现了。米里亚姆死了。瑞克将在第一大道上的曼哈顿区停尸房正式认尸。今晚赛德不该指望瑞克会打电话来，也不该自己试着打电话给他；赛德与米里亚姆·考利谋杀案的关系有待调查，没有告诉瑞克。菲利斯·麦尔兹找到了，也已在警方的保护之下。迈克·唐纳森比较难找，但他们预计能在午夜之前找到他并将他保护起来。

“她是怎么被杀的？”赛德问，其实他清楚地知道答案。可有时你不得不问。天知道为什么。

“被割了喉咙。”艾伦无情地说，赛德怀疑他是故意的。过了一会儿，他补充道，“你还是确定没什么想要告诉我的？”

“明天早晨。当我们能面对面时再说。”

“好吧。我想问问总是没关系。”

“对，没关系。”

“纽约警察已按你的描述发出了一张通缉令，通缉一个叫乔治·斯塔克的男人。”

“很好。”他认为这很好，虽然他明白这大概毫无意义。如果他不想被发现的话，他们几乎肯定没办法找到他，假如有人发现了他，赛德认为那人会后悔的。

“明早九点。”庞波说，“确保你在家，赛德。”

“没问题。”

6

丽姿吃了一片安定药，终于睡着了。赛德不时醒来，睡得很不安稳，三点一刻起来上厕所。他站在马桶前小便时，觉得自己听到了麻雀的叫声。他紧张地倾听，立刻尿不出来了。声音既没有变大也没有消失，过了一会儿，他意识到那只是蟋蟀的声音。

他向窗外望去，看见一辆州警察的巡逻车停在马路对面，车灯熄着，没一点声音。要不是看到一闪一闪的香烟头，他可能会以为车里没人。看来他、丽姿和双胞胎也都在警察的保护之下。

或者说是在警察的看守之下，他想，然后回到床上。

不管是什么，这似乎让他心绪平静了一点。他一觉睡到八点，不记得做过任何噩梦。*不过真正的*噩梦当然还在那里。在某个地方。

第十四章　无用的废料

1

留着愚蠢的小猫胡须的家伙比斯塔克预料的要敏捷得多。

斯塔克在迈克·唐纳森住的那栋楼的九楼走廊里等他，就在唐纳森寓所门边的角落里。如果斯塔克能预先进入公寓，就像他杀那婊子时一样，事情就会容易很多，但他瞄了一眼便知道这些锁和她的那些不同，不是由小蟋蟀杰米尼[1]安装的。不过一切仍会很顺利。天色已晚，拥挤的公寓楼里，兔子们应该都已经睡熟了，正在做梦吃苜蓿。唐纳森自己应该也是醉醺醺的反应迟钝——当你凌晨一点一刻才回到家时，你不会是从公共图书馆出来的。

唐纳森确实看起来有点微醺，但他一点儿也不迟钝。

当唐纳森摸索钥匙圈时，斯塔克从角落里闪身出来，挥动剃刀朝他砍去，指望迅速而有效地弄瞎他的眼睛。那么，他就可以在唐纳森开始叫喊前，划开他的喉咙，切断他的声带，并同时割断他的气管。

斯塔克移动时没有试图做到悄无声息。他想让唐纳森听到他所发出的动静，想要唐纳森把脸转向他。这会让过程变得容易。

起初，唐纳森的反应如他所料。斯塔克的剃刀以一道短促有力的弧线朝他的脸上砍去。可唐纳森费力地闪了一下——幅度虽不大，但却严重影响了斯塔克的计划。折叠剃刀没有砍中他的眼睛，而是落在他的前额上，刀口深可见骨。一片皮肤犹如一条剥落的墙纸，卷曲着盖在了他的眉骨上。

“救命！”唐纳森像羊一样发出一声闷闷的叫喊，这宣告你的无

---

[1] 迪斯尼经典动画《木偶奇遇记》中的一个重要角色。

安打赛局[1]。操。

斯塔克逼近，将折叠剃刀举在他自己的眼前，刀刃微微向上，仿佛斗牛士在第一次斗牛前向牛致敬一般。没关系，事情的进展不会每次都符合游戏书里的规则。他没有弄瞎泄密者，但鲜血正从他额头上的切口喷涌而出，小唐纳森只能透过一道黏稠的血雾看东西。

他朝唐纳森的喉咙砍去，这狗杂种像响尾蛇一般飞快地将头朝后一仰，躲过了一刀，令人惊叹的速度，斯塔克发现自己有点佩服他，无论他是否留着愚蠢的小猫胡须。

刀刃只砍到了距离他喉咙四分之一英寸处的空气，他再次尖叫着喊救命。在这个城市里，在疯狂陈旧的纽约，从来都睡不沉的兔子们马上就会醒来。斯塔克倒转方向，又把刀刃对准他挥去，同时他踮起脚尖，身体向前扑去。这是一个优雅犹如芭蕾的动作，本该能结果了他。可唐纳森不知怎么的竟举起一只手挡在喉咙前；斯塔克没能杀死他，仅仅是弄出了一系列长而浅的伤口，警方的病理学家一般将其称之为“抵抗伤”。唐纳森掌心朝外举起手，剃刀划过他所有四根手指的指根。他的第三根手指上戴着一只很重的学校纪念戒指[2]，所以这根手指没有受伤。刀刃划过 K 金的戒指时轻轻地发出一个清脆的金属声，并在它表面留下了一道微小的刮痕。剃刀深深地割伤了另外三根手指，就像一把热刀滑进黄油里一样毫不费力地深切进肉里。被割断了筋腱的手指犹如昏昏欲睡的木偶一般向前倒去，只剩下无名指直直地竖在那里，仿佛唐纳森在困惑和恐惧之下忘记了你是用哪根手指对别人做下流手势的。

这一回，当唐纳森张开嘴巴时，他实际是在嚎叫了，斯塔克明白自己可以忘掉悄无声息、不知不觉地完事离开的念头了。他原本指望安静地了结一切，因为他不必留着他的命让他打任何电话，但事情就是没有按预计的发展。可他也不打算让唐纳森活下来。一旦开始执行谋杀，你就不会在事情了结前停手，除非你被结果了。

---

① 指投手不让对方队击出一次安打的赛局。

② 代表学校的象征性戒指，作用类似于校徽。

斯塔克逼过去。此时，他们几乎已经沿着走廊移动到了另一间公寓的门口。他随便地向一边甩动折叠剃刀，以甩掉刀刃上的血。一滴滴的鲜血喷溅在奶油色的墙壁上。

走廊的另一头，一扇门打开了，一个身穿蓝色睡衣、头戴睡帽的男人探出脑袋和肩膀。

“怎么回事？”他粗暴地吼道，口气表明即使罗马教皇在这儿，他也不在乎，派对结束了。

“谋杀。”斯塔克闲聊似的说，有那么一瞬间，他的眼睛从他面前血淋淋、大声嚎叫的人身上移到了这个站在门口的男人身上。之后，这个男人会告诉警察入侵者的眼睛是蓝色的。明亮的蓝色，并且他完全疯了。“你想要一点吗？”

门被迅速关上，快得好像根本从来就没打开过一样。

尽管唐纳森肯定是很惊恐，肯定是受了伤，但当斯塔克的视线移开时，他看到了一个机会，即使那只有一瞬间。他抓住了它。这个小畜生真是身手敏捷。斯塔克对他的佩服有所增加。这个蠢货的速度和他的自我保护意识几乎足以超过他令人讨厌的程度。

要是他跳向前，与斯塔克搏斗，他或许会从令人讨厌发展为一个真正棘手的问题。可唐纳森却选择转身逃跑。

这完全可以理解，但却是一个错误。

斯塔克追他，大号的鞋踩在地毯上沙沙作响，挥动剃刀朝他的脖子后面砍去，确信这一击将最终了结此事。

但是在折叠剃刀应该击中要害前的那一瞬间，唐纳森向前猛一伸脑袋，然后不知怎么的把头缩了起来，就像乌龟躲进壳里一样。斯塔克开始认为唐纳森会心灵感应术了。这一次，本该致命的一击仅仅割破了他颈后突起的保护骨上方的头皮。鲜血直流，可远非致命。

这让人光火、发狂……而且接近荒诞。

唐纳森踉踉跄跄地沿着走廊逃窜，从一边换到另一边，有时甚至在墙壁上撞来撞去，犹如一只击中表示获得一千分或一盘免费游戏之类的闪光柱子的撞球。他在走廊里边逃边尖叫，鲜血洒在地毯上，偶尔在墙上留下标记他行进路线的血手印。但他在走廊里逃窜时，并非已经垂死。

没有其他门打开，可斯塔克知道，此时此刻，至少在半打的公寓中，有半打的手指正在猛按（或已经按完了）半打电话上的911。

唐纳森继续踉踉跄跄地朝电梯跑去。

斯塔克大步跟在他后面，既不生气也不害怕，只是非常不耐烦。突然，他大吼道："唉，你为什么不停下来规矩点！"

唐纳森的呼救变成了震惊的尖叫。他努力朝四周张望，两只脚绊在一起，瘫倒在距离通往小小电梯间的过道十英尺的地方。

斯塔克发现，只要砍得够狠，即使是最机敏的家伙最终也会失去他们的快乐念头。

唐纳森起身跪在地上，显然是想要爬去电梯间，因为他的脚已经不管用了。他抬起血淋淋、面目全非的脸四下张望，看看他的攻击者在哪里，斯塔克飞起一脚踢在他被鲜血浸透的鼻梁上。斯塔克穿着棕色的懒汉鞋，踢这个该死的讨厌鬼时，他双手垂在身体两侧，略微伸向后面以保持平衡，左脚点地，然后抬得有他前额那么高，飞踢过去。任何一个看过足球比赛的人都难免会联想到一脚非常高质量的强力凌空球。

唐纳森的头往后飞去，重重地撞在墙上，在石膏墙上留下了一个碗状的浅坑，接着又反弹回来。

"我终于命中你了，不是吗？"斯塔克咕哝道，听见身后有一扇门打开了。他转身，看到几乎是在走廊的另一头，一个顶着一头乱糟糟的黑头发的大眼睛女人正在一扇公寓门口朝外看。"回到里面去，婊子！"他叫嚣道。门仿佛按了弹簧一般砰的一声关上了。

他俯身抓住唐纳森让人感觉恶心的黏糊糊的头发，把他的脑袋扭过来，割断了他的喉咙。他认为，唐纳森甚至可能在头撞到墙壁前已经挂了，头撞墙后几乎肯定死了，但最好还是做得保险点。此外，当你开始下手割喉咙时，你就该割到底。

他迅速后退几步，但唐纳森没有像那个纽约女人一样喷血。他的心脏已经停跳，或是即将停跳。斯塔克快步迈向电梯，折起剃刀，把它放回口袋里。

一部电梯轻响一声到了。

上来的可能是一位租客。在大城市，即使对周一晚上而言，这时回家真的也不算晚。不过斯塔克还是迅速朝占据电梯间一角的一株巨大的盆栽植物走去，除了这株植物，电梯间里还挂着一幅与客观现实毫无关系、绝对没有任何用处的画。他走到植物后面。他身上所有的雷达都乒乓作响。可能是某个参加了周末后的迪斯科狂欢或商务晚宴后的饮酒活动的人，但他不相信是其中任何一种情况。他认为上来的是警察。事实上，他很清楚这点。

当楼内这侧的一名住客打电话说走廊内正在发生一起谋杀时，一辆巡逻的警车恰巧在公寓楼附近？可能，但斯塔克对此有所怀疑。似乎更有可能是波蒙特报告，小妞被发现了，赶来的是保护唐纳森的警察。迟来的保护总比没有保护好。

他背贴着墙壁慢慢蹲下，所穿的沾满血污的运动衣发出沙沙的响声。他没有像下沉到使用潜望镜深度的潜水艇那样隐藏得很好，盆栽植物所提供的遮掩非常有限。如果他们四处看看，就会发现他。然而，斯塔克打赌他们的注意力都会被走廊中间的尸体所吸引。无论如何，有那么一会儿会是如此——这就足够了。

植物十字形的宽阔叶子在他的脸上投下锯齿状的阴影。斯塔克像一只蓝眼睛的老虎一样从阴影之间凝望出去。

电梯门打开了。传来一声闷闷的惊叫声，*我的天哪*——，两名警察冲了出来。他们后面跟着一个黑鬼，他穿着一条镶有铆钉的牛仔裤，一双又大又旧的尼龙搭扣球鞋，一件胸前印着“纽约扬基队地产”的无袖T恤，还戴着一副环形墨镜。如果他不是侦探，那么斯塔克就是他妈的“森林泰山”。侦探们伪装时，总是装得太过分……并且举止做作，仿佛他们知道自己做得有点极端，却又无法控制。那么，不管怎么说，这些人正是——或本来是要——来保护唐纳森的。否则一辆路过的警察巡逻车里不会有一名侦探。那也太偶然了。这家伙跟警卫们一起来，是要先讯问唐纳森，然后留下来照顾他的。

对不起，伙计们，斯塔克想。我想这个小宝贝能说话的日子已经结束了。

他站起身，从盆栽后走出来。没有一片叶子发出沙沙声。他的脚步无声地落在地毯上。他从距离侦探后面不到三英尺的地方走过时，侦探正弯腰在拔插在胫骨枪套中的点三二口径枪。要是愿意，斯塔克可以狠狠地在他屁股上踢一脚。

他在电梯门开始合拢的最后一刻溜进了敞开的电梯。一名穿着制服的警察用眼角的余光瞥到了这个瞬间，从唐纳森的尸体上抬起头——他可能是看到了电梯门，可能是看到了斯塔克本人，这其实都无关紧要。

“喂——”

斯塔克举起一只手，冲警察庄严地摆摆手指。再见。接着电梯门合上，隔断了走廊中戏剧性的场景。

一楼大厅里，除了一名在桌子底下昏睡的门卫，空无一人。斯塔克走出去，转过拐角，坐进一辆偷来的车子，开走了。

2

菲利斯·麦尔兹住在曼哈顿西区的一栋新公寓楼里。保护她的警察（同来的还有一名侦探，他穿着耐克运动裤和纽约岛人队[①]的无袖汗衫，戴着环形墨镜）在六月六日晚上十点半抵达她家时，发现她正在为一次失败的约会发火。起初她态度很傲慢，可当她听到某个自以为是乔治·斯塔克的人或许正在筹划谋杀她时，她却高兴起来了。她一边回答侦探关于采访赛德·波蒙特的问题——她把他叫做狗屁的赛德·波蒙特——一边给三个相机装上胶卷，摆弄二三十只镜头。当侦探问她在干什么时，她冲他眨眨眼，说：“我信奉童子军座右铭。谁知道呢——有些事可能真的会发生。”

---

① 位于美国纽约州纳苏郡的国家冰球联盟队伍。

谈话之后，一名穿制服的警察在她公寓门外问侦探："她不会是说真的吧？"

"当然。"侦探说，"她的问题在于她不觉得任何其他事情是真实的。对她而言，整个世界不过是一张等待显现的照片。你在那里面见到的是一个愚蠢的婊子，她真的认为自己总能站在镜头合适的一边。"

现在是六月七日凌晨三点半，侦探早就走了。大约两个小时前，两名被派去保护菲利斯·麦尔兹的警察通过别在他们腰间的无线电对讲机得知了唐纳森被谋杀的新闻。他们被告知要极其谨慎和警觉，因为他们正在对付的疯子已证明是极度嗜血和极度机智的。

"谨慎是我的中间名。"第一个警察说。

"真巧。"第二个警察说，"极其是我的中间名。"

他们已经搭档一年多了，相处得很好。此时，他们咧着嘴相对而笑，为什么不呢？他们是两名身穿制服、全副武装的纽约警察，正站在一栋崭新的公寓楼二十六层灯光明亮的空调走廊里——或许是一栋分户出售的公寓大厦，鬼知道，当谨慎警官和极其警官还是孩子时，分户出售的公寓楼是有语言障碍的家伙套在他鸡鸡上的玩意儿[①]——没人会蹑手蹑脚地朝他们爬过来，或突然从天花板上跳到他们的身上，或用一把永远都不会卡壳和没子弹的不可思议的乌兹冲锋枪将他们撂倒。这是真实的生活，不是一本《第八十七分局》小说或一部兰博电影，而且今晚的真实生活不过是一项小小的特殊任务，远比驾驶着巡逻车，制止酒吧里的斗殴直到酒吧关门，以及在没有电梯的低档小公寓里制止起冲突的夫妻直到天蒙蒙亮要轻松。真实的生活应该总是让谨慎警官和极其警官在这个城市炎热的夜晚待在有空调的走廊里。或者说他们是如此坚信的。

他们这么想的时候，电梯门打开了，一个受伤的盲人跌跌撞撞地走出电梯，进入走廊。

---

① 分户出售的公寓楼（condo）和避孕套（condom）发音相似，所以小孩子容易搞错。

他个子很高，肩膀非常宽，看上去大约四十岁，穿着一件破旧的运动外套和一条裤子，裤子与外套不配套，但至少还凑合。无论如何，大概是如此。第一名警察，谨慎先生，有时间想，替这个盲人挑选衣服的看得见的人一定很有品位。这个盲人还戴着一副墨镜，眼镜歪斜地架在他的鼻梁上，因为一边的镜脚已经彻底断了。这绝对不是一副环形墨镜，它看上去像是克劳德·雷恩斯在《隐形人》中所戴的那种墨镜。

盲人的两只手向前伸着，左手没有拿东西，只是漫无目的地挥来挥去，右手攥着一根脏脏的白色拐杖，拐杖的一头装着一个橡皮的自行车把手。他的两只手都盖满了干掉的鲜血。盲人的运动外套和衬衫上也沾着干掉的暗红棕色血迹。如果被派来保卫菲利斯·麦尔兹的两名警察真的极其谨慎，整件事可能就会让他们感觉古怪。盲人在大声抱怨着某件显然是刚发生过的事情，而且从他的样子来看，肯定有什么事情刚发生在他身上，也不是什么好事，但他皮肤和衣服上的血迹已经变成棕色了，说明血是在一段时间以前溅上的，这一事实可能让真的极其谨慎的警官觉得有点不对头，甚至可能在这样的警官脑中升起警示红旗。

但是，也可能不会。事情发生得太快了，当事情发生得足够快时，你是否极其谨慎已经无关紧要了——你不得不听从命运的安排。

前一刻，他们还站在麦尔兹女士的家门口，就像因为学校锅炉出故障而不用上学的孩子一样开心；下一刻，这个血淋淋的盲人就站在他们面前挥动他那根白色的脏拐杖了。没有时间去思考，更不用说推理了。

“警——察！”电梯门甚至还没完全打开，盲人就在叫了。“门卫说警察在第二十六层！警——察！你们在这里吗？”

此时，他蹒跚地沿着走廊前进，拐杖在两边晃来晃去，乒！它敲在他左侧的墙上，接着又唰地摆回来，乓！敲在他右侧的墙上，这层楼里还没醒的人很快也会醒过来了。

极其警官和谨慎警官二人连眼神都没交换，就开始朝前走。

“警——察！警——”

“先生！”极其警官吼道，“等一下！你会——”

盲人把头转向极其警官说话的方向，但没有停步。他继续往前走，挥动空着的那只手和他白色的脏拐杖，看上去有点像雷昂纳德·伯恩斯坦在嗑药后去指挥纽约爱乐乐团。“警——察！他们杀了我的狗！他们杀了黛西！警——察！”

“先生——”

谨慎警官朝叫嚷的盲人走去。叫嚷的盲人将他空着的那只手伸进他运动外套的左边口袋里，但他拿出来的不是两张盲人庆祝舞会的门票，而是一把点四五口径的左轮手枪。他用枪指着谨慎警官，然后两度扣动扳机。在封闭的走廊中，沉闷的枪声震耳欲聋，还弥漫着大量的蓝烟。谨慎警官几乎是被子弹贴着击中的。他随即倒下，胸口像一只破碎的桃筐一样凹陷下去。他的警服被子弹烧焦了，碎裂开来。

极其警官目瞪口呆地看着盲人又将那把点四五口径的枪对准他。

“上帝啊，请别这样。”极其警官非常轻地说，听起来仿佛有人把他打得呼吸困难。盲人又开了两枪。更多的蓝烟弥漫开来。对于一名盲人来说，他打得很准。极其警官向后倒去，跌出蓝烟，肩胛骨着地重重地倒在走廊的地毯上，猛地抽搐几下，然后就躺着不动了。

3

在五百英里之外的拉德洛，赛德·波蒙特辗转反侧。“蓝烟。”他咕哝道，“蓝烟。”

卧室的窗外，九只麻雀停在电话线上。接着又飞来六只。鸟儿们静静地站在州警察巡逻车上方的电话线上，没人看到它们。

“我不再需要这些了。”赛德在睡梦中说。一只手笨拙地抓了一下脸，另一只手做了一个扔掉的动作。

“赛德？”丽兹坐起来问道，“赛德，你没事吧？”

赛德在睡梦中说了几句听不懂的话。

丽兹低头看看自己的胳膊，上面起了一层厚厚的鸡皮疙瘩。

“赛德？是不是鸟又来了？你听到鸟叫声了吗？”

赛德没有说话。窗外，麻雀一起展翅飞入黑暗中，尽管这不是它们飞的时间。

丽兹和两名州警察都没有注意到它们。

4

斯塔克将墨镜和拐杖扔到一边。走廊里充满了呛人的火药味。他一共射出了四发子弹。两颗子弹射穿警察后在走廊墙壁上留下了盘子大小的弹坑。他走到菲利斯·麦尔兹家的门口，若有必要，他做好了说服她出来的准备，可她正好就在门的另一边，他光凭她的声音就知道她很容易对付。

“出什么事了？”她尖叫道，“发生了什么？”

“我们抓住了他，麦尔兹夫人。”斯塔克兴高采烈地说。“如果你想要拍照，赶紧出来，不过以后要记住我从没说过你可以拍照。”

她打开门时仍栓着门链，但这没关系。当她把一只大大的棕色眼睛凑到门缝中时，他将一发子弹射入其中。

合上眼睛——或者合上那只依然存在的眼睛——是不可能了，于是他转身走向电梯。他没有逗留，但也没有跑。一扇公寓门轻轻地开了——今晚似乎人人都在开门看他——斯塔克举枪对准张望的兔子脸。门立刻砰地关上了。

他按下电梯按钮。在他（用他在第 60 大街从一位盲人那儿偷来的拐杖）打晕这晚的第二名门卫后，载他上来的那部电梯很快就打开了门，正如他所预期的那样——在夜里的这种时候，楼内的三部电梯用的人不太多。他把枪从肩头往后一扔，它重重地砸在地毯上。

“一切顺利。”他评论道，走进电梯，乘到底楼的门厅。

5

电话铃响的时候，太阳正照在瑞克·考利家起居室的窗户上。瑞克五十岁，眼睛红红的，面容憔悴，处于半醉的状态。他用一只颤抖得很厉害的手拿起电话。他几乎不知道自己身处何方，疲惫疼痛的脑瓜坚持认为这一切都是一场梦。位于第一大道上的区停尸房距离他们只带客户朋友去的时髦法国小餐馆不到一个街区，不到三个小时之前，他是不是在那儿辨认他前妻残破的尸体？由于杀害米里亚姆的人可能也想杀他，所以有警察在他家门外？这些事情都是真的吗？肯定不是。肯定只是一场梦……可能铃声也根本不是电话发出的，而是床边的闹钟响了。通常他恨那玩意儿……曾不止一次把它扔到房间另一头。但今天早晨，他会吻它。见鬼，他要湿吻它。

可他没有醒来。相反，他接起了电话。“喂？”

“我是切断你女人喉咙的人。”他耳朵里听到的声音说，瑞克突然完全清醒了。他所怀有的任何点滴希望——希望这一切只是一场梦——破灭了。这是一种你应该只会在梦里听到的声音……可那永远也不是你听到它的地方。

“你是谁？”他听见自己以一种有气无力的声音轻轻地问道。

“问赛德·波蒙特我是谁。”那人说，“他知晓一切。告诉他我说你正在死亡的边缘徘徊。告诉他我还没制造完无用的废料。”

电话在他耳边咔嚓一响，接着是片刻的寂静，然后就是单调的电话线路正常工作的嗡嗡声。

瑞克把电话放在腿上，看着它，突然哭起来。

6

上午九点，瑞克打电话到办公室，跟弗里达说她和约翰可以回家——他们今天不用工作，这周余下的日子也不用上班。弗里达想知道为什么，瑞克却震惊地发现他自己差点儿要对她说谎，仿佛他因犯了某些恶心的重罪（比如猥亵儿童）而被逮捕，直到风头过去一点才敢承认似的。

“米里亚姆死了。”他告诉弗里达，“昨天晚上她在自己的公寓中被人杀了。”

弗里达惊讶地快速吸了一口气。“上帝啊，瑞克！不要拿那样的事情开玩笑！你拿这种事情说笑，它们就会变成真的！”

“是真的，弗里达。”他说着发现自己又快哭了。这些眼泪——他在停尸房流的眼泪，回来的路上他在车里流的眼泪，疯子来电时他流的眼泪，以及现在他努力想不流下来的眼泪——它们只是最初的开始。想到未来要流的所有眼泪让他感觉非常疲惫。米里亚姆是个婊子，但她自有一套，是一个可爱的婊子，并且他爱她。瑞克闭上眼睛，当他睁开它们时，发现一个男人正透过窗户看着他，尽管这是位于第十四层的窗户。瑞克大吃一惊，接着他看到了制服。是一名窗户清洁工。窗户清洁工在脚手架上朝他挥手。瑞克举起一只手象征性地给予回礼。他的手仿佛有八百磅重，他感觉几乎是一举起来，它就回落到他的大腿上了。

弗里达再度叫他不要开玩笑，他感觉比之前更加疲惫了。他明白，眼泪只是一个开始。“稍等，弗里达。”他说，放下电话走向窗户边去抽纸巾。对着电话另一头的弗里达哭已经够糟糕了，他没必要再让窗户清洁工看到他这么做。

当他走到窗边时，脚手架上的男人把手伸进他连体工作服的斜插袋里去掏什么东西。瑞克突然感到一阵不安。*告诉他我说你正在死亡的边缘徘徊。*

（*天哪——*）

窗户清洁工掏出一块黄底黑字的小牌子。上面写着“祝你一天开心！”，两侧还画着一些傻傻的笑脸。

瑞克疲惫地点点头。祝你一天开心！当然。他拉起窗帘，回到电话旁。

7

当他最终让弗里达相信他不是在开玩笑时，她放声痛哭起来——办公室里的每一个人和所有的客户，甚至连写作糟糕的科幻小说并明显致力于扯断西方世界里的每一只胸罩的白痴奥林格斗都喜欢米里亚姆——当然，瑞克和她一起哭，直到他终于设法将自己抽离出来。至少，他想，我拉起了窗帘。

十五分钟后，他在煮咖啡时，又想起了那个疯子的电话。他家门外有两名警察，而他却没有跟他们提一个字。他到底是什么地方出毛病了？

嗯，他想，我的前妻死了，当我在停尸房看到她时，她看上去好像在脸颊下面大约两英寸的地方多长了一张嘴。他现在的状态可能与他看到那副画面有关。

问赛德·波蒙特我是谁。他知晓一切。

他本打算打电话给赛德，当然了。可他的头脑依旧不听使唤——事情乱作一团，至少他似乎还无法掌控。唔，他会打电话给赛德的。他跟警察说了疯子的电话后，就马上给赛德打电话。

他确实跟警察说了，他们极其感兴趣。其中一个警察把这情况通过对讲机跟警察总部做了汇报。他讲完后，告诉瑞克说长官要他去警局和他们谈谈接到疯子电话的事情。他在警局时，会有人赶来他的公寓为他的电话安装录音和追踪设备，以防疯子再打电话来。

“很可能再来电话。”另一个警察告诉瑞克，“这些精神变态者真的很喜欢他们自己的声音。”

“我应该先给赛德打电话。”瑞克说，“他可能也有麻烦。听上去是这样的。”

“波蒙特先生已经在缅因州处于警方的保护之下，考利先生。我们走吧，好吗？”

“唔，我真的认为——”

“也许你可以在县治安官办公室给他打电话。现在——你有外套吗？”

于是，搞不清楚情况的瑞克就这样糊里糊涂地跟着他们走了。

8

两个钟头后他们回来了，保护瑞克的一名警察对他的公寓门皱皱眉头，说：“这儿没人。”

“那又怎么样？”瑞克脸色苍白地问。他感觉自己毫无血色，就像一块你几乎能看透的乳白色玻璃。他被问了许多问题，尽力回答了许多问题——一项艰巨的任务，因为似乎没什么问题是有意义的。

“如果通信部门的家伙在我们回来前干完了活，他们应该等着。”

“他们大概在里面。”瑞克说。

“他们中的一个可能在屋里，但另一个人应该待在外面。这是标准程序。”

瑞克掏出钥匙圈，从中找出正确的一把，将它插进锁里。这些人对他们同事的操作程序可能持有的任何问题都不在他的关心范围之内。谢天谢地，今天上午他已经关心了所有他可以关心的事情。“我应该一大早就打电话给赛德。”他说，接着叹了一口气，又微微笑了一笑。“还没到中午我就已经感觉这一天好像永远也不会结——”

“不要碰那个！”一名警察突然叫着跳上前。

“不要碰什——”瑞克开始转动他的钥匙，火光一闪，门轰的一声爆炸了，顿时烟雾弥漫。本能来晚了一瞬的警察还能被他的亲属认出来；瑞克·考利则几乎被蒸发掉了。另一名警察，站得稍微后面一点，当他的搭档叫起来时，他本能地护住自己的脸，他接受了烧伤、脑震荡和内伤的治疗。幸运的是——几乎是魔法般的——门和墙壁碎片像一片云那样在他周围飞过，却没有触及到他。然而，他永远也不能为纽约警察局工作了；爆炸在瞬间将他彻底震聋。

瑞克的公寓里面，两名赶来改装电话的通讯部技术员死在起居室的地毯上。其中一人的脑门上被图钉钉着一张纸条：

麻雀又在飞了。

另一人的脑门上钉着第二条信息：

更多无用的废料。告诉赛德。

第二部　斯塔克掌控全局

“任何一个手快的傻瓜都能捏住老虎的睾丸。”马辛告诉杰克·霍尔斯泰德。“你知道吗？”

杰克开始大笑。斯塔克流露出的表情让他觉得这句话更有趣。

“收起你脸上的蠢笑。听我说。”马辛说，“我在指导你。你在认真听吗？”

“是的，马辛先生。”

“那么听好了，永远别忘记。任何一个手快的傻瓜都能捏住老虎的睾丸，可只有英雄才敢继续越捏越紧。说到这儿，我还要告诉你一件事情：只有英雄和懦夫才能平安脱身，杰克。其他人都不行。而我不是懦夫。”

——《马辛的方式》，乔治·斯塔克

第十五章　斯塔克悬疑

1

当艾伦·庞波告诉他们纽约今晨发生了什么时，坐在那儿听的赛德和丽姿被深深的震惊与忧郁所笼罩，仿佛置身寒冰之中。迈克·唐纳森在他自己公寓楼的走廊里被猛砍、暴打致死；菲利斯·麦尔兹和两名警察在她位于纽约西区的公寓楼内遭枪杀。麦尔兹所住公寓大楼的夜间门卫被某件重物敲得头颅骨折，医生们认为他能活过来的可能性很小。唐纳森所住大楼的门卫死了。所有这些案子都是以黑社会的方式干的，即凶手直接走到他的受害者跟前痛下杀手。

艾伦说的时候，反复把凶手称为斯塔克。

他想都没想就在以正确的名字称呼他，赛德沉思道。然后他摇摇头，对自己有点不耐烦。你总得叫他什么，他想，而叫他斯塔克可能比“罪犯”或“X 先生”要好一点。庞波用这个名字只是出于方便，现在去胡思乱想其他原因是一个错误。

“瑞克怎么样了？”庞波说完后，他终于得以开口问道。

“考利先生活着，他很好，正处在警方的保护之下。”这时是上午十点一刻，离杀死瑞克和他的一名警卫的爆炸差不多还有两个小时。

“菲利斯·麦尔兹也曾受到警方的保护。”丽姿说。在大游戏围栏中，温迪在熟睡，威廉在打盹。他的脑袋慢慢垂到胸口，他会闭起眼睛……然后他又会猛地抬起头。艾伦觉得他看上去很滑稽，像一个努力不要睡着的执勤哨兵。但每一次的抬头动作会变得幅度越来越小。艾伦合上笔记本，把它放在腿上，望着双胞胎，他注意到一件有趣的事情：每次威廉将头抬起，努力想要不睡过去时，睡着的温迪也会抽动一下。

他们的父母发现这点了吗？他好奇，接着他想，他们当然注意到了。

“没错，丽姿。他偷袭了他们。你知道，警察和任何其他人一样容易受到偷袭；他们只是本该应付得更好一点。在菲利斯·麦尔兹住的那层，枪响后沿着走廊有几个人开门朝外看，根据他们的陈述以及警方在犯罪现场的发现，我们对于事情的经过有了大概的了解。斯塔克假扮成一个盲人。杀完米里亚姆·考利和迈克·唐纳森后，他没有换衣服，所以……请你俩见谅，他的衣服一塌糊涂。他走出电梯时，戴着一副大概是从时代广场或手推车小贩那里买来的墨镜，还挥动着一根沾满鲜血的白色拐杖。天知道他是从哪儿搞来拐杖的，但纽约警察局认为他就是用这同一根拐杖猛击了门卫。”

“他当然是从一位真正的盲人那里偷来的拐杖。”赛德平静地说，“这家伙不是格拉海德骑士[①]，艾伦。”

“显然不是。他大概是叫喊道他被人打了，或者可能是说他在自己的公寓里遭受了窃贼的攻击。无论喊的是什么，他对他们下手时动作非常快，以至于他们都来不及反应。毕竟，他们只是两个被临时调去守在那女人家门口的巡警，事先也没获得许多警告。”

“不过他们肯定也知道唐纳森被杀了。”丽姿提出异议道，“如果那样的事情都没办法让他们意识到这个男人很危险的事实——”

“他们也知道保护唐纳森的警察是在他被杀之后才赶到的。”赛德说，“他们过于自信了。”

“可能有一点。”艾伦承认，“我不清楚。但是和考利在一起的警察知道这个人大胆，相当聪明，并且嗜血。他们睁大了眼睛。不，赛德——你的经纪人是安全的。你可以放心。”

“你说凶案现场有目击者。”赛德说。

“噢，是的。许多目击者。在考利前妻住的地方，在唐纳森处，在麦尔兹处。他他妈的好像一点也不在乎。”他看看丽姿说，“请原谅。”

---

① 在亚瑟王传说中，他是圆桌骑士中最纯洁的一位且独自一人找到了圣杯。

她微微一笑。“我以前也听人这么说过一两回，艾伦。”

他点点头，冲她笑笑，然后转回来对着赛德。

“我给你的描述怎么样？”

“它们与实际情况完全吻合。”艾伦说，“他身材高大，一头金发，皮肤晒成古铜色。就告诉我他是谁吧，赛德。给我一个名字。现在除了霍默·葛玛奇，我还有很多事情需要操心。该死的纽约警察局局长希拉·布里格姆正指望我破案呢——我主要是听她的指挥——她以为我会成为一名媒体明星，可我关心的依然是霍默。相比那两个因被派去保护菲利斯·麦尔兹而死掉的警察，我更关心霍默。所以，给我一个名字吧。”

“我已经告诉过你了。”赛德说。

他俩陷入一段很长的沉默——可能有十秒钟。接着，艾伦非常轻声地说：“什么？”

“他的名字是乔治·斯塔克。”赛德吃惊地发现自己听上去很平静，让他更吃惊的是自己感觉也很平静……除非深深的震惊和平静感觉起来是一样的。但是实际说出这句话所带来的轻松感——*我已经告诉过你了。他的名字是乔治·斯塔克*——是难以言表的。

“我觉得我不太明白你的意思。”又停顿了好一会儿后，艾伦说。

“你当然明白，艾伦。”丽姿说。赛德看着她，惊讶于她干脆利落的语调。“我丈夫说的是，他的笔名不知怎么活起来了。照片上的墓碑……墓碑上写的话，那行字，是赛德告诉那个最初披露故事的通讯社记者的。*不是一个很好的人*。你还记得那句话吗？”

“记得，但是丽姿——”他以一种无助的惊讶表情看着他们两个，仿佛第一次意识到他一直在跟疯子说话。

“留着你的‘但是’。”她用同样轻快的语气说，“你会有许多时间来说‘但是’之类的反驳。你，还有其他所有人。现在，你就听我说。当赛德说乔治·斯塔克不是一个很好的人时，他不是在开玩笑。他过去可能以为自己是在开玩笑，但他其实没有。我知道这一点，即使他不知道。乔治·斯塔克不仅不是一个很好的人，而且事实上他是一个可怕的家伙。他写的四本书，每一本都让我越来越不安，当赛德最终决定杀死他时，我上楼到我们的卧室里如释重负地大哭了一场。”她看着赛德，赛德也正凝视着她。她打量了他一番，然后点点头。“没错。我哭了。我真的哭了。华盛顿的克劳森先生是一个讨厌的卑鄙小人，但他却帮了我们一个忙，也许是我们结婚以来别人帮我们最大的一个忙，不说别的，就这点而言，我对他的死感到难过。”

“丽姿，我觉得你不是真的认为——”

“不要跟我说我是真的还是假的认为！”她说。

艾伦眨眨眼睛。她的声音仍有所节制，不至于响到吵醒温迪，或干扰威廉侧躺在妹妹身边熟睡过去前的最后一次抬头。艾伦有一种感觉，若不是为了孩子们，他本会听到一个更响的声音，或许甚至是一个提到最高音量的声音。

“现在赛德有一些事要告诉你。你要非常仔细地听他讲，艾伦，并且你要试着相信他。因为如果你不信他，我恐怕这个男人——不管他是什么——将会继续杀人，直到他杀掉所有他想杀的人。出于某些非常私人的原因，我不想那样的事情发生。你明白吗，我认为赛德、我和我们的孩子可能也在他的杀人名单上。”

“好吧。”他自己的声音很平和，但他的大脑在飞快地运转。他尽量撇开他的挫败感、愤怒，甚至是好奇，认真思考这个疯狂的念头。不是它是真还是假的问题——当然，根本不可能觉得它是真的——可首先他们为什么要编这样一个故事呢。编故事是为了隐藏谋杀案中某个想象出来的同谋吗？一个真的同谋？甚至他们是否可能相信它？这样一对受过良好教育且神智健全的夫妇似乎不可能相信它——至少从目前来看，但就像那天他以谋杀霍默的罪名去逮捕赛德时一样，他们没有丝毫的撒谎迹象。一点故意撒谎的痕迹都没有，他修正了一下自己的措辞。“说吧，赛德。”

“好。”赛德说。他紧张地清了清喉咙，站起身。他将手伸向胸前的口袋，然后既有点好笑又有点痛苦地意识到自己正在做什么：去拿已经多年没放在那里的香烟。他把手塞在口袋里，望着艾伦·庞波，就像看一个遇到麻烦来求助的学生一样。

“这儿正在发生一些非常古怪的事情。不——不止是古怪，而是可怕且无法解释，但它却正在发生。并且，我觉得它在我只有十一岁时就开始了。”

2

赛德道出了一切：童年时的头痛，预示这种头痛到来的麻雀的尖叫及其模糊的影像，麻雀的归来。他给艾伦看了用黑色的铅笔写着“麻雀正在飞”字样的那页手稿，跟他讲了他昨天在办公室里所进入的神游状态，他在教材订货单背面写下的词语（那些他尽量回忆起来的内容），说明了他是如何处理订货单的，并试图确切地描述驱使他撕毁订货单的恐惧和迷惑。

艾伦始终面无表情。

赛德最后说道：“而且，我知道是斯塔克。这儿。”他握起拳头，轻轻地敲了敲他自己的胸口。

有那么一会儿，艾伦一言不发。他开始转动戴在左手无名指上的婚戒，这个动作似乎吸引了他全部的注意力。

“你结婚后瘦了。”丽姿平静地说，“如果你不去把戒指改小一点，你总有一天会弄丢它的。”

“我想我会的。”他抬起头，看着她。他说话时，仿佛赛德已经有事离开了房间，只剩下他俩在那里。“我离开后，你丈夫带你上楼去他的书房，给你看了来自精神世界的第一条讯息……是这样的吗？”

“我确切知道的唯一一个精神世界就是这条路上大约一英里之外的酒类销售店。”丽姿不紧不慢地说，“但你离开后，他确实给我看了这信息，是这样的。”

“我走后立刻？”

“不是——我们先把双胞胎送上床，接着当我们自己准备睡觉时，我问赛德他在隐瞒什么。”

“从我走到他告诉你恍惚和鸟叫声之间，他有没有离开过你的视线？他是否有时间上楼写下我跟你们提过的那句话？”

“我记不太清了。”她说，“我觉得我们一直在一起，但我不敢说绝对是如此。而且即使我告诉你他从来没有离开我的视线，那也无关紧要，不是吗？”

“你是什么意思，丽姿？”

“我的意思是那样的话你可以假设我也在撒谎，不是吗？”

艾伦深深地叹了一口气。这是他俩真正需要的唯一答案。

“赛德在这件事情上没有撒谎。”

艾伦点点头。“我感谢你的诚实——但由于你无法保证他一刻也没有离开过你的视线，我也不必指责你撒谎。我对此感到高兴。你承认他可能有机会去写那句话，那么我认为你也承认这种可能是相当冒险的。”

赛德靠在壁炉架上，目光转来转去，犹如在看一场网球赛。庞波长官说的都在赛德的预料之中，他指出故事漏洞的语气比他本可以采用的语气要和气许多，但赛德发现他依然非常失望……几近痛心。那种认为庞波会相信——不知为何只是本能地相信的预感——原来就像一瓶宣称包治百病的药一样是假的。

“没错，我承认这些。”丽姿说。

“至于赛德说的发生在他办公室里的事情……无论是他的恍惚还是他声称写下来的语句，都没有目击者。事实上，在考利女士打电话来之前，他根本就没跟你提过这件事，是吗？”

“是的，他没有提过。”

“所以……”他耸耸肩。

“我有一个问题要问你，艾伦。”

“好的。”

“赛德为什么要说谎？他说谎是为了达到什么目的？”

“我不知道。”艾伦一脸坦白地看着她。“他自己或许知道。”他瞥了一眼赛德，然后又把目光转向丽姿。“他可能甚至不知道他在撒谎。我所说的很明白：在没有强有力的证据的情况下，警官不会相信这种事情。而现在就毫无证据。”

“赛德对此说的是实话。我理解你所说的一切，但我也非常想要你相信他说的是实话，极其想要你相信。你瞧，我和乔治·斯塔克住在一起。随着时间的推移，我了解赛德对他的感觉。我来跟你说说一些没有登在《人物》杂志上的事情吧。从倒数第三本书开始，赛德已经开始谈到要终结斯塔克这个人物——”

“是倒数第四本。”靠在壁炉架上的赛德平静地说。他对香烟的渴望已经变成了一种纯粹的狂热。“写完第一本书后，我就开始谈论终结斯塔克了。”

“好吧，从倒数第四本书开始。杂志上的文章读了让人以为这是最近的事情，不过事实并非如此。这正是我想要强调的一点。如果弗雷德里克·克劳森没有跳出来强迫我的丈夫，我想赛德依然会谈到终结斯塔克这个人物。就像一个酒鬼或瘾君子告诉他的家人和朋友他明天……或第二天……或后天就戒掉。”

“不是的。”赛德说，“不完全是那样。总体而言是如此，但细节不同。”

他停顿了一下，皱起眉头，他不仅在思考，还在竭力集中精神。艾伦犹豫地放弃了他们在撒谎或由于某些古怪的原因而折腾他的念头。他们不是在费心说服他，甚至不是在说服他们自己，他们只是在详细描述事情是什么样的……就像一场大火被扑灭许久之后人们试图形容当时的情形一样。

“瞧。”赛德最后说，“让我们暂且把恍惚、麻雀和预见的影像放在一边——假设它们就是如此。若你觉得有必要，你可以跟我的医生乔治·休姆聊聊那些身体症状。或许我昨天做的脑部检查的结果会显示出一些怪异的东西，但即便它们没有显示出什么怪异，儿时为我动手术的医生也许还活着，也能跟你谈谈我的病情。他或许知道一些可以解释这种混乱状况的事情。我一下子记不起他的名字了，但我确定我的病历里能查到。不过，现在所有这些超自然的蠢事都不是最重要的。”

赛德这么说让艾伦觉得非常奇怪……假如他伪造了那张预示性的短笺并在其他事情上撒了谎的话。发疯到做出这样一件事情的人——

发疯到忘记他做过这事，并真的相信短笺是超自然现象的真实证明的人——不会想要谈其他事情，不是吗？他开始头疼。

“好吧。”他最后说，“如果所有这些你所谓的‘超自然的蠢事’无关紧要，那什么是重要的呢？”

“乔治·斯塔克是最重要的。”赛德说，并想道：这条线索通向安兹韦尔，那儿是所有铁路的尽头。“想象一个陌生人搬进了你家，一个你一直有点害怕的人，就像吉姆·霍金斯一直有点害怕住在本宝将军旅店的老水手一样——你读过《金银岛》吗，艾伦？”

他点点头。

“嗯，那么你明白我试图表达的这种感觉。你害怕这个家伙，一点儿也不喜欢他，但你让他留下了。你不是像《金银岛》里那样经营着一家旅店，但是你也许以为他是你妻子的远亲或什么的。你明白我的意思吗？”

艾伦点点头。

“终于有一天，在这个坏客人由于盐瓶堵塞而用力将它扔到墙上后，你跟你的妻子说，‘你那个白痴的远方堂兄到底要住多久？’她却看着你说，‘我的堂兄？我以为他是你的堂兄！’”

艾伦不由自主地轻轻地笑出了声。

“但你把这家伙踢出去吗？”赛德继续说道，“不会。首先，他已经在你家里住了一段时间，还有——没有实际处在这种情况下的人或许会觉得这听起来很怪——那就是他似乎拥有了……居住权什么的。但那并不重要。”

丽姿一直在点头。她的眼睛里透出兴奋、感激的神情，犹如一个女人被告知了那个在她舌尖跳动了一整天却没被她说出来的词一样。

“重要的是你就是非常害怕他。”她说，“害怕如果你真的叫他快点滚蛋，他会干出什么。”

“你说得对。”赛德说，“你想要勇敢地叫他走，也并不只是因为你担心他可能很危险。这是一件关系到自尊的事情。但是……你却一再拖延。你能找到拖延的理由，比如外面在下雨，如果你在晴天把他扫地出门，他大发雷霆的可能性就比较小。或者在你们都睡了一夜好觉后，你也没去赶他。你有千万个拖延的理由。你发现如果你自己觉得理由充分的话，你至少可以保留你的部分自尊，而部分自尊总比彻底没有自尊要好。假如拥有全部的自尊意味着你最终会受伤或死亡，那么部分自尊也比全部的自尊要好。”

“而且也许不止是你。”

丽姿又插话进来，她的声音从容愉快，就像是在对一园艺俱乐部演讲——主题可能是何时播种玉米或如何判断何时你的番茄已经成熟可以采摘了。“他是一个丑陋、危险的人，当他……过去跟我们住在一起时……他现在也是一个丑陋、危险的人。有迹象表明，如果有什么变化，那就是他变得更坏了。他非常疯狂，毫无疑问，但他自认为正在干一件十分合理的事情：找到那些阴谋杀害他的人，并把他们一个个干掉。”

“你说完了吗？”

她吃惊地看着庞波，仿佛他的声音将她从一种深深地私人幻想中带了出来。“什么？”

“我问你是否说完了。你想要说出你的想法，我则想确保你能说完。”

她的镇定崩溃了。她深深地叹了一口气，心烦意乱地用手梳理着自己的头发。“你不相信，是吗？一个字都不相信。”

“丽姿。”艾伦说，“这只是……瞎扯。我很抱歉使用这样一个词，但考虑到目前的情况，我想说这已经是最温和的用词了。很快就会有其他警察到这儿来。我猜想会是联邦调查局的人——现在这家伙可以被视为一名跨州逃犯，那么就会把联邦调查局的人牵扯进来。如果你把这个故事、连同那些恍惚的状态以及鬼魂附体时写下的话一起告诉他们，你会听到许多更为尖刻的词语。如果你跟我说这些人都是被一个幽灵杀掉的，我也不会相信你。”赛德动了一下，但艾伦举起一只手，他就又平静下来了，至少暂时如此。“但相比这个，我更能相信一个鬼故事。我们不只是在谈论一个鬼魂，我们是在谈一个连鬼都不是的人。”

“你怎么解释我的描述呢？”赛德突然问。“我告诉你的是我心目中乔治·斯塔克过去及现在的模样。一些写在了达尔文出版社存档的作者简介页上。一些只存在我的脑海中。我从来没有坐下来，刻意想象他的模样，你知道——只是几年里我的脑海中逐渐形成了一幅图像，就像你会渐渐勾画出你每天早晨上班路上听的节目的DJ的形象一样。但假如你真的碰巧遇见了这个DJ，多数情况下会发现你之前的想象不对。而我的想象似乎大都是对的。你怎么解释这点?”

“我无法解释。”艾伦说，“当然，除非你对于描述的来源说了谎。”

“你知道我没有。”

“不要这样假设。”艾伦说。他站起来，走到壁炉边，不安地用拨火棍戳着堆在那儿的桦木段。“不是每个谎言都源自有意识的决定。如果一个人已经让他自己相信他正在陈述事实，那么他甚至可以成功地通过测谎仪的测试。泰德·邦迪[①]就做到过。”

“好了。”赛德突然说，“别这么咄咄逼人了。这就像指纹的事情一样。唯一的区别是这次我无法提供大量的证据。指纹的事情怎么样了，顺便问一句?你把那件事情也考虑进去，这是否至少表明我们在说实话?”

艾伦转过身。他突然对赛德生气了……对他们夫妇俩都很生气。他觉得自己仿佛被无情地逼入了死角，他俩根本就没有权利让他如此感觉。他仿佛置身于一群相信地球是扁的的人之中，却是唯一一个相信地球是圆的的人。

“我无法解释这些事情……还不能解释。”他说，“但在此期间，你或许愿意告诉我这家伙——真正的那个人——到底是从哪里来的，赛德。你是一夜之间造出他来的吗?他是从讨厌的麻雀蛋里蹦出来的吗?你在写那些最终用他的名字出版的书时，你看上去像他吗?到底是怎么回事?”

“我不知道他是如何出现的。”赛德疲惫地说，“你觉得如果我知道会不告诉你吗?就我知道或记得的来说，我在写《马辛的方式》、

---

① 美国历史上最为著名的连环杀手之一，一共杀害过至少二十八名年轻女性。

《牛津蓝调》、《鲨鱼肉派》和《驶向巴比伦》时，我就是我。我一点儿也没想到他会变成一个……一个独立的人。当我作为他在写作时，他对我而言似乎是真实的，但前提是在我写作时，所有我写的故事对我而言都显得是真实的。就是说，我认真地看待它们，但我并不相信它们……除了……那时……”

他停了一下，为难地一笑。

“我一直在谈写作。”他说，“几百场演讲，几千次上课，我想我从未提过小说作家所面对的双重现实——真实世界中的现实与手稿世界里的现实。我觉得自己甚至想也没想过这点。可现在我意识到……嗯……我甚至都不知道该怎么去思考它。”

“这无关紧要。”丽姿说，“在赛德试图除掉他之前，他都不必是一个独立的人。”

艾伦转向她。“嗯，丽姿，你比任何人都更了解赛德。他在写犯罪故事时，是不是从波蒙特博士变成了斯塔克先生？他粗暴地对待你吗？他有没有在派对上手持折叠剃刀威胁人们？”

“讽刺不能使对此事的探讨变得容易。”她直直地看着他说。

他恼怒地举起手——尽管他不确定让他恼怒的是他俩、他自己还是他们三人。“我没有语带讽刺，我只是想用一点言语休克疗法来让你们意识到你们俩所说的事情听起来是多么疯狂！*你们正在谈论一个该死的笔名变成了活生生的人！*如果你们把这些话的一半告诉联邦调查局，他们一定正在查阅缅因州的强制拘留法律了。”

“你刚才提出的问题的答案是否定的。”丽姿说，“他没有痛打我，也没有在鸡尾酒会上挥舞折叠剃刀。但当赛德以乔治·斯塔克的名义写作时——尤其是在描写阿历克斯·马辛时——他就变得不一样了。当他——最好的说法可能是当他打开门——打开门让斯塔克进来后，他就变得疏远了。不是冷酷，甚至不是淡漠，只是疏远。他对于外出、见人的兴趣都降低了，有时不参加教师会议，甚至取消和学生的约见……虽然那种情况还算少。夜里，他会更晚睡觉，有时上床一个小时后还在辗转反侧。睡着后，他会经常抽搐和说梦话，好像在做噩梦。有几次我问他情况是不是这样，他说他感觉头疼与不安，但如果他做过噩梦，他也不记得它们的内容了。”

“他的性格没有太大的改变……但他就是不一样了。我的丈夫不久前戒了酒，艾伦。他没有去参加戒酒匿名会[①]什么的，但他戒了。只有一个例外。写完一本斯塔克小说后，他会喝得大醉，仿佛他是在释放所有的压力，对他自己说，‘那个狗娘养的又走了。至少暂时又走了。乔治回到了他在密西西比的农场。太好啦。’”

“她说得对。”赛德说，“太好啦——正是这种感觉。如果把恍惚与自动书写完全排除在外，那么让我来总结一下我们所掌握的信息。你在寻找的人正在杀害我认识的人，除霍默·葛玛奇外，这些人都对‘处死’乔治·斯塔克负有责任……当然，他们都是通过与我合谋。他有我的血型，尽管不是非常罕见的血型，但每一百人中依然只有大约六个人是这个血型。他符合我给你的描述，如果乔治·斯塔克存在的话，他的长相就是浓缩了我对他的想象。他抽我过去常抽的香烟。最后也是最有趣的一点是，他似乎有和我完全相同的指纹。每一百人中大约有六个人是RH阴性的A型血，但就我们所知，在这个世界上没有人与我指纹相同。尽管有了所有这些证据，你却连考虑一下斯塔克不知怎么变成了活人的主张都拒绝。那么，艾伦·庞波长官，你来告诉我：到底是哪一个人思路不清？”

艾伦感到他曾认为牢不可破的基础松动了一下。这的确不可能，是吧？但是……如果他今天不做其他事情，他就必须和赛德的医生谈一谈，并开始追查医疗记录。他觉得，要是能发现根本没有什么脑肿瘤，而是赛德在说谎……或是幻想出一切，那可真是太棒了。如果他能证明这家伙是个精神变态者，那就更爽了。也许——

也许都是狗屁。没有乔治·斯塔克，从来就没有过什么乔治·斯塔克。他可能不是联邦调查局的神探，但这并不意味着他会好骗到相信那一套。他们或许会在纽约市逮住这个正在跟踪考利的疯子，事实上，他们大概会捉住他的，但如果没抓到，这个疯子可能会决定今年夏天在缅因州度假。如果他真的回来，艾伦就想一枪毙了他。如果机

---

① 简称AA，是一个世界性的戒酒互助组织。

会出现，他不认为接受任何这种“阴阳魔界”式的胡扯会对他有所帮助。并且他现在也不想浪费更多的时间谈这个。

“时间会告诉我们一切，我想。”他模糊地说，“就目前而言，我建议你们两个继续顺着昨晚你们和我一起整理出来的思路走——这是一个自认为他是乔治·斯塔克的人，他疯狂地从一个合乎逻辑的地方开始——不管怎么说，符合疯子的逻辑——就是斯塔克被正式埋葬的地方。”

“如果你连丁点的思考空间都不留给这个念头，那么你的麻烦就大了。”赛德说，“这个家伙——艾伦，你没办法跟他讲道理，你没办法恳求他。你可以求他开恩——如果他给你时间——但这不会有什么好处。如果你靠近他时不注意，他就会把你做成鲨鱼肉饼。”

“我会跟你的医生聊聊。”艾伦说，“还会与小时候给你开刀的医生谈谈。我不知道这有什么用，或能怎么说明这件事，但我会去做的。此外，我猜我就只能碰运气了。”

赛德毫无幽默地笑笑。“从我的观点来看，这么做有一个问题。我的妻子、孩子和我就将继续跟你一起碰运气了。”

3

十五分钟后，一辆整洁的蓝白两色的箱式小卡车驶入赛德家的车道，停在艾伦的车子后面。它看上去像是一辆电话公司的车，也的确如此，虽然它的一侧有用不显眼的小写字母写成的“缅因州警察局”字样。

两名技术员走到门口，做了自我介绍，道歉说来晚了（这个道歉对赛德和丽姿而言是多余的，因为他们根本就不知道这些人会来），并问赛德是否同意签署他们中的一人所持的写字夹板上的表格。赛德迅速浏览了一遍，发现表格是授权他们在他的电话上安装录音和追踪设备，但并没有全权赋予他们在任何庭审过程中使用所录内容的权利。

赛德在相应的位置潦草地签了名。艾伦·庞波和一名技术员都在旁边看着。（赛德困惑地注意到技术员的腰带一边挂着一个电话检测器，另一边却挂着一把点四五口径的手枪。

“这种追踪装置真的有用？”几分钟后赛德问技术员，这时艾伦已经离开去往位于奥罗诺的州警察局了。说点什么似乎很重要；技术员们拿回文件后，就陷入了沉默。

“是的。”他们中的一个回答。他拿起客厅电话的听筒，迅速撬开听筒的塑料内套。“我们能追踪到世界上任何一个电话的源头。它和你在电影里看到的那种老式电话追踪装置不同，使用老式装置必须与来电者保持通话直到完成追踪。现在只要电话这头的人不挂机”——他摇摇电话听筒，它现在看上去有点像科幻史诗小说中被射线枪摧毁的机器人——“我们就能追踪到电话的源头，它时常是某家购物广场中的一个付费电话。”

“你说得没错。”他的搭档说。他正在摆弄从踢脚板插座上拔下来的电话基座。“你们楼上有电话吗？”

“有两部。”赛德说。他开始感觉犹如被人粗鲁地推下了爱丽丝的兔子洞[①]里。“一部在我的书房，另一部在卧室。”

“它们的线路是分开的？”

“不是——我们只有一条电话线路。你们会把录音机放在哪里？”

“大概放在地下室里。”第一名技术员心不在焉地说。他正在把电话机里的电线插到一块竖着弹簧连接器的透明塑料板上，口气中透着“不要打扰我们干活”的意思。

赛德用胳膊环抱住丽姿的腰，将她领开，他怀疑是否有人能够或愿意明白这点，即在这个世界上，并非所有的录音机和高科技设备都可以阻止乔治·斯塔克。斯塔克逍遥在外，可能在养精蓄锐，也可能已经上路了。

如果没人愿意相信他，那么他到底该怎么办呢？他到底该如何保

---

① 《爱丽丝漫游仙境记》一书中讲到爱丽丝掉进了一个兔子洞里。

护他的家人呢？有办法吗？他沉思着，当思考不管用时，他就倾听自己内心的声音。有时候——不是总是如此——但是有时候——答案就会这么自动跳出来。

但这次不行。他好笑地发现自己突然强烈地性冲动起来。他想着把丽姿哄上楼——接着他记起州警察局的技术员马上就要上楼对他过时的单线路电话进行更为复杂的改装了。

甚至不能爽一把，他想。那么我们能做什么呢？

但是答案很简单。他们等待，这是他们能做的事情。

他们无须等很久，下一条可怕的消息就传来了：斯塔克终究还是杀了瑞克·考利——斯塔克伏击了技术员，他们正在摆弄瑞克家的电话，正如此时客厅里的两人正在改装波蒙特家的电话一样，然后在瑞克家的门上安装了炸弹。当瑞克转动钥匙时，门就一下子爆炸了。

是艾伦给他们带来这条消息的。他朝奥罗诺方向刚开出不到三英里，电台里就传来了瑞克家爆炸的消息。他立刻调头回来。

“你告诉我们瑞克是安全的。”丽姿说。她的声音和眼神都很沮丧。连她的头发看上去都失去了光泽。“你几乎是这样保证的。”

“我错了。我很抱歉。”

艾伦感觉跟丽姿·波蒙特听上去、看上去一样十分震惊，但他竭力不想表现出来。他扫了一眼赛德，赛德正盯着他看，眼神明亮平静。一个毫无幽默感的浅笑浮现在赛德的嘴角边。

*他知道我在想什么。*这大概不是真的，但艾伦却是这样感觉的。*嗯……或许不完全知道我在想什么，但却知道一部分。相当多的一部分，也许。可能知道我正在竭力掩饰，但我觉得事情没那么简单。我认为是他干的。我认为他了解得太多了。*

“你做了一个结果是错误的假设，就是如此。”赛德说，“我们都会犯这种错误。也许你应该回去认真考虑一下关于乔治·斯塔克的事情了。你怎么看，艾伦？”

“你们或许是对的。”艾伦说，同时告诉自己他这么说只是为了安慰他俩。但是乔治·斯塔克的脸庞，之前只是通过赛德的描述闪现出来的脸，现在却开始在他的肩头窥视。他还看不见它，但他可以感觉到它正在那儿看着。

“我想跟这个赫德医生谈谈——”

“是休姆医生。”赛德说，“乔治·休姆。”

“谢谢。我想跟他聊一下，所以我会再来这儿。如果联邦调查局的人真的出现，之后你们两人想要我再回来一趟吗？”

“我不知道赛德怎么想，但我非常希望你能来。”

赛德点点头。

艾伦说：“我对于这整件事情感到抱歉，但我最感抱歉的是我向你们保证没事，结果却并非如此。”

“在这样的情况下，我猜人们很容易估计不足。”赛德说，“我跟你说了事实——至少是我理解中的事实——是出于一个很简单的理由，如果真是乔治·斯塔克干的，我认为很多人都会在一切完结前低估他。”

艾伦看看赛德，又看看丽姿，接着目光又落到赛德身上。接着是长时间的沉默，只有前门外（房子的后面还有一扇门）赛德的警卫在那里交谈，然后艾伦说：“你们真的相信这种荒唐的事情，是吗？”

赛德点点头。“我确实相信，不管怎么说。”

“我不相信。”丽姿说，他俩都吃惊地看着她。“我不相信。我知道。”

艾伦叹了一口气，将双手深深地插进口袋里。“有一件事情我想要知道。”他说，“如果这事情真的像你们所说的那样……我不相信，没办法相信，我想你们会说……但是如果事情真是如此，那么这家伙究竟想要什么？只是为了报复？”

“根本不是。”赛德说，“假如你或我处在他的位置，我们想要什么，他就想要什么。他不想再当死人。他就是想要达到这个目的。不想再当死人。我是唯一一个或许能实现这点的人。如果我不能，或者说不愿意……嗯……那么他至少能保证自己不孤单。”

第十六章　乔治·斯塔克来电

1

艾伦离开去找休姆医生谈话了，联邦调查局的特工刚刚结束他们的讯问——不知道这件让人异常疲惫和语无伦次的事情是否就是所谓的讯问——乔治·斯塔克便打来了电话。这距离那两个来自州警察局的技术员（他们叫自己“架线工”）最终宣布他们已经调试好了安装在赛德·波蒙特家的电话上的设备还不到五分钟。

之前他们厌恶却并无明显惊讶地发现，赛德·波蒙特家的电话机虽然是最新款的，但它们用的却是拉德洛小镇的老式旋转拨号系统。

“嘿，这真是让人难以置信。”名叫韦斯的架线工说（他的语气表明他真的不指望在这样的小镇上能发现其他什么东西）。

另一个叫戴夫的架线工走向停在外面的厢式小卡车，去寻找合适的转换器以及其他可能需要的设备，以便让波蒙特家的电话符合二十世纪末的技术水平。韦斯转动眼珠，看着赛德，仿佛赛德本应该立刻通知他说自己还生活在电话先驱时代。

两个架线工都毫不关注联邦调查局的人，这些人从波士顿的分部一路飞到班戈，接着又英勇地驾车穿越了班戈和拉德洛之间狼和熊大批出没的荒原。联邦调查局的人仿佛是生存在另一个完全不同的光谱中，来自州警察局的架线工对他们完全视而不见。

“镇上所有的电话都是这样的。”赛德谦恭地说。他正饱受严重酸性消化不良症的折磨。在寻常情况下，这会让他变得牢骚满腹、很难相处。然而，今天他却只是感觉疲惫、脆弱和极度悲伤。

他不断想到瑞克住在图森的父亲和米里亚姆住在圣路易斯—奥比

斯波的父母。此时此刻，年迈的考利先生在想什么呢？潘宁顿[1]一家又在想什么呢？这些经常被提起、实际却从未谋面的人究竟会如何面对这一切呢？人会如何应付自己孩子的死亡，尤其是自己成年孩子的意外死亡呢？人会如何处理非理性的纯粹谋杀呢？

赛德意识到他正在考虑活着的人，而非死去的受害者，是出于一个简单的阴暗理由：他觉得自己要对这一切负责。为什么不呢？如果他不该因为乔治·斯塔克而受到指责，那么该怪谁呢？难道怪博卡·格德斯维特[2]？怪亚历山大·黑格[3]？这儿依然在使用过时的旋转拨号系统，造成窃听他的电话比较困难，这只是另一件他该感到内疚的事情罢了。

“我认为就是这些了，波蒙特先生。”一位联邦调查局的特工说。他一直在查看他的笔记，明显忘了韦斯和戴夫，正如这两名架线工也不去理会他一样。此刻，这个名叫马隆的特工啪的一声合上笔记本。本子是皮面的，封面的左下角工整地印着他姓名的首字母。他穿着一套保守的灰色西装，左分的头梳得笔挺。“你还有别的问题吗，比尔？”

比尔，又名特工普莱伯，翻起他自己的笔记本——本子也是皮面的，但没有印姓名的首字母——他合上本子后摇摇头。“没有。我认为差不多了。”特工普莱伯穿着一套保守的棕色西装。头发同样左分梳得笔挺。“我们可能在以后的调查中还会问你们一些问题，但现在我们已经获得了我们需要的信息。感谢你俩的配合。”他露出异常整齐的牙齿，给了他们一个大大的微笑，赛德想：*要是我们五岁，我觉得他会给我们一人一张“今天表现很好”的卡片！让我们带回家给妈妈看。*

“不客气。”丽姿心不在焉地慢慢说道。她轻轻地用指尖按摩着自己的左边太阳穴，仿佛她正在经历一次非常严重的头疼发作。

*大概，*赛德想，*她确实头疼。*

---

① 米里亚姆的娘家姓。

② 博卡·格德斯维特（1962—　），美国著名的喜剧演员。

③ 亚历山大·黑格（1924—2010），美国著名的将军。

他瞄了一眼壁炉架上的钟，才刚过两点半。这是不是他一生中最漫长的一个下午？他不想匆忙下此结论，但他怀疑是的。

丽姿站着。“我想我要躺一会儿，如果可以的话。我觉得有点儿不舒服。”

“好——”当然，他本想说“好主意”，但不等他说完，电话就响了。

他们全都看着它，赛德感觉脖子里的脉搏开始猛跳。一股热辣辣的酸气缓缓从他的胸口涌起，接着似乎在他的喉咙后面弥漫开来。

“好啊。”韦斯开心地说，“我们就不必派人出去试打了。”

赛德忽然感觉自己仿佛被一团冰凉的空气所笼罩，这股寒意伴随着他朝电话走去，现在桌子上除了电话机，还放了一个侧面嵌有指示灯的砖头状设备。设备上的一盏指示灯正随着电话的铃响而闪烁。

*鸟在哪里？我应该听到鸟的声音的。*但是没有鸟的声音；唯一的声响是迫切的电话铃声。

韦斯跪在壁炉旁，正在把工具放回一只黑色的盒子里，盒子的镀铬插销很大，看起来像是工人的饭盒。戴夫靠在客厅与餐厅之间的门廊里。之前他问丽姿是否能从桌上的碗里拿一只香蕉吃，此时他正仔细地剥着香蕉皮，并不时停下来以一个处于创作阵痛期的艺术家的眼光审视自己的作品。

“你为什么不把电路测试仪拿来？”他对韦斯说，“如果我们需要线路更清晰，我们可以趁在这儿时就弄好。免得再跑一趟。”

“好主意。”韦斯说着从“超大饭盒”中拔出一个把手如手枪的东西。

两人只是看上去有点跃跃欲试的样子。特工马隆和普莱伯站在那儿，把笔记本放放好，抖抖裤腿上笔挺的裤缝，他们基本印证赛德原来的观点：这些人更像是美国布洛克税务公司的税务顾问，而不是荷枪实弹的联邦调查局特工。马隆和普莱伯似乎完全没有意识到电话铃正在响。

但丽姿是知道的。她已经停止按摩太阳穴，正睁大眼睛，失魂落魄地望着赛德，犹如一只走投无路的动物。普莱伯感谢她所提供的咖啡和丹麦酥皮饼，似乎没有意识到她没能回答他，就像他没听到电话铃一样。

你们这些人都是怎么了？赛德突然觉得想要尖叫。首先，你们到底为什么要安装这套设备？

当然，这不公平。因为当他们装好追踪设备，安装完成后只过了五分钟，他们正在抓捕的人就第一个打电话到波蒙特家里来了，这太过偶然了……如果有人问他们，他们一定会这么说。在二十世纪末，这种事情不会发生在美好的法制世界里，他们会说。一定是另一位作家打电话向你寻求新灵感，赛德，或者是可能有人想问你老婆借一勺糖。是那个自认为是你的另一个自我的家伙打来的？绝对不可能。太快了，太巧了。

但打来电话的正是斯塔克。赛德能嗅出他的气味。他看看丽姿，知道她也能。

此时，韦斯正看着他，无疑在奇怪赛德为什么不接他刚装好的电话。

别担心，赛德想。别担心，他会等的。他知道我们在家里，你瞧。

“嗯，好吧，我们就不打扰你了，波蒙特夫——”普莱伯刚开口，丽姿便以冷静却异常痛苦的声音说：“我想最好请你们等一等。”

赛德接起电话，吼道：“你想要什么，狗娘养的？你他妈的到底想要什么？”

我们都吓了一跳。刚准备咬第一口香蕉的韦斯僵住了。联邦调查局的特工们猛地转过头。赛德发现自己极度希望艾伦·庞波没有去奥罗诺找休姆医生谈话，而是在这里。艾伦也不相信斯塔克，至少还没有相信，可至少他有人情味。赛德认为这些人可能也有，但他强烈怀疑他们是否明白他和丽姿也是普通人。

“是他，是他！”丽姿对普莱伯说。

“哦，天哪！”普莱伯说。他与另一名无畏的特工交换了一个完全困惑的眼神：现在我们他妈的该怎么办？

赛德听到并看到这些事情，但却与它们脱离开来。甚至与丽姿也隔绝了。现在只有斯塔克和他。他俩第一次重聚，正如杂耍演出的报幕员过去常说的那样。

“冷静下来，赛德。”乔治·斯塔克说。他听上去很开心。“没必要大惊小怪。”这声音跟他预料的一样。分毫不差。处处透着微妙的南方口音。

两名架线工把脑袋凑到一起，过了一小会儿，戴夫奔向控制车和后背电话。他依然攥着他的香蕉。韦斯则跑去地下室，检查声控录音机。

勇敢无畏的联邦调查局特工们站在客厅中央瞪着眼。他们看上去仿佛是想要互相拥抱以求得安慰，就像是在树林里迷路的孩子。

“你想要什么?”赛德以一种更为平静的语气重复道。

“哎呀，只是告诉你都结束了。”斯塔克说，“我今天中午解决了最后一个人——那个过去在达尔文出版社的会计部老板手下工作的小姑娘?”

他说这句话时，也带点南方口音。

“她是首先为那个克劳森提供信息的人。”斯塔克说，“警察们会找到她的，她住在市区的第二大街上。她的一部分在地板上；我把其他部分放在厨房的桌子上了。”他大笑起来。“这是很忙碌的一周，赛德。我忙得头头转。我只是打电话来让你安心。”

“我并不觉得安心。”赛德说。

“嗯，那就慢慢来，老伙计。慢慢来。我想我会南下，钓钓鱼。城市生活把我累坏了。”他笑笑，这种怪异的愉悦笑声让赛德毛骨悚然。

他在说谎。

赛德知道这点，就如同他知道斯塔克是等到电话追踪系统安装完毕才打电话来一样。他能这样感知到一些事情吗?答案是肯定的。斯塔克可能是从纽约市的某个地方打的电话，但他俩被一种看不见却不可否认的双胞胎之间的联系绑在一起。他们是双胞胎，一个整体的两半，赛德惊恐地发现自己飘出身体，沿着电话线飘出去，没有一路飘到纽约，没有，但飘到了半路；可能在西马萨诸塞州腹地的中心与这怪物相聚，他俩再度相聚并融为一体，正如每次他盖上打字机的盖子，拿起一支该死的贝洛牌黑美人铅笔时，他俩就会相聚并融为一体一样。

“你别他妈的撒谎！”他吼道。

联邦调查局特工们跳起来，仿佛他们被戳了屁股似的。

“嘿，赛德，这可不太好！”斯塔克说。他听上去很委屈。“你认为我会伤害你？见鬼，不会的！我是在替你报仇，兄弟！我知道我是不得不这么做的那个人。我知道你胆小如鼠，但我并不因此责怪你；这世界需要各种各样的人。我究竟为什么要报复你呢，如果我能把事情搞定，你会不喜欢？”

赛德的手指已经移到了他额头上的白色小疤痕处，正在揉搓那里，拼命揉搓以至于皮肤都发红了。他发现自己正试图——竭力试图把握住自己。坚守他自己的基本存在。

他在撒谎，我知道为什么，他知道我知道，他知道这没关系，因为没人会相信我。他知道这对他们而言有多古怪，他知道他们在听，他知道他们在思考什么……但他也知道他们是如何思考的，这让他能够很安全。他们认为他是一个精神变态者，只觉得自己是乔治·斯塔克，因为他们不得不这样想。所有其他的想法都有悖于他们所知晓的一切，有悖于他们自己的一切。这个世界上所有的指纹都不会改变那一切。他知道如果他暗示他不是乔治·斯塔克，如果他暗示他终于想通了这一点，他们就会放松下来。他们不会立刻取消警方的保护……但他可以加速他们这么做。

“你知道把你埋葬是谁的主意吗？是我的。”

“不，不！”斯塔克南方口音十足地说，“你被误导了，如此而已。当那个混球克劳森出现时，他把你吓坏了——就是那么回事。然后，你打电话给那个受过训练、自称为文学经纪人的家伙，他给了你一些实在差劲的建议。赛德，这就像是有人在你的餐桌上拉了一大堆屎，于是你打电话给你信任的人询问该怎么办，那人说：‘没关系的；在上面浇上些肉汁就行了。淋上肉汁的粪便在寒冷的夜晚吃起来味道很不错。’你永远不会主动去做那些事。我明白的，伙计。”

“这是个该死的谎言，你知道的。”

突然，他意识到这一切是多么完美，斯塔克是多么了解他所打交道的人。很快，他就会出来直接地坦白。他会出来直接坦白说他不是乔治·斯塔克。当他这么做时，他们会相信他。他们会去听此刻正在地下室转动的录音带，他们会相信录音带上的一切，艾伦和其他所有人都会相信。因为这不仅仅是他们想要相信的事情，还是他们已经相信的事情。

“我不知道这样的事情。”斯塔克平静地说，口气几近亲切。“我不会再打扰你了，赛德，但在我离开前，至少让我给你一条建议，也许对你有好处。你不要再认为我是乔治·斯塔克了。那是我犯下的错误。我不得不去杀掉一大堆人以使自己醒悟过来。”

赛德听到这话，大吃一惊。他本应该说点什么，但他似乎无法摆脱飘出自己身体的古怪感觉，也惊讶于这个男人会如此胆大妄为。

他想到了与艾伦·庞波没有结果的谈话，再次想知道当他虚构出斯塔克时，他是谁，开始斯塔克对他而言不过是另一个故事。信条的界线究竟在哪里？他是不是因为丧失了该界线才创造出这个怪物的？还是因为其他的因素，一种他看不见、只能在那些幽灵般的鸟叫声中听到的未知因素？

“我不知道。”斯塔克轻松地笑着说，“也许当我在那个地方时，我真的像他们说的一样疯狂。”

哦，很好，这很好，让他们去南部的疯人院查查是否有一个高大、宽肩膀的金发男人。这不会转移他们所有人的注意力，但这只是一个开始，不是吗？

赛德紧紧握住电话，脑袋由于愤怒而抽动着。

“但是对于自己所做的事情，我一点儿也不感到遗憾，因为我真的热爱那些书，赛德。当我……在那儿……在那个疯人院里时……我觉得它们是唯一能让我保持理智的东西。你知道吗？我现在感觉好多了。现在我明确知道自己是谁，这很了不起。我认为你可以把我的所作所为叫做治疗，但我不觉得它会很奏效，你说呢？”

“不要再撒谎了，该死的！”赛德吼道。

“我们可以讨论这个问题。”斯塔克说，“我们可以一路讨论下去，但这很耗费时间。我猜想他们叫你拖住我，让我别挂电话，是吗？”

不。他们不需要你不挂电话。你也知道这点。

“代我向你可爱的老婆问好。”斯塔克说，口气中几乎透着几分敬意。“照顾好你的孩子们。你自己放轻松一点，赛德。我不会再来打扰你了。这——”

“鸟是怎么回事？”赛德突然问道，“你听到鸟的声音吗，乔治？”

电话里突然一片寂静。赛德似乎可以感觉到这其中所包含的一丝惊讶……仿佛这场谈话中，第一次出现了情节不符合乔治·斯塔克精心准备的剧本。他不知道究竟是为什么，但仿佛他的神经末梢拥有了一些他身体其他部分所没有的神秘理解力。他有了片刻巨大的成就感——就像一名业余拳手，晃过了迈克·泰森的防御，并将这位世界拳王暂时击倒时所感受的那样。

“乔治——你听到鸟的声音吗？”

屋里唯一的声音是壁炉架上面的钟发出的滴答声。丽姿和联邦调查局的特工们都在盯着他看。

“我不明白你在说什么，伙计。”斯塔克慢慢地说，“你能——”

“不。”赛德说着狂笑起来。他的手指继续揉搓着前额上那块形状有点类似问号的白色小疤。“不，你不明白我在说什么，是吗？好吧，你听我来说，乔治。我听见鸟的声音。我还不知道它们是什么意思……但我会知道的。当我弄明白时……”

但他说不下去了。当他弄明白时，会发生什么？他不知道。

电话另一头的声音刻意强调地慢慢说道：“不管你在说什么，赛德，都无关紧要了。因为现在这一切都结束了。”

咯哒一声。斯塔克挂断了电话。赛德几乎感觉到他自己被人沿着电话线从西马萨诸塞州的那个神秘会面地点猛拉了回来，不是以光速或音速被人沿着电话线猛拉回来，而是以思考的速度被拉回来，被粗暴地重重打回他自己的身体里，斯塔克又没了躯壳。

上帝啊。

他扔下话筒，话筒斜着砸在电话机座上。他转过身，两腿僵硬得犹如高跷，他都懒得把电话听筒放放好。

戴夫从一个方向冲进房间，韦斯也从另一方向冲进来。

“设备运转得极好！”韦斯叫道。两名联邦调查局特工再次跳了起来。马隆“唷”地叫了一声，非常像漫画中女人发现老鼠时所发出的叫声。赛德试图想象这两人在面对一伙恐怖分子或持枪的银行劫匪时会是什么样子，但想象不出来。也许我只是太累了，他想。

两名架线工笨拙地扭了几下，互相拍拍对方的背，然后一起跑向外面的设备车。

“是他。”赛德对丽姿说，“他不承认是他，但是他。*就是他*。”

她走到他的身旁，紧紧抱住他，他需要这个拥抱——在她这么做之前，他并不知道自己如此需要它。

“我明白。”她在他的耳边低语，他把脸埋进她的头发里，闭上了眼睛。

2

喊叫声吵醒了双胞胎，他俩在楼上大哭起来。丽姿上楼去抱他们。赛德先是跟着她，接着又返回来把话筒在机座上放放好。电话立刻响了起来。是艾伦·庞波打来的。去见休姆医生的途中，他在位于奥罗诺的州警察局停下来喝一杯咖啡，刚好架线工戴夫通过无线电传来关于电话和初步追踪结果的消息。艾伦听上去非常兴奋。

“我们还没有完全追踪到，但我们知道电话是从纽约市打来的，区号为212。”他说，“五分钟后，我们就能确定具体的地点。”

“是他。”赛德重复道，“是斯塔克。他说他不是，但就是他。必须派人去查一下他提到的姑娘。名字大概是达拉·盖茨。”

“那个瓦萨尔来的有着难听鼻音的荡妇？”

“没错。”赛德说。尽管他怀疑达拉·盖茨是否依然在担心她的鼻子。他感到非常疲倦。

“我会把这个名字告诉纽约警察局。你感觉怎么样，赛德？”

“我还好。”

“丽姿呢？”

“现在别跟我客套，好吗？你听到我说的了吗？是他。不管他说什么，就是他。”

“嗯……我们不妨等追踪结果出来再看吧？”

他的声音里有种赛德之前不曾听到过的东西。不是那种他第一次意识到波蒙特一家在把乔治·斯塔克作为真人来讲时所表示出的谨慎怀疑，而是一种真实的困窘。赛德倒是很乐意原谅这种情绪，但是它在县治安官的声音里表现得太明显了。困窘，一种非常特别的困窘——那种当你觉得某人太疯狂、太愚蠢或太不自知而无法自己感觉到这点时所产生的困窘感。想到这里，赛德感受了几分夹带着不快的乐趣。

“好吧，我们等等看。”赛德同意说，“在我们等待期间，我希望你会继续去赴与我医生的约见。”

庞波回答说他要先再打另外一个电话什么的，但突然之间，赛德都不太在意了。他的胃里再度泛起一股酸气，这一回来势猛烈。狡猾的乔治，他想。他们认为他们看穿了他。他希望他们这么想。他留心守候着他们看穿他，当他们走开后，离得足够远后，老奸巨猾的乔治就会开着他那辆黑色的托罗纳多抵达。我能做什么来阻止他呢？

他不知道。

他挂上电话，切断了艾伦·庞波的声音，上楼去帮丽姿给双胞胎换穿下午的衣服。

他一直在回想被困在一条西马萨诸塞州乡下的电话线上是什么感觉，在黑暗中被困在地下与老奸巨猾的乔治·斯塔克在一起是什么感觉。那是一种置身于安兹韦尔的感觉。

3

十分钟后电话又响了起来。铃声在第二遍响了一半时中止了，架线工韦斯叫赛德来听电话。他便下楼了。

“联邦调查局的特工们在哪里?”他问韦斯。

有一瞬间，他真希望韦斯会说，联邦调查局的特工们?我没有看见任何联邦调查局的特工。

“他们?他们走了。”韦斯幅度很大地耸耸肩说，仿佛在问赛德是否指望过其他什么。“他们有那些电脑，如果没人摆弄它们，我猜会有人想怎么机器老是关着，那么他们可能就要削减经费什么的了。”

“他们做什么吗?”

“不。”韦斯简明地说。“在这类案子中，他们不做什么。或者他们干活，但他们做事时我都不在场。他们把事情记录下来，就做这个。然后他们将其输入电脑什么的。就像我说的那样。”

“我明白了。”

韦斯看看他的手表。“我和戴夫也要走了。设备会自动运转。你不用花一分钱。”

“很好。”赛德边说边走向电话，“谢谢你。”

“不客气，波蒙特先生?”

赛德转过身。

“如果我要读你的书，你觉得我是读以你自己的真名写的书好，还是读以另一个人的名字写的书好呢?”

“试一下以另一个人的名字写的书吧。”赛德说着接起电话，“情节更精彩。”

韦斯点点头，敬了个礼，便走出去了。

“喂?”赛德说。他觉得他应该在自己脑袋的一侧嫁接上一部电话。这样会省去许多时间与麻烦。当然，还要接上录音和追踪设备。他能把它装在背包里带来带去。

“嗨，赛德。是艾伦。我还在州警察局，听着，电话追踪的结果并不是太好。你朋友是从佩恩车站的一个电话亭打来的电话。”

赛德想起另一个架线工戴夫说过的话，他说安装所有这些昂贵的高科技设备只是为了追踪到一大堆从购物中心之类的地方打过来的电话。“你吃惊吗?”

“不。有点失望，但不吃惊。我们希望抓住破绽，不管你信不信，通常我们总会发现破绽，迟早的问题。我想今晚过来一下，可以吗？”

“好。”赛德说，“为什么不呢？如果没事干，我们可以打桥牌。”

“我们预期今晚能拿到声波记录。”

“就算你拿到他的录音又能怎么样呢？”

“不是录音，而是声波纹。一种图纹。”

“我不——”

“声波纹，是一种电脑生成的图纹，可以准确地描绘一个人的嗓音特质。”庞波说，“它跟口音无关，实际上——我们对口音、结巴、发音这些东西不感兴趣。电脑合成的是音质与音调——专家们所谓的头音——以及音色与回声，即所谓的胸腔音或肠音。它们是声音指纹，就像指纹，至今还没发现有哪两个人的声音指纹是完全相同的。我听说同卵双胞胎的声波纹间的区别远大于他们指纹的区别。”

他停了一下。

“我们已经把录音带做了一份高质量的拷贝送往华盛顿的FOLE。我们将获得你的声波纹与他的声波纹的比对结果。这边州警察局里的人想说我是疯了。我能从他们的面部表情上看出来，但有了指纹和你的不在场证明之后，没人敢跳出来这么说了。”

赛德张开嘴，想要说话，却说不出来，他舔舔嘴唇，又试了一下，还是不行。

“赛德？你是不是又要搁下我的电话了？”

“没有。”他说，突然之间他的声音有所转变。“谢谢你，艾伦。”

“不，别这么说。我知道你为什么谢我，我不想误导你。我正在做的一切都是遵循标准的调查程序。这次的程序有点奇怪，我承认，因为情况有点奇怪。但这不意味着你可以做没有根据的假设。明白我的意思吗？”

“是的。FOLE是什么？”

“F——？哦，是联邦执法部的缩写。这或许是尼克松入住白宫期间干的唯一一件好事了。它主要是由一大批计算机构成的，为地方执法部门集中处理一些信息……当然，那儿还有很多摆弄计算机的人。我们可以查看大约从一九六九年起所有在美国被判重罪者的指纹。FOLE还提供弹道比对报告，已知重罪犯的血型，声波纹和电脑生成的嫌疑犯照片。”

“那么我们将知道我的声音和他的——”

“没错。我们应该会在七点前知道结果。如果那儿很忙的话，就是八点。”

赛德摇头说：“我们的声音听起来一点也不像。”

“我听过磁带，我知道这点。”庞波说，“让我重复一遍：声波纹与一个人讲话的声音毫无关系。头音与肠音，赛德，两者区别很大。”

“可是——”

“告诉我，你觉得艾尔默·法德和达菲鸭的声音听起来一样吗？”

赛德眨眨眼。“嗯……不一样。”

“我也觉得不一样。”庞波说，“但是给他俩配音的都是一个名叫梅尔·布兰科的家伙……更不用说由他配音的其他角色了，如宾尼兔、翠迪鸟、来亨鸡福亨等，天知道有多少。我必须挂了。今晚见，好吗？”

“好。”

“我会在七点半到九点间到，可以吗？”

“我们等你，艾伦。”

“好。不管情况怎么样，我明天都要赶回罗克堡，除非案子有什么出人意料的突破，否则我会留在那儿。”

“指纹调查还是在进行，是吗？”赛德说，他想：毕竟，这是他能有所指望的。

“对——我还有其他许多事情要忙。没有一件事像这个案子一样重要，但罗克堡的人付我工资就是让我做这些事情的。你明白我的意思吗？”这对赛德而言似乎是一个严肃的问题，而非谈话中随口说的话。

“是的，我明白。”我俩都明白。我和……狡猾的乔治。

“我必须挂了，但你会看到州警察局的巡逻车二十四小时停在你家门口，直到这事了结。那些人很猛，赛德。如果说纽约警察守卫时有点大意的话，保护你的这些人是不会的。不会忘掉你，或让你和你的家人自己应对这一切。大家会继续调查这个案子，在此期间，有人会保护你和你的家人。你明白的，是吗？”

“是的，我明白。”他又想：今天。明天。下周。可能是下个月。但明年呢？不可能。我知道的。他也知道。目前他们还没有完全相信他所说的，关于他已经恢复理智、洗手不干的话。之后，他们会……随着时间一周周地过去，且一切太平的话，他们再不相信就是傻了。从经济角度考虑，他们也会相信的。因为乔治和我都明白这世界是如何按其既定的轨道围绕太阳转的，正如我们明白当大家去忙其他事后，乔治就会立刻出现来收拾我。收拾我们。

4

十五分钟后，艾伦仍待在奥罗诺的州警察局里，仍在断断续续地打电话。电话线路上喀哒一声响。一个年轻女人略带歉意地对他说：“您能稍等一会儿吗，庞波警长？电脑今天有点慢。”

艾伦想告诉她自己是一位县治安官，不是警长，但又懒得说了。这是每个人都犯过的错误。“没问题。”他说。

喀哒一声。

他又回到了等待的状态，二十世纪后半叶版的地狱边境。

他坐在州警察局后面一间狭促的小办公室里；再往后走一点就到灌木丛了。这个房间里堆满了灰扑扑的文件。唯一一张办公桌还是一张破课桌，就是那种桌面倾斜的，用铰链和桌体连在一起，上面还带个墨水池的课桌。艾伦用膝盖使之保持平衡，并无聊地将它前后摇来摇去。同时，他还在桌面上把一张纸转来转去。纸上庞波用整洁的小字写了两条信息：休·普瑞查德；伯根菲尔德县医院，伯根菲尔德，新泽西。

他想到半小时前与赛德的最后一次谈话。在那次谈话中，他告诉赛德，如果那个自认为是乔治·斯塔克的老疯子出现，勇敢的州警察会保护她和他的妻子。艾伦想知道赛德是否相信他的话。他对此有所怀疑。他猜想一个靠写小说为生的人对不切实际的童话会十分敏感。

嗯，他们会努力保护赛德和丽姿，在这点上可以相信他们。但艾伦一直记得一九八五年发生在班戈的一件事情。

一名女性遭受关系不和的丈夫毒打，丈夫威胁说如果她继续寻求离婚，会回来杀死她，该名女性要求后得到了警方的保护。两个星期里，男人什么也没干。班戈警察局正想撤销保护时，她的丈夫出现了，他开了一辆洗衣店的卡车，穿着背面印有洗衣店名字的绿色工作服，拿着一包衣服走到门口。如果他来得早些，是在保护指令刚下达的时候，那么即使他穿着制服，警察应该也能认出他，但这种假设毫无意义。当他真的现身时，警察没有认出他。他敲敲门，女人开门后，她的丈夫从裤兜内拔出一把枪，打死了她。不等被派去保护她的警察完全反应过来发生了什么，不等他们从警车里出来，男人就站在门廊里举起了双手。“别开枪。”他平静地说，“我干完了。”事后发现卡车和制服都是他从一个酒友那里借来的，那哥们根本就不知道罪犯与他老婆关系不好。

要义很简单：假如一个人真想要你的命，只要这人稍微有点运气，他就能结果你。瞧瞧奥斯瓦德[①]；瞧瞧查普曼[②]；瞧瞧斯塔克这家伙在纽约对那些人所干的事情。

喀哒。

“您还在吗，警长？”从伯根菲尔德县医院传来了一个明亮的女声。

“在。”他说，“还在这里。”

“我有你要的信息。”她说，“休·普瑞查德医生在一九七八年退休了。我有他在怀俄明州福特罗拉米的地址与电话号码。”

---

① 刺杀肯尼迪的嫌疑犯。

② 射杀约翰·列侬的罪犯。

“那请你告诉我吧？”

她告诉了他。艾伦谢谢她，挂了电话，拨了她给的号码。电话响了半声，答录机就插进来，开始对赛德的耳朵宣读一段事先录好的冗长声明。

“嗨，我是休·普瑞查德。”一个沙哑的声音说。嗯，艾伦想，不管怎么说，这家伙还没死——这是朝正确方向迈出的一步。“海尔格和我现在不在家。我大概在打高尔夫；天知道海尔格在忙什么。”接着是老头沙哑的笑声。“如果你有事，请在提示音后留言。你有大约三十秒钟时间。”

嘟——嘟！

“普瑞查德医生，我是治安官艾伦·庞波。”他说，“我是缅因州的一名县执法长官。我需要与您谈谈关于一位名叫赛德·波蒙特的男子的事情。您在一九六〇年动手术切除了他脑子里的一个肿瘤，当时他十一岁。请打由我们付费的奥罗诺州警察局电话——207-555-2121。谢谢。”

说完，他轻微有点出汗。对答录机讲话总是让他感觉自己犹如《争分夺秒》[1]里的参赛者。

你为什么非要忙这些？

他给赛德的答案很简单：例行公事。这样一个轻描淡写的回答连艾伦自己都无法满意，因为他知道这不是例行公事。如果这个普瑞查德给那个自称为斯塔克的男人做过手术——那么一切才能算例行公事（当然，那个男人现在不是斯塔克了，他说他知道自己到底是谁了），但普瑞查德没有，他给波蒙特做过手术，并且无论如何，那也是二十八年前的事了。

那为什么非要忙这些呢？

因为一切都不对劲，这就是为什么。指纹不对劲，从烟头上提取到的血型不对劲，这人所表现出的聪明和杀人的狂怒不对劲，赛德和丽姿坚持说笔名变成了真人也不对劲——这是最不对劲的一件事。只

---

① 美国的一档电视游戏节目。

有两个疯子才会如此断言。州警察接受了这个男人的说法，他说他现在彻底明白自己到底是谁了。对艾伦而言，这就像一张面值三美元的纸币一样假。显然是骗局、诡计和借口。

艾伦认为这个男人可能还会来。

但这些都不能回答上面的问题，他在心中低语。你为什么非要忙这些？你为什么要打电话到怀俄明州的福特罗拉米，寻找一位很可能不记得来自小地方的赛德·波蒙特的老医生？

因为我没有更好的事情可做，他烦躁地回答自己。因为我在这里打电话不会有市政管理委员会的人为长途话费而啰嗦。还因为他们相信笔名变成了真人——赛德和丽姿。这很疯狂，确实，但他们在其他方面看起来都神智健全……可是，该死的，他们却相信笔名变成了真人。这不意味着我也相信。

他没有相信。

他相信了吗？

这天过得很慢。普瑞查德医生没有回电。但八点刚过，声波纹的比对报告就出来了，结果让人诧异。

5

声波纹的比对报告与赛德预想的完全不同。

他原以为那会是一张印满了起伏的曲线图表的纸，艾伦将试图解释它们的意思。他和丽姿则会聪明地点头，就像大家在听人解释一件复杂到他们无法理解的事情时所做的那样，因为他们明白如果他们提问，那么随后的解释将变得更难理解。

可艾伦向他们展示的却是两张普通的白纸。每张纸的中间都画着一道线。这道线有一些突出点，它们总是两三个同时出现，但大部分时候，线都是平缓的正弦波（尽管有些缺乏规律）。你只要裸眼从一道线看到另一道线，就会发现它们不是完全一样，就是非常雷同。

“就是这样？”丽姿问。

“不仅如此。”艾伦说，“瞧。”他把一张纸拉到另一张纸的上面。这么做时，架势就像是一位魔术师在表演一个特别巧妙的魔术。他把两张纸举起来对着光线。赛德和丽姿盯着两张纸看。

“它们真的是，完全一样。”丽姿用一种敬畏的口气轻轻地说。

“嗯……不完全一样。”艾伦指着下面那层纸上的声波纹线条与上层纸略有差异的三个点。透出的一个差异点略高于上层纸上的声波纹线条，另两个点则略低。这三处不同点都在线条升高的地方。正弦波本身看起来完全吻合。“不同点是在赛德的声波纹上，而且只在重读处。”艾伦依次敲敲这三个点。“这里：‘你想要什么，狗娘养的？你他妈的到底想要什么？’还有这里：‘这是个该死的谎言，你知道的。’最后这个：‘不要再撒谎了，该死的！’现在每个人都在关注这三分钟的差异，因为他们想坚持他们的假设，即没有两个声波纹会完全一样。但事实却是，斯塔克讲话时没有任何重读。这畜生始终非常冷静、镇定和泰然自若。”

“是的。”赛德说，“他听起来就像是在喝柠檬汽水。”

艾伦把声波纹比对图放在茶几上。“州警察总部里没人真的相信这是两份声波纹，即使存在微小的差异。”他说，“我们很快就从华盛顿取回了声波纹报告。我这么晚才来的原因是，奥古斯塔的专家看过它们后，想要一份磁带拷贝。我们通过东方航空从班戈出发的一架定期往返班机把拷贝送了过去，他们用一种名为‘音频增强器’的装置播放它。他们利用这种装置来区分接受调查的人是真的说了那些话，还是他们听到的录在磁带上的声音。”

“是真实的声音还是录在磁带上的声音？”赛德说。他正坐在壁炉边，喝苏打水。

丽姿看过声波纹比对图后回到了游戏围栏旁。她双腿交叉坐在地板上，努力不让正在查看彼此脚趾的威廉和温迪的头撞到一起。“他们为什么要那么做？”

艾伦冲赛德竖起大拇指，后者咧着嘴苦笑。“你丈夫知道的。”

赛德问艾伦：“存在这些峰值的差别，他们至少能自欺地认为是两个声音在说话，即使他们知道事实并非如此——这是你的观点，是吗？”

“嗯。即使我从来没听说过类似这样的声波纹，当然，在声波纹、指纹、脚印和轮胎印方面，我的经验远不及 FOLE 里那些靠研究它们为生的人，甚至还不如奥古斯塔那边的人，他们或多或少什么都懂一点。但我确实读过相关文献，当结果传回来时，我就在那里，赛德。”他耸耸肩膀说，“他们在自欺，没错，但他们的态度也不是很坚持。”

“他们找到了三个小差异，但这并不够。问题在于我的声音里存在重读，而斯塔克的声音里则没有。于是他们用上了这个声音增强器，以期有所发现。事实上，他们是希望发现斯塔克那头的声音是事先录在磁带上的。或许是我录的。”他冲艾伦扬起一条眉毛。“我说得对吗？”

“不仅对，而且分析得非常透彻。”

“那是我听过的最不切实际的事情。”丽姿说。

赛德干笑一声。“整件事情就不切实际。他们认为我能改变自己的声音，就像理查德·卡鲁瑟斯[①]……或梅尔·布兰科。认为我以乔治·斯塔克的声音录制了一盘磁带，在磁带上故意留出能让我在目击者面前以自己的声音回答的停顿时间。当然，我必须购买一种能够将录音机与一部付费电话接通的设备。有这样的设备，是吗，艾伦？”

“当然有。电器商店到处都有卖，或拨打那种随时有人接听的电视购物热线。”

“好。另外，我需要一个同谋——一个我信任的人，他要去佩恩车站，把录音机接到一部看起来正在做最后一笔生意的公用电话上，然后在合适的时间拨打我家的电话。然后——”他突然打住了。“通话费是怎么付的呢？我忘记这点。它不是由接电话的人付费的。”

“你的电话信用卡号被使用了。”艾伦说，“你显然是把卡号给了

① 拥有加拿大和美国双重国籍的著名声音表演大师。

你的同谋。”

“对，显然是这样的。这出骗局一旦开始，我只需要做两件事。一是确保我自己接电话。二是记住我自己的台词，并将它们插入相应的停顿。我做得很好，你说呢，艾伦？”

“对，棒极了。”

“我的同谋按剧本，在他应该挂断电话时，挂了电话。他从公用电话上拔掉录音机，把它夹在胳膊下——”

“不，是把它放进口袋里。”艾伦说，“商店里卖的那玩意儿很高级，连中央情报局的人也是在那里买的。”

“好吧，他把它放进口袋里，就走开了。结果就是人们看到并听到我跟五百英里之外的一个男人进行了一场对话，那男人的声音听上去与我不同——事实上，他听起来有一点点南方口音——但他的声波纹却与我的一样。这是指纹事件的重演，不过是程度更甚而已。”他看着庞波，等他确认。

“仔细想想，折腾这一切都够去朴茨茅斯旅游一次了。”

“谢谢。”

“不客气。”

“那不仅是疯狂。”丽姿说，“完全难以置信。我想那些人都应该有点头脑——”

在她注意力分散时，双胞胎的脑袋终于撞到了一起，他们开始大哭。丽姿抱起威廉。赛德救起温迪。

当孩子们不再哭闹后，艾伦说：“这让人难以置信，是的。你明白，我明白，他们也明白。在侦破罪案方面，柯南·道尔笔下的夏洛克·福尔摩斯说的事情中至少有一件还是对的：当你排除了所有不可能的解释后，剩下的就是你的答案……无论它听上去是多么的不真实。”

“我想原句要更为文雅一点。”赛德说。

艾伦咧嘴一笑。“去你的。”

“你们俩可能觉得这很好笑，但我不这样认为。”丽姿说。“赛德要是干出这样的事情，他准是疯了。当然，警察或许认为我俩都疯了。”

“他们没这么想。”艾伦严肃地回答，“至少现在还没这么想，只要你们不把那些不可思议的故事说出去，他们就不会这么想。”

“你的看法是什么，艾伦？”赛德问。“我们已经把那些不可思议的故事全都告诉了你——你怎么想呢？”

“我不认为你们疯了。如果我相信你们是疯子，那么一切就会变得简单许多。我不知道现在是怎么回事。”

“你从休姆医生那儿听说了什么？”丽姿想要知道。

“小时候给赛德开刀的医生的名字。”艾伦说，“那个医生名叫休·普瑞查德——还记得这名字吗，赛德？”

赛德皱起眉头，认真地想了想。最后他说：“我想我记得……但我可能只是在自欺。这是很久之前的事情了。”

丽姿俯身向前，眼睛发亮。安然置身于他妈妈腿上的威廉瞪眼看着艾伦。“普瑞查德跟你说了什么？”她问。

“什么都没说。接我电话的是他的答录机——这让我推测这人还活着——仅此而已。我留了一条口信。”

丽姿靠回椅子上，显然很失望。

“我的检查结果呢？”赛德问，“休姆拿到结果了吗？难道他没告诉你？”

“他说，当他拿到结果后，你会是第一个知道的人。”艾伦说着咧嘴笑笑，“休姆医生似乎很不情愿告诉一位县治安官任何事情。”

“乔治·休姆就是如此。”赛德笑笑说。“他很难搞。”

艾伦在位子上动了一下。

“你想喝点什么吗，艾伦？”丽姿问，“来罐啤酒或百事可乐？”

“不用了，谢谢。让我们回到州警察相信什么、不相信什么的话题上。他们不相信你俩参与犯罪，但他们保留相信你们可能参与的权利。他们知道他们不能将昨晚和今天早晨的事情归到你头上，赛德。或许存在一名同谋——假设两件事情是同一个人干的，他用录音机设置了骗局——但不是你，因为当时你在这里。”

“达拉·盖茨怎么样了？”赛德平静地问，“就是那个在审计办公室工作的女孩?”

“死了。正如他所提示的，女孩被肢解得很厉害，但她先被一枪击中了头部，所以没有受罪。”

“这是瞎说。”

艾伦朝他眨眨眼。

“他不会那么便宜她的。以他对克劳森的所作所为，他不会便宜达拉的。毕竟她是最初的泄密者，不是吗?克劳森拿钱引诱她——从克劳森的经济状况判断，不会是很多钱——她回报以内幕。所以别跟我说他在肢解她前，先给了她一枪，以及她没有受罪。”

“好吧。”艾伦说，“实际不是那样的。你真的想知道实际情况吗?”

“不想。”丽姿马上说道。

屋里陷入一阵令人压抑的沉默。连双胞胎都似乎感觉到了，他们非常严肃地看着对方。最后，赛德说：“让我再问你一遍：你是怎么想的?现在你是什么看法?”

“我没有看法。我知道你没有录下斯塔克那头的讲话，因为声音增强器没有发现任何磁带的嘶嘶声，当你调高音量时，你还能听见佩恩车站里的喇叭播报前往波士顿的‘朝圣者’号在第三轨道上准备就绪，乘客们可以登车。今天下午，‘朝圣者’号确实停在第三轨道上。乘客们下午两点三十六分开始登车，正好与你们的谈话时间相符。但我甚至不需要那个证明。如果斯塔克那端的讲话是录在磁带上的，那么我一提到声音增强器，你或丽姿就会问我结果。但你俩都没这么做。”

“尽管如此，你依然不相信，是吗?”赛德说，“我的意思是，你有所动摇——它足以让你真的努力去寻找普瑞查德医生——但你真的无法知道到底是怎么回事，不是吗?”连他自己都觉得这话听起来很沮丧，让人烦恼。

“那家伙自己都承认他不是斯塔克。”

“哦，是的。他也很真诚的。”赛德笑了。

“你的举动仿佛是在说这没有让你感到惊讶。”

“没有。让你感到惊讶了？”

“坦白说，是的。确实是。历经千辛万苦确定的案情，即你和他有着相同的指纹、相同的声波纹——”

“艾伦，停一下。”赛德说。

艾伦停下来，探询地看着赛德。

“今天早晨我告诉你说，我认为乔治·斯塔克在干这些事。他不是我的同谋，也不是一个想出办法套用他人指纹的精神病患者——他时而疯狂杀人、时而忘记自己的身份——当时你不相信我的话，那么现在你相信吗？”

“不，赛德。我希望我能给你不同的答案，但我所能做到的就是：我相信你们是这么认为的。”他将丽姿也纳入凝视范围。“你俩都是如此。”

“我不得不接受事实，因为任何一点不警惕都可能让我遭受杀身之祸。”赛德说，“我和我的家人都很危险。此刻，听到你说你没有看法让我心里舒服了一点。不算很大的安慰，但至少是向前迈进了一步。我想跟你说明的是：指纹和声波纹其实无关紧要，斯塔克知道的。你可以说，你只是想排除不可能的，接受所剩下的，无论剩下的是多么不可能，但这样行不通。你不接受斯塔克，而他正是你排除不可能后所剩下的。让我这样说吧，艾伦：如果你有这么多证据表明你的脑子里长了一个肿瘤，你会去医院接受手术，即使你很有可能无法活着出来。”

艾伦张开嘴，摇摇头，又猛地闭上了嘴巴。除了钟的滴答声以及双胞胎所发出的轻柔咿呀声，客厅里没有其他动静，赛德突然觉得自己已经度过了全部的成人时光。

“一方面，你有足够的确凿证据去打一场有说服力的详尽官司。”赛德轻轻地继续说道，“另一方面，你听到他在电话上缺乏根据地宣称他已经‘恢复了理智’，并且‘现在知道他是谁了’。你将忽略证据，而去相信他的断言？”

“不，赛德。那不是真的。我不会立刻接受任何断言——无论是你的，还是你妻子的，更不会接受一个打电话来的男人的断言。我的全部选择依然都是开放的。”

赛德突然把大拇指举过肩膀，指指身后的窗户。透过轻轻飘动的窗帘，他们可以看见州警察局守护波蒙特一家的警车。

“他们呢？他们的全部选择也依然开放吗？我真希望是你待在这儿，艾伦——你和一大群州警察，我会选你，因为你至少还有一只眼睛半睁着。他们的眼睛全都紧紧闭上了。”

“赛德——”

“没关系。”赛德说，“那是真的。你知道……他也知道。他会等待。当每个人都认为事情已经结束，波蒙特一家安全了，当所有的警察都打道回府时，乔治·斯塔克会来这里。”

他停下来，表情忧郁复杂。艾伦从中读出了痛苦、决心和恐惧。

“现在我要告诉你们一些事情——我要告诉你们两个。我完全知道他想要什么。他想要我用斯塔克为笔名再写一本小说——大概是再写一本关于亚历克西斯·马辛的小说。我不知道自己是否能这么做，但如果这能起到一些好的作用，我会尝试的。我将放弃《金毛狗》，今晚就开始以斯塔克的名义写新书。”

“赛德，不要！”丽姿喊道。

“不要担心。”他说，“这不会要我的命。不要问我是怎么知道的，我就是知道。但如果我的死亡是一切的终结，我可能依然会试试。但我不认为这会发生。因为我根本不认为他是一个人。”

艾伦沉默了。

“所以！”赛德说，口气犹如在了结一桩很重要的事情。“事情就是这样。我不能写，我不愿写，我不该写。这就意味着他会来。当他来了，天知道会发生什么。”

“赛德。”艾伦艰难地说，“你需要想开点，仅此而已。当你想开了，一切可能都会……烟消云散。就像马利筋植物的绒毛，一阵风就吹散了。就像早晨被遗忘的噩梦。”

“我们不是需要想开点。”丽姿说。他们看看她，发现她在默默地哭泣。不是哭得很厉害，但可以看到眼泪。“我们是需要有人去解决掉他。”

6

艾伦第二天凌晨回到罗克堡，到家时快两点钟了。他尽量轻手轻脚地走进屋子，发现安妮又没有激活防盗警报。他不想为此与她争执——她的偏头痛最近发作得更频繁了——但他认为自己迟早会不得不跟她说一下。

他开始上楼，一手拿着鞋子，移动流畅得仿佛在飘。他的姿态非常优雅，与赛德·波蒙特的笨拙正好相反，但他很少展示这种优雅。他的身体似乎知晓一些他觉得尴尬的动作的奥秘。现在，在这样的寂静中，没必要隐藏它，于是他如幽灵一般轻巧地走着。

上楼上到一半，他停了下来……又走下楼梯。他在客厅边有一间小私室，不过是一个装修过的杂物间，里面放着一张写字台和一些书架，但足以满足他的需要。他努力不把工作带回家，有时做不到，但他总是尽量。

他关上门，打开灯，看着电话机。

*你不是真的要这么做，是吗？*他问自己。*我的意思是，洛基山脉时间现在已经差不多是半夜了，而且这人不仅是一位退休医生，他是一位退休的神经外科医生。你把他吵醒，他很可能会骂你。*

接着艾伦想到了丽姿·波蒙特的眼睛——她那双充满惊恐的黑眼睛——他决定还是要这么做。这或许还能有点好处。深更半夜的一个电话会让普瑞查德医生意识到这是非常重要的事情，从而认真思考。然后艾伦就能在一个更合适的时间再给他电话。

*谁知道呢，*他没抱很多希望（却带着点幽默）地想，*或许他怀念半夜接到电话的经历。*

艾伦从制服上衣的口袋里拿出那张纸片，拨打了休·普瑞查德在福特罗拉米的电话。

他本不需要担心。与之前一样，铃响后答录机切进来，播放了同一段话。

他沉思着挂上电话，在书桌后坐下。鹅颈式台灯在桌上投下一片圆形的光影，艾伦开始在灯光下用手做出各种动物的影子——兔子、小狗、老鹰，还有一只挺像的袋鼠。和他身体的其余部分一样，当他独自一人放松时，他的手也会展现出那种深刻的优雅；在那些异常灵活的手指下面，动物们似乎列队般地走过台灯投射下的聚光圈，一个紧接着另一个。这套小把戏一直让他的孩子们着迷，逗得他们发笑，也常常能让他焦虑的心情平静下来。

此刻它却不管用。

普瑞查德医生死了。斯塔克也干掉了他。

当然，这不可能。如果有人拿枪指着他的脑袋，他想他会承认有鬼存在，但也无法相信一个鬼魂般的致命超人能一跃穿过整片大陆。他能想出好几个某人为什么可能在夜间打开电话答录机的理由。没有一个理由是为了避免缅因州罗克堡县治安官艾伦·庞波这样的陌生人半夜来电打扰。

对，但他死了。他和他的妻子都死了。她叫什么？海尔格。“我大概在打高尔夫；天知道海尔格在忙什么。”但我知道海尔格在忙什么；我知道你们两个在忙什么。你俩都被割断喉咙躺在血泊中，我是这样想的，你们位于怀俄明州的家的客厅墙壁上写着一行字：麻雀又在飞了。

艾伦·庞波打了一个寒颤。这种想法太疯狂了，但他还是禁不住哆嗦了一下，仿佛有一股电流穿过他的身体。

他拨通怀俄明州的查号服务，取得了福特罗拉米县治安官办公室的电话，又打过去。接他电话的是一个听上去睡意蒙眬的调度员。艾伦说明自己的身份后，告诉调度员他一直在试图联系谁，以及他住在哪里，接着他询问他们是否把普瑞查德医生和他的妻子记录在度假人员名单上了。如果医生和他的妻子出去度假——快到度假季节了——他们很可能会通知当地警局，让他们帮忙留意一下空着的房子。

“嗯。”调度员说，“你为什么不给我你的电话呢？我有了消息就给你回电。”

艾伦叹了一口气。这不过是更为标准的办事流程而已。更是浪费时间，坦白说。这家伙在核实艾伦的身份之前，不愿透露任何信息。

“不。”他说，“我是从家里打来的，现在已是半夜——”

“这儿也不是大中午，庞波长官。”调度员简洁地回答。

艾伦又叹气。“我确定是这样的。”他说，“我也确定你的妻子和孩子们并没有睡在你楼上。这么做，我的朋友：给缅因州牛津县的州警察局打电话——我会给你号码——核实我的名字。他们会给你我的工作证号码。我大约十分钟后再打回来，届时我们就能交换信息了。”

“告诉我号码。”调度员说，但他听上去不是太高兴。艾伦猜想他可能打断这人看夜间节目或这个月的《阁楼》杂志了。

“是关于什么事情？”调度员与艾伦核对完缅因州警察局电话后问道。

“谋杀调查。”艾伦说，“而且事情紧迫。我不是为了自己的健康而打电话给你的，伙计。”挂上电话。

他坐在书桌后面，边用手指做出各种动物造型的阴影，边等待时钟上的秒针绕完十圈。时间似乎过得很慢。五分钟后，书房门开了，安妮走进来。她穿着粉色的睡袍，在他看来显得有点鬼气。他感觉自己的身体又想发抖了，仿佛他遥望未来，看到了一些让人不快的东西。甚至是令人作呕。

*如果他的目标是我，我会有什么感觉？*他突然想知道。*我和安妮、托比和托德？我会感觉怎么样，如果我知道他……并且没有人相信我？*

“艾伦，你在干什么？这么晚了还坐在这里？”

他微笑地站起来，轻松地吻她。“只是在等药劲消退。”他说。

“别瞎扯，说真的——是因为波蒙特的事情吗？”

“是的。我在试图联系一位可能知情的医生。接听的一直是答录机，于是我打电话给那儿的县治安官办公室，看看他是否在他们的度假人员名单上。那边接我电话的人大概正在查验我的身份。”他关切地看着安妮。“你怎么样了，亲爱的？今晚头疼吗？”

“不疼。”她说，“但我听到你进来的。”她微微一笑。“只要你想，你就是世界上最轻手轻脚的男人，但你拿你的汽车没办法。”

他抱抱她。

“你想喝杯茶吗？”她问。

“天哪，不。如果你想喝的话，就来杯牛奶吧。”

她走开一分钟后，拿着牛奶回来了。“波蒙特先生是怎样一个人？”她问，“我在镇上见过他，他的妻子有时来商店，但我从来没跟他讲过话。”她指的是一位名叫波利·查尔姆斯的妇女经营的缝纫店。安妮·庞波曾在那儿干过四年兼职。

艾伦想了想。“我喜欢他。”他最后说。“起初我不喜欢他——我觉得他是一个冷冰冰的人。但我看到他处在困难的情况下，他就是……有点冷淡。这可能与他谋生的职业有关。”

“他写的两本书，我都非常喜欢。”安妮说。

他抬起眉毛。“我不知道你看过他的书。”

“你从来没问过，艾伦。后来，当关于他的笔名的故事曝光时，我还去看了他用笔名写的一本书。”

“不好吗？”

“很可怕。非常吓人。我没有读完。我无法相信它们是同一个人写的。”

*你知道吗，宝贝？*艾伦想。*他也无法相信。*

“你应该重新回到床上去。”他说，“否则你醒来又会头痛的。”

她摇摇头。“我想头痛怪已经走了，至少暂时如此。”她从低垂的睫毛下看了他一眼。“你上来时，我还会醒着……如果你不是太晚上来的话。”

他握住她粉色丝质睡袍下的一个乳房，亲了亲她张开的嘴唇。“我尽快上来。”

她走开了，艾伦发现已经过了十多分钟。他又打电话到怀俄明，接电话的还是那个睡意蒙眬的调度员。

“我以为你忘记我了，我的朋友。”

“一点也没有。”艾伦说。

“介意把你的工作证号码报给我吗，长官？”

“109-44-205-ME。”

“我想你的身份是真的，好吧。抱歉这么晚还让你听了那些废话，庞波长官，但我想你能理解。”

“是的。关于普瑞查德医生，你能告诉我些什么?”

“哦，他和他的妻子被列入了度假人员名单，没错。”调度员说，“他们在黄石公园露营，直到这个月底。”

在那儿，艾伦想。你看到了吧？你半夜在这儿疑神疑鬼。他们没被割断喉咙。墙壁上也没写字。只是两个老家伙去露营了。

但他并没有感觉轻松，至少在未来的几周内，很难找到普瑞查德医生。

“如果我需要给他留个话，你认为我能做到吗?”艾伦问。

“我想可以。”调度员说，“你可以给黄石的公园管理局打电话。他们会知道他在哪里，或是应该在哪里。也许要花点时间，但他们大概能替你找到他。我见过他一两次。他看上去是一个很和蔼的老人。”

“嗯，很好。”艾伦说，“谢谢你。”

“不客气——这是我们应该做。”艾伦听到隐约的翻书声，他能想象这个普通的调度员又在十万八千里之外拿起了《阁楼》。

“晚安。”他说。

“晚安，长官。”

艾伦挂上电话，望着黑乎乎的窗外，在原位坐了一会儿。

他就在那儿。某个地方。他还会来的。

艾伦再次想到，如果是他自己的生命以及安妮和他的孩子们的生命受到威胁，他会是什么感觉。他想，如果他知道一切，却没人相信他所知道的，他会是什么感觉。

*你又把工作带回家了，亲爱的，*他在脑海里听到安妮说。

没错。十五分钟前，他确信——即使不是头脑的判断，也是神经末梢传递给他的感觉——休和海尔格·普瑞查德倒在血泊中。这不是真的，今晚他们正平静地睡在黄石国家公园的星空下。直觉就是如此，它们有时会弃你而去。

*当我们发现事情的真相时，赛德就会是这样的感觉吧，*他想。当

我们找到解释时，可能会发现它很奇怪、违反了所有的自然规律。

他真的这么认为吗？

是的，他想——他真的这么认为。至少他的头脑如此认为。他的神经末梢却不是那么肯定。

艾伦喝完牛奶，关掉台灯，走到楼上。安妮还醒着，脱得一丝不挂。她抱住他，于是艾伦高兴地让自己忘掉其他的一切。

7

两天后，斯塔克又打来电话。赛德·波蒙特当时正在戴夫市场。

戴夫市场是一个夫妻老婆店，与波蒙特家在同一条马路上，两者间大约相距一英里半。嫌去布鲁尔的超市太过麻烦时，大家就会去这家商店。

周五那天傍晚，赛德去店里买六罐百事可乐、一些薯片和蘸酱。保护他们家的警察之一与他驾车同去。那是六月十日晚上六点半，天还很亮。郁郁葱葱的美丽夏季再度来到了缅因。

警察坐在车里，赛德进店买东西。他拿了汽水，电话响的时候，他正在查看成排的蘸酱（如果你不喜欢蛤蜊口味的，那就选洋葱口味的）。

他立刻抬起头，想：*噢，好吧*。

柜台后面的罗莎莉接起电话，说了声“嗨”，听了一会儿，然后就把听筒递给了柜台外面的他，他料到她会这么做。那种梦幻般的预感再次将他吞没。

“电话，波蒙特先生。”

他相当镇定。心脏猛跳了一下，但只有一下。现在它以正常的速度跳动。他没有出汗。

也没有鸟的声音。

与三天前不同，这次他一点儿也不觉得恐惧或愤怒。他都懒得问罗莎莉是不是他老婆打来的，让他在这里买一打鸡蛋或一盒橙汁。他知道是谁打来的。

他站在彩票机旁边，绿色的屏幕显示上周没人中彩，这周奖池里已累积了四百万美元。他从罗莎莉手中接过电话，说：“你好，乔治。”

“你好，赛德。”还是略带南方口音，但乡下人的气息已经完全没有了——这让赛德意识到斯塔克强烈想要巧妙传递出的感觉，“嗨，男孩们，我不是太聪明，但我还是摆脱了乡下口音，不是吗？”

当然，现在只有男孩们，赛德想。只有几个白人小说家站在周围，说话。

“你想要什么？”

“你知道这个问题的答案。我们不必玩游戏，对吗？玩游戏有点太晚了。”

“也许我只是想听你大声说出来。”那种感觉又回来了，那种自己被吸出身体、沿着电话线被拉到他俩正中间的感觉又回来了。

罗莎莉走到柜台的另一头，她从一堆纸箱中取出一包包香烟，放进长形的售卖盒中。她装出没有在听赛德讲话的样子，但装得很拙劣。拉德洛没人不知道——至少在镇子的这头——赛德正处在警方的守卫、保护之下，他不必亲耳听到就知道流言已经满天飞了。人们不是认为他将因贩毒而被捕，就肯定是认为他虐待儿童或殴打了妻子。可怜的老罗莎莉正在那儿竭力想表现得友善，赛德对此很是感激。他还觉得自己仿佛是通过拿倒的高倍望远镜在看她。他在电话线上，在兔子洞里，那儿没有白色的兔子，只有老奸巨猾的乔治·斯塔克——一个本不可能存在、现在却不知怎么搞的在那儿的人。

老奸巨猾的乔治，在安兹韦尔这里，所有的麻雀又在飞了。

他努力抗拒着这种感觉。

“继续，乔治。”他说，对于自己声音里的愤怒有点吃惊。他头晕目眩，仿佛被困在一个遥远的超现实回头浪里……但天哪，他听起来是那么清醒！“大声说出来，你为什么不大声说出来呢？”

“如果你坚持的话。”

“我坚持。”

“是时候开始写一本新书了。一本全新的斯塔克小说。”

“我不这么认为。”

“不要这样说！”这声音尖锐得犹如一根装满弹丸的鞭子。“我一直在为你描绘一幅图画，赛德。我一直在为你勾画它。不要让我在你身上画画。”

“你已经死了，乔治。你只是没有躺下的意识。”

罗莎莉的脑袋稍稍转了一下；赛德清楚地瞥到一眼，接着她又匆忙把头转回香烟架。

“你别胡说八道！”这声音真的很愤怒，但里面还包含了其他什么吗？有没有恐惧？痛苦？两者兼有？或者他只是在欺骗自己？

“出什么事了，乔治？”他突然讥讽道。“你失去了你的一些快乐念头吗？”

接着，出现了一个停顿。这让他惊讶，让他乱了阵脚，至少暂时如此。赛德对此很肯定。但为什么呢？是什么成就了这样的效果？

“听我说，伙计。”斯塔克最后说。“我会给你一周时间来准备动笔。不要以为你能糊弄我，因为你不能。”最后一个词的口音很重。没错，乔治很心烦。赛德或许要付出很大的代价才能了结这一切，但此刻他只觉得非常高兴。他达到目的了。在这场噩梦般的亲密谈话中，他似乎不是唯一感觉无助与异常脆弱的人。他伤到了斯塔克，这太好了。

赛德说：“这倒是真的。我们之间不存在糊弄。无论有什么，都不会有糊弄。”

“你有了一个主意。”斯塔克说，“在那个该死的孩子想到敲诈你之前，你就有了那个主意。关于婚礼和装甲车的创意很棒。”

“我已经扔掉了笔记。我跟你已经完了。”

“不，你扔掉的那些是我的笔记，但没关系。你不需要笔记。它将会是一本好书。”

“你不明白。乔治·斯塔克已经死了。”

“不明白的人是你。”斯塔克回答。他的声音轻柔、阴沉、一字一顿。“你有一周的时间。如果你没写出至少三十页手稿，我会来找你的，伙计。不过不会从你开始——那太容易了。那太便宜你了。我会从你的孩子们开始，他们会死得很慢。我会关照他们的。我知道怎么做。他们不会明白发生了什么，只是他们会死得很痛苦。但你会明白，我会明白，你的妻子也会明白的。接着我会处理她……只是在我处理她之前，我会先要了她。你知道我的意思，老伙计。当他们都走了，我就会收拾你，赛德，你的死法将是前无古人的。”

他停下来。赛德可以听到他在自己的耳边喘粗气，就像大热天里的一条狗。

“你不知道那些鸟。”赛德轻轻地说，“是这样吗？”

“赛德，你在胡说什么。如果你不立刻动笔，很多人就会受到伤害。时间正在飞逝。”

“哦，我在认真对待此事。”赛德说，“我所奇怪的是，你怎么能先后在克劳森家和米里亚姆家的墙上写字，却不知道写的是什么呢。”

“你最好不要再瞎扯并开始理智点，我的朋友。”斯塔克说，但赛德能感觉他声音里面的迷惑和汹涌的恐惧。“他们的墙壁上没有写任何字。”

“哦，不是的。它们上面写了字。你知道吗，乔治？我认为你不知道的原因可能是因为那是我写的。我想我的部分分身在那里。我的一部分在那里，看着你。我想我们两个人中，只有我才知道那些麻雀的事情，乔治。我想可能是我写了那些字。你要思考一下……认真思考一下……在你开始逼迫我之前。”

“听着。”斯塔克略微强调地说，“好好听我讲。先是你的孩子们……接着是你的妻子……然后是你。开始写另一本书，赛德。这是我能给你的最好忠告。这是你这辈子能收到的最好忠告。开始写另一本书。我没有死。”

停了很久，然后他非常刻意地轻轻说道：

“并且我不想死。所以你回家，削尖你的铅笔吧，如果你需要灵感，那就想想你的小宝贝们脸蛋上满是碎玻璃会是什么样子。

“没有什么该死的鸟。忘了它们，开始写书吧。”

接着咔嚓一声。

“操你妈。”赛德对着挂断的电话轻声骂道，然后慢慢地把听筒放好。

第十七章 孪生感应

1

无论发生什么，车到山前必有路——赛德对此很确定。乔治·斯塔克不会就这么轻易地走开。但赛德开始不无理由地感觉，斯塔克打电话到戴夫市场找他的两天后，温迪从楼梯上摔下来的事情，决定了一切的永久发展道路。

最重要的结果是，这最终向他指明了一条行动路线。那两天，他一直处于某种停滞的状态。他发现自己连最简单的电视节目都看不懂，不可能阅读，写作的念头更是类似于超光速旅行。大多数时间里，他从一个房间闲逛到另一个房间，坐一会儿，然后继续漫无目的地走动。他总是妨碍丽姿，惹她心烦。她没有怪他，尽管他猜她好几次不得不咬住舌头才忍住没有痛骂他。

他两次想要告诉她斯塔克二度来电的事情，在这次电话中，由于确定他俩是私下谈话，线路没有被窃听，狡猾的斯塔克把自己的真实想法都告诉了他。赛德两次都没说出口，因为他意识到这只会让她更心烦。

并且他两次发现自己在楼上的书房里，真的握着一支他曾发誓再也不用的贝洛牌铅笔，望着一叠崭新的玻璃纸包着的笔记本，斯塔克之前就是用它们写小说的。

你有一个主意……关于婚礼和装甲车的创意很棒。

那倒是真的。赛德甚至想好了题目，很不错的一个题目：《钢铁马辛》。还有一点也是真的：他的一部分确实很想写这本书。有种痒痒的感觉，就像背上有块你想挠却够不到的地方。

乔治会替你挠的。

哦，是的。乔治会很乐意替他挠的。但有事情会发生在他身上，因为现在情况改变了，不是吗？到底是什么事情会发生在他身上？他不知道，可能没办法知道，但一个可怕的形象不断浮现在他的眼前。它来自昔日那个迷人的种族主义儿童故事，《小黑人桑布的故事》。当小黑人桑布爬到树上，老虎们够不到他时，它们变得如此愤怒，以至于互相咬尾巴，还绕着树越跑越快，直到它们都变成了一坨黄油。桑布把黄油盛进瓦罐里，带回家给他妈妈。

炼金术师乔治，赛德沉思着，他坐在书房里，用一支未削过的贝洛牌黑美人铅笔敲着写字台的边缘。稻草变成黄金。老虎变成黄油。书变成畅销书。赛德变成……什么？

他不知道。他害怕知道。但他会完蛋。赛德会完蛋的，他很肯定。可能这儿住着一个看起来像他的人，但赛德·波蒙特的面孔后面却是另一个人。一个病态的、聪明的人。

他认为新的赛德·波蒙特不会那么笨拙……但会危险许多。

丽姿和孩子们会怎样呢？

如果斯塔克重新掌握了主动权，他会放过他们吗？

他不会的。

他想过逃跑。把丽姿和双胞胎塞进“巨无霸”里，然后开了车就走。但这有什么用呢？当老奸巨猾的乔治能通过愚蠢的老赛德的眼睛看出去时，这有什么用呢？就算他们逃到地球的顶端，也没有用。他们到了那儿，环顾四周，会发现乔治·斯塔克手持折叠式剃刀，乘着一队爱斯基摩犬拉的雪橇跟在他们的后面。

他也考虑过打电话给艾伦·庞波，但立刻更为坚决地打消了这个念头。艾伦告诉了他们普瑞查德医生在哪里，他的决定是先不通知这位神经外科医生，等到普瑞查德和他的妻子露营归来再跟他们说——这让赛德明白艾伦相信什么……更重要的是明白艾伦不相信什么。如果他告诉艾伦在戴夫市场接到的那个电话，艾伦会认为这是他虚构出来的。即使罗莎莉能证实他确实在市场接到过某人打来的电话，艾伦也不会相信。他和其他参与此事的警官都不会相信的。

于是一天天慢慢过去，平淡苍白。第二天中午刚过，赛德在日记中写道：我觉得精神上自己仿佛处于副热带无风带中。这是他一周以来写的唯一一篇日记，他开始怀疑自己是否还会再写日记。他的新小说《金毛狗》已经停滞。他认为这是不言而喻的事情。当你担心一个坏人——一个非常坏的人——将现身杀掉你的全家，再干掉你时——你很难编写出故事。

如此失落的状态，他记得只在他戒酒后的几周内出现过——丽姿流产后，他不再沉溺于酒精，当时斯塔克还没出现。然后，就像现在一样，感觉有问题存在，但它却像炎热的下午你在平坦的高速路尽头所看到的海市蜃楼一样无法企及。他越是想要靠近难题，想用双手攻击它、分解它、摧毁它，它就退得越快，最后只剩下他在那儿气喘吁吁，而地平线上蒸腾的水汽则仍然在嘲笑他。

这些晚上他睡得很不好，经常梦见乔治·斯塔克带他参观他自己被废弃的家，这栋房子里的东西他一碰就会爆炸，最后一个房间里躺着他妻子和弗雷德里克·克劳森的尸体。他一到那儿，所有的鸟就会开始飞，停在树上、电话线和电线杆上的鸟犹如爆炸般地一起往上飞，成千上万，数也数不清，数量多到能遮天蔽日。

温迪在楼梯上摔倒之前，赛德一直觉得自己像无用的废料，只是在等待某个残忍的杀手出现，把一块餐巾塞进领子里，拿起叉子开始吃饭。

2

双胞胎会爬已经有一段时间了，大约从上个月开始，他们能够借助最近的稳定物体（有时也可能是不稳定的东西）站起来了——比如椅子腿、咖啡桌，甚至是一个空纸板箱，只要双胞胎不施加太大的力，导致纸板箱向内塌陷或倾翻。任何年龄的孩子都会可爱地瞎折腾，但八个月大的孩子能爬，却还不怎么会走路，所以显然是最能捣乱的。

那天下午四点三刻左右，丽姿把他们放在地板上一块明亮的阳光下玩耍。在充满信心地爬和摇摇晃晃地站了大约十分钟后（站的时候他们会精力充沛地冲父母或互相格格地笑），威廉扶着咖啡桌的边缘站了起来。他环顾四周，挥舞右胳膊做了几个专横的手势。这些手势让赛德想起旧时新闻片中墨索里尼在阳台上向他的支持者致辞的样子。接着，威廉抓住他母亲的茶杯，把杯子里的残渣泼得满身都是，然后往后一屁股跌坐在地上。幸好茶是冷的，但威廉抓着杯子，杯子敲到他的嘴巴，把下嘴唇磕出了一点血。他开始嚎啕大哭。温迪立刻加入其中。

丽姿抱起他检查，冲赛德白了一眼，然后就抱着他上楼去安慰他，帮他清洗。"留心看好小公主。"她边走边说。

"我会的。"赛德说，但他已经发现并很快又会发现，在小孩最能捣乱的年纪，这样的承诺常常是没用的。刚才威廉在丽姿的眼皮底下抢到了杯子，此刻当赛德看到温迪快要从第三级台阶上摔下来时，已经来不及去救她了。

之前，他一直在看一本新闻杂志——没有认真看，只是随便翻翻，不时浏览一下图片。他看完后走到壁炉边，想把它放进一个随便充当杂志架的巨大编织篮里，并再拿一本杂志出来。温迪正在地板上爬，胖鼓鼓的脸颊上还挂着没有干透的眼泪。她一边爬一边哼哼，她和威廉爬的时候都会发出这种声音，赛德有时怀疑他们是否把所有行动都与他们在电视上看到的汽车和卡车联系在一起。他蹲下来，把杂志放在篮子里的一堆杂志上面，翻翻其他杂志，最后没什么特别理由地选了一本过期一个月的《哈珀斯》。他觉得自己表现得相当像一个在牙医办公室等待拔牙的人。

他转过身，温迪在楼梯上。她已经爬到了第三级楼梯，此时正抓着楼梯扶手与地板之间的柱子摇摇晃晃地站起来。当他看她时，她发现了，冲他做出一个特别夸张的手势，还咧嘴笑笑。摆动胳膊让她胖胖的身体朝前倾斜。

"上帝啊。"他低声说道，当他慌忙起身时，他看到她向前迈了一步，并放开了柱子，"温迪，不要这样！"

他几乎是一步跳过房间，差点成功。但他是一个笨拙的人，他的一只脚被扶手椅的椅子腿绊住了。椅子翻了，赛德四肢摊开摔倒在地。温迪惊叫着往前摔了出去。她的身体在半空中稍微转动了一下。他跪在地上，想要接住她，但差了整整两英尺没接到。她的右腿撞在第一级楼梯上，脑袋一声闷响敲在铺着地毯的客厅地面上。

她尖叫起来，他还有时间想小孩痛苦的尖叫是多么吓人，然后他将她揽入怀中。

楼上，丽姿震惊地喊道："赛德？"他听到她穿着拖鞋跑过走廊。

温迪想要哭。她的第一声痛苦的尖叫几乎排出了她肺里所有的流动空气，现在是平静期，她正努力打开胸腔、吸入空气准备第二声叫喊。若她叫出来，将会震耳欲聋。

如果她叫出来。

他抱着她，焦急地注视着她充血、扭曲的脸庞。它几乎已经变成了紫褐色，除了她额头上一块好像巨大逗号的红印子。*天哪，要是她昏过去怎么办？要是她无法吸入空气，无法将憋在她平坦小肺中的那声喊叫释放出来，窒息而死怎么办？*

"哭啊，快点！"他低头冲她大吼。天哪，她脸都紫了！凸起的眼睛目光呆滞！"哭啊！"

"赛德！"此时丽姿听上去是吓坏了，但她似乎离得很远。温迪发出第一声叫喊后，挣扎着想要喊第二声并继续呼吸，在这两者之间的几秒钟里，乔治·斯塔克在过去的八天中第一次被彻底赶出了赛德的头脑。温迪抽搐地大吸一口气，然后开始大声哭闹。赛德全身发抖，如释重负，让她靠在自己的肩膀上，开始轻抚她的背，并发出嘘嘘声安慰她。

丽姿费力地奔下楼梯，挣扎的威廉像一小袋谷物一般被她夹在胳膊下。"出了什么事？赛德，她还好吧？"

"还好。她从第三级楼梯上跌了下来。现在没事了。一旦她开始哭，就没事了。起初好像……她好像一口气憋住了。"他惊魂未定地笑笑，把温迪交给丽姿，抱过现在应和妹妹一起哭的威廉。

"你没有看着她吗？"丽姿责备地问。抱着温迪，她自动前后摇晃上半身，竭力抚慰她。

“看了……没有。我去拿一本杂志。一眨眼，她就在楼梯上了。就像威廉抢茶杯的事情。他们实在是……太好动了。你看她的头没事吧？她跌在地毯上，但撞得很重。”

丽姿伸直手臂，把温迪举在面前，看了看她额头上的红印子，然后轻轻地吻了它一下。温迪的哭泣声已经开始轻下来了。

“我认为没事。这一两天，会鼓着个包，如此而已。谢天谢地，亏得有地毯。我不是想怪你，赛德。我知道他们动作有多快。我只是……我觉得我好像快来月经了，刚好都凑到一起了。”

温迪的哭泣已慢慢变为抽泣。相应地，威廉也开始不哭了。他伸出一只胖嘟嘟的胳膊，去抓他妹妹的白色棉T恤。她看看四周。他发出咕咕声，然后跟她含糊不清地说话。对赛德而言，他们的咕哝听上去总是很怪异：就像说得很快的外语，快到你听不清它是哪门语言，更不用说理解它的意思了。温迪冲她的哥哥笑笑，虽然她的眼睛依然在流泪，她的脸颊还是湿湿的。她也发出咕咕声并含糊不清地说话以示回应。有那么一瞬，好像他俩正在他们自己的隐秘世界里交谈——双胞胎的世界。

温迪伸手摸摸威廉的肩膀。他们互相看看，继续发出咕咕声。

你没事吧，甜心？

没事；我弄伤了自己，亲爱的威廉，但不严重。

你想留在家里不去参加斯戴利家的晚餐会吗，亲爱的？

我不想，不过还是谢谢你的关心。

你当真这么想吗，我亲爱的温迪？

是的，亲爱的威廉，我没受什么重伤，但恐怕我已经把屎拉在尿布上了。

噢，甜心，真讨厌！

赛德微微一笑，然后看看温迪的腿。“这儿会有瘀青。”他说，“实际上，它好像已经开始发青了。”

丽姿也对他笑笑。“会好的。”她说，“而且它不会是最后一块瘀青。”

赛德俯身向前，亲亲温迪的鼻尖，一边想这些风暴来的是多么快、多么剧烈——不到三分钟前，他还在担心她可能会死于缺氧——这些风暴平息得也很快。“是的。”他表示同意，“老天自有安排，它不会是最后一块瘀青。”

3

当晚七点，双胞胎睡醒时，温迪大腿上方的瘀青已经变成了深紫色，呈现出古怪、特别的蘑菇形。

“赛德？”站在另一张换衣台前的丽姿说，“瞧瞧这个。”

赛德已经拆掉温迪小睡时穿的尿布，它有点潮，但并没有湿透，他把它丢进标着“她的”字样的尿布桶中。他抱着赤条条的女儿走到他儿子的换衣台边，去看丽姿要他看的东西。他低头看着威廉，睁大了眼睛。

“你怎么想？”她平静地问，“这很怪异，不是吗？”

赛德低头看了威廉很长时间。“对。”他最后说，“这相当怪异。”

她一只手按在威廉的胸口，他们的儿子正在换衣台上扭来扭去。这时，她转头目光锐利地盯着赛德。“你没事吧？”

“没事。”赛德说。他惊讶地发现自己听起来非常镇定。不是在他的眼前，而是在他的眼睛后面，似乎有一束像闪光枪发出的巨大白光闪过。突然他觉得自己有点明白了鸟是怎么回事，以及下一步该怎么办。低头看到儿子腿上的瘀青，其形状、颜色和位置都与温迪腿上的一模一样，这让他明白过来。当威廉抓过丽姿的茶杯并把剩茶翻得一身时，他曾重重地跌坐在地上。但据赛德所知，威廉根本没有碰伤过他的腿。然而他的右腿上方还是出现了一块与温迪一样的瘀青，一块差不多的蘑菇形瘀青。

“你真的没事吧？”丽姿追问道。

“他们连瘀青都会共享。”他低头看着威廉的腿说。

“赛德？”

“我没事。”他说着用嘴唇蹭蹭她的脸颊。“让我们给精神和肉体分别穿上衣服，好吗？”

丽姿爆发出一阵大笑。“赛德，你疯了。”她说。

他朝她笑笑。这是一个有点奇怪、有点冷淡的微笑。“是的。”他说，“像狐狸一样疯狂。”

他把温迪抱回她的换衣台，开始帮她穿尿布。

第十八章　自动书写

1

他一直等到丽姿上床后，才上楼去书房。途中，他在他们的卧室门外停了大约一分钟，倾听她均匀的呼吸声，确信她已经睡着了。他根本不知道自己将要尝试的事情是否会成功，但如果成功了，那么它可能是危险的，极其危险。

他的书房是一个大房间——一个重新装修过的宽敞的阁楼——它被分成两个区域：读书区和工作区。前者除了摆满了书，还放着一张沙发、一把躺椅和一盏伸缩灯；位于长形房间另一头的工作区则摆着一张毫无美感的老式写字台。它又破又旧，却是一件非常实用的家具。赛德从二十六岁起就拥有了这张写字台，丽姿有时跟大家说他不愿意扔掉它，是因为他私下里认为它是他自己隐秘的词汇源泉。当她这么说时，他俩都会微笑，好像他们当真觉得这是一个笑话。

这件老古董的上方挂着三盏玻璃灯罩的灯，当赛德像现在这样只打开这三盏灯时，它们投射在凌乱桌面上的刺眼的重叠光圈会让人觉得他仿佛是要开始玩某种奇怪的弹珠游戏——在如此复杂的桌面上玩要遵循什么规则，谁也说不清楚，但温迪摔跤后的这个晚上，旁观者可以从赛德紧绷的脸上猜出游戏的赌注极高，不管规则是什么。

赛德完全同意这种猜测。他花了二十四小时才鼓起勇气接受这个想法。

他盯着瑞明顿牌打字机看了一会儿，它被罩子罩着，不锈钢回车杆从左边戳出来，好像要求搭车者竖起的大拇指。他坐在打字机前，手指不安地敲着桌沿，然后拉开打字机左边的抽屉。

这个抽屉又宽又深。他从中取出自己的日记本，接着一直将抽屉往外拉到头。他用来插贝洛牌黑美人铅笔的大口玻璃瓶一路滚到抽屉的最深处，其中的铅笔都掉了出来。赛德把瓶子拿出来，放到它平时的位置，然后收好散落的铅笔，把它们插回到瓶中。

他关上抽屉，看着瓶子。第一次处在恍惚状态中时，他用其中一支黑美人铅笔在《金毛狗》的手稿上写下“麻雀又在飞了”，之后他就把瓶子扔进了抽屉里。他从来没打算再用瓶子里的铅笔……然而就在前几天晚上，他又在摆弄一支铅笔。此刻，它们就在这里，插铅笔的瓶子就摆在十几年来它一直摆的位置，在这十几年里，斯塔克一直和他生活在一起，驻扎在他的体内。很多时候，斯塔克都很安静，几乎像是不存在。但一个念头闪过，老奸巨猾的乔治便会从他的脑袋里跳出来，犹如一个失控的玩具盒。啪！我在这儿，赛德！我们走吧，老伙计！准备出发！

念头闪过后的三个月里，每天十点斯塔克都会敏捷地跳出来，包括周末。他会跳出来，抓住一支贝洛铅笔，开始写他那些癫狂的胡言乱语——这些癫狂的胡言乱语支付了赛德自己的作品所无法支付的账单。接着，书写完后，乔治就会再次消失。

赛德抽出一支铅笔，看看木头笔杆上浅浅的牙印，然后又把铅笔叮当一声扔回瓶中。

“我黑暗的另一半。”他咕哝道。

但乔治·斯塔克是他黑暗的另一半吗？他是否曾是他的一部分？自从在斯塔克最后一本小说《驶向巴比伦》的最后一页底部写下“完”后，除了在记忆丧失、恍惚的状态下，他没有用过这些铅笔，甚至没有用它们做过笔记。

毕竟没什么需要用到它们的事情；它们是乔治·斯塔克的铅笔，而斯塔克已经死了……或者说是他这么认为。他想他最后会扔掉它们。

但现在似乎他终究又用得到它们了。

他把手伸向大口玻璃瓶，接着又缩了回来，仿佛是从一个熊熊炉火燃烧的火炉边缩回来似的。

还没到时候。

他从衬衫口袋里取出斯克瑞普托牌钢笔，翻开日记本，拔掉笔套，犹豫了一下，接着写道：

如果威廉哭，温迪就会哭。但我发现他俩之间的联系远比这要深刻与紧密。昨天温迪从楼梯上摔下来，碰伤了——一块看上去犹如一个巨大的紫色蘑菇的瘀青。当双胞胎从小睡中醒来时，威廉身上也出现了一块瘀青。同样的位置，同样的形状。

赛德开始自问自答，这是他日记的一大特点。当他这么做的时候，他意识到这个习惯——这种找到他真正在想什么事情的方式——显示了另一种形式的双重性……或者这可能只是他精神分裂的另一方面，某种重要且神秘的东西。

问题：如果你把我孩子们腿上的瘀青拍成幻灯片，然后将片子重叠在一起，你是否会发现两者完全一样？

回答：是的，我认为你会发现它们完全一样。我认为这类似指纹事件。我认为这类似声波纹事件。

赛德安静地坐了一会儿，用笔的一端敲击日记本的纸页，思考着这个问题。然后他再度俯身向前，开始更快地写。

问题：威廉知道他有瘀青吗？

回答：不，我认为他不知道。

问题：我知道麻雀是什么，或者它们意味着什么吗？

回答：不。

问题：但我确实知道有麻雀。我知道这点，不是吗？无论艾伦·庞波或其他人怎么想，我知道有麻雀，并且我知道它们又在飞了，不是吗？

回答：是的。

此时笔在纸上飞速划过。他已经好几个月没有如此快速或自然地写过东西了。

问题：斯塔克知道有麻雀吗？

回答：不。他说他不知道，我相信他。

问题：我确信自己相信他吗？

他又停顿了片刻，接着他写道：

斯塔克知道有些什么。但威廉一定也知道有些什么——如果他的腿上有瘀青，肯定会疼的。温迪摔下楼梯时给了他一块瘀青。威廉只知道他有一个痛处。

问题：斯塔克知道他有一个痛处吗？一块脆弱的地方？

回答：是的。我认为他知道。

问题：鸟是我的吗？

回答：是的。

问题：这是否意味着当他在克劳森和米里亚姆家的墙壁上写下“麻雀又在飞了”时，他并不知道自己在干什么，干完后也不记得这事了？

回答：是的。

问题：是谁写到了麻雀？是谁用血写的？

回答：知道麻雀的人。拥有麻雀的人。

问题：知情者是谁？拥有麻雀的人是谁？

回答：我是知情者。我是拥有者。

问题：我在那儿吗？当他谋杀他们时，我在那儿吗？

他又停顿了片刻。是的，他写道，接着又写：不。既在又不在。当斯塔克杀害霍默·葛玛奇或克劳森时，我没有处在恍惚之中，至少我不记得有。我认为我所知道的……我所看到的……或许在增多。

问题：他看得见你吗？

回答：我不知道。但是……

“他一定看得见。”赛德含糊不清地小声说。

他写道：他一定认识我。他一定看得见我。如果他真的写过那些小说，那么他已经认识我很久了。而且他自己所知道的，他自己所看到的，也在增多。那些追踪和录音设备一点儿也没让老奸巨猾的乔治烦恼，是吗？没有——当然没有。因为老奸巨猾的乔治知道它们会在那儿。你花了差不多十年写犯罪小说，不会不知道那样的事情。这是它们没能让他烦恼的一个原因。但另一个原因更好理解，不是吗？当他想要跟我谈话，跟我私下谈话时，他完全知道我会在哪里，以及如何找到我，不是吗？

是的。当斯塔克想被监听时，他打电话到家里来，当他不想被监听时，他就打电话去戴夫市场。首先，他为什么要让人偷听呢？因为他知道警察会监听，他想把一条信息传给警察——即他不是乔治·斯塔克，他知道他自己不是……以及他已经杀完人了，赛德和他的家人不是他的目标。当然，还有另外一个原因，就是他想让赛德看看声波纹，他知道警察会进行声波纹比较。他知道警察不会相信他们的证据，无论它们看上去是多么无可辩驳……但赛德会相信的。

问题：他怎么知道我会在哪里？

这是一个非常好的问题，不是吗？这就会引到这样一些问题，比如两个不同的人怎么可能有完全相同的指纹和声波纹，两个不同的婴儿怎么可能有完全一样的瘀青……尤其是在只有一个婴儿碰伤了她的腿的情况下。

但他知道人们记录并相信许多类似的神秘事件，至少当它们发生在双胞胎身上时；同卵双胞胎之间的联系则更为怪诞。大约一年多前，一本新闻杂志曾登过一篇关于这个问题的文章。由于他自己的生活中就有双胞胎，赛德很仔细地读了那篇文章。

有一对同卵双胞胎之间远隔重洋——但当他们中的一个左腿骨折时，另一个尽管根本不知情，却也感到左腿剧痛。有一对同卵双胞胎姐妹创造了一种她们自己的语言，一种这世上任何其他人都不认识和理解的语言。这对双胞胎姐妹虽然智商都很高，但她俩都不曾学会英语。她们需要英语干什么呢？她们互相拥有……她们只需要这点。这篇文章还写道，有一对出生便分开的双胞胎，成年后相聚时却发现他俩在同年同日与两名同姓且外貌极其相似的女人结婚。而且，两对夫妻都为他们的第一个儿子取名为罗伯特。两个罗伯特还是同年同月出生的。

一半与另一半。

十字与大叉。

短刀与短剑。

“艾克与迈克，他们想法一致。”赛德咕哝道。他伸手圈起他写的最后一行字。

问题：他怎么知道我会在哪里？

他在下面写道：

回答：因为麻雀又在飞了。因为我们是双胞胎。

他将日记本翻到新的一页，把笔放到一边。心脏剧烈地跳动，皮肤因恐惧而冰冷，他伸出颤抖的右手从广口瓶中抽出一支贝洛牌铅笔。在他的手中，铅笔似乎正以一种令人不快的低温燃烧着。

到工作的时间了。

赛德·波蒙特身体前倾，停顿了一下，然后在白纸顶端用正楷大字写下“麻雀又在飞了”。

2

他究竟想用这支铅笔干什么？

但他其实非常明白。他将试图回答最后一个问题，一个明显到他甚至都不屑写下来的问题：他能有意识地引发恍惚状态吗？他能使麻雀飞起来吗？

自动书写这种事情他在有关通灵的报道中读到过，但从来没有见过。试图用自动书写的手段联系一个死灵魂的人，用手松松地握住一支钢笔或铅笔，笔尖抵在一张白纸上，就这么等待着灵魂来移动他的手。赛德读过的文章说，在显灵板的协助下从事自动书写，常被当成玩笑，甚至是一种派对游戏，但这可能是极其危险的——事实上，它可能容易让从事者走火入魔。

赛德读到这则报道时，既没有相信也没有不相信。它和异教偶像崇拜或钻孔以缓解头痛一样，离他自己的生活非常遥远。现在它似乎拥有了自己的致命逻辑。可他不得不召唤麻雀。

他想到麻雀。他试图唤来所有那些鸟的形象，所有那些成千上万只的鸟儿，在春天温和的天空下，它们站在屋顶和电话线上，等待心灵感应的信号一出现便展翅高飞。

形象出现了……但它扁平而不真实，只是脑海中一幅毫无生气的图画。当他开始动笔时，经常是这样——一种枯燥乏味的练习。不，比那更糟糕。他总觉得刚开始写时有点恶心，就像舌吻一具尸体。

但他明白，如果他坚持写下去，如果他不停地在纸上写字，情况就会不同，某件既美妙又可怕的事情就会发生。作为个体的单词开始消失。索然无味的僵硬人物开始活络起来，仿佛他们被他在一个小壁橱里关了一夜，在开始跳复杂的舞蹈之前必须先活动一下筋骨。他的脑子里开始发生变化。他几乎能够感觉到脑电波的形状变了，摆脱了他们谨小慎微的正步束缚，变成了多梦睡眠中柔软不羁的三角波。

现在，赛德伏在他的日记本上，手握铅笔，努力想要促成这事发生。随着时间一点点过去，没有任何事情发生，他开始越来越觉得自己愚蠢。

某部卡通片中的一句台词进入他的脑海，挥之不去：*艾尼—梅尼—切里—比尼，灵魂马上要说话了！*如果丽姿出现，问他手持铅笔，面朝白纸，在午夜前几分钟，坐在这儿干什么，他该怎么回答呢？说他正试图在火柴纸板上画一只兔子，以赢得纽黑文著名艺术家学校的奖学金？见鬼，他甚至没有一张火柴纸板。

他抬手想把铅笔放回去，却又停住了。他在椅子上转动了一下，望着他桌子左边的窗户。

窗户外，有一只鸟落在窗台上，正用它又黑又亮的眼睛盯着他看。

那是一只麻雀。

在他看的时候，另一只鸟加入进来。

接着又有一只。

“哦，我的上帝。”他用颤抖苍白的声音说。他一生中从来没有如此害怕过……突然，那种脱离肉体的感觉再度充满了他的全身，跟他与斯塔克通电话时感觉到的一样，但现在这种感觉更强烈了，远远更为强烈。

另一只麻雀降落，与其他三只麻雀挤在一起，在它们后面，他看到一整排的鸟停在车库顶上，车库里放着除草设备和丽姿的汽车。车库尖顶古老的风标上停满了鸟，它们的重量把风标压得摇摇欲坠。

“哦，我的上帝。”他重复道，听到自己的声音从一百万英里之外传来，一个充满了恐惧和极度惊奇的声音。“哦，我亲爱的上帝，它们是真的——*这些麻雀是真的*。”

在他的想象中，他从未怀疑过这点……但没有时间考虑它，没有心思考虑它。突然，书房不见了，他看到了伯根菲尔德的瑞奇威地区，他是在那儿长大的。那儿就跟他的斯塔克噩梦中的房子一样安静、荒芜。他发现自己正凝视着一个死去的世界里的一片寂静郊区。

但它没有完全死去，因为每栋房子的屋顶上都站满了叽叽喳喳的麻雀。每一根电视天线上都挤满了麻雀。每一棵树上都停满了麻雀。它们排满了每一条电话线。它们站在停着的汽车顶上，站在杜克大街和马尔伯勒巷拐角处巨大的蓝色邮筒上，站在杜克大街便利店前面的自行车的车架上，他小时候常去那儿替他妈妈买牛奶。

世界充满了麻雀，它们正在等待起飞的指令。

赛德·波蒙特靠在办公椅上，嘴角边泛出一点唾沫，两脚无目的地抽动，现在书房所有的窗户都站满了麻雀，它们犹如奇怪的鸟类目击者，全都盯着他看。他的嘴里迸出一声长长的咕噜声，两眼上翻，露出凸起的闪耀眼白。

铅笔触及纸张，开始写起来。

SIS

小妞

它潦草地写完最上面一行，跳过两行，缩进一些，以斯塔克特有的方式另起一段，写道：

(The woman began to step away from the door. She did this almost at once, even before the door had stopped its short inward swing, but it was too late. My hand shot out through the two-inch gap between the door and the jamb and clamped over her hand.

女人开始向门边闪去，她几乎是在门向内转动前就这么做了，但已经来不及了，我的手从门和门框间的两英寸空隙中伸进去，紧紧抓住了她的手。

麻雀飞起。

它们突然同时起飞，那些他记忆中来自老早以前的伯根菲尔德的鸟儿，那些在他位于拉德洛的家外面的鸟儿……那些真正的鸟儿。它们展翅高飞在两片不同的天空：一片是一九六〇年白色的春日天空，另一片是一九八八年黑色的夏日天空。

它们飞着，在一阵翅膀的拍打声中远去。

赛德坐起来……但他的手依然紧握着铅笔，被拽着移动。

铅笔正在自动写字。

我做到了，他迷迷糊糊地想，用左手擦去他嘴边和下巴上的唾沫。我做到了……我希望自己能顺其自然。这是什么？

他低头凝视着从他的拳头之下涌出的文字，心脏剧烈地跳动，感觉好像要从他的喉咙里跳出来。写在蓝线上的句子是他自己的笔记——不过所有的斯塔克小说都是他亲手写的。他俩有着同样的指纹，同样的香烟口味喜好，完全同样的声音特点，要是笔迹不同，倒是奇怪了，他想。

他的笔迹和以往其他时候都一样，但这些文字是从何而来的呢？肯定不是来自他自己的头脑。此刻除了恐惧和喧嚣的混乱，他的脑子里空无一物。他的手也不再有感觉。他的右臂似乎止于手腕上方的三英寸处。他的手指一点感觉都没有，虽然他可以看到自己正紧握着贝洛牌铅笔，紧得让他的大拇指和前两个手指的指尖都发白了。他仿佛被注射了一针奴佛卡因[①]。

他已经写到了第一张纸的底端。他用麻木的手把它翻过来，用麻木的手掌将它抚平，又开始写起来。

Miriam Cowley opened her mouth to scream. I had been standing just inside the door, waiting patiently for just over four hours, not drinking coffee, not smoking cigarettes (I'd wanted one, and would have one as soon as it was over, but before, the smell might have alerted her). I reminded myself to close her eyes after cutting her throat.

米里亚姆·考利张嘴想叫。我就站在门里，耐心地等待了四个多小时，没有喝咖啡，没有抽香烟（我倒是想抽一支烟，事情一结束我就会来上一支，但完事之前，烟味可能会让她警觉）。我提醒自己，割断她的喉咙后要合上她的眼睛。

赛德惊恐地意识到自己正在阅读米里亚姆·考利谋杀案的描述……这一次，它不是一些支离破碎、令人困惑的词语，而是一个男人以他自己可怕的方式所做出的残忍流畅的表述，这人是一位极富感染力的作家——感染力强到足以让数以百万的人购买他的小说。

乔治·斯塔克非虚构类的处女作，他厌恶地想。

他已经做了他想做的事情：联系并进入斯塔克的脑子，正如斯塔克已经进入了赛德自己的脑子一样。但谁能猜到他这么做会触及什么样的未知残暴力量呢？谁能猜到呢？麻雀——意识到麻雀是真的——已经很糟糕了，但现在的情况更为糟糕。他感觉到铅笔和笔记本碰上去都很热吗？毫无疑问。这家伙的头脑他妈的就是一个火炉。

现在——天哪！又来了。文字又从他自己的拳头下涌出！上帝啊！

① 一种麻醉剂。

("You're thinking you could brain me with that thing, aren't you, sis?" I asked her. "Let me tell you something — that's not a happy thought and you know what happens to people who lose their happy thoughts, don't you?" (The tears were running down her cheeks now.

“你在想用那玩意儿砸我的脑袋，对吗，小妞?”我问她，“我跟你说——这不是一个快乐的念头，你知道那些失去快乐念头的人们都怎么样了，不是吗?”此时，眼泪从她的脸颊上滚落下来。

出了什么事情，乔治？你失去了你的一些快乐念头吗？

毫无疑问，当他说出这句话时，那个黑心的狗杂种大吃一惊。如果这些描述符合实际情况，那么斯塔克在杀死米里亚姆前曾说过同样的话。

谋杀案发生时，我进入了他的脑子——我就在他的脑子里。所以在戴夫市场我们的谈话中，我使用了同样的语句。

这里，斯塔克强迫米里亚姆给赛德打电话，他替她拨了电话号码，因为她吓得忘掉了号码，虽然曾经有几个星期她经常打这个电话。赛德觉得她的遗忘和斯塔克的理解既恐怖又可信。这时，斯塔克正用他的剃刀——

他不想再读下去，不愿再读。他抬起胳膊，将他麻木的手犹如铅块一般一并举起。铅笔一旦离开笔记本，他的手就恢复了知觉。他肌肉痉挛，第二根手指的侧面感到钝痛；铅笔杆在他的手指上留下了一个红色的凹印。

他低头看看字迹潦草的纸页，内心充满了恐惧和一种说不出来的惊讶。这世上他最不愿意做的事情就是再次把铅笔放下来，他不愿再去完成他和斯塔克之间令人厌恶的交流……但他开始这么做并不是单单为了听斯塔克亲自描述米里亚姆的谋杀案，不是吗？

如果鸟儿们又回来了呢？

但它们没有。鸟儿们已经完成了它们的使命。他和斯塔克之间的交流依然完整可行。赛德不知道他是怎么知道的，但他就是知道。

你在哪里，乔治？他想。我怎么会感觉不到你呢？是因为你像我没有意识到你的存在一样，没有意识到我的存在吗？还是有其他原因？你他妈的到底在哪里？

他把这个念头放在大脑的前部，努力想要看清楚它。然后他再次抓起铅笔，开始把它放到下面的日记本上。

铅笔尖一触到纸页，他又把手抬起来，翻到新的空白页，并像之前一样用手掌将纸抚平。接着，铅笔回到纸页上写道：

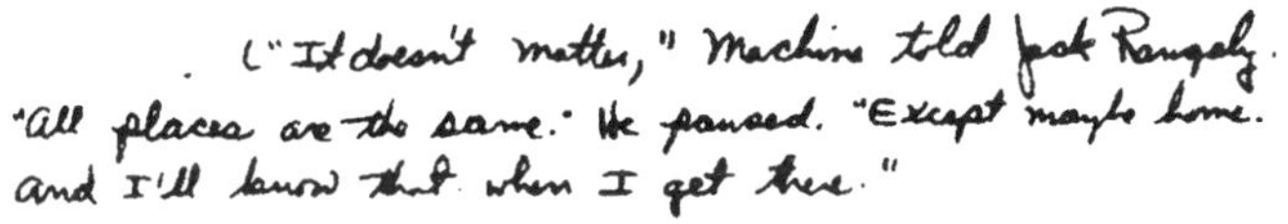

"没关系。"马辛告诉杰克·兰格雷，"所有的地方都一样。"他停了一下，"或许除了家，我到那儿时就会知道了。"

所有的地方都一样。他先认出了这句话，然后是整段引文。它来自斯塔克的第一本小说《马辛的方式》的第一章。

这一次，铅笔自己停止了移动。他举起它，低头看着潦草的字迹，它们冷漠而尖刻。除了家。我到那儿时就会知道了。

在《马辛的方式》中，家是指弗拉特布什大街，亚历克西斯·马辛在那儿度过了童年，清扫他生病的酒鬼父亲的桌球房。这个故事里的家是在哪里？

家在哪里？他望着铅笔沉思，又慢慢将它放到纸上。

铅笔迅速画出一系列像鸟的M形曲线。它停下来，接着又开始移动。

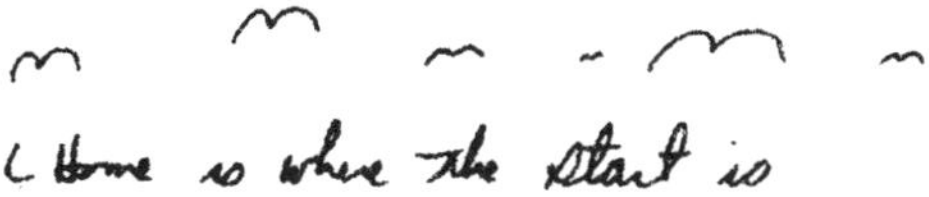

家就在开始的地方。

铅笔在鸟形曲线下面写道。

一句双关语。它是什么意思呢？他们之间的联系真的存在，还是他在愚弄自己？关于鸟的事情，他并没有愚弄自己，第一次狂写下来的事情也是真的。他知道这点，但那份炽热和冲动似乎已经减轻了。他的手依然感觉麻木，但这或许与他握笔太紧有关——从他手指侧面的凹印判断，他确实握得非常紧。难道他在那篇关于自动书写的文章里没有读到这样的观点吗？即人们常常用显灵板愚弄自己——在大多数情况下，指挥笔写字的不是灵魂，而是操作者的潜意识想法和欲望。

家就在开始的地方。如果这依然是斯塔克的想法，如果这句双关语确有意思，那么它指的就是这里，这栋房子，不是吗？因为乔治·斯塔克就出生在这里。

突然，那篇该死的《人物》杂志稿件的一部分浮现在他的脑海里。

“我将一页纸卷进我的打字机里……接着又将它卷了出来。我所有的书都是用打字机打出来的，但乔治·斯塔克却受不了打字机。或许是因为在他服刑的监狱里没有打字课。”

聪明，非常聪明。但这不完全符合事实，不是吗？这不是赛德第一次讲一个与事实仅有些许关联的故事，他想这也不会是他最后一次这么做——当然，前提是他能熬过这个难关。这不完全是说谎；严格来说，它甚至不是为事实添油加醋。它几乎是一种把自己的生活小说化的无意识行为，赛德不知道哪个小说家是不这么做的。你这么做并不是为了在任何情况下美化自己；有时这确实有美化的作用，但你也容易讲一个会丑化你、让你显得滑稽蠢笨的故事。是在哪一部电影里，一些新闻记者说“当你要在事实和传奇之间做选择时，选择出版传奇”？可能是《双虎屠龙》①。这也许会导致不道德的低劣报道，但它能创造出色的小说。虚构你自己的生活几乎是讲故事不可避免的一个副作用——就像弹吉他会让你的指垫长老茧、多年抽烟会导致咳嗽

① 一部拍摄于一九六二年的美国西部片。

一样。

斯塔克的诞生其实和《人物》杂志上的描述相当不同。用铅笔写斯塔克的小说并不是一个神秘的决定，虽然时间已经将它变成了一种仪式。说到仪式，作家们和职业运动员一样迷信。棒球运动员可能会日复一日地穿同样的袜子或在走上击球位置前在胸口划十字，如果这么做时他们曾击出好球；成功后的作家也倾向于遵循同一套模式，直到它们成为一种仪式，以避免出现类似击出坏球的灵感枯竭期……即所谓的作家心理阻滞状态。

乔治·斯塔克用铅笔写作的习惯纯粹是缘于赛德忘了把色带带到他位于罗克堡的夏季别墅的小办公室里。他没有打字机的色带，但灵感却不断涌出，于是他在小写字台的抽屉里翻来翻去，最后找到了一本笔记本和几支铅笔——

那些日子，我们夏天很晚才去湖边的房子，因为我在教授一门为期三周的课程——这门课叫什么来着？创造性方式。非常愚蠢的课程。那年七月末，我记得自己上楼到办公室，发现没有色带了。见鬼，我记得丽姿抱怨说连咖啡都没有了——

家就在开始的地方。

与《人物》杂志的麦克·唐纳森交谈，讲述一个关于斯塔克诞生的半虚构故事时，他想也没想就把地点改到了位于拉德洛的大房子——因为，他认为，他的大部分作品都是在拉德洛写的，将场景设在这儿很正常——尤其是在你虚构一个场景、想象一个场景的时候，就像创作一篇小说。但乔治·斯塔克初次露面并非在这里；他不是在这里第一次用赛德的眼睛看外面的世界，尽管以斯塔克或他自己的名义发表的小说，大部分都是在这里完成的，他们大部分奇怪的双重生活都是在这儿度过的。

家就在开始的地方。

这样的话，家一定就是指罗克堡。罗克堡，恰好也是故乡墓园的所在地。故乡墓园，在赛德看来，大约两个星期前，乔治·斯塔克就是在那儿初次以残忍的肉身出现，即使艾伦·庞波不这么认为。

接着，他想到了另一个问题，这仿佛是世上最自然的进程（据他所知，可能确实如此），这个问题是如此基本，出现得如此自然，以至于他听到自己像参加作者见面会的羞涩书迷一般大声咕哝道：“你为什么要回来继续写呢？”

他垂下手，直到铅笔尖触及纸页。他的手再度被注入了那种麻木的感觉，仿佛是被浸在非常冰冷、非常清澈的溪水中。

他的手的第一动作又是抬起来，翻到日记本上新的一页。手又垂下，将纸页抚平……但这次铅笔没有立刻开始写字。赛德一度以为那种联系（不管它是什么）已经中断了，虽然他的手依然麻木，这时他手中的铅笔猛地一动，仿佛它本身是一个活物……活着，但受了重伤。它猛地一拉，在纸上留下一个困倦的逗号，又猛地一拉，画出一条破折号，接着它写道：

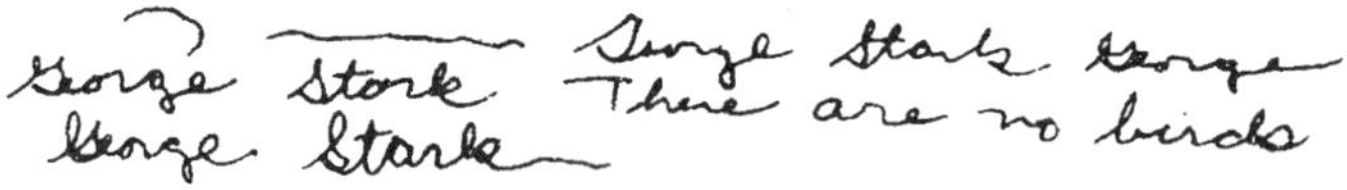

乔治·斯塔克，乔治·斯塔克。没有鸟，乔治·斯塔克。

然后铅笔像一台气喘吁吁的机器似的停了下来。

没错。你可以写上你的名字。你可以否认麻雀。很好。但你为什么要回来继续写呢？为什么这是如此重要？重要到足以杀人？

如果不写，我会死。

铅笔写道。

“你是什么意思？”赛德嘀咕道，但他感到殷切的希望在他的脑中爆开。可能就是这么简单吗？他认为是可能的，尤其是对一个本来就无事可做的作家而言。天哪，现实中的很多作家不写作都没法活，或者说他们感觉没法活……像厄内斯特·海明威那样重要的人，写作和存在真的是一回事，不是吗？

铅笔抖了一下，接着在最后一条信息下面潦草地画了一道长线，看上去就像是声波纹。

“快点。”赛德轻轻地说，“你到底是什么意思？”

崩溃。

铅笔写道。字迹僵硬、迟疑。铅笔猛地一拉，在他蜡白的手指之间颤抖。如果施加更大的压力，赛德想，它就会折断。

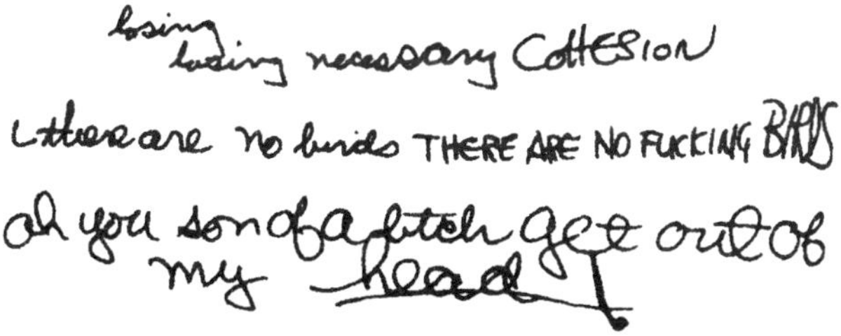

失去，失去必要的凝聚力。

没有鸟。他妈的没有鸟。

啊，你这个狗杂种从我的脑袋里滚出去！

他的胳膊突然扬起。同时他麻木的手轻弹了一下铅笔，灵活得犹如一位表演牌技的舞台魔术师，他没有用手指握住铅笔杆的下半部，而是将它攥在拳头里，仿佛它是一把匕首。

他向下扎去——斯塔克向下扎去——铅笔突然扎进了他左手大拇指和食指间的肉里。由于斯塔克用这支铅笔写字，所以石墨笔尖稍微有点钝，但它几乎穿透了那块肉。铅笔折断了。一汪鲜血注满了笔杆在他手上压出的凹印，突然那股控制他的力量消失了。他把插着铅笔、感到剧痛的手放在写字台上。

赛德将头向后一甩，咬紧牙关，忍住想从他的喉咙里逃出来的痛苦嚎叫。

3

书房边有一个小浴室，当赛德觉得能走路时，他来到浴室，借着头顶刺眼的日光灯，检查自己手上剧痛的伤口。它看上去像是严重的枪伤——正圆的洞形伤口周围有一圈黑色的灼伤污迹。污迹看着像是火药，而非石墨。他把手翻过来，看到手掌一侧有一个针孔大小的亮色红点，是被铅笔尖刺伤的。

它差一点就要刺穿皮肉了，他想。

他用冷水反复冲洗伤口，直到手失去知觉，接着他从橱柜里取出一瓶过氧化氢。他发现自己的左手拿不住瓶子，于是他用左臂和身体夹住瓶子，以打开瓶盖。然后他把消毒剂倒进手上的洞形伤口里，咬紧牙关忍住疼痛，看着消毒剂变白起泡。

他把过氧化氢放回去，接着又从橱柜里逐一取出几瓶处方药，仔细阅读它们的标签。两年前他在跨越国境的一次滑雪中摔了一跤后，背部严重痉挛，善良的老医生休姆给他开了处方止痛药。他只吃了几片。他发现止痛药打乱他的睡眠周期，让写作变得很困难。

他终于找到了藏在一罐已经放了很久的剃须膏后面的塑料小瓶。赛德用牙撬开瓶盖，摇晃瓶子，把一片药倒在洗脸池的一侧。他考虑是否要再倒一片出来，最后决定还是算了。这种药效力很强。

也许它们已经失效。也许你可以靠狂笑一通或上医院来终结这个疯狂可笑的夜晚——你觉得这主意怎么样？

但他决定还是吃药试一下。肯定是要处理的——疼痛简直让人难以忍受。至于医院……他又看看手上的伤口，心想，*我大概应该去医院看医生，但如果去的话我就完了。在过去的几天里，已经有太多人像看疯子一样看我了，足以让我永生难忘。*

他又倒出四片止痛药，塞进裤子口袋中，把瓶子放回摆药的橱柜架上。接着他在伤口上贴了一块邦迪。*看看这张圆形小塑料贴*，他想，你不知道这玩意儿贴上去有多疼。他给我设了一个陷阱。他脑子里的一个陷阱，而我正好落入其中。

真是这么回事吗？赛德不知道，不敢肯定，但他知道一件事情：他不想此事重演。

4

当他再度控制住自己——或者说接近控制住自己时——赛德将日记本放回到写字台的抽屉里，关掉书房的灯，向下走到二楼。他在楼梯平台上驻足听了一会儿。双胞胎很安静。丽姿也是一样。

止痛药显然还没有过期失效，它开始起作用，赛德手部的疼痛开始缓和了一点。如果他不慎弯弯手，就会痛得叫出声来，但如果他当心点，就不会疼得太厉害。

哦，但早晨它会非常疼的，伙计……而且你要怎么跟丽姿说呢？

他确实不知道。大概是说真话——或许是部分说真话，至少。她似乎很能看穿他的谎言。

疼痛好一些了，但震惊之后——所有那些震惊之后的余波仍在，他觉得自己要过一会儿才可能睡着。于是他走到一楼，透过起居室大窗户薄薄的窗帘，瞥了一眼停在外面车道上的州警察巡逻车。他能看到车里闪烁着两支香烟。

他们坐在那儿，冷静得犹如夏日里的两根黄瓜，他想。鸟儿们没有打扰他们，所以或许除了我的脑子里，根本就没有鸟。毕竟，这些人的工作就是被打扰。

这是一个很有诱惑力的念头，但书房是在房子的另一侧。它的窗户从车道是看不见的。在那儿也看不到车库。所以警察们无论如何也不可能看到鸟。至少当它们开始下落歇息时，他们是看不见的。

但当它们都飞起来时，他们会看见吗？你想跟我说他们都没听见动静？你看到了至少一百只鸟，赛德——或许有两三百只。

赛德走到外面。他一打开厨房的纱门，两名警察就一边一个从车里走了出来。他们非常魁梧，动作像豹猫一样轻盈。

“他又打电话来了吗，波蒙特先生？”从驾驶室这边出来的警察问。他名叫史蒂文斯。

“没有——没有电话。”赛德说，“我在书房写作时，好像听到了一群鸟起飞的声音。这有点吓到我了。你们听到了吗？”

赛德不知道从乘客座一侧出来的警察叫什么。他是一名年轻的金发男子，长着一张透着善良天性的无邪圆脸。“我听到也看到了。”他说着指指房子上方挂着月亮的天空。“它们横穿月亮。麻雀。很大一群。它们极少在晚上飞的。”

“你觉得它们是从哪里来的？”赛德问。

“嗯，我告诉你吧。”圆脸的警察说，“我不知道。我的观鸟课没及格。”

他笑了。另一个警察没笑。“你今晚有点不安，波蒙特先生？”他问。

赛德冷静地看着他。“是的。”他说，“最近，我每天晚上都感觉不安。”

“我们现在能为你做点什么吗，先生？”

“不用。”赛德说，“我认为不用。我只是对听到的感到好奇。晚安，伙计们。”

“晚安。”圆脸警察说。

史蒂文斯只是点点头。他宽帽檐下的眼睛明亮却毫无表情。

*那个人认为我有罪，*赛德一边想，一边往回走去。*有什么罪呢？他不知道。大概也不在乎。但他长着一张认为人人都有罪的脸。谁知道呢？或许他是对的。*

他关上厨房门，把它锁起来，然后走回起居室，又朝外望去。圆脸警察已经回到了巡逻车里，但史蒂文斯依然站在驾驶座门边，有那么一瞬，赛德感觉史蒂文斯好像正直视着他的眼睛。当然，这是不可能的；薄窗帘拉着，史蒂文斯只能看到一个模糊的黑影……如果他真能看到什么的话。

然而，这种感觉挥之不去。

赛德又拉上薄窗帘外的厚窗帘，然后朝酒柜走去。他打开柜门，拿出一瓶格兰利威，这一直是他最喜欢的烈酒。他非常想要喝一杯，但这会是再度开始喝酒的最差时间。

他走到厨房，给自己倒了一杯牛奶，小心翼翼地不去弯左手。伤口热辣辣地疼。

他来的时候有点迷糊，他啜着牛奶想。这种状况没有持续多久——他恢复清醒的速度快得吓人——但他来的时候确实有点迷糊。我想他是在熟睡。他可能梦到了米里亚姆，但我不这么认为。我接入的场景太过连贯了，不可能是一个梦。我认为那是记忆。我认为那是乔治·斯塔克潜意识的记录，一切几乎都是写下来的，接着对号入座而已。我想象如果他接入我的潜意识——就我所知，他可能已经这么做了——他会发现同样的东西。

他啜了一口牛奶，看着食品储藏室的门。

我想知道我是否能接入他现时的活动记忆……他有意识的思绪。

他认为答案是肯定的……但他也认为这会让他再度变得易受伤害。下一次，可能就不是铅笔插进手里了。下一次，可能就是一把开信刀插进脖子里了。

他不能这么做。他需要我。

没错，但他发疯了。疯子有时不知道什么对他们自己最有利。

他望着食品储藏室的门，思考该如何走进去……以及如何从那儿再走到外面，走到房子的另一侧去。

我能让他做些事情吗？就像他让我做出某些事一样？

他无法回答这个问题。至少现在还不能回答。并且一次失败的尝试就可能会要了他的命。

赛德喝完牛奶，冲洗一下杯子，把它放进洗碗机里。接着他走进食品储藏室。这里，右边的架子上放着罐头食品，左边的架子上放着纸包装食品，在两边的架子之间有一扇通往后院草坪的两截门。他打开门锁，将两截门推开，看到野餐桌和烧烤架立在那儿，犹如沉默的哨兵。他走上外面的柏油小路，这条小路围绕房子的这一侧延伸，最后与房前的主干道会合。

小路在半圆月忽明忽暗的光照下像黑色玻璃一般闪闪发光。他能看到路面上星星点点的白色污迹。

麻雀的粪便，它们是什么一目了然，他想。

赛德慢慢沿着柏油小路往前走，一直走到他书房窗户的正下方。一辆卡车从地平线开上来，朝着房子的方向疾驶下十五号公路，有那么一瞬，车灯照亮了草坪和柏油小路。在一亮之间，赛德看到路上躺着两只麻雀的尸体——三叉状的脚爪戳在一堆羽毛外面。然后卡车开走了。在月光下，死鸟的尸体再度变成了两块不规则的阴影——仅此而已。

它们是真的，他又想。*麻雀是真的*。那种令人厌恶的莫名恐惧又回来了，不知为何让他感觉很肮脏。他试图握紧拳头，左手的伤口让他疼得叫了出来。止痛药的效力已经过去了。

它们在这儿。它们是真的。怎么会这样呢？

他不知道。

是我召唤了它们，还是我无中生有地创造了它们？

他也不知道。但他确定一件事：今晚来的麻雀，那些恰好在他陷入恍惚状态前来的真麻雀，只是所有可能来的麻雀中的一小部分。或许只是极微小的一部分。

再也别这样了，他想。*请再也不要这样了*。

但他怀疑自己的意愿无关紧要。这才是真正恐怖的地方。他触动了自身某种可怕的超自然能力，但他却无法控制它。在这件事上，控制这个念头本身就是一个笑话。

他相信这事结束之前，它们会回来。

赛德打了个冷战，走回房子里。他像一个窃贼似的溜进他自己的食品储藏室里，锁上门，然后带着剧痛的手上了床。上床前，他就着厨房水龙头的自来水又吞下一片止痛药。

当他在丽姿身边躺下时，丽姿没有醒。过了一会儿，他逃入梦乡，断断续续睡了三个小时，期间无可控制的噩梦总是萦绕他。

第十九章　斯塔克购物

1

醒不像醒。

真正说起来，他不认为自己真的醒来或睡着过，至少没有正常意义上地醒来或睡着过。从某种程度上而言，他仿佛一直在睡，不过是从一个梦境转移到另一个梦境而已。在这种情况下，他的生活——尽管他几乎都不记得了——就像是套在一起的盒子，一个套一个，永无尽头，也像是凝视一条挂满镜子的走廊。

这是一个噩梦。

他慢慢醒来，知道自己其实根本没睡着过。不知怎么搞的，赛德·波蒙特俘获了他一会儿；按自己的意愿控制了他一会儿。在波蒙特控制他的时候，他说了什么，透露了什么吗？他感觉他或许说了什么……但他也相当肯定波蒙特不会知道如何诠释那些事情，或者说波蒙特不会知道如何把他可能透露的重要事情从那些无关紧要的事情中区分出来。

他醒来时还很痛。

他在离 B 大道很近的东村租了一套两居室。当他睁开眼睛时，他正坐在倾斜的厨房餐桌边，面前摊着一本翻开的笔记本。一条血水流过桌上铺着的褪色油布，这没什么好惊讶的，因为他的右手背上正插着一支圆珠笔。

现在梦境开始回来了。

那是他把波蒙特从头脑中赶走的方式，是他打断那个胆小鬼在他俩之间建立起的联系的唯一手段。胆小鬼？是的。但他也很狡诈，忘记这点就糟了，非常非常糟糕。

斯塔克依稀记得梦见赛德和他在一起，在他的床上——他们一起聊天，彼此窃窃私语，起初似乎非常愉快和舒服——就像关灯后与你的兄弟交谈。

不过他们不仅是在聊天，对吗？

他们是在交换秘密……或者说，是赛德在向他提问，斯塔克发现自己在回答。回答问题很愉快，回答问题很舒服。但也令人不安。开始他的不安集中在鸟上——为什么赛德一直问他关于鸟的问题呢？没有鸟啊。可能曾经有过……很久很久以前……但不再有了。它只是一种头脑游戏，只是一种为了吓唬他而做的微不足道的努力。然后，他的不安一点点与他精巧调校过的生存本能交织在一起——随着他继续努力挣扎着想要醒过来，不安变得越来越尖锐和明确。他觉得自己仿佛被按到水下，快要淹死了……

于是，依然处在半梦半醒状态下的他走进厨房，翻开笔记本，拿起圆珠笔。赛德没有叫他这么做；为什么要叫他呢？他不是也在五百英里之外写作吗？当然，笔不对劲——甚至他拿着也觉得不对劲——但还能用。目前还能用。

崩溃，他看到自己写道，这时他已经非常接近那面分隔睡眠与清醒的魔镜了，他努力想要以自己的想法来控制笔，想要按自己的意愿决定纸上的空白处会出现哪些文字，但这很难，天哪，上帝啊，这他妈的真难。

他一到纽约市，就在一家文具店买了圆珠笔和半打笔记本；那时他甚至还没租下这套破烂的公寓。店里也有贝洛牌铅笔，他本想买它们，但他没有。因为，无论是谁的头脑在驱动铅笔，握铅笔的总是赛德的手，他想知道自己是否能打破这种联系。所以他没买铅笔，而是买了圆珠笔。

如果他能写，如果他能自己写，那就好了，他将再也不需要缅因州那个哭哭啼啼的可怜虫。但圆珠笔对他而言毫无用处。不管他如何努力，不管他如何集中精神，他唯一能写出的就是他自己的名字。他写了一遍又一遍：乔治·斯塔克，乔治·斯塔克，乔治·斯特克，一直写到纸的底部，它们根本不可辨认，只是一名学龄前儿童的乱涂乱抹。

昨天，他去了纽约公共图书馆的一家分馆，在写作室租了一台深灰色的 IBM 电子打字机用了一个小时。那一个小时似乎有一千年那么长。他坐在一个三面封闭的图书馆卡座里，手指在键盘上颤抖，他打出自己的名字，这次全是大写字母：GEORGE STARK，GEORGE STARK。

停下！他冲自己喊道。打别的字，任何其他字，只要别打这个！

于是他努力尝试。他汗流浃背地俯在键盘上，打道：敏捷的棕色狐狸跳过懒惰的狗。

只是当他抬头看纸的时候，他发现自己写的是：乔治的乔治斯塔克乔治斯塔克过斯塔克的斯塔克。

他感到一股冲动，想把打字机扯下来，把它当成原始人的权杖一般在房间里愤怒地乱挥，将它砸得粉碎。如果他不能创造，那就让他毁灭！

不过，他竭力控制住了自己，走出图书馆，边走边用一只强有力的手把那张无用的纸揉成一团，扔进了人行道边的垃圾箱里。现在，手上插着圆珠笔的他回想起，当他发现没有波蒙特，他只会写自己的名字时，他感到狂怒。

还感到恐惧。

惊慌。

但他依然掌控着波蒙特，不是吗？波蒙特的想法也许正相反，但也许……也许波蒙特会大吃一惊。

失败，他写道，天哪，他不能再告诉波蒙特什么了——他所写的已经够糟糕了。他竭力想要控制住他那不听话的手。醒过来。

必要的凝聚力，他写道，仿佛是要详述之前的想法，突然斯塔克看到自己用笔猛戳波蒙特。他想：我也能做。我不认为你能，赛德，因为走到那一步时，你非常软弱，不是吗？但到了关键时刻……我能处理，你这个杂种。到了你该明白的时候了，我认为。

接着，尽管这像是梦中梦，尽管他被一种恐怖的眩晕感所笼罩，害怕失去控制，但他某些原始的绝对自信回来了，并且他能够刺穿睡眠之盾了。赶在赛德淹死他之前，在那个胜利的瞬间，他控制住了笔……终于能用它来写了。

有一瞬——只是一瞬间——有一种两只手抓住了两件写作工具的感觉。这种感觉太过清晰，太过真实，所以绝不会是真的。

没有鸟，他写道——这是他作为物质存在所写出的第一个真正的句子。写作非常难；只有一个具有非凡决心的人才能坚持下来。不过，一旦文字写出来了，他就觉得自己的控制力变强了。另一只手握得松了，斯塔克立刻毫不犹豫地用他自己的手握住笔。

淹一会儿，他想。看看你觉得怎么样。

在一阵比高潮更快、更让人满足的情绪下，他写道：他妈的没有鸟哦你这个狗娘养的滚出我的脑袋！

然后，不等他思考——思考可能引起致命的犹豫——他就把圆珠笔挥出一道小弧线。笔尖的钢珠直插进他的右手……朝北几百公里之外，他能感觉到赛德·波蒙特挥起一支贝洛牌铅笔，把它插进他的左手。

就在这时，他醒了——他俩都醒了——真正地醒了。

2

痛得很厉害——但它也让人觉得解脱。斯塔克叫了一声，把自己汗津津的脑袋贴近胳膊捂住声音，但这既是一声痛苦的尖叫，也是一声充满喜悦与兴奋的尖叫。

他能够感觉到波蒙特在缅因州的书房里抑制着他自己的叫喊。波蒙特在他俩之间建立起的感知关系并没有被打破；它不是一个匆忙打成的结，不会猛拉一下就松开。斯塔克感觉到，几乎是看到，那个奸诈的狗杂种趁他睡觉时把一根探针插入他的脑袋，现在这根探针正在扭来扭去地抽动、滑走。

斯塔克伸出手，不是身体上的手，而是意念之手，抓住赛德的精神探针行将消失的尾巴。在斯塔克自己的头脑之眼看来，它就像是一条白白胖胖的蛆，里面塞满了垃圾和废物。

他考虑让赛德从广口瓶中抓起另一支铅笔，再扎他一下——这次是扎他的眼睛。或者他也许可以叫他把铅笔尖深深扎进他的耳朵，刺穿耳膜并挖进脑袋里面的软肉。他几乎可以听到赛德的尖叫。他将无法抑制住叫声了。

接着他停下来。他不想让波蒙特死掉。

至少现在不想。

在波蒙特教会他如何独立生活之前，他不想让他死掉。

斯塔克慢慢放松拳头，这么做的时候，他觉得自己掌握波蒙特精神的拳头也松开了——他的精神之拳已经被证明和他的肉体之拳完全一样，既快速又残忍。他感受到波蒙特，这条又白又胖的蛆虫，尖叫呻吟着溜走了。

“只是现在。”他轻轻地说，转而处理其他事情去了。他用左手握住从右手上戳出来的圆珠笔，稳稳地将它拔出来，然后把它扔进了垃圾桶。

3

水池边的不锈钢晾碗架上立着一瓶格兰利威牌威士忌。斯塔克拿起它走进浴室。他走路的时候，右手在身体边摆动，血滴滴答答地溅在扭曲褪色的油地毡上。他手上的洞位于指根上方大约半英寸处，靠近无名指的右边。洞呈正圆形，边缘沾着黑墨水的污迹，创口里面还在流血，这使它看起来犹如枪伤。他试着弯弯手。手指们动了一下……但随之而来的疼痛让他不敢再试了。

他拉了一下从药柜镜子上方垂下来的开关线，光秃秃的六十瓦灯泡亮了起来。他用右臂夹住威士忌酒瓶，以拧开盖子。然后，他在洗脸盆上方摊开伤手。波蒙特在缅因州也正干着同样的事情吗？他怀疑。他怀疑波蒙特是否有勇气清理他自己的伤口。这时，他肯定已经在去医院的路上了。

斯塔克把威士忌倒进伤口里，一股刺骨的疼痛从他的胳膊一直蔓延到肩膀。他看见威士忌在伤口里冒泡，看见琥珀色的液体里的血丝，不得不再次把脸埋进被汗浸透的衬衫袖子里。

他以为疼痛永远也不会消退，但最后它还是开始减轻了。

他试图把酒瓶放到镜子下面的托架上。但他的手抖得太厉害了，不太可能做到，于是他把瓶子放在了锈迹斑斑的马口铁沐浴用品架上。他想马上喝一杯。

他对着灯光举起手，仔细查看上面的洞。他能透过洞看到灯泡，但很模糊——就像透过弄脏的红色滤镜看东西一样。他没有用笔刺穿他的手，但也差不多了。也许波蒙特做得更好。

他总是可以怀有希望。

他把手放在冷水龙头下面，分开手指让伤口尽量张开，然后咬牙忍住疼痛。起初疼得很厉害——他不得不咬紧牙关，抿紧双唇以忍住不叫——但后来手变得麻木了，就好一点了。他强迫自己把手放在水龙头下冲了整整三分钟。然后，他关上水龙头，又对着灯光举起手。

透过洞，依然可以看到灯泡的光线，但现在光线变得模糊遥远了。伤口正在愈合。他的身体似乎有着惊人的重生能力，这相当有趣，因为与此同时，他正在崩溃。失去凝聚力，他曾写道。实际情况差不多就是这样。

药柜上有一面凹凸不平、斑斑点点的镜子，他专注地盯着镜中自己的脸看了大约有三十多秒钟，然后身体一震，醒了过来。他感觉自己的脸既熟悉又陌生，看着它总让他感觉自己仿佛正陷入一种催眠的恍惚状态。他认为如果长时间盯着它看，他就会真的陷入那种状态。

斯塔克打开药柜，将镜子转向一边，这样他就看不到那张讨厌却迷人的脸了。药柜里藏着一堆奇怪的小东西：两把一次性剃刀，其中一把是用过的；几瓶化妆品；一个粉盒；几块纹理细致的象牙色楔形海绵，它们上面有些地方已经被粉弄脏变成了稍微深一点的颜色；一瓶普通的阿司匹林。药柜里没有邦迪。邦迪就像警察，他想——当你真的需要它们时，却一片都找不到。但是没关系——他会再用威士忌给伤口消毒（先要狠狠地喝一杯给体内消毒），然后用手帕把它包起来。他认为它不会化脓；他似乎对感染有一种免疫力。他觉得这点也很有趣。

他用牙齿咬开阿司匹林药瓶的盖子，把它吐在水池里，然后倒竖瓶子，摇出半打药片倒进嘴里。他从沐浴用品架上取下酒瓶，用一大口威士忌把药片冲了下去。酒冲到他的胃里，荡漾起一股舒服的暖意。接着他又在自己的伤手上倒了一些威士忌。

斯塔克走进卧室，拉开五斗柜最上面的抽屉，这个五斗柜已经很破旧了。它和一个老旧的沙发床是这个房间里唯一的两件家具。

最上面的抽屉是唯一除了垫抽屉的旧报纸外还放着东西的抽屉：三条还没拆开包装的内裤，两双还挂着商标牌的袜子，一条利惠牌牛仔裤和一块同样也没拆封的手帕。他用牙齿撕开玻璃纸，将手帕包在手上。琥珀色的威士忌浸透了薄薄的手帕，接着又印出一片血迹。斯塔克等着看血迹是否会扩散开来，但它没有。好了。非常好。

波蒙特能接收到什么感观上的信息吗？他想知道。他可能知道当前乔治·斯塔克正藏身于东村一套令人作呕的小公寓中吗？他知道这套小公寓所在的低档大楼里的蟑螂看上去大得足以偷走福利救济支票吗？他认为赛德不知道，但不必要的冒险是毫无意义的。他承诺给赛德一个星期来做决定，尽管他现在很肯定赛德没有计划开始再以斯塔克的名义写作，他还是会等赛德用光他所承诺给予的一周时间。

毕竟，他是一个守信用的人。

波蒙特大概需要一点灵感。你能在五金店买到那些丙烷小喷枪，用它们在他孩子的脚底上烧几秒钟，大概就能给他灵感了，斯塔克想，但这事以后再说。暂时，他要玩玩等待游戏……这么做的时候，开始朝北面进发也没什么害处。先占领阵地，你可以这么说。毕竟，他的车在那儿——黑色的托罗纳多。它在车库里，但这并不意味着它必须停在车库里。他明早就能离开纽约市。但在他这么做之前，他要去完成一次采购……现在，他应该用一下浴室柜子里的化妆品。

4

他拿出粉底液、散粉和海绵。在开始前，他又喝了一大口酒。他的手已经不再抖了，但他的右手抽动得很厉害。这并没有让他特别心烦。如果他的手在抽动，波蒙特的手一定会痛得让他尖叫。

他看着镜中的自己，用左手手指摸摸左眼下方的眼袋，接着又顺着脸颊摸摸嘴角。“失去凝聚力。”他咕哝道，哦，那肯定是事实。

斯塔克第一次看自己的脸——是在故乡墓园外，他跪在一个被附近街灯所投射下的白色光圈照亮的泥水坑边，凝视着它满是浮渣的平静水面——他对脸感到满意。它与他梦到的脸完全一样，做那些梦时他正困在波蒙特如子宫般的想象之牢中。他看到的是一个传统意义上的英俊男子，五官略过粗矿，不是太引人注意。要是他的额头没有那么高，眼睛没有分得那么开，这或许会是一张能让女人们扭头再看一眼的面孔。一张完全无法形容的面孔（如果这种脸真的存在）会引人注意，纯粹是因为它没有任何吸引目光的特征，所以目光会在它上面停留一会儿才转开。它彻底的乏善可陈可能会让眼睛感到困惑，从而导致它转回来再看一眼。斯塔克第一次亲眼在泥水坑中看到的脸没有普通到这种程度。他认为那是一个完美的面孔，一张人们见过之后无法描述的脸。蓝色的眼睛……古铜色的皮肤陪衬如此淡的金发显得稍微有点奇怪……就是这样！只有这些！目击者讲不得不形容一下他最具特点的宽阔肩膀……而这世上肩膀宽的人太多了。

现在一切都改变了。现在他的脸变得非常奇怪……而且如果他不马上重新开始写作，它会变得愈发奇怪。它会变得丑陋不堪。

失去凝聚力，他又想。不过你会终止那种状态的，赛德。当你开始写那本关于装甲车的书时，发生在我身上的一切就会开始颠倒过来。我不知道我是怎么知道这点的，但我就是知道。

从他第一次在水坑中看到自己起，他的脸就开始越变越难看，至今已经有两个星期了。起初，改变很轻微，轻微到他可以说服自己相信那只是他的想象……但随着变化的加剧，这种观点就站不住脚了，他被迫放弃这么想。对比他当时和现在的照片，可能会让人以为这个男人遭受了某种奇怪的辐射，或者碰到了某种腐蚀性化学物质。乔治·斯塔克看上去像是正在经历所有软组织同时自发性溃烂的过程。

他在水坑中看到的中年人普通的眼角皱纹，现在变成了深沟。他的眼皮下垂，变得像鳄鱼皮一样质地粗糙。他的脸颊也开始呈现出类似的皲裂纹路。眼睛边缘变得红红的，一副可怜样，仿佛是一个不知道节制的酒鬼。从他的嘴角到下颚有几条深深的皱纹，使他的嘴巴看上去像是一个铰链固定不稳的木偶嘴巴。他的金发，开始看着不错，现在依然长得不错，但从太阳穴处开始脱落，露出粉色的头皮。他的手背上出现了红褐色的斑点。

他可以不用化妆品，容忍这一切。毕竟，他只是看着有点怪，衰老总是不美观的。他的力量似乎没有削弱。此外，他确定一旦他和波蒙特再开始写作——是指以斯塔克的名义写作——这一进程就将逆转。

但现在他长在牙龈上的牙齿已经开始松动。还有一些伤口。

三天前他在右肘内侧发现了第一个伤口——一块红斑，边缘是一圈白色的死皮。这种红斑让他想起直到二十世纪六十年代还在美国南方腹地非常流行的糙皮病。前天他发现了第二个伤口，这回是在脖子上，在他左耳垂的下面。昨天，他又发现了两个，一个在他两个乳头之间的胸口上，另一个在他的肚脐下面。

今天，第一个伤口出现在他的脸上，右太阳穴处。

它们不疼。很深处有点钝钝的痒，但仅此而已……至少，目前是这样的感觉。但它们扩散得很快。现在他的右胳膊从手肘往肩膀方向已经红了一半。他用手去挠，这是一个错误，痒的感觉虽然减轻了，但鲜血和黄色的脓顺着他的手指甲挠出的沟渗出来，伤口散发出一股令人作呕的气味。然而这不是感染。他确信。它更像是……腐烂。

现在看到他的人——即使是一名受过训练的医生——大概也会以为他得了可能是由某种高强度的辐射造成的黑素瘤。

不过，这些伤口还是没有让他太过担心。他猜想它们会越来越多，扩散开来，彼此连在一起，并最终把他生吞了……如果他任其发展。既然他不打算让这种情况发生，就没必要为它们担心。但如果他脸上的五官变成一座喷发的火山，他就没办法大隐于人群之中了。所以，需要化妆。

他用一块楔形海绵将粉底液仔细地匀开，从颧骨一直涂抹到太阳穴，最后盖住他右眉毛尽头上方的暗红色斑块，以及刚开始从他左颧骨上方的皮肤下显现出来的新伤口。斯塔克发现，一个涂脂抹粉的男人会看起来很奇怪。那就是说，他要么是肥皂剧男演员，要么是《唐纳休访谈》节目[①]的嘉宾。但什么都能掩饰一下伤口，他晒黑的肤色也减轻了一点化妆的痕迹。如果他待在暗处或人造灯光下，就几乎一点也看不出他化过妆。或者说他是这么希望的。还有其他原因使他避免阳光直射。他怀疑阳光会加速他体内灾难性的化学反应。他仿佛正在变成一个吸血鬼。但没关系；从某种意义上而言，他一直是一个吸血鬼。*此外——我是一个晚上活动的人，始终是如此；那就是我的天性。*

他咧嘴一笑，露出一排尖牙。

他拧好粉底液瓶子的盖子，然后开始扑粉。*我能闻到自己的气味*，他想，*很快其他人也能闻到我的气味——一种很浓的、让人讨厌的气味，就像一罐肉在太阳下被暴晒了好几天。这样不好，亲爱的朋友们和宝贝们。这样一点也不好。*

“你会写的，赛德。”他看着镜中的自己说，“但走运的话，你将不用写很久。”

他笑得更欢了，露出一颗已经发黑坏死的门牙。

“我是一个学得很快的人。”

---

① 一档美国著名的谈话类节目。

5

第二天十点半，休斯顿大街上的一个文具商卖了三盒贝洛牌黑美人铅笔给一个宽肩膀的高个子男人，他身穿格子衬衫、蓝色牛仔裤，戴着一副大墨镜。这个男人还化着妆，文具商注意到——大概是晚上在酒吧滥交的后果。从他身上的气味判断，文具商认为他不仅是洒了一点香水，他闻上去仿佛是用香水泡澡了。但古龙水也无法掩盖这位宽肩膀的花花公子闻起来很臭的事实。文具商一闪念——想开句玩笑，接着再一想，还是算了。这家伙闻起来很臭，但看上去很强壮。所幸处理交易的时间很短。毕竟，这怪人买的只是铅笔，不是一辆劳斯莱斯的险路[①]。

最好还是别惹有病的人。

6

斯塔克回到东村的租住房短暂停留，把他的新财产塞进他的背包里，这背包是他第一天到疯狂纽约时在一家海军用品商店买的。要不是为了拿那瓶苏格兰威士忌，他大概根本就懒得回来一趟。

他走上破败的前门楼梯时，经过了三只死麻雀的尸体，却没有留意到。

他步行离开 B 大街……但他没有走很久。他发现，一个下定决心的人总能在他真正需要的时候搭到车。

---

① 劳斯莱斯旗下的一款敞篷车。

第二十章　最后期限

1

赛德·波蒙特的宽限期结束的那天，感觉更像是七月底，而非六月的第三个星期。赛德在仿佛镀了一层铬的天色下，驱车去十八英里外的缅因大学，他把“巨无霸”内的空调开到最大，尽管这会很耗油。一辆深棕色的普利茅斯[①]开在他后面，它不会接近到两车身长之内，也不会拉到五车身长之外。它极少会让其他车插到它和赛德的“巨无霸”之间。假如一辆车碰巧在十字路口或校区插到了它们之间，这辆棕色的普利茅斯就会迅速超过它……如果不能马上做到，赛德的一名警卫就会扯下盖在汽车仪表盘蓝灯上的布。那灯闪几下就行了。

赛德主要是用右手驾驶，迫不得已时才会用上左手。他的手现在好一点了，但如果弯得太猛，它还是会疼得要命，并且他发现自己在距离吃下一片止痛药还剩几分钟时，会痛得忍不住倒计时起来。

今天丽姿本来不想他起床去学校的，被派来保护波蒙特一家的州警察也不想他去。对于州警察而言，问题很简单：他们不想分散保护力量。丽姿的理由要稍微复杂一点。她关心的是他的手；他开车的话可能会导致伤口开裂，她说。但她眼睛里的内容却大不一样。她的眼神表明她满脑子都是乔治·斯塔克。

你今天到底为什么要去办公室呢？她想要知道——这是一个他必须准备好回答的问题，因为学期结束了，已经结束有一段时间了，他也没有教授任何暑期班。最后，他想出的借口是关于选课的。

六十个学生申请上系里的代号为7A的高级创意写作课程。这比

① 克莱斯勒公司的一个中级轿车品牌。

上一个秋季学期申请上高级写作课程的人数的两倍还多，但（一个很基本的问题，我亲爱的华生）去年秋天全世界——包括缅因大学英语专业的学生——都不知道年老乏味的赛德·波蒙特恰恰正是令人胆战心惊的乔治·斯塔克。

所以他告诉丽姿，他想要看看那些申请者的资料，将学生人数从六十人削减到十五人——他的创意写作课最多只能教这么多人（大概已经比他实际能教的多了十四人）。

当然，她想知道他为什么不能迟点再做这事，至少可以等到七月，（当然）她还提醒他说，前一年他把这事一直拖到了半月中旬。他再次强调这次申请者的数目激增，并义正词严地补充道，他不想让去年夏天的懒惰变成一种习惯。

最后她不再说什么了——他认为不是因为他的理由让她信服，而是因为她看出来他无论如何都要去。并且她和他都知道他们迟早是要出门的——躲在家里，直到某人杀死或抓住斯塔克，不是一个很实际的选择。但她的眼睛里依然充满了一种隐隐的恐惧与疑惑。

赛德亲亲她和双胞胎，便迅速地离开了。她看上去像是快要哭了，如果她哭出来时他在家，那他就会留在家里了。

当然，不是为了选课的事情。

今天是最后期限。

今天早晨，他醒来时，也充满了隐隐的恐惧，这种感觉就像腹部绞痛一样令人不适。乔治·斯塔克六月十日晚上打来电话，给他一周时间开始写那本关于装甲车的小说。赛德依然没有动笔……尽管每过一天，他就更加清楚这书该怎么写。他甚至几次梦到了它。这总比老是梦见在自己废弃的房子里走来走去，东西一碰就爆炸要好一点。但今天早晨，他的第一个念头就是，*最后期限。我超过了最后期限。*

这意味着又到了和斯塔克谈话的时间，尽管他极其不愿这么做。到了确定斯塔克有多么生气的时候。嗯……他想他知道这个问题的答案。但也有可能，如果他非常生气，气到失去控制，如果赛德能把他激得失控，老奸巨猾的乔治·斯塔克或许会犯错，泄露什么。

赛德有一种感觉，当乔治允许赛德的手干预进来，在他的日记本上写下那些词语时，他已经泄漏了一些事情。要是他能弄清楚它们的意思，那就好了。他有一个主意……但他不确定。在这种时刻犯一个错误，丧命的就可能不只是他一个人了。

于是，他正赶往学校，赶去他在英语—数学大楼内的办公室。他赶去的目的，不是要查看课程申请人的资料——尽管他也会看一下——而是因为那儿有一部电话，一部没有被监听的电话，因为有些事情必须处理。他超过最后期限了。

他瞥了一眼放在方向盘上的左手，心想（在这漫长的一周里，这不是他第一次这么想了）电话不是与斯塔克取得联系的唯一方式。他已经证明了这点……但代价很高。这代价不仅是一支削尖的铅笔插入手背所带来的极端痛苦，或看到失控的身体在斯塔克的指挥下进行自我伤害所带来的恐惧——老奸巨猾的乔治似乎是一个从来都不存在的男人的鬼魂。他所付出的真正代价是精神方面的。真正的代价是麻雀来了。他惊恐地意识到在这儿起作用的力量远比乔治·斯塔克本人更强大，更难以理解。

他越来越肯定，麻雀意味着死亡。但是指谁的死亡呢？

他很害怕为了再与斯塔克取得联系，他可能不得不拿麻雀冒险。

他能看到它们飞来。他能看到它们停在把他俩连在一起的神秘中间点，他最终将不得不在那个地方与乔治·斯塔克搏斗，争夺他俩共享的灵魂的控制权。

恐怕他知道在那儿搏斗谁会赢。

2

卡索县治安局占据了罗克堡市政大楼的一翼，艾伦·庞波坐在位于县治安局后部的办公室里。他度过了漫长且充满压力的一周……但这没什么新鲜的。一旦罗克堡的夏天真正开始，情况就会是这样的。从阵亡将士纪念日到劳动节，度假地的执法机构总是忙得不可开交。

五天前，一百十七号公路上发生了一起惨烈的四车相撞案，两人在这起由醉驾导致的车祸中丧生。两天后，诺顿·布里格斯用煎锅打他的老婆，把她打得平躺在地。在他们二十年不太平的婚姻生活中，诺顿曾很多次殴打他的妻子，但这一次他显然认为自己打死了她。他写了一张充满了悔恨和语法错误的便条，然后用一把点三八口径左轮手枪结果了自己的性命。当他身为罗兹奖学金得主的妻子醒来，发现她的折磨者的尸体正躺在她旁边时，她打开煤气炉，把脑袋塞了进去。牛津急救服务中心的护理人员救了她的命。好险。

两个纽约来的孩子离开他们父母在卡索湖上的避暑小屋，像汉斯和格莱泰[①]一样在森林里迷了路。八小时后人们找到了他们，他们被吓坏了，但安然无恙。艾伦的二号副手约翰·拉波特身体状况不佳，在搜索中他中了毒漆藤的毒，正神智不清地在家休养。两个来度假的人在小餐馆为了争买最后一份周日的《纽约时报》大打出手；另一起打架事件发生在一个停车场里；一个周末来钓鱼的人在猛地往湖里甩竿时扯掉了自己的半只右耳朵；有三起商店失窃事件；在罗克堡的撞球房和电子游戏厅发生了一场因吸毒而起的小规模破坏活动。

这是六月里小镇典型的一周，类似盛大庆祝夏季的到来。艾伦几乎没有时间坐下来喝完一整杯咖啡。不过，他还是发现自己的思绪会不断转向赛德和丽姿·波蒙特……会想到他们，想到困扰他们的那个男人。那人还杀了霍默·葛玛奇。艾伦给纽约市的警察打过几个电话——那儿一个名叫里尔顿的副队长现在大概已经很烦他了——但他们没什么新情况可以汇报。

今天下午，艾伦的办公室里格外平静。希拉·布里汉姆没报告什么需要紧急处理的事情，诺里斯·瑞治威克正在外面的犯人候审间，把脚翘在办公桌上，在椅子里打瞌睡。艾伦本该叫醒他——要是市镇管理委员会的首席委员丹弗斯·基顿进来，看到诺里斯像这样开小差，他一定会发火——但他就是不忍心这么做。诺里斯这周也很忙。一百十七号公路撞车事故发生后，诺里斯负责道路清障，他干得非常

---

① 格林童话里的人物。

好，只是有点感到胃部不适而已。

现在，艾伦坐在办公桌后面，在墙上的一片阳光里用手做出动物的影子……他的思绪再次转向赛德·波蒙特。奥罗诺的休姆医生在得到赛德许可后，打电话告诉艾伦说赛德的脑部检查结果是正常的。思考到这儿，艾伦又想起了曾经给赛德做手术的休·普瑞查德医生，当时赛迪亚斯·波蒙特才十一岁，离出名还远着呢。

墙上的那片阳光里跳出一只兔子的造型。接着是一只猫；随后是一只狗。

别管它了。这是一件疯狂的事情。

的确疯狂。他的确可以不管它。这儿很快就会有另一桩危机需要处理；没什么大不了的。罗克堡的夏天总是这样事情不断。你会忙得在多数时间里都没空思考，有时不思考是一件好事。

墙壁上又出现了一只大象，它摇晃的鼻子其实是艾伦·庞波的左手食指。

"啊，去他妈的。"他说着把电话机拉到跟前。同时，他的另一手从后面的口袋里掏出钱包。他按了一个键，它自动拨通了牛津的州警察局电话，他问接线员牛津刑事侦查部的长官亨利·佩顿在不在。结果他在。艾伦想，看来州警察局今天也不忙，刚想到这儿，亨利来接电话了。

"艾伦！我能为你做点什么？"

"我想问一下。"艾伦说，"你是否能替我打个电话给黄石国家公园的护林队负责人。我给你电话号码。"他略带惊讶地看着电话号码。大约一周前他从查号台得到了这个号码，并把它记在一张名片的背面。他灵巧的手几乎是自动把卡片从钱包里掏出来的。

"黄石！"亨利听上去很开心。"那儿是不是瑜伽熊出没的地方？"

"不是。"艾伦笑着说，"瑜伽熊出没的是*果冻石公园*。但不管怎么说，熊都和此事无关。至少，据我所知。我需要跟在那儿露营的一个男人谈谈，亨利。嗯……我不知道自己是否真的需要跟他谈谈，但跟他谈谈能让我安心。不谈就像事情没做完。"

"这跟霍默·葛玛奇的案子有关吗？"

艾伦把电话听筒换到另一只耳朵边，并心不在焉地用指关节摆弄着那张写有黄石护林队负责人电话的名片。

“是的。”他说，“但如果你要我解释，我会听上去像个傻瓜。”

“只是一种直觉？”

“是的。”他惊讶地发现他的确有一种直觉——他只是不确定它是关于什么的。“我想要找的男人是一个名叫休·普瑞查德的退休医生。他正和他老婆在一起。护林队负责人大概会知道他们在哪里——我的理解是游客入园时必须登记——我猜他俩会在某个有电话的露营区。他俩都七十几岁了。如果你打电话给公园的护林队负责人，他大概会传话给我要谈话的人。”

“换句话说，你认为一个国家公园的护林队负责人可能会较认真地对待一名州警官，而不是一个愚蠢的县治安官。”

“你很擅长外交辞令，亨利。”

亨利·佩顿开心地大笑起来。“我确实很擅长外交辞令，难道不是吗？嗯，我告诉你吧，艾伦——我不介意帮你个小忙，只要你别把我拉下水，只要你——”

“不会的，就这点事。”艾伦感激地说，“我只要你帮我做这些。”

“等等，我还没说完呢。只要你理解我不能在这儿用我们的长途电话替你打这个电话。我们的头儿会看电话账单，我的朋友。他看得非常仔细。如果他看到电话记录，我认为他可能会问我为什么要用纳税人的钱来淌你的浑水。你明白我说的了吗？”

艾伦无可奈何地叹了一口气。“你可以用我个人信用卡的号码。”他说，“你可以让公园护林队负责人叫普瑞查德打对方的付费电话。我会勾出那个电话，用自己的钱支付。”

电话另一头停顿了一会儿，当亨利再开口时，他的语气更为严肃了。“这事真的对你很重要，是吗，艾伦？”

“是的。我不知道为什么，但它的确很重要。”

又出现了第二次停顿。艾伦能感觉出亨利·佩顿正努力克制自己不再提问。最后，亨利的好天性赢了。或许只是他更务实的品质占了上风，艾伦想。“好吧。”他说，“我会打电话告诉公园护林队负责人，你想跟休·普瑞查德聊聊缅因州卡索县一起正在调查中的谋杀案。他的妻子叫什么名字？”

“海尔格。”

“他们从哪儿来的？”

“怀俄明州的福特罗拉米。”

“好的，长官，现在到了关键的部分。你电话信用卡的号码是什么？”

艾伦叹口气，告诉了他。

一分钟后，他又开始用手在墙上的那片阳光里做出各种动物造型。

这家伙大概永远也不会回电了，他想，如果他真的回电，也不能给我提供任何有用的信息——他怎么可能告诉我什么有用的信息呢？

不过，亨利有一句话是对的：他有一种直觉。关于某件事。这种直觉没有消失。

3

艾伦·庞波与亨利·佩顿打电话时，赛德·波蒙特正在把车停入英语—数学楼后面的一个教师停车位中。他走出汽车，小心翼翼地注意不碰到自己的左手。有一会儿，他就站在那儿，欣赏校园里的白天和难得的静谧。

棕色的普利茅斯停在他的“巨无霸”旁边，两个彪形大汉走下车，驱散了一切他可能正在构想的平静之梦。

“我只是到楼上的办公室去一下。”赛德说，“如果你们想的话，可以留在这儿。”他看到两个女孩走过，大概是去东辅楼选暑期课程的。一个姑娘穿着系带背心和牛仔短裤，另一个套着一件全露背的小T恤和一条男人最爱看的迷你裙，屁股很翘。“好好欣赏美景。”

两个州警察的目光追随着女孩，仿佛他们的脑袋是按在一个隐形的旋转座架上。现在负责的那个——名叫雷·盖瑞森或罗伊·哈瑞曼，赛德不确定到底是哪个名字——把头转回来，遗憾地说："倒是想留在这儿，先生，但我们最好还是跟你上去。"

"真的不用，就在二楼——"

"我们会在外面的走廊里等你。"

"你们不知道所有这一切让我多么抑郁。"赛德说。

"它们都是命令。"盖瑞森或者是哈瑞曼说。显然他才不在乎赛德对此是沮丧还是开心。

"好吧。"赛德让步了。"都是命令。"

他朝边门走去。两名警察隔开一段距离，跟在他后面，赛德觉得他们穿便衣比穿制服更像警察。

经过户外的闷热后，室内的空调猛然袭向赛德。他的衬衫仿佛立刻冻在皮肤上了。九月到五月的学年中总是热闹喧嚣的大楼，在这个春末的周末下午冷清得让人感觉有点毛骨悚然。下周一，当为期三周的暑期课程率先开始后，大楼可能会恢复到平日忙碌程度的三分之一，但今天赛德发现有警察保护自己还是不错的。他猜想他办公室所在的二楼大概会空无一人，这至少省得他跟别人解释为什么要有两个彪形大汉跟着他了。

结果二楼并非空无一人，但他还是轻易混过去了。罗利·德莱塞普正在走廊里，从系公共休息室出来，朝他自己的办公室走去，他总是这么晃来晃去……这意味着他看上去像是脑袋刚受过重击，记忆和运动控制力都被破坏了。他梦游般的打着圈从走廊的一边晃到另一边，眼睛盯着他同事锁着的办公室门上公告板内钉着的卡通、诗歌和通知。他可能是在朝他自己的办公室走去——看上去是这样的——但即使是认识他的人也没办法确定。他的假牙间咬着一只巨大的黄色烟斗。假牙本身虽然没有烟斗那么黄，但也差不多了。烟斗没有点着，从一九八五年末开始就是如此，当时他心脏病轻微发作，他的医生禁止他再抽烟。*我其实一直也不怎么喜欢抽烟，*每当有人问起他的烟斗，罗利就会用他心不在焉的温和口气如此解释道。*但若牙齿间不咬着点什么……先生们，我会不知道要去哪里，即使我幸运地到了我*

要去的地方，我也会不知道该做什么……就像他现在的表现。一些人认识罗利多年后发现，他根本不像看起来那样是一个心不在焉的书呆子。一些人则从来没发现这点。

“嗨，罗利。”赛德边找钥匙边说。

罗利冲他眨眨眼，把目光移到赛德身后的两个人身上，扫了一眼，又把目光移回到赛德身上。

“嗨，赛迪亚斯。”他说，“我想你今年不教暑期课程吧。”

“不教。”

“那么在夏季最热的一天，究竟是什么风把你吹到这儿来了？”

“只是为了看看选课学生的档案。”赛德说，“我一秒钟也不会多待的，看完就走。”

“你的手怎么了？手腕下面一片青紫。”

“嗯。”赛德显得很尴尬地说。这故事会让他听起来像是一个醉酒的人或白痴，甚至两者皆是……但它依然比事实要容易被人接受许多。赛德开心地发现罗利和警察一样，也很容易接受这个故事——对于他的手是怎么会被他自己卧室的壁橱门夹伤的，没有一点疑问。

他本能地知道该编什么样的故事——即使身处极大的痛苦之中，他还是很清楚这点。人们知道他笨手笨脚——这是他的特点之一。从某种意义上而言，这就像告诉《人物》杂志的采访者，乔治·斯塔克是在拉德洛而非罗克堡被创造出来的，斯塔克手写小说的原因是他从来没学过打字。

他从未试过对丽姿说谎……但他坚决要求丽姿对真正发生的一切保持沉默，她同意了。她唯一关心的是要他保证不再试图与斯塔克联系。他心甘情愿地作出了承诺，尽管他知道他可能无法遵守这一诺言。他怀疑丽姿在内心深处也明白这点。

现在，罗利非常感兴趣地看着他。“被壁橱门夹伤？”他说，“了不起。你在玩捉迷藏游戏？还是某种古怪的性仪式？”

赛德咧嘴一笑。“我大约在一九八一年就放弃性仪式了。”他说，“医生的建议。实际上，我就是不小心。整件事情让人有点难为情。”

“我想是的。”罗利说……然后眨了一下眼睛。这是非常微妙的一个眨眼动作，浮肿、皱巴巴的衰老眼睑极其轻微地扇动了一下……但它肯定是动了一下。他以为自己骗过了罗利？完全没可能。

突然赛德灵机一动。“罗利，你还在教民间传说课吗？”

“每年秋季学期都教。”罗利回答，“你难道不看你自己系的课程目录吗，赛迪亚斯？风水占卜，女巫，定数疗法，富人和名人的诅咒，这些内容一直很受欢迎。你为什么问这个？”

赛德发现，这个问题有一个通用的答案；当作家的好处之一就是，你总能回答‘你为什么问这个’这样的问题。“嗯，我有一个故事构想。”他说，“尚处于探索阶段，但我认为它可能被写成故事。”

“你想知道什么。”

“就你所知，麻雀在美国迷信或民间传说中有什么重要意义吗？”

罗利紧皱的眉头开始变得像一幅对人类明显充满敌意的外星球地图。他咬着烟斗。“我现在想不起什么，赛迪亚斯，虽然……我想知道这是否是你感兴趣的真正原因。”

完全没可能骗过他，赛德又一次想道：“嗯……或许不是，罗利。或许不是。或许我这么说是因为我没办法一下子解释清楚我的兴趣所在。”他瞥了一眼监督他的两个警察，然后又把目光转回到罗利的脸上。“我现在有点赶时间。”

罗利的嘴唇轻颤了一下，露出一抹若有似无的笑意。“我想我明白了。麻雀……如此普通的鸟，太普通了，没有什么深刻的迷信含义，我想。但是……既然我想到了它……或许它确有些什么含义。除了我可以把它和北美夜鹰联系在一起，让我查一下。你会在这里待一会儿吗？”

“恐怕不会超过半小时。”

“嗯，我可能马上就能在巴林格的书里查到些什么。《美国民间传说》。它不过是一本迷信食谱，但用起来很方便。我查到的话可以给你打电话。”

“是的。你什么时候打给我都可以。”

“你和丽姿为汤姆·卡洛尔举办的派对很棒。”罗利说，“当然，你和丽姿举办的派对总是最好的。你的老婆太迷人了，迷人得简直都不像老婆，赛迪亚斯。她应该做你的情人。”

“谢谢。我想是的。”

“古怪的汤姆。”罗利继续亲切地说道，“难以相信古怪的汤姆·卡洛尔竟然开始过黯淡的退休生活了。我听他在隔壁办公室吹号似的放屁超过二十年。我猜下一个家伙会安静些，或者至少谨慎一点。”

赛德笑了。

“维尔汉米娜也玩得很开心。”罗利说。他调皮地眨了一下眼睛。他完全清楚赛德和丽姿对比丽的看法。

“那就好。”赛德说。他发现自己没办法把比丽·伯克斯和快乐这个概念联系在一起……但既然她和罗利是他不在场的证明人，他想他应该高兴她来参加派对了。“如果你想起什么关于鸟的事情……”

“麻雀和它们在隐形世界中的意义。好的，我知道了。”罗利朝赛德身后的两名警察点点头。“下午好，先生们。”他绕过他们，继续朝他的办公室走去，这次显得目的明确一点了。不是太明确，但稍微明确一点了。

赛德呆呆地望着他的背影。

“这家伙是谁？”盖瑞森或哈瑞曼问。

“德莱塞普。”赛德轻轻地说，“有影响力的语法专家，业余民俗学者。”

“看着像一个可能需要一份地图才能找到自己家的人。”另一个警察说。

赛德朝自己办公室的门走去，打开门锁。“他比看上去要警惕得多。”他说着打开门。

他直到打开吸顶灯，才意识到盖瑞森或哈瑞曼正站在他身边，一手插在为高个子定制的运动外套中。赛德感到一阵后怕，但办公室当然是空的——空旷且整洁，经过了一整年的喧嚣后，现在它看上去死气沉沉的。

不知道怎么搞的，他忽然产生出一股强烈的思乡感、空虚感和失落感——一种不期而至的深刻悲痛所带来的复杂情绪。它就像是一场梦。仿佛他来这里是为了说再见。

别犯傻了，他告诉自己，接着他的另一部分思维平静地回答：超过最后期限了，赛德。你超过最后期限了，我认为你可能犯下了一个非常严重的错误，你连试都没试过那个男人要你做的事情。短暂的解脱总比根本没有解脱要好。

“如果你们想喝咖啡，可以去公共休息室喝一杯。”他说，“就我对罗利的了解，那儿的咖啡壶会是满的。”

“公共休息室在哪里？”盖瑞森或哈瑞曼的搭档问。

“走廊的另一边，往前走两扇门。”赛德一边说，一边打开文件夹。他转过头，狡黠地朝他们咧嘴一笑。“要是我尖叫，我想你们会听到的。”

“若真有事发生，你可千万要大叫。”盖瑞森或哈瑞曼说。

“我会的。”

“我可以派曼彻斯特去把咖啡端来。”盖瑞森或哈瑞曼说，“但我感觉你是在要求获得一点独处时间。”

“嗯，是的。既然你提到了。”

“没问题，波蒙特先生。”他说完很严肃地看着赛德，赛德突然记起他的名字是哈里森。和甲壳虫乐队的前成员同名。忘记这个名字真是太蠢了。“只是你要记得纽约的那些人正是由于独处时间过长而丧命的。”

*哦？我记得菲利斯·麦尔兹和瑞克·考利都是在警察的陪伴下死掉的。*他想大声说出这句话，但忍住了。毕竟这些人只是在努力履行他们的职责。

“放松点，哈里森警官。”他说，“今天这栋楼极其安静，光脚的人走过也会发出回声。”

“好吧。我们会在走廊那边等你，那个房间叫什么来着？”

“公共休息室。”

“对。”

他们走开了，赛德打开文件夹。在他的想象中，他反复看到罗利·德莱塞普迅速地轻轻眨眼。仿佛听到那个声音告诉他说，他超过了最后期限，他已经跨过边界进入了黑暗的另一边。那是恶魔所在的一边。

4

电话在那儿，没有响。

快点，他看着它想，把选课学生的档案堆在桌上学校配备的IBM电子打字机旁。快点，快点，我在这儿，就站在一台没有被监听的电话边，所以快点，乔治，给我打电话，给我打电话，给我提供独家新闻。

但电话只是在那儿，没有响。

他意识到自己正看着一个不仅仅是刚整理过的档案柜，而是一个完全清空的档案柜。他在神不守舍时，把所有的档案都拿了出来，而不仅仅是选修创意写作课的那些学生的档案。他把那些想要选修“转换语法”课程的学生的档案复印件都拿了出来，按照整天叼着没点燃的烟斗的罗利·德莱塞普的翻译，诺姆·乔姆斯基把“转换语法”视作福音书。

赛德走到门口，向外张望。哈里森和曼彻斯特正在系公共休息室的门内喝咖啡。马克杯在他们的大手中看上去就像小咖啡杯。赛德举手示意。哈里森也举手回应，问他是否还需要很久。

“再等五分钟。”赛德说，两名警察都点点头。

他回到办公桌前，把选修创意写作的学生的档案与其他分开，并开始把后者放回到档案柜中，他尽量干得慢些，等着电话铃响。但电话就是没响。他听见走廊另一头有电话响起，关起的门使铃声减弱，在大楼不寻常的夏日寂静中听起来有点吓人。或许乔治打错号码了，他想，轻轻地笑笑。事实是，乔治不会打电话来了。事实是，他，赛德，错了。显然乔治另有企图。他为什么要惊讶呢？乔治·斯塔克最擅长搞阴谋诡计了。可他还是如此确定，该死地确定——

“赛迪亚斯？”

他跳起来，几乎把最后半打档案里的材料撒在了地上。当他确定它们不会从他的手中滑落时，他转过身。罗利·德莱塞普正站在门外。他的大烟斗伸进来，犹如一只水平观测镜。

“不好意思。”赛德说，“你吓了我一跳，罗利。刚才我的思绪正飘在万里之外。”

“有人打电话找你，打到我的电话上了。”罗利和善地说，“一定是搞错号码了。碰巧我在办公室里。”

赛德感觉他的心脏开始剧烈地慢速跳动——仿佛他的胸中有一只小军鼓，有人开始算好力量猛敲它。

“是的。”赛德说，“碰巧你在。”

罗利审视地扫了他一眼。他浮肿、微红的眼皮下的蓝色眼眸是如此生动与好奇，几乎显得无礼，无疑与他欢快、装模作样且心不在焉的教授形象很不相称。“你一切都好吧，赛迪亚斯？”

不，罗利。这些天，有个疯狂的杀手正在外游荡，他在一定程度就是我，这家伙显然控制了我的身体，使我做出类似用铅笔插自己的荒唐事情，我认为自己没有发疯就是一种胜利。现实已经脱节了，老伙计。

“一切都好？为什么不是一切都好呢？”

“我似乎觉察到了些许模糊却明确存在的讽刺意味，赛德。”

“你感觉错了。”

“是吗？那么你为什么看上去像是一头被汽车前灯照住的鹿？”

“罗利——？”

“刚才跟我说话的人听上去像是那种电话推销员，你从他手上买东西只是为了确保他不会亲自到你家去推销。”

“真的没什么，罗利。”

“很好。”罗利看上去并不相信。

赛德离开自己的办公室，沿着走廊朝罗利的办公室走去。

“你去哪里？”哈里森在他身后喊道。

“有个找我的电话打到了罗利的办公室。”他解释道，“这里的电话号码都是连续的。这家伙准是搞错号码了。”

“而且刚好打到除你之外，唯一在这儿的教员那里？”哈里森怀疑地问。

赛德耸耸肩，继续朝前走。

罗利·德莱塞普的办公室杂乱却舒适，依然有一股烟味——戒烟两年显然没能除掉大约三十年里积累起来的气味。办公室里最显眼的是一块飞镖游戏的靶盘，它的上方还贴着一张罗纳德·里根的照片。一本百科全书大小的富兰克林·巴林格的《美国民间传说》正摊开在罗利的办公桌上。从机座上取下的电话听筒，躺在一叠空白的蓝皮本上。看着电话听筒，赛德感觉那种熟悉的、令人窒息的恐惧又笼罩着他，就像被裹在一床早就该洗的毯子里。他转过头，确信自己会看到他们三人——罗利、哈里森和曼彻斯特——看到他们像电话线上的麻雀一般排成一行站在走廊里。但办公室门口却空无一人，他可以听到罗利温和沙哑的声音从走廊的另一头传来。他强留住保护赛德的警察，跟他们讲话。赛德怀疑他这么做并非出于偶然。

他拿起电话说：“你好，乔治。”

“你已经用完了一周的准备时间。”电话另一头的人说。那是乔治·斯塔克的声音，但赛德怀疑现在他俩的声波纹是否还会完全吻合。斯塔克的声音不一样了。它变得粗糙沙哑，像是一个人看体育比赛时叫喊太久后的声音。“你已经用完了一周的准备时间，但你什么都没干。”

“你说得对。”赛德说。他感觉非常冷。他不得不动用意念让自己不要发抖。这种寒冷似乎是来自电话本身，像小冰柱一般从听筒上的小洞中涌出来。但他也很愤怒。“我不会写的，乔治。无论准备期是一周、一个月还是一年，对我而言都是一样的。你为什么就不能接受呢？你死了，而且不会活过来了。”

“你错了，老伙计。如果你非要错到底，那就继续错下去吧。”

“你知道你听起来像什么吗，乔治？”赛德问，“你听起来仿佛是正在崩溃。这正是你想让我再开始写的原因，不是吗？失去凝聚力，那正是你写的。你正在降解，对吗？用不了多久，你就会像一辆漂亮的单马二轮马车那样，变成一堆碎片。”

“这跟你没关系，赛德。”沙哑的声音回答道。它从一个粗粗的男低音变成了一个刺耳的声音，仿佛砂砾从一辆垃圾车的后面滚出来，然后又变成了尖声细语。“发生在我身上的一切都与你无关。它们只会让你分心，伙计。傍晚前，你必须动笔，否则你就会变成一个可怜的狗杂种。而且你不会是唯一的一个。”

“我不会——”

咔嚓！斯塔克挂断了。赛德沉思地看了话筒一会儿，然后把它放回机座上。他转过身，发现哈里森和曼彻斯特就站在那儿。

5

“谁打来的？”曼彻斯特问。

“一个学生。”赛德说。这时，他甚至都不是确切地知道自己为什么要撒谎。他唯一能明确的是，他有一种很可怕的感觉。“只是一个学生。和我料想的一样。”

“他怎么会知道你在这里？”哈里森问，“并且他又怎么会打到这位先生的电话上？”

“我投降。”赛德说，“我是一名隐藏得很深的俄罗斯特工。打来电话的其实是我的联络人。我会悄悄地去接头。”

哈里森没有生气——或者至少他没有表现出生气。他责备地看了赛德一眼，略显疲倦，这比生气要有效得多。“波蒙特先生，我们正努力帮助你和你的妻子。我知道，无论你去哪里总有两个人跟在身后，这很让人不爽，但我们真的在尽力帮助你们。”

赛德感到很惭愧……但没有惭愧到要说出真相。那种可怕的感觉依然存在，他感觉情况要变糟了，或许情况已经变糟了。他还有些其他的感觉。他的皮肤下面有一种轻微的悸动感。仿佛有虫子在他的皮肤里蠕动。他的太阳穴发胀。不是因为麻雀；至少他不认为是麻雀造成的。与此同时，某种他甚至都没意识到的精神晴雨表的读数正在下降。这不是他第一次如此感觉了。八天前，在他去戴夫市场的路上，他的感觉与此类似，但没有那么强烈。当他在自己的办公室里找学生档案时，他也有这种感觉。一种隐隐的不安。

是斯塔克。他不知怎么的和你在一起，在你体内。他正在监视。如果你说错了话，他就会知道。那么某人就要遭殃了。

“我道歉。”他说。他意识到罗利·德莱塞普这时正站在两名警察的后面，用一双好奇的眼睛安静地望着他。现在他不得不开始撒谎了，谎言自然、流畅地闪现在他的头脑中，他觉得它们可能是乔治·斯塔克本人亲自植入他脑中的。他不能完全确定罗利会相信，但现在担心已经太迟了。“我有点紧张，如此而已。”

“可以理解。”哈里森说，“我只是想让你明白我们不是你的敌人，波蒙特先生。”

赛德说：“打电话来的孩子知道我在这儿，因为我开车经过书店时他正好走出来。他想知道我是否在教一门暑期写作课。学校老师的通讯录是按系科分的，每个系的老师则按字母顺序排列。字印得非常小，任何试过用它的人都能作证。”

“那是一本用起来很讨厌的通讯录。”罗利咬着烟斗说。两名警察转身吃惊地看了他一会儿，但罗利已经把烟斗从嘴里拿了出来，似乎正在仔细研究它被熏黑的碗状部分。“所以，我总是会接到他的电话，他也总是会接到我的电话。我告诉那孩子说，他很不走运，秋季学期开始前我都不会教课。”

嗯，就是这样。他感觉自己稍微有点解释过头了，但真正的问题是哈里森和曼彻斯特是什么时候走到罗利办公室门口的，以及他们听到了多少。人们通常不会跟申请上写作课的学生说他们正在降解，说他们很快就会变成碎片。

“我希望自己能休假到秋天。”曼彻斯特说，“你快完事了吗，波蒙特先生？”

赛德的心里松了一口气，他说：“我只要把我不需要的档案放回去就行了。”

（你还必须给秘书留张便条。）

“当然，我还必须给范顿夫人写张便条。”他听见自己说。他根本不知道自己为什么要这样说；他只知道他必须这样说。“她是英语系的秘书。”

“我们还有时间再喝一杯咖啡吗？”曼彻斯特问。

“当然。甚至还可以吃几块饼干，如果它们没被吃光的话。”他说。那种事情一片混乱、情况很糟糕并会越变越糟的感觉又回来了，而且比过去更强烈了。给范顿夫人留张便条？上帝啊，这真是个笑话。罗利肯定会咬着烟斗笑岔气的。

赛德离开罗利办公室时，罗利问：“我能跟你聊几句吗，赛迪亚斯？”

“当然。”赛德说。他想叫哈里森和曼彻斯特回避一下，他结束后马上就去找他们，但他很不情愿地意识到——当你想要消除自己的嫌疑时，不该说这种话。至少哈里森很警觉。或许还没有全面警觉起来，但也差不多了。

无论如何，沉默更为管用。当他转向罗利时，哈里森和曼彻斯特慢慢地朝走廊另一头踱去。哈里森简短地与他的搭档说了几句话，然后站在系公共休息室的门口，曼彻斯特则进去找饼干。哈里森可以看到他们，但赛德认为他听不到他们说什么。

“那个关于教师通讯录的故事编得真像模像样。”罗利说着又把烟斗放回嘴里。“我认为你和萨基《敞开的窗户》中的小女孩有许多相似之处，赛迪亚斯——即兴虚构故事似乎是你的特长。”

“罗利，这事不是你想的那样。”

“我一点儿都不知道这是怎么回事。”罗利温和地说，“我承认自己有一定的人类好奇心，但我不确定自己是否真的想要知道。”

赛德微微一笑。

“我明显感觉到你是故意忘掉古怪的汤姆·卡洛尔的。他是退休了，但我上次查现在的教师通讯录时，他的名字依然排在我和你之间。”

“罗利，我该走了。”

“确实。”罗利说，“你要写一张便条给范顿夫人。”

赛德感觉自己的脸颊有点发烫。阿尔西亚·范顿，从一九六一年起便担任英语系的秘书，但她四月份就已经因为喉癌去世了。

“我叫住你只是为了告诉你一件事。”罗利继续说道，“我或许已经查到了你在找的东西。关于麻雀。”

赛德感觉他的心猛地一跳。“你是什么意思？”

罗利把赛德重新领到办公室里面，拿起巴林格的《美国民间传说》。“麻雀，潜鸟，尤其是北美夜鹰，它们都是灵魂的摆渡者。”他说，声音里不无得意之情。“我就知道关于北美夜鹰是有说法的。”

“灵魂的摆渡者？”赛德狐疑地问。

“这个名词来自希腊语。”罗利说，“意思是引导者。这里指的就是那些在生者世界和死者世界之间来回摆渡人类灵魂的人。照巴林格的说法，潜鸟和北美夜鹰都是生者的护卫。据说它们总是聚集在死亡将要发生的地方。它们不是带来恶兆的鸟。它们的工作是把刚刚死去的灵魂引导到死后该去的地方。”

他不动声色地盯着赛德。

“麻雀聚集则是更加不吉利的迹象，至少巴林格是这么认为的。麻雀据说是死者的护卫。”

“那意味着——”

“那意味着它们的工作是把迷失的灵魂引回到生者世界。换句话说，它们是活死人的先驱。”

罗利从嘴里拿下烟斗，严肃地看着赛德。

“我不知道你是什么情况，赛迪亚斯，但我建议你小心行事。极其小心。你看上去像是一个深陷困境的人。如果有什么我可以做的，请告诉我。”

“谢谢，罗利。你保持沉默已经帮了我大忙。”

“至少在这方面，你和我的学生们似乎看法完全一致。”但烟斗上方那双温和的眼睛依然充满了担忧。“你会照顾好自己的吧？”

“我会的。”

“如果这些人跟着你到处跑是为了帮助你，赛迪亚斯，或许你应该对他们有信心。”

要是他能这么做，那就太好了，但他是否对他们有信心不是问题的关键。如果他真的开口说出实情，他们也不会相信他的。即使他对哈里森和曼彻斯特的信任足以让他和他们谈谈，在他皮肤里那种犹如虫爬的蠕动感消失之前，他也不敢说什么。因为乔治·斯塔克正在监视他。他超过了最后期限。

“谢谢，罗利。”

罗利点点头，再次嘱咐他保重，然后在办公桌后坐下。

赛德走回他自己的办公室。

6

当然，我必须给范顿夫人写一张便条。

在他把最后一叠他拿错的档案放回去的过程中，他停了下来，望着他那台米色的 IBM 牌打字机。最近，他几乎被催眠般的对一切书写工具都很敏感，无论它们是大还是小。上一周，他不止一次地怀疑每一件书写工具里是否都藏着一个不同的赛德·波蒙特，就像埋伏在瓶子里的魔鬼一样。

我必须给范顿夫人写一张便条。

但现在用显灵板与已故的范顿夫人联系，要比用电子打字机更为合适，了不起的范顿夫人总是把咖啡煮得很浓，咖啡浓得几乎都可以走路和说话了，他为什么要说那句话呢？范顿夫人本是他最想不起来的人。

赛德把最后一叠非写作课学生的档案扔进档案柜里，关上抽屉，看着自己的左手。绷带下面，他大拇指和食指之间的虎口部分忽然开始发烫发痒。他把手在裤管上蹭蹭，但这似乎加剧了瘙痒。现在它还开始跳动。那种源自皮肤深处、火烤一般的灼烧感更为强烈了。

他从办公室的窗户向外望去。

对面贝内特大道的电话线上站满了麻雀。更多的麻雀站在学校医务室的屋顶上。就在他看的时候，又一批麻雀降落在一片网球场上。

它们似乎都在注视着他。

灵魂的摆渡者。活死人的先驱。

这时一群麻雀降落在贝内特楼的屋顶上，犹如一股卷着干树叶的飓风。

“不。”赛德声音颤抖地低语道。他的背上泛起一层鸡皮疙瘩。手又痒又烫。

打字机。

他只有用打字机，才能摆脱麻雀和手上剧烈的热痒。

在打字机前坐下的本能强到无法抗拒。这么做似乎非常自然，就像烫到手后想把手浸入冷水中一样。

我必须给范顿夫人写一张便条。

傍晚前，你必须动笔，否则你就会变成一个可怜的狗杂种。而且你不会是唯一的一个。

他皮肤下犹如虫爬的瘙痒感越来越强烈，如波浪般从他手上的洞里朝外辐射。他的眼球似乎也和这种感觉同步跳动。在他的心目中，麻雀的形象越发清晰了。那是在伯根菲尔德瑞奇威地区；瑞奇威春季柔和的白色天空下；一九六〇年；整个世界一片死寂，除了这些可怕的普通鸟儿，这些灵魂的摆渡者，就在他看的时候，它们都展翅飞起。不计其数的鸟儿盘旋在空中，让天空都变暗了。麻雀又在飞了。

赛德的窗户外面，电话线、医务室和贝内特楼上的麻雀同时拍着翅膀飞起。一些早到的学生在院子对面驻足看着鸟群斜向左边飞过天空，消失在西面。

赛德没有看到这些。除了看到他儿时所住的地方不知怎么搞的变成了梦中古怪的死亡国度，他什么都没看到。他在打字机前坐下，深深地沉入昏暗的恍惚状态中。然而一个念头却牢牢地抓着他。狡猾的斯塔克可以让他坐下拨弄 IBM 打字机的键盘，但他不会写那本书的，无论发生什么……如果他坚持不写，老奸巨猾的乔治・斯塔克就会崩溃，或像蜡烛火苗一样被轻易吹灭。他知道。他感觉到了。

他的手现在乱抖乱颤，他感觉，如果他能看到的话，那它就像卡通人物（比如大笨狼怀尔）的爪子被大锤重击之后的样子。其实它并不疼；更像是你后背中间某块你永远也抓不到的地方开始剧痒时，那种让人快要发疯的感觉。不是表面痒，而是那种深入骨髓的痒，痒得让你只能咬紧牙关强忍。

但连这点似乎都是遥远且不重要的。

他坐在打字机前。

7

他一打开打字机，痒的感觉便消失了……麻雀的影像也随之而去。

然而恍惚的状态却在持续，它的核心是某种苛刻的命令。有些东西需要被写出来，他能感觉到他的全身都在催促他去做，做这件事，做完它。这种感觉比看到麻雀或手上奇痒还要糟糕得多。这种渴望似乎是发自他的内心深处。

他把一张纸卷进打字机里，然后在那里坐了一会儿，感觉遥远且迷茫。接着他把手指放在打字机键盘中间一排的起始位置，尽管他已经放弃按指法打字多年了。

手指在那儿颤抖了一会儿，接着除食指之外的手指都缩了回来。显然当斯塔克真的打字时，他的方法和赛德是一样的——边找边打。当然他会这么做；打字机不是他擅长的书写工具。

当他移动左手手指时，隐隐有点痛，但仅此而已。他的食指打字打得很慢，但文字还是很快就出现在白纸上了。它简短得要命。哥特式字体的球形打字机头急速转动起来，用大写字母打出一行字：

猜猜我是从哪里打电话来的，赛德？

世界突然又清晰聚焦了。他这辈子从未感觉如此沮丧，如此恐惧。当然，天哪——它是如此准确，如此清晰。

这个狗杂种是从我家打电话来的！他抓住了丽姿和双胞胎！

他开始站起来，却根本不知道要去哪里。他甚至没有意识到自己正在做的事情，直到他的手感到一阵剧痛，就像一个焖烧的火把被人在空中猛地一摇，火苗一下子蹿起来似的。他龇牙咧嘴地轻轻叫了一声，又跌坐到IBM前的椅子上，没等他明白是怎么回事，他的双手已经摸回键盘，又开始打字了。

这次是十一个字：

告诉任何人，他们就死定了。

他呆呆地盯着这些字。他刚打出最后一个字，所有的感觉就一下子被切断了——仿佛他是一盏被人拔掉插头的灯。手不再痛。不再痒。皮肤下也不再有那种蠕动感与紧张感。

鸟消失了。那种朦胧恍惚的感觉消失了。斯塔克也消失了。

但他并没有真正地消失，不是吗？没有，赛德不在时，斯塔克就当家作主了。他们留下两个缅因州警察看守那个地方，但根本没用。他是一个傻瓜，傻透了，竟然认为两个警察能起作用。派一队戴绿色贝雷帽的三角洲特种部队士兵来也没有用。乔治·斯塔克不是一个人；他类似一辆纳粹老虎坦克，只是碰巧看着像人而已。

“事情办得怎么样了？”哈里森在他身后问。

赛德跳起来，仿佛后颈被人戳进了一枚图钉……这让他想起弗雷德里克·克劳森，多管闲事的弗雷德里克·克劳森……因为说出他所知道的事情而自取灭亡。

告诉任何人，他们就死定了。

打字机里，纸上的这行字朝上怒视着他。

他伸手从纸筒上扯下这张纸，揉成一团。他这么做时，并没有回头看哈里森离他有多近——这是一个很严重的错误。他试图让自己看起来很放松。但他并没有感觉放松；他感觉自己快要疯了。他等着哈里森问他写了什么，以及他为什么要急着把它从打字机里取出来。当哈里森什么都没说时，赛德说话了。

“我想我弄完了。让便条见鬼去吧。无论如何，我会在范顿夫人发现它们消失之前把这些档案放回去。”至少，这些话是真的……除非阿尔西亚恰好在天堂里朝下张望。他站起来，祈祷他的腿别出卖他，让他又跌坐到椅子上。他看到哈里森正站在门口，根本没朝他看，这才总算松了一口气。片刻之前，赛德还断言哈里森肯定就站在他身后，气都呼到他后颈上了，但其实哈里森正吃着饼干，目光绕过赛德，正凝视着几个在院子对面闲逛的学生。

“哦，这地方确实像死了一样。”警察说。

在我到家之前，我的家人可能也已经死了。

“我们走吧？”他问哈里森。

“好主意。”

赛德朝门口走去。哈里森困惑地望着他。“天哪。”他说，“或许教授们都是这么心不在焉。”

赛德紧张地朝他眨眨眼，然后他低头发现自己的一只手里依然握着那个纸团。他把它投向废纸篓，但他颤抖的手却没投准。它撞在废纸篓的边上，弹了出去。不等他弯腰捡起它，哈里森就从他身边走过，他捡起纸团，漫不经心地把它在两手间抛来抛去。“你不带上你过来拿的档案就走了？”他问。他指指打字机旁绑着一根红色橡皮筋的创意写作课学生档案。接着他又继续把那个写有斯塔克最后两条信息的纸团在两手间抛来抛去，从左到右，从右到左，来来回回，目光追随着跳动的纸团。赛德能看到折痕里的只言片语：*告*，*任何*，*他们*。

“哦，那些档案。谢谢。”

赛德拿起档案，却又差点把它们摔在地上。现在哈里森会展开他手里的纸团。他会这么做，虽然斯塔克此刻没在监视他——无论如何，赛德相当肯定他此刻没在监视——但他很快就会回来检查的。当他检查后，他就会知道。当他知道后，他就会对丽姿和双胞胎干出可怕到难以形容的事情。

“别客气。”哈里森把纸团朝废纸篓投去。它差不多是在废纸篓的边缘滚了一圈后，才掉了进去。“两分。”他说着走向门外的走廊，好让赛德可以关门。

8

他走下楼梯，警察跟在他的后面。罗利·德莱塞普从办公室里探出身子说，可能暑假碰不到赛德了，祝他暑假快乐。赛德用至少在他自己听来算是自然的声音，对他表达了同样的祝愿。他觉得自己仿佛是处于自动驾驶状态。这种感觉一直持续到他走到自己的“巨无霸”旁边。当他把档案扔在副驾驶座上时，他的目光被停车场另一边的付费电话吸引住了。

“我要给我老婆打个电话。”他告诉哈里森，“看看她是否要在商店买点什么。”

“应该在楼上时就打。”曼彻斯特说，“还能让你省下两毛五分。”

“我忘了。”赛德说，“或许就是所谓的教授式的心不在焉。”

两名警察好笑地互相看了一眼，坐进他们的普利茅斯里，他们会打开空调，透过挡风玻璃看着他。

赛德感觉自己的五脏六腑都变成了一堆乱七八糟的碎玻璃。他从口袋里掏出一枚两毛五分的硬币，丢进投币口中。他颤抖的手拨错了第二位号码。他挂上电话，等待自己的硬币被退回来，接着又试了一次，他想，*上帝啊，这就像米里亚姆死掉的那个夜晚。仿佛那晚重演了*。

他不喜欢这种似曾相识的感觉。

第二次他拨对了，他站在那里，把话筒紧紧地压在耳朵上，压得耳朵都疼了。他有意识地想让自己的姿势放松。他不能让曼彻斯特和哈里森发觉事情不对头——不管怎么说，决不能让他们知道。但他似乎无法放松他的肌肉。

电话铃才响了一声，斯塔克就接了起来。“赛德？”

“你对他们干了什么？”就像从嘴里吐出干棉球。他能听到双胞胎在背景里大哭。赛德发现他们的哭声异常令人安慰。这哭声不是温迪从楼上摔下来时那种嘶哑的嚎啕；它是一种迷惑的哭声，可能是生气的哭声，反正不是受伤的哭声。

丽姿，那么——丽姿在哪里？

“什么都没干。”斯塔克回答，“你自己可以听到。我连他们宝贵小脑袋上的一根毛都没碰。现在还没。”

“丽姿。”赛德说。他突然被一种孤独的恐惧所笼罩，就像被浸在一道冰冷的大浪中。

“她怎么了？”揶揄的口吻怪诞得让人无法忍受。

“让她接电话。”赛德咆哮道，“如果你指望让我以你的名字再写任何一个字，那就让她听电话！”显然，即使在这样极度恐惧与震惊的情况下，他的一部分意识依然没有丧失，它在提醒他：*注意你的脸，赛德。你只是四分之三背对着警察。给家里打电话，问老婆鸡蛋够不够的男人是不会对着电话喊叫的。*

“赛德！赛德，老伙计！”斯塔克听上去心里受伤了，但赛德惊恐地确信这狗杂种正咧着嘴在笑。“你真是把我想得太坏了，伙计。我的意思是你太小看我了，伙计！冷静一下，她在这里。”

“赛德？赛德，你在吗？”她听上去痛苦且害怕，但没有惊慌失措。不是非常惊慌失措。

“我在。亲爱的，你还好吧？孩子们没事吧？”

“是的，我们没事。我们……”她说最后一个词时声音变轻了一些。赛德能听到那狗杂种在对她说些什么，但他听不清具体内容。她说*是，好的*，接着又回到电话上。现在她听上去快要哭了。“赛德，你必须去做他让你做的事情。”

“是的。我明白。”

“但他让我告诉你，你不能在这里做。警察很快就会来这儿。

他……赛德，他说他杀了那两个看守我们房子的人。”

赛德闭上眼睛。

“我不知道他是怎么干的，但他说他杀了他们……而且我……我相信他说的话。”现在她哭了。她竭力想忍住，知道哭泣会让赛德心烦意乱，知道如果他心烦意乱，他就可能做出一些危险的事情。他抓住电话，将它紧压在耳朵上，尽量显得随便。

斯塔克又在背景里低声说着什么。赛德听到了一个词。合作。难以置信。真他妈的难以置信。

“他要把我们带走。”她说，“他说你会知道我们要去哪里。记得玛莎姨妈吗？他说你应该甩掉跟着你的人。他说他知道你能做到的，因为他能。他要你在今晚天黑前与我们会合。他说——”她害怕地抽泣了一下。第二声抽泣开始冒出来时，她努力把它咽了回去。“他说你将与他合作，你和他一起写，这会是最好的一本书。他——”

咕咕哝哝，咕咕哝哝，咕咕哝哝。

噢，赛德想把自己的手指掐进乔治·斯塔克罪恶的脖颈之中，让他窒息，直到手指穿透皮肉，掐进这狗杂种的喉咙里。

“他说阿历克斯·马辛死而复生，比以前更强大了。”然后她又尖声叫道，“请照他说的做，赛德！他有枪！他还有一把喷灯！一把小喷灯！他说要是你试图干什么傻事——”

“丽姿——”

“求求你了，赛德，照他说的做！”

她的声音变小了，因为斯塔克把电话从她手里拿走了。

“告诉我，赛德。”斯塔克说，现在他的声音里不再有揶揄，而是非常严肃。“告诉我，而且你说出来的话要可信真诚，伙计，否则他们会为此付出代价。你明白我的话了吗？”

“是的。”

“你肯定？因为她说的关于喷灯的事可是真的。”

“是的！是的，该死！”

“她跟你说‘记得玛莎姨妈吗？’是什么意思？他妈的，她是谁？这是一种暗号吗，赛德？她在试图欺骗我吗？”

赛德突然看到他老婆和孩子正命悬一线。这不是一种比喻的说法；而是他可以看到的东西。那根线是冰蓝色的，非常纤细，几乎隐没于一切可能存在的永恒之中。现在一切都归结到两件事上——他所说的，以及乔治·斯塔克所相信的。

“电话机上的录音设备拔掉了吗？”

“当然拔掉了！”斯塔克说，“你把我当成什么人了，赛德？”

“当你让丽姿接电话时，她知道录音设备被拔掉了吗？”

电话那头停顿了一下，然后斯塔克说：“她只要看看就知道了。电线就横在该死的地板上。”

“但她知道吗？她看了吗？”

“别绕弯子了，赛德。”

“她试图用暗示的方法告诉我你们要去哪里。”赛德告诉他。他努力保持一种耐心、讲课式的语调——耐心，但有点居高临下。他不知道自己是否做到了，但他认为乔治很快就会以某种方式让他知道结果的。“她指的是夏季别墅。在罗克堡的那个房子。玛莎·泰尔福特是丽姿的姨妈。我们不喜欢她。每当她打电话说要来，我们就会想象逃到罗克堡，躲在夏季别墅里直到她死掉。现在我说出来了，如果他们在我们的电话上安装了无线录音设备，乔治，那就只能怪你自己了。”

他全身冒汗，等着看斯塔克是否会相信这话……或那根细线是否会断，那是他所爱的人和永恒之间的唯一联系。

“他们没装。”最后斯塔克说，他的声音听起来又放松了。赛德真想在电话亭的边上靠一靠，闭上眼睛松口气。*如果我能再次见到你，丽姿*，他想，*我要因为你冒一个如此疯狂的险而扭断你的脖子*。但他猜想当他再次见到她时，他真正会做的将是亲吻她，直到她无法呼吸。

“不要伤害他们。”他对着电话说，“请别伤害他们。无论你要我做什么，我都会做。”

“喔，我就知道。我知道你会的，赛德。我们将一起做。至少，开始一起做。你快行动吧。甩掉你的监督者，快点到罗克堡来。尽快赶来，但不要快得引人注意。引人注意就错了。你或许可以考虑一下换车，但我将把细节问题交给你处理——毕竟，你是一个有创意的家伙。天黑之前赶到那里，如果你还想发现他们活着的话。别干蠢事。你明白我的意思吧？不要干蠢事，不要要任何花招。”

“我不会的。”

“没错。你不会的。伙计，你要做的是遵守游戏规则。如果你搞砸了，当你赶到那儿时，只会发现尸体和一盘你老婆在死前咒骂你的磁带。”

喀哒一声。电话断了。

9

当他回到“巨无霸”里时，曼彻斯特摇下普利茅斯副驾驶那侧的窗户，问他家里是否一切都好。赛德从他的眼神里看出这并非是随便一问。毕竟他从赛德的脸上读出点什么了。但没关系；他认为自己能处理好。不管怎么说，他是一个有创意的家伙，现在他的脑子似乎正以它自己惊人的速度默默运转，快得就像日本的子弹头列车。问题再次出现：撒谎还是说实话？跟以前一样，这没什么好争论的。

“一切都好。”他说。他的语调自然且随意。“孩子们很难搞，仅此而已。丽姿也因此变得脾气不好。”他的声音提高了一点，“你们俩自我们离家以来就有点坐立不安。发生了什么我应该了解的事情吗？”

即使在这样的绝境中，他的良心足以让他对此感到强烈的内疚。确实发生了一些事情——但他这个知情人却没有说实话。

“没有。”哈里森身体前倾，越过他的搭档，在方向盘后面说。“我们联系不上看守房子的查特顿和埃丁斯，就这么点事儿。他们可能进屋了。”

“丽姿说她刚做了一点新鲜的冰茶。”赛德随口撒谎道。

“那就对了。”哈里森说。他对赛德笑笑，赛德又感到一阵更为强烈的内疚。“或许我们到那儿时还会剩下一点，对吗？”

“一切皆有可能。”赛德猛地关上车门，用麻木犹如木头的手把车钥匙插进锁孔中。问题在他的头脑中飞速打转，跳着它们自己复杂却不怎么优美的加伏特舞[①]。斯塔克和他的家人已经朝罗克堡进发了吗？他希望是这样的——他希望在他们被绑架的消息传遍整个警察局联络网之前，他们已经离开一段时间了。如果他们在丽姿的车里被人看到，或者他们刚离开或仍在拉德洛，那可能就麻烦大了。极其严重的麻烦。他竟然希望斯塔克能不留痕迹地逃跑，这真是太讽刺了，但他目前的处境决定了他只能这样想。

说到逃跑，他要怎么才能甩掉哈里森和曼彻斯特呢？这是另一个麻烦的问题。肯定不可能靠把“巨无霸”开得飞快甩掉他们。他们驾驶的普利茅斯看上去满是灰尘，轮胎也磨损得厉害，但它强有力的发动机声显示它的速度不可小觑。他想他可以甩掉他们——他已经想好了以什么方式和在哪里甩掉他们——但之后他怎么才能以一百六十英里的时速朝罗克堡飞驰而不被发现呢？

他一点儿都没头绪……他只知道他必须做到。

记得玛莎姨妈吗？

他对斯塔克所做的解释纯属胡说八道，但斯塔克相信了。由此看来这狗杂种并不能完全了解他的想法。玛莎·泰尔福特是丽姿的姨妈，没错，他们也经常在床上开玩笑说要躲开她，但他们说的是逃到像阿鲁巴岛[②]或塔希提岛[③]这样充满异国情调的地方……因为玛莎姨妈非常了解位于罗克堡的夏季别墅。她到那里去拜访他们的次数远多于她去拉德洛。而且玛莎姨妈在罗克堡最喜欢的地方是垃圾场。她是全国步枪射击运动协会的付费会员，她喜欢在垃圾场射杀老鼠。

“如果你想让她走。”赛德记得自己有次跟丽姿说，“那只有你自己去告诉她。”这种对话也曾发生在床上，某年夏天玛莎姨妈对他们的拜访似乎永无休止——那是一九七九年还是一九八〇年来着？到底

---

① 法国农民的一种舞蹈，类似于小步舞。

② 委内瑞拉海岸北面背风群岛中一座属于荷兰的岛屿。是加勒比海的观光胜地。

③ 位于南太平洋，法属波利西亚的经济活动中心。

是哪一年无关紧要，他想。“她是你的姨妈。此外，要是我去跟她说，我害怕她会用她那把温切斯特连发步枪对准我。”

丽姿说：“我不确定血缘关系会起多少作用。她的那种眼神……”他记得她在旁边假装哆嗦了一下，然后咯咯笑起来，戳戳他的肋骨。“你去说。上帝讨厌胆小鬼。告诉她我们是自然资源保护主义者，连对老鼠也一样。直接走到她面前，赛德，对她说：‘走吧，玛莎姨妈！你已经射杀了垃圾场里的最后一只老鼠！整理好你的行李，快走吧！’”

当然，他俩谁也没开口叫玛莎姨妈离开。她继续每天去垃圾场射杀几打老鼠（当老鼠们都躲起来时，她就射杀一些海鸥，赛德怀疑）。最后，幸福的一天终于到来了，赛德开车把她送到波特兰机场，送上一架回奥尔巴尼的飞机。在门口，她像男人般与他古怪地用力握手——仿佛她不是在说再见，而是在结束一场商业谈判——她告诉赛德她可能明年再来拜访。“真是射得爽快。”她说，“一定是干掉了六七打那些传染细菌的小东西。”

她再也没回来过，尽管有一次她差点就来了（谢天谢地，几近成行的拜访在最后一刻被取消，玛莎姨妈打电话给他们说，她受邀去依然有大量丛林狼的亚利桑那州）。

自她最后一次拜访后的多年里，“记得玛莎姨妈吗？”成了一句暗语，类似于“记得缅因州吗？”。它的意思是他俩中的一个应该从储藏室里拿出点二二口径的手枪，像玛莎姨妈在垃圾场射杀老鼠一样，干掉某个讨厌的客人。赛德回想起来，丽姿曾在《人物》杂志拍照访问的过程中用过这句话。当时她转身对他轻轻地说：“我怀疑那个麦尔兹是否还记得玛莎姨妈，赛德？”

然后她捂住嘴，开始吃吃地笑。

相当有趣。

只是现在它不是一个笑话了。

也不是在垃圾场射杀老鼠。

除非他理解错了，否则丽姿的意思就是叫他跟在他们后面，干掉乔治·斯塔克。丽姿，一个在德瑞动物收容所听到无家可归的动物要被安乐死时都要哭的人，如果她想让他杀人，那么她肯定是认为没有其他办法了。她一定是认为现在只有两个选择：要么斯塔克死……要么她和双胞胎死。

哈里森和曼彻斯特正好奇地注视着他，赛德意识到自己已经在怠速的“巨无霸”里，坐在方向盘后沉思了差不多整整一分钟。他抬手示意，然后把车倒出来，驶向缅因大街，离开学校。他努力想要开始思考，如何赶在他们从警局电台里得知两名同事已经死掉的消息之前，把他们甩掉。他试图思考，却不断听到斯塔克对他说，如果他搞砸了，当他抵达罗克堡的夏季别墅时，他只能发现他们的尸体和一盘丽姿死前咒骂他的磁带。

而且他不断看到玛莎·泰尔福特，看到她举着那管温切斯特连发步枪，瞄准在垃圾堆和焚烧垃圾的橘黄色火苗间跑来跑去的老鼠们，温切斯特连发步枪可比他放在夏季别墅上锁的储藏室里的点二二口径手枪大多了。他突然意识到他想要射杀斯塔克，但不是用点二二口径手枪。

对付狡猾的乔治应该要用更大的枪。

一门榴弹炮可能大小正合适。

在闪着银光的碎瓶子和被压扁的罐头间窜来跳去的老鼠们，它们被射中后先是身体一扭，接着内脏和皮毛炸开来，飞溅得到处都是。

没错，看着类似的事情发生在乔治·斯塔克身上，会相当过瘾。

他把方向盘握得太紧，导致他的左手都痛了。实际上，它的骨头和关节似乎都在呻吟。

无论如何，他试图放松一点——他在胸前的口袋里摸索他带的止痛片，找到后就干吞了一片。

他开始思考校区的位于维齐的十字路口。四面都有停车标志的那个。

他还开始思考罗利·德莱塞普所说的话。罗利把它们叫做“灵魂的摆渡者”。

活死人的使者。

第二十一章　斯塔克做主

1

对于计划他要做什么，以及他要如何去做，他一点都不觉得困难，即使实际上他这辈子从未来过拉德洛。

斯塔克在梦里常来这儿。

他开着一辆偷来的破旧的本田思域车，驶离大道，进入距波蒙特家一英里半的一个休息区。赛德去学校了，这很好。有时候不可能知道赛德在干什么或想什么，虽然他努力的话，几乎总是能够掌握赛德的情绪状态。

要是他发现与赛德联系困难，他只需开始摆弄他从休斯顿大街的文具商那里买来的贝洛牌铅笔。

这很有用。

今天与赛德联系很容易。今天很容易，因为无论赛德对保护他的警察说了什么，他都是因为一个理由去学校的，只有一个理由：因为他超过最后期限了，他相信斯塔克会试图联系他。斯塔克正打算这么做。是的，确实如此。

只是他没打算按赛德预期的方式行事。

并且肯定不会从一个赛德预期的地方与他联系。

时间快到中午了。休息区里有些野餐的人，但他们不是围坐在草地上的餐桌边，就是聚在河边石头做的小烧烤台周围。当斯塔克从思域里出来走开时，谁也没有看他一眼。这很好，因为如果他们看到他，他们肯定会记住他的。

是的，会记住他。

但无法描述他。

当他大步穿过柏油马路，然后朝波蒙特家走去时，他看起来非常像 H.G. 威尔斯笔下的隐形人。一条宽绷带覆盖了他前额从眉毛到发际线的区域。另一条裹住了他的脸颊和下颌。他头上扣着一顶纽约洋基队的棒球帽，帽檐压得很低，架着一副墨镜，身穿一件夹棉背心，还戴了一副黑手套。

一种黄色的脓液弄脏了绷带，还像树脂一般从棉纱里渗出来。更多的黄色脓液从墨镜后面滴下来。他不时用他那双薄薄的仿小羊皮手套抹掉脸颊上的脓液。手套的掌心和手指部分沾满了干掉后黏糊糊的脓液。绷带后面，他的大部分皮肤已经脱落。剩下的也不像是人的肌肉，而是一种不断渗出液体的黑色海绵状组织。这种液体看着像脓水，有一种讲不清楚的难闻气味——像浓咖啡和墨汁的混合物。

他走路时头稍稍向前低着。迎面开来的几辆车上的乘客看到的是一个头戴棒球帽的男人，他低头躲避刺眼的日光，两手插在口袋里。如果不注意看，帽檐几乎遮住了一切，如果人们看得更仔细的话，他们也只能看到绑带。当然，那些从他身后朝北开去的车子里的人，就只能看到他的背影了。

离班戈和布鲁尔这两个姐妹城市越近，路就越难走。一路上，你会经过一片片的郊区，住宅也会越来越多。波蒙特在拉德洛所住的地方在远郊，属于乡村社区——不算边远地带，但肯定不算大城镇的一部分。房屋的占地面积都很大，有些可以说是建在田野上的。房屋之间不是被体现郊区私密性的树篱隔开的，而是被一些狭长的小树林隔开，有时还建有蜿蜒的石墙。碟形的卫星天线在地平线上时隐时现，犹如入侵外星人的先锋部队。

斯塔克沿着路肩一直走到克拉克家。赛德家就在隔壁。他从克拉克家干草多过青草的前院一角抄近路横穿。他瞥了一眼房子。所有的遮光帘都闭合着以抵挡热气，车库的门也紧闭着。克拉克家的房子看上去不仅是这天上午没人，而是像一栋已经被闲置了一段时间的房子。虽然纱门里面没有大堆的八卦小报证明房子没人住，但斯塔克认为克拉克一家大概出门去度他们的初夏假期去了，他觉得这很好。

他走进分隔两家的小树林，跨过一堵倒塌的石墙，然后单膝跪下。生平第一次，他看到了他倔强的双胞胎兄弟的房子。车道上停着一辆警车，两名警察站在旁边的树荫下，正在抽烟聊天。很好。

万事俱备，剩下的就很容易了。然而，他还是多停留了一会儿。他不认为自己是一个想象力丰富的人——除了在那几本由他主要创作的书里——他也不认为自己是一个情绪化的人，所以当他发现自己胸中燃烧着愤怒与怨恨之火时，他有点吃惊。

这狗杂种有什么权利拒绝他？他妈的他有什么权利？就因为他成为真人在先？就因为斯塔克不知道他自己是何时、如何以及为什么变成一个真人的？这都是胡扯。在乔治·斯塔克看来，年龄大小毫无关系。他没有义务一言不发地躺下死去，赛德·波蒙特似乎认为他就该那么做。他要对自己负责——要活下来。但并非仅此而已。

他还要为他那些忠实的粉丝考虑，不是吗？

瞧那栋房子，只是看着它。一栋宽敞的新英格兰殖民地时期的房子，只是少了一个侧翼，否则完全可以被称为庄园。一大块草坪，旋转的喷水器不停地喷水以保持其常绿。木头栅栏沿着又黑又亮的车道一侧向前延伸——斯塔克觉得这种栅栏蛮别致的。在房子和车库之间有一条加顶的过道——天哪，加顶的过道！屋内装饰得非常典雅（或许人们把这叫做有品位），殖民时期的风格里外呼应——餐厅里摆着一张长形的橡木餐桌，楼上的房间里放着漂亮的高斗柜，还有精致悦目却并非十分昂贵的椅子；这些椅子，你可以欣赏，也敢坐上去。墙上没有贴墙纸，而是漆了以后再印上图案。斯塔克见过这一切，在梦里见过这一切，波蒙特以乔治·斯塔克的名义写作时，他甚至不知道斯塔克正在做这些梦。

突然，他想把这栋迷人的白房子烧为平地。朝它扔一根火柴——或许也可以用他背心前胸口袋里的丙烷喷灯点燃它——把它烧平到地基。但他要先进去。他要先砸毁家具，在客厅的地毯上拉屎，把大便涂到那些精心印上去的图案上，在墙上留下恶心的棕色污迹。他要先拿一把斧子劈坏那些如此精贵的斗柜，把它们变成一堆柴火。

波蒙特凭什么有孩子？有一个漂亮的老婆？赛德·波蒙特到底他妈的有什么权利生活在阳光下，过着幸福的日子？而他黑暗的兄弟却要在黑暗中像小巷里生病的杂种狗一样死去——要不是这个兄弟让他变得有钱有名，赛德会生活窘迫，籍籍无名地断气。

当然，他没有这种权利。根本就没有。只是波蒙特认为他有这种权利，而且继续不顾一切地如此认为。但除了乔治·斯塔克从密西西比州的牛津市来之外，赛德的其他想法都毫无根据。

“是时候让你接受第一个大教训了，伙计。”斯塔克在树林里咕哝道。他摸到了用来固定前额绷带的夹子，把它们摘下来，放到口袋里以备后用。然后他开始一圈圈地解开绷带，越贴近他奇怪的肌肉，绷带就变得越湿。“这将是一个你永远也不会忘记的教训。我他妈的向你保证。”

2

这不过是他用白拐杖骗过纽约警察的翻版，但斯塔克认为这招很妙。他坚信这一点：如果你碰巧发现一种骗术有效，那就应该继续用它，直到它失效为止。这些警察不是什么问题，除非他太大意。现在他们值勤已经超过一周了，每过一天，他们都更加相信那疯子说的实话，他已经恢复理智回家去了。唯一的麻烦是丽姿——在他干掉警察的时候，如果她碰巧从窗户朝外看，那事情就会变得复杂了。但现在距离中午还有几分钟，她和双胞胎可能不是在午睡就是准备去午睡。不管情况如何，他很有信心自己能得手。

事实上，他是确定自己能得手。

车到山前必有路。

3

查特顿抬起靴子，踩灭烟头——他打算烟头灭掉后就立刻把它扔进巡逻车的烟缸里，缅因州警察不会在纳税人的车道上扔垃圾——这时他抬头看到一个面孔脱皮的男人蹒跚地从车道另一头慢慢走过来，朝他和杰克·埃丁斯挥动一只手寻求帮助，另一只手在身后耷拉着，像是断了。

查特顿差点心脏病发作。

“杰克！”他喊道，埃丁斯转过身。他的嘴巴张开了。

“——救救我——”面孔脱皮的男人嗓音嘶哑地说。查特顿和埃丁斯朝他奔去。

要是他俩还活着，他们或许会跟同事们说，他们以为那个男人遭遇了车祸，或是被汽油或柴油爆炸烧伤了，或是脸朝下摔进一台农用机器里了，这些机器时不时会用它们的刀刃、刀头或急速转动的残忍轮辐弄伤它们的主人。

他们或许会跟同事们讲述这些事，但那一刻他们实际上什么都没想。他们被吓得大脑一片空白。这个男人的左半边脸看上去几乎是在沸腾，仿佛皮被剥掉后，有人在生肉上倒了高浓度石碳酸溶液一样。那种黏糊糊的、难以想象的液体从隆起的肉块上流下来，滚过黑色的裂痕，有时犹如山洪暴发般大量涌出。

他们没有想任何事情；他们只是做出反应。

这就是白拐杖招数的妙处所在。

“——救救我——”

斯塔克故意两脚一绊，向前倒去。查特顿对同伴语无伦次地喊了句什么，伸手去抓受伤的人，以免他摔倒。斯塔克用右臂圈住州警察的脖子，并从身后伸出左手。他的左手握着一件让人吃惊的东西。这件让人吃惊的东西是一把刀柄上镶嵌着珍珠的折叠剃刀。刀刃在潮湿的空气里闪闪发光。斯塔克猛地把刀向前一捅，啪的一声戳爆了查特顿的右眼球。查特顿尖叫着用一只手捂住脸。斯塔克将手插进查特顿的头发里，把他的脑袋往后一拽，在他的两耳之间一划，割破了他的喉咙。鲜血从他粗壮的脖子里喷涌出来。所有这一切都发生在四秒钟之内。

“怎么啦?”埃丁斯用一种低沉古怪的关切口气问。他正毫无准备地站在查特顿和斯塔克身后大约两英尺处。“怎么啦？”

他的一只手垂在他的手枪柄旁边，但斯塔克扫了一眼便确信这头猪对于手枪触手可及这点毫不知情，就像他不知道莫桑比克有多少人口一样。他的眼睛瞪得大大的，不知道在看什么，也不知道谁在流血。*不，这不是真的，斯塔克想，他认为是我在流血。他站在那儿，看着我割断他同伴的喉咙，但他认为流血的那个人是我，因为我的半边脸没有了，可这不是真正的原因——流血的人是我，肯定是我，因为他和他的搭档，他们是警察。他们是电影里的英雄。*

“喂。”他说，“帮我扶着这个，可以吗？”他把查特顿垂死的身体往后朝他的搭档推去。

埃丁斯音调极高地尖叫了一声。他试图躲开，但已经太迟了。汤姆·查特顿重达两百磅的垂死身体把他往后撞向警车。滚烫的鲜血像坏掉的莲蓬头洒下的水柱，喷在他扬起的脸上。他一边尖叫，一边捶打查特顿的身体。查特顿慢慢地转开，使出最后一点力气盲目地去抓车子。他的左手敲在引擎盖上，留下了一个血手印。他的右手无力地抓住收音机的天线，把它拽断了。他倒在车道上，天线举在剩下的一只眼睛前面，就像一位科学家发现了一个太过罕见的标本，死也不肯松手。

埃丁斯依稀看到面孔脱皮的男人正朝他俯冲过来，他试图后退，却撞在警车上。

斯塔克向上一划，割破了埃丁斯米色警察制服的裤裆，划开了他的阴囊，剃刀顺势向上向外一挑，埃丁斯的两只睾丸突然分开，像解开的窗帘绳尽头沉重的绳结一般荡回来，挂在他的大腿内侧。鲜血浸染了他裤子拉链的周围。一度他感觉仿佛是有人把一团冰激凌塞进了他的腹股沟里……接着疼痛袭来，火辣辣的疼痛难以忍受，他尖叫起来。

斯塔克迅速抽出剃刀，挥向埃丁斯的喉咙，但埃丁斯不知怎么举起一只手挡了一下，这一刀只是把他的手掌劈成了两半。埃丁斯努力朝左边滚去，这一滚暴露了他的右侧脖颈。

赤裸的刀刃在雾蒙蒙的日光里闪着银光，它再次划过空气，这回它击中了目标。埃丁斯跪倒在地，双手捂在腿间。他米色裤子从膝盖往上的部分已经变成了鲜红色。他的脑袋垂下来，现在他看上去就像一件异教徒的祭品。

“祝你度过美好的一天，不要脸的家伙。”斯塔克以谈话式的口气说。他俯身，用手扭转埃丁斯的头发，把他的脑袋往后拉，然后又在他的脖子上割了最后一刀。

4

他打开巡逻车的后门，一手抓住埃丁斯制服的颈部，一手抓住他裤子染血的臀部，把他提起来，像扔一袋谷物似的把他扔进车里。然后他以同样的方式把查特顿也扔进车里。后者加上装备带和插在带子上的点四五口径的手枪，分量肯定接近两百三十磅，但斯塔克对付他就像拎起一只塞满羽毛的口袋。他猛地关上车门，然后无比好奇地瞥了一眼房子。

周围静悄悄的，只能听见车道边茂盛的草丛里蟋蟀的鸣叫和草坪喷水器所发出的嘶嘶声。此外，还能听见一辆卡车正在开近——一辆油罐车。它呼啸着以六十英里的时速朝北驶去。当斯塔克看见卡车巨大的刹车灯亮起时，他紧张地在警察巡逻车一侧的后面蹲低了一点。然后刹车灯又熄灭了，油罐车消失在下一座小山后面，加速开走了，斯塔克呵呵轻笑了一下。油罐车司机看到停在波蒙特家车道上的州警察巡逻车，以为是查超速的，所以就减速了。这世界上最自然的一件事。他无需担心，因为这几个查超速的警察永远也查不了了。

车道上有很多血，但是积在黑亮的沥青路面上，它们看着就像水……除非你凑得非常近。所以这不是问题。即使是问题，也只能这样了。

斯塔克收起折叠剃刀，把它攥在一只黏糊糊的手里，走到门口。他既没看到门廊旁的一小堆死麻雀，也没看到站在屋顶尖和车库旁的苹果树上的活麻雀，它们正默默地注视着他。

过一两分钟，丽姿·波蒙特会从午睡中起来，半梦半醒地下楼来开门。

5

她没有尖叫。她想要尖叫，但她一开门，看到那张脱皮的面孔，那声尖叫便被深深地锁在她体内，被冻住了，被克制住了，被压了下去，被活埋了。不像赛德，她不记得自己曾梦见过乔治·斯塔克，但这些梦可能同样存在，牢牢地深藏在她的无意识之中，因为这张狞笑的脸几乎像是她所预料的，尽管它是如此恐怖。

“嘿，女士，要买鸭子吗？”斯塔克透过纱门问。他咧嘴笑着，露出许多颗牙齿。它们中的大部分都已坏死。墨镜使他的眼睛变成了两只黑洞。黏液顺着他的脸颊和下巴流下来，溅在他所穿的背心上面。

她想要关上门，但已经太晚了。斯塔克戴着手套的拳头捅穿了纱门，又把门打开了。丽姿踉踉跄跄地向后退去，想要尖叫，却叫不出来。她的喉咙仍然被锁住了。

斯塔克走进来，关上了门。

丽姿看着他慢慢朝自己走来。他看上去像一个腐烂的稻草人，不知怎么又活过来了。他咧嘴一笑时最可怕，因为他上嘴唇的左半边似乎不仅是烂掉了或正在腐烂，而像被嚼掉了，她能看到灰黑色的牙齿和不久前还长着牙齿的牙床。

他戴着手套的手向她伸来。

“你好，贝丝[①]。”他吓人地咧着嘴说，“请原谅我的打扰，但我刚好在附近，就想顺便过来看看。我是乔治·斯塔克，很高兴见到你，

① 贝丝和丽姿一样，都是伊丽莎白的昵称。

比你想象的更高兴。”

他的一个手指碰到她的下巴……爱抚着它。黑色皮革下的肉软绵绵的，还有点颤动。在那一刻，她想起睡在楼上的双胞胎，于是她的瘫痪被打破了。她转身向厨房跑去。在极度混乱的思绪中，她看到自己抓起插在台面上磁性刀架里的一把砍肉刀，深深地劈进一张令人恶心的脸中。

她听到他在追她，像风一样迅捷。

厨房门是那种两面皆可推拉开关的门。一块木楔子把它撑开着。她边跑边踢了木楔子一脚，她明白如果她没踢到它或只是把它踢歪了，那就没有第二次机会了。但她穿着拖鞋的脚踢得很准，她的脚趾感到一阵疼痛。厨房地板的蜡打得很亮，她能在上面看到整个房间的倒影，木楔子飞过厨房的地板，反面朝上地掉在地上。她感到斯塔克又在摸她。她朝后伸出手，猛地一甩门。她听到门咚的一声撞上他。他愤怒且惊讶地大叫一声，但并没有受伤。她摸索着找刀——

——斯塔克抓住她的头发和上衣后襟，猛地一拉，把她转过来。她听到衣服面料撕裂的声音，思绪混乱地想：*要是他强奸我，上帝啊，要是他强奸我，我会发疯的*——

她用拳头猛击他那张恶心的脸，他的墨镜被打歪后掉了下来。他左眼下面的肌肉凹陷下去，犹如死人的嘴巴，暴露出整个凸起充血的眼球。

他在笑。

他抓住她的手，把它们强扭下来。她挣脱出一只手，举起来朝他脸上抓去。她的手指留下很深的槽印，血和脓开始从里面慢慢流出来。他的脸一抓就破；她抓到的或许是一块长满苍蝇卵的肉。现在她能发出声音了——她想尖叫，叫出那令人窒息的惊骇与恐惧，但她最多只能嘶哑地发出一些痛苦的哀号。

他在半空中抓住她挣脱的那只手，把它按下来，将她的两只手都强扭到她背后，用他自己的手捏住她的手腕。他的手软塌塌的，却像手铐一样有力。他举起另一只手，伸到她胸前，握住她的一只乳房。他一碰到她，她的肌肉立刻痛苦地收缩起来。她闭上眼睛，试图挣脱。

“哦，别这样。”他说。现在他并没有故意要咧嘴笑，但他左半边嘴烂掉了，看着还是像在咧嘴笑。“别这样，贝丝。为了你自己好。你的挣扎会让我很兴奋。你并不想让我兴奋。我敢保证。我认为你我之间，我们应该保持一种柏拉图式的关系。”

“至少目前如此。”

他更加用力地捏她的乳房，她感觉到烂肉下面无情的力量，就像包裹在柔软塑料里的电驱活动钢条。

他怎么会如此强壮呢？他看起来像是快死了，怎么会还是如此强壮呢？

但答案是显而易见的。他不是人。她不认为他是一个真正活着的人。

“或许你确实想让我兴奋？”他问，“是这样吗？你想吗？你现在想让我兴奋吗？”他的舌头又黑又红又黄，从他边咆哮边微笑的嘴里伸出来，冲她蠕动，舌头表面布满奇怪的裂缝，犹如正在干涸的漫滩。

她立刻停止了挣扎。

“这样更好一点。”斯塔克说，“现在——我要放开你，我亲爱的贝丝，我的甜心。当我这么做时，你又会产生在五秒钟内跑完一百码的冲动。这很自然。我们几乎完全不了解彼此，我也意识到自己现在的模样不是最好看。但在你做出任何蠢事之前，我想要你记住门外的两个警察——他们死了。我希望你想想正在楼上安睡的婴儿。孩子们需要休息，不是吗？尤其是小孩子，毫无自卫能力的孩子，就像你的孩子们。你明白了吗？你懂我的意思吗？”

她默默地点点头。现在，她能闻到他的气味。那是一种可怕的肉腥味。*他正在腐烂*，她想。*正在我面前不断腐烂*。

她意识到为什么他要拼命让赛德再度开始写作了。

“你是一个吸血鬼。”她声音嘶哑地说，“一个该死的吸血鬼。他正让你节食。于是你闯进这里。你恐吓我，威胁我的孩子们。你他妈的是一个懦夫，乔治·斯塔克。”

他放开她，先左后右把手套拉紧拉平。这是一个很小的动作，却非常古怪邪恶。

“我认为这不公平，贝丝。如果你处在我的位置，你会怎么做呢？打个比方，假如你没吃没喝地被困在一个岛上，你会怎么做呢？你会摆出懒洋洋的姿势，优雅地叹气吗？还是会奋起反抗呢？你真的会只因为我想活下来而责怪我吗？”

“是的！”她朝他吐了一口唾沫。

“你说话像个激昂的游击队员……但你或许会改变主意的。你瞧，情绪激动的代价可能比你现在知道的要高，贝丝。当对手狡猾且专注时，这代价可能很高。你或许会发现你自己对于我俩合作的热情要高于你的想象。”

“继续做梦吧，操你妈的！”

他的右半边嘴翘起来，永远微笑的左半边嘴翘得更高一点了，他像食尸鬼似的朝她笑笑，她猜想他这么做是为了显示他很迷人。他把薄薄的手套下冷得要命的手伸过来抚摸她的手。在把手移开之前，他的一根手指还暗示性地点点她的左手掌。“这不是做梦，贝丝——我向你保证。赛德和我将合作写一本新的斯塔克小说……暂时性的合作。换句话说，赛德将推我一把。我就像是一辆抛锚的汽车，你瞧。只不过我遭遇的问题不是汽封[①]，而是作家的灵感匮乏期。仅此而已。我认为这是现存的唯一问题。一旦我启动起来，我会把车挂在二挡，猛地放松离合器，呼地一下就开走了！”

“你疯了。”她轻轻地说。

“是的。但托尔斯泰也是疯子。理查德·尼克松也是，但他们还是选这条滑头狗当了美国总统。”斯塔克转过头，看着窗外。丽姿什么都没听见，但突然他似乎在全神贯注地倾听，努力捕捉某种几乎听不见的微弱声响。

“你在干——”她开口问。

“闭上你的嘴巴，等一下，亲爱的。”斯塔克告诉她说，“用袜子

---

① 在内燃机的燃烧线上阻碍燃料正常运行的一部分汽化汽油。

塞住你的嘴。”

她隐约听到一群鸟展翅起飞的声音。这声音极其遥远，极其优美。极其自由。

她站在那儿看着他，心怦怦乱跳，想着自己是否有可能从他身边逃走。他并非处于恍惚之类的状态下，但他的注意力肯定分散了。她或许能逃跑。要是她有枪——

他腐烂的手又握住了她的一只手腕。

“我能进入你男人的体内朝外看，你知道的。我能感觉到他在想什么。我不能对你做这些，但我能看着你的脸，做出一些非常准确的猜测。不管此刻你在想什么，贝丝，你要记得那些警察……还有你的孩子们。这么做，对你有好处。”

“为什么你总是这么叫我？”

“什么？贝丝？”他笑了。这声音很恶心，仿佛他的喉咙里有沙子。“如果他足够聪明能想到的话，他就会这么叫你，你明白的。”

“你疯——”

“疯了，我知道。这很迷人，亲爱的，但我们以后再讨论我精神正常与否吧。现在事情太多了。听着：我必须给赛德打电话，但不能打到他的办公室。那里的电话可能被监听了。他认为没有，但警察可能这么做了却没告诉他。你男人很相信别人。我却不是这样的。”

“你怎么能——”

斯塔克俯身凑近她，像一位老师跟一个迟钝的一年级学生说话一样，缓慢且尽责地说，“我希望你不要就这点再跟我争执了，贝丝，回答我的问题。因为假如我不能从你那儿得到我想要的东西，或许我能从你们的双胞胎那里得到。我知道他们还不会说话，但或许我能教他们。一点小小的刺激就能创造奇迹。”

尽管天气很热，他却在衬衫外面穿着一件带填充物的背心，那种猎手和徒步旅行者喜欢穿的有许多拉线口袋的背心。他拉开侧面的一条拉链，一些圆柱形的东西把那儿的聚酯面料撑得鼓鼓的。他拿出一盏小丙烷喷灯。“即使我不能教会他们说话，我打赌我能教会他们唱歌。我打赌我能教会他们像一对百灵鸟一样唱歌。你或许不会想听那种音乐，贝丝。”

她试图把目光从丙烷喷灯上移开，但做不到。他把喷灯在戴着手套的两手间把玩，她的目光无助地跟随着他的动作。眼神似乎被钉在喷嘴上了。

“我会告诉你一切你想要知道的事情。”她说，心想：只是现在。

“你真好。”他说着把丙烷喷灯放回到口袋里。他这么做的时候，背心被稍稍扯向一边，她看到一把大手枪的枪柄。“也很明智，贝丝。现在听好了。今天还有另外一个人在英语系。我能清楚地看到他，就像我能清楚地看到你一样。一个小矮个儿，白头发，嘴里叼着一只几乎跟他自己一样大的烟斗。他叫什么名字？”

“听上去像是罗利·德莱塞普。”她害怕地说。她好奇他怎么能知道罗利今天在那里……不过她决定还是不要知道的好。

“可能是其他人吗？”

丽姿略微思考了一下，然后摇摇头。“肯定是罗利。”

“你有教师通讯录吗？”

“电话桌的抽屉里有一本。在客厅。”

“很好。”不等她意识到他在动，他已经从她身边溜过去了——这块腐肉如猫般的油滑让她感觉有点恶心——他从磁性刀架里抽出一把长刀。丽姿吓得僵在那儿。斯塔克瞥了她一眼，接着又用沙哑的声音说。“别担心，我不会砍你的。你是我很好的小帮手，不是吗？来吧。”

他强壮却软塌塌得叫人恶心的手再度捏住了她的手腕。当她试图把手抽走时，他就捏得更紧了。她立刻停止挣扎，让他拉着她。

“很好。”他说。

他把她带进客厅，她在沙发上坐下，双手抱住胸前曲起的膝盖。斯塔克扫了她一眼，自己满意地点点头，接着就把注意力转到电话机上。当他确信没有报警线时——这真是太大意，太大意了——他砍断了警方加装的线路：一条连着追踪装置，一条连着地下室里的声控录音机。

“你知道该如何表现，这很重要。”斯塔克对埋着头的丽姿说。“现在，听着。我要找到这个罗利·德莱塞普的电话号码，和赛德简短地商量几句。在我这么做的时候，你上楼收拾好你的孩子们在你们夏季别墅所需要用的所有衣物。你收拾完后，叫醒他们，把他们抱到这里来。”

“你是怎么知道他们正在——”

他冲她吃惊的表情笑笑。“噢，我知道你的日程表。”他说，“或许我比你自己知道得还清楚。你叫醒他们，贝丝，帮他们准备好，把他们抱到这里来。我像了解你的日程表一样，熟悉这房子的布局，如果你试图从我身边逃跑，亲爱的，我会知道的。没必要帮他们穿戴整齐，只要收拾好他们需要的东西，把穿着尿布的他们抱下来就行了。你可以等我们愉快地上路后，再帮他们穿戴整齐。”

“罗克堡？你要去罗克堡？”

“嗯。你现在没必要思考这些。你现在需要考虑的是，如果你超过十分钟还没下来，我就不得不上楼去看看是什么让你耽搁了。”他平视着她，在他脱皮、流脓的眉毛下面，墨镜看上去像是骷髅的眼窝。“并且我会带上我的小丙烷喷灯，准备采取行动。你明白吗？”

“我……明白。”

“最重要的是，贝丝，你要记住一件事。如果你与我合作，你会安然无恙。你的孩子们也会安然无恙。”他又笑了。“作为一个像你这样的好妈妈，我猜想这对你而言比什么都重要。我只是想让你明白不要跟我耍花招。外面的两个州警察正躺在他们汽车的后座上招苍蝇，因为当我快车赶到时，他们不幸出现在我的轨道上。纽约市也有许多警察同样不幸地死了……你很了解的。帮助你自己和你孩子们的办法是别吭声，帮我做事——赛德也是一样，要是他按我的意愿行事，他也会安然无恙的。你明白吗？”

“明白。”她声音嘶哑地说。

“你可能会产生一个念头。我知道一个人觉得自己走投无路时，会产生一个念头。但如果你真有一个念头，你应该马上打消它。你要记住，虽然我看上去不是很雅观，但我的耳朵非常灵敏。如果你试图打开一扇窗户，我会听到，如果你试图打开一扇纱门，我也会听到。

贝丝，我是一个能听到天使在天堂唱歌、魔鬼在地狱深渊尖叫的人。你必须问自己敢不敢冒这个险。你是一个聪明的女人。我认为你会做出正确的选择。去吧，宝贝。开始吧。”

他看着自己的手表，实际上是在给她掐时间。丽姿拖着无力的双腿朝楼梯奔去。

6

他听到他在楼下对着电话简短地说了几句，接着是长时间的停顿，然后他又开始说话。他的声音变了。她不知道停顿之前他是在跟谁说话——也许是罗立·德莱塞普——但当他又开始说话时，她几乎肯定电话的另一头是赛德。她听不清他们的谈话，也不敢用分机偷听，但她仍然确信那是塞德。不管怎样，没有时间偷听了。他曾要她问自己敢不敢欺骗他。她不敢。

她把尿布放进尿布袋里，衣服放进小提箱中，把乳液、婴儿爽身粉、湿纸巾、尿布别针和其他一些零碎物品扔进一个背包中。

楼下的谈话已经结束了。她走向双胞胎，准备叫醒他们，这时他冲楼上喊起来。

“贝丝！时间到了！”

“我就来！”她抱起温迪，温迪开始睡意蒙眬地哭起来。

“我要你下来——我正在等一个电话，你要负责声效。”

但她几乎没有听到最后这句话。她的眼睛正盯着放在双胞胎用的五斗橱上的塑料尿布别针盒。

别针盒的旁边躺着一把亮铿铿的缝纫剪刀。

她把温迪放回她的小床上，往门口瞥了一眼，然后急忙跑向五斗橱，拿起剪刀和两个别针。她像一个做衣服的女人那样，把别针放到嘴里，拉开自己裙子的拉链，把剪刀别在她内裤里面，再把裙子拉链拉上。剪刀柄和拉链头那里有点儿鼓起来，她认为一般人不会注意到的，但乔治·斯塔克不是一般人，于是她把上衣放到裙子外面，这就好些了。

*“贝丝！”*这声音已经快发火了。更糟的是，声音来自楼梯中间，而她根本没听到他上楼，尽管她认为使用这个老房子的主要楼梯而不发出各种声响是不可能的。

这时电话铃响了。

*“你现在就把他们带下来！”*他冲着楼上的她尖叫，她急忙叫醒威廉。她没时间温柔了，结果她下楼时，两个孩子在她臂弯里大声哭叫。斯塔克正在打电话，她以为吵闹声会让他越发愤怒。相反，他却显得非常高兴……这时她意识到，如果他是在和赛德通话，那么他应该感到高兴。如果他自带声效器，也几乎不可能取得比这更好的效果。

*孩子们是终极说服者，*她想，同时感到一股强烈的仇恨，恨这个腐烂的东西，他没有任何理由存在，却又拒绝消亡。

斯塔克手里拿着一支铅笔，他用带橡皮擦的一头轻轻敲打电话桌的边缘，她有点惊讶地意识到那是一支贝洛牌黑美人铅笔。*一支赛德的铅笔，*她想。*他去过书房了？*

不——当然他没去过书房，那也不是赛德的铅笔。它们从来都不能真的算是赛德的铅笔——他只是有时买一些而已。黑美人铅笔属于斯塔克。他用它在教师通讯录的背面用印刷体字母写了些什么。当她走近他时，她能看清两个句子。**猜猜我是从哪里打电话来的，赛德？**第一句这样写道。第二句话直接得近乎残忍：**告诉任何人，他们就死定了。**

仿佛是为了证实这一点，斯塔克说：“什么也没干，你自己可以听出来。我连他们宝贵小脑袋上的一根毛都没碰。”

他转向丽姿，冲她眨眨眼。这是最恶心的一点——好像他俩是同谋似的。斯塔克把墨镜在左手拇指和食指之间转弄着，眼球从他脸上突出来，就像一个正在融化的蜡像脸上的大理石眼珠。

“现在还没有。”他补充道。

他倾听着，然后咧嘴一笑，即使他的脸没有在她眼前腐烂，她也会觉得这笑容可恶且邪恶。

“她怎么了？”斯塔克几乎是快乐地问。就在这时，她的愤怒超过了她的恐惧，她第一次想到了玛莎姨妈和老鼠。她希望玛莎姨妈就在这儿，来收拾这只特别的老鼠。她有把剪刀，但这并不意味着他会给她使用的机会。但是赛德……赛德知道玛莎姨妈。这个念头闪进她的头脑里。

7

谈话结束了，斯塔克挂上电话，她问他打算干什么。

“快速行动。”他说，“这是我的专长。”他伸出双臂。“给我一个孩子。无所谓是哪一个。”

她往后一缩，条件反射地把两个孩子搂紧在胸口。他们已经安静下来了，但她这么猛地一搂，他俩又开始抽泣扭动起来。

斯塔克耐心地看着她。“我没时间和你争论，贝丝。别让我用这个来说服你。”他拍拍打猎背心口袋里鼓起的圆柱形物体。“我不会伤害你的孩子们。你知道，从某种有些可笑的意义上而言，我也是他们的父亲。”

“你不许这么说！”她冲他尖叫道，又向后退了几步。她颤抖着准备逃跑。

“冷静，太太。”

这句话的语气非常平淡，不带强调，冷漠得要命，她觉得好像自己被迎面泼了一盆冷水。

“别闹了，甜心。我必须去外面把那辆警车开到你们的车库中。在我干这事时，我可不想让你沿着马路朝另一个方向狂奔。如果我扣下你的一个孩子——作为担保物，恕我直言——我就不必担心了。我说话算话，我对你和他们并无恶意……即使我有恶意，伤害你们的一个孩子，对我又有什么好处呢？我需要你的合作，而那并不是得到它的方法。你现在马上给我一个孩子，否则他俩我都要伤到——不是杀死他们，而是伤害他们，严重地伤害他们——那就要怪你自己了。”

他伸出双臂，残破的面孔严厉且坚决。望着这张脸，她明白无论是说理还是乞求都无法打动他。他甚至都不会听。他只会照他威胁的那样做。

她朝他走去，当他试图抱走温迪时，她的手臂又抱紧了，挡了他一下。温迪开始使劲哭起来。丽姿松手了，让他抱走了小姑娘，她自己又开始哭起来。她直盯着他的眼睛：“如果你伤害她，我会杀了你。”

“我知道你会的。”斯塔克严肃地说，“我非常尊重母性，贝丝。你认为我是个怪物，也许你是对的，但真正的怪物从来都不是没有感情的。我认为，说到底使怪物如此可怕的不是他们的外表，而正是他们有感情。我不会伤害这个小东西的，贝丝。她跟我在一起很安全……只要你合作。”

丽姿现在双手抱着威廉……她从没感到臂弯中如此空荡。在她的一生中，她从没如此确信自己犯了个错误，但除此之外，还有什么别的选择呢？

“而且……瞧！”斯塔克喊道，他的声音中有某种她不能也不愿相信的东西。她认为自己所听到的温柔一定是伪造的，只是一种可恶的嘲弄罢了。但他低头看温迪的样子，专注得让人不安……温迪也全神贯注地抬头看着他，不再哭闹了。“小东西不知道我的样子可怕，她一点儿也不害怕我，贝丝，一点儿也不。”

她惊恐无言地看着他举起右手。他已经脱了手套，她能看到一条厚纱布绷带缠在他的手上，正是赛德左手背上缠绷带的地方。斯塔克松开拳头，握起，又松开。从他绷紧的下巴可以看出，手的弯曲给他带来痛楚，但他还是照做不误。

赛德也那么做，和他做的方式完全一样，噢，天哪，和他做的方式完全一样——

温迪现在似乎完全平静了。她仰望着斯塔克的脸，仔细打量他，冷灰色的眼睛盯着斯塔克浑浊的蓝眼睛。他眼睛下面的皮肤都已脱落，他的眼珠看上去好像随时都可能滚落出来，悬在面颊上。

温迪挥手回应。

手摊开，握拢，又摊开。

一种温迪式的挥手。

丽姿感到臂弯里动了一下，低头一看，发现威廉正同样全神贯注地用灰蓝色的眼睛注视着乔治·斯塔克。他在笑。

威廉的手摊开，握拢，又摊开。

一种威廉式的挥手。

“不。”她呻吟道，声音轻得几乎听不到，“啊，天哪，不，请别让这种事发生。”

“你看到了？”斯塔克抬头对她说，咧嘴一笑，笑得僵硬而讽刺，最可怕的是，她明白他正力图展现温柔……却做不到。“你看到了？他们喜欢我，贝丝，他们喜欢我。”

8

斯塔克再次戴上墨镜，抱着温迪走到外面的车道上。丽姿跑到窗边，焦虑地看着他们。她有点肯定他打算跳进警察的巡逻车，把她的孩子放在副驾驶的位子上，连同后座上的两具州警察尸体一起开走。

但有那么一会儿，他什么都没做——只是站在驾驶室那侧的车门边，沐浴在昏黄的日光下，低着头，怀里抱着个婴儿。他以这种姿势一动不动地站了好一会儿，仿佛正严肃地对温迪说话或是祈祷。后来当她了解更多情况后，她判断他是在努力与赛德再取得联系，可能是在解读他的思维，猜想他是否打算做斯塔克要他做的事情，还是自己另有打算。

大约三十秒后，斯塔克抬起头，轻快地摇了摇，好像是要让它清醒一点，接着他钻进巡逻车，发动了车子。钥匙就在点火器上，她呆呆地想。他甚至无需热发动[①]，一点麻烦都没有。这家伙运气好得出奇。

斯塔克把巡逻车开进车库，接着熄灭了引擎。她听到车门砰地关上，他走出来，按着车库电动门的按钮，直至车库门慢慢沿着轨道落下。

片刻后，他回到屋里，把温迪交还给她。

“你瞧？”他问。“她完好无损。现在告诉我隔壁人家的情况。克拉克家。”

“克拉克家？”她问，觉得自己非常愚蠢，“你为什么要了解他们的情况？今年夏天他们在欧洲。”

他微笑了。在某种程度上，这是最令人恶心的一件事，因为在正常情况下，它应该是一个表达真挚快乐的微笑……应该是相当迷人，她猜想。难道她没有感到瞬间的吸引力吗？难道她没有心动一下吗？当然，这非常荒唐，但这是否意味着她可以否认？丽姿不这么认为，她甚至理解为什么会这样。毕竟，她嫁的是这个男人最亲近的亲人。

“太好了！”他说，“好得不能再好了！那么他们有车吗？”

温迪开始哭泣。丽姿低头，发现她的女儿正看着这个面孔腐烂、眼球犹如凸起的大理石的男人，伸出她那胖鼓鼓的可爱的小胳膊。她哭并不是因为怕他；她哭是因为她想要回到他身边。

“多么讨人喜欢啊！”斯塔克说，“她想要回到爸爸身边。”

“闭嘴，你这个怪物。”她朝他吐了一口唾沫。

狡猾的乔治·斯塔克把头向后一仰，大笑起来。

9

他给她五分钟再收拾一些她自己和双胞胎要用的东西。她告诉

---

① 通过使点火系统短路而不用钥匙发动汽车的引擎。

他，这么短的时间里收拾好一半他们所需的东西都不可能，他让她尽力而为。

“在这种情况下，我还多给你一些时间，你很走运，贝丝——你的车库里有两具警察的尸体，你的丈夫明白正在发生什么。如果你想要花五分钟与我争执，随便你。你还剩下……”他看了一眼手表，然后对她微笑。“四分半钟。”

于是她尽力而为，当她把几罐婴儿食品扔进一个购物袋时，她停下来看看孩子们。他们正并排坐在地板上，一边漫不经心地玩着一种拍手游戏，一边望着斯塔克。她非常害怕自己知道他们在想什么。

多么讨人喜欢啊。

不。她不愿想这件事情，但却不由自主地想起它：温迪，一边哭一边伸出她那胖鼓鼓的小胳膊。朝这个残忍的陌生人伸出胳膊。

他们想要回到爸爸身边。

他站在厨房门口，微笑着注视着她，此刻她真想用那把剪刀。她这辈子从未如此想要任何一件东西。“你就不能帮我一下吗？”她指指装满东西的两只包和一个冷藏箱。

“当然可以，贝丝。”他说着，替她提起一只包。他的另一只手，他的左手，他让它空着。

10

他们穿过侧院，走过两家之间的树林，然后穿过克拉克家的院子，来到他们家的车道上。斯塔克一直催她快走，所以当他们在关着的车库门前停下时，她气喘吁吁的。他曾提出帮她抱一个孩子，但她拒绝了。

他放下冷藏箱，从后口袋里掏出他的皮夹，取出一根一头磨尖的金属片，把它插进车库门的锁中，先向右转，然后又向左扭，一边竖起一只耳朵倾听。咔嚓一声响，他微微一笑。

“很好，”他说，“连车库门上的米老鼠锁开起来都可能很费劲，弹簧太大，很难拨动。但这个锁却像黎明时分老妓女的阴道一样疲软。我们很幸运。”他转动把手，使劲一推，门沿着轨道缓缓升上去了。

车库里热得犹如置身干草堆中，克拉克家的沃尔沃旅行车里面更热。斯塔克俯身钻到仪表板下面，后脖子暴露在她眼前，因为她就坐在副驾驶座上。她的手指抽动了一下，只要一秒钟就能抽出剪刀，但那仍然太慢了。她已看到他对意外事件的反应有多么快。他的条件反射和野兽一样快，这并没让她吃惊，因为他就是一头野兽。

他从仪表板后面拉出一束线，然后从胸前口袋里掏出一把血迹斑斑的折叠式剃刀。她打了个冷战，不得不迅速咽了两次口水，才克制住自己的条件反射行为。他打开剃刀，再次弯下腰，削掉两根线的绝缘包皮，把两根裸露的铜芯碰到一起。蓝光一闪，引擎开始转动了。片刻之后，汽车启动了。

“啊，一切顺利！”乔治·斯塔克欢呼道，“我们走吧。你觉得怎么样？”

双胞胎一起咯咯地笑起来，冲他挥手，斯塔克也高兴地挥挥手。当他把车倒出车库时，丽姿悄悄地把手伸到坐在她腿上的温迪的身后，摸摸剪刀的圆柄。现在不用，但很快就会用上的。她不打算等赛德了。她很不安，不知道这个黑暗的家伙会决定在此期间对双胞胎做什么。

或对她做什么。

只要他注意力分散到一定程度，她就打算抽出藏着的剪刀，把它刺进他的喉咙。

/

第三部　灵魂的摆渡者驾到

“诗人谈论爱情。”马辛一边催眠般在磨刀带上有节奏地磨着折叠剃刀，一边说，“这很好。这世上存在爱情。政客们谈论责任，这也很好。这世上存在责任。埃里克·霍弗[①]谈论后现代主义，休·海夫纳[②]谈论性，亨特·汤普森[③]谈论毒品，杰米·史华格[④]谈论上帝、全能的天父、天堂和尘世的创造者。这些事物都是存在的，一切都很好。你明白我的意思吗，杰克？”

“是的，我想我明白。”杰克·兰奇利说。其实他不明白，他一点儿也不明白，但当马辛处在这样的情绪中时，只有疯子才会与他争论。

马辛转动折叠剃刀，使刀刃朝下，然后突然猛地把磨刀带砍成了两截。长的那截像被割断的舌头一样掉在赌场的地板上。“但我谈论的却是命运。”他说，“因为到最后命运才是最重要的。”

——《驶向巴比伦》，乔治·斯塔克

---

① 美国著名作家，一九八二年获总统自由奖章。

② 美国实业家，杂志出版商，《花花公子》杂志的创刊人。

③ 美国著名记者和作家。

④ 美国著名的电视布道家。

第二十二章　赛德潜逃

1

假装这是你正在写的一本书，他一边想，一边左转到学院路，身后的校园渐行渐远。*假装你是这本书里的一个角色。*

这是一个有魔力的想法。他的内心充满了严重的恐慌——就像一股精神龙卷风，一些可能的计划碎片像被连根拔起的景物一样在其中打转。但想到他可以假装这不过是一本无害的小说，假装他可以随意摆布他自己和故事里的其他角色（比如哈里森和曼彻斯特这样的人物），就像他坐在灯光明亮的书房里，手边放着一罐冰镇可乐或是一杯热茶，随意摆布纸上的人物一样……一想到这点，他两耳间呼啸的狂风就骤然停歇了。无用的东西也随风而去，剩下他的计划碎片……他发现自己能轻易地把这些碎片拼起来。他发现自己或许想到了某个可行的办法。

它最好能奏效，赛德想。*如果不能奏效，你将被保护性地羁押，丽姿和孩子们则很可能死掉。*

但麻雀们会怎么样？麻雀们会何去何从？

他不知道。罗利告诉他，它们是灵魂的摆渡者，活死人的先驱，这符合现在的情况，难道不是吗？是的。无论如何，从某点上而言是这样的。因为老奸巨猾的乔治又活了过来，但老奸巨猾的乔治也是一个死人……正在腐烂的死人。所以麻雀的出现符合情理……但并非完全符合。如果麻雀将乔治从那个未知的地方（*阴间*）引回来，为什么乔治自己却对它们一无所知？他怎么会不记得用血写在两套公寓墙壁上的那句话：**麻雀又在飞了**？

“因为那句话是我写的。”赛德喃喃自语道，他的思绪又飘回到那时的场景——他坐在书房里，处于恍惚的边缘，在日记本上写下的那些话：

问题：鸟是我的吗？

回答：是的。

问题：是谁写到了麻雀？

回答：知道的人……我是知道的人。我是拥有者。

突然几乎所有的回答都在他的掌握之中——可怕的、难以想象的答案。赛德听到自己的嘴里发出一声长长的、颤抖的叫喊。这是一种呻吟：

问题：是谁让乔治·斯塔克复活的？

回答：拥有者。知道的人。

“那并不是我的本意！”他喊道。

但那是真的吗？真的是这样吗？他的一部分不是始终都很喜欢乔治·斯塔克简单暴力的性格吗？他的一部分不是始终都钦佩乔治吗？一个从来不会被东西绊倒或撞到东西的男人，一个从来不会看上去虚弱或愚蠢的男人，一个从来不会害怕酒柜里锁着一个魔鬼的男人。一个没有妻子或孩子需要考虑的男人，一个不受爱与情牵绊和拖累的男人。一个从来无须费劲地批改学生的劣质作业或痛苦地参加预算委员会会议的男人。一个对人生的所有疑难问题都有直接尖锐的答案的男人。

一个不会害怕黑暗的男人，因为他自己就拥有黑暗。

“是的，但他是一个杂种！”赛德在他闷热的美国制造的四轮驱动汽车内尖叫道。

没错——你的一部分发现这一点非常吸引人，不是吗？

也许他——赛德·波蒙特——并没有真的创造出乔治……但他的某些渴望使斯塔克得以再现，这也不是不可能吧？

问题：如果我拥有麻雀，我能使用它们吗？

没有回答出现。它想要出现，他能感觉到它的渴望。但它跳出了他的掌控范围，赛德发现自己突然很担心他自己——他爱斯塔克的那部分——可能正在拖延回答。他的一部分不希望乔治死掉。

我是知道的人。我是拥有者。我是始作俑者。

他在奥罗诺的交通灯前停下，然后沿着二号公路朝班戈和拉德洛驶去。

罗利是他计划的一部分——至少是他明白的一部分。如果他真的甩掉了跟着他的警察，却发现罗利已经离开了办公室，他该怎么办？

他不知道。

如果罗利在那儿却拒绝帮助他，他该怎么办？

他也不知道。

我将破釜沉舟。

现在他正从右边经过黄金楼，黄金楼是一座长形管状建筑，由预制铝合金建成。它被漆成一种讨厌的浅绿色，四周的十几英亩地里停满了废旧汽车。这些汽车挡风玻璃在雾蒙蒙的阳光下像一道闪着白光的星系。现在是星期六下午——已经过了二十分钟，丽姿和邪恶的绑架者可能已在去罗克堡的路上。虽然黄金楼中可能会有一两个店员在卖零配件，但赛德相信废车场里肯定没人。大约两万辆破损程度不同的汽车停在那里，杂乱地排成几十行，他应该能把他的“巨无霸”藏在这里……他必须把它藏起来。这辆车很高，像个盒子，灰色的汽车两边涂着发亮的红漆，非常引人注目。

迎面的路牌上写着：**校区慢行**。赛德感到仿佛有根烧红的铁丝捅入了他的内脏。就在这里。

他观察了一下后视镜，看到普利茅斯依然隔着两辆车跟在后面。这没有他希望的那么好，但大概也只能这样了。接下来他必须依靠运气和出奇制胜。他们不会料到他要逃跑。他为什么要逃跑呢？他一度也不想逃跑了。假如他停车，会怎么样？当他们也在他后面停下来，哈里森下车问他出什么事了，他就说：*出了很多事情。斯塔克劫持了我的家人。麻雀仍在飞，你瞧。*

“赛德，他说他杀了那两个看守我们房子的人。我不知道他是怎么干的，但他说他杀了他们……而且我……我相信他说的话。”

赛德也相信他。这就是要命之处。这就是他为什么不能停下来寻求帮助的原因。如果他想干什么蠢事，斯塔克会知道。他不认为斯塔克能读取他的思想，至少不能像漫画书和科幻电影里的外星人那样读取别人的思想，但他能“收听”赛德……能很清楚地了解他想干什么。他或许能为乔治准备一点惊喜——如果他能弄清楚那该死的麻雀是怎么回事——但现在他打算按计划行事。

如果他能按计划行事的话。

这里是学校的十字路口，四面的车辆都必须停一下。交通和往常一样忙碌。多年来，总有车子在这个十字路口相撞，主要是因为有些人横冲直撞，完全不考虑这是一个四面都需停车并依次通过的十字路口。每次事故发生后，就会有大量的来信，多数是焦虑的家长写来的，要求镇里在这个十字路口安装红绿灯，维齐镇的地方事务管理委员会就会发表声明说安装红绿灯一事“正在考虑中”……然后这事就会石沉大海，直到另一起撞车事故发生。

赛德加入长长的车队，等待通过路口往南面开，他往后看了一下，确认棕色的普利茅斯依然隔着两辆车跟在后面，然后看着十字路口的车辆依次通过。他看到一辆坐满蓝头发女郎的车子差点撞上一对年轻夫妇开的达特森Z型小货车[①]，小货车里的女孩冲蓝头发女郎们竖竖中指，接着他发现自己能在一辆长长的由东往西行驶的运奶车前，由北往南通过十字路口。这是一个意想不到的机会。

他前面的车穿了过去，赛德开到路口。仿佛又有一根烧红的铁丝捅进了他的肚子里。他最后看了一眼后视镜。哈里森和曼彻斯特依然与他隔着两辆车。

两辆车在他前面交叉通过。在他的左边，运奶车开到了路口。赛德深吸一口气，稳稳地驾车通过十字路口。一辆往北朝奥罗诺行驶的小货车在另一条车道从他旁边开过。

在他的内心深处，有一股不可抑制的冲动——*一种需要*——想要猛踩油门，驾车急冲过路口。但他却遵守校区的限速规定，眼睛盯着后视镜，以十五英里的时速镇静地驶过路口。普利茅斯仍隔着两辆车，在线后等待通过路口。

*嘿，运奶车！*他聚精会神、全力以赴地想，仿佛他仅靠意念就能

---

① 日产最早生产的一种小货车。

让运奶车开过来……就像他凭意愿摆布小说里的人和物一样。*运奶车，现在开过来！*

运奶车真的开了过来，它慢慢地穿过十字路口，犹如一个机器人贵妇。

它在后视镜里一挡住棕色的普利茅斯，赛德便一脚把“巨无霸”的油门踩到底。

2

往前半个街区可以右转。赛德拐进去，以四十英里的时速冲上一条小街，祈祷此刻千万别有孩子跑到马路上来捡皮球。

当他发现这条街似乎是一条死胡同时，心中一阵恼怒，然后他看到还可以右拐——岔路被街角一户人家高高的树篱挡住了一部分。

他慢慢地溜过T字路口，然后突然右转，轮胎摩擦地面的声音犹如哀号。往前一百八十码，他再度右拐，把“巨无霸”迅速开回这条街与二号公路的交叉处。他现在已经回到了距刚才十字路口以北四分之一英里处的主干道上。如果运奶车如他所愿挡住了他右拐的画面，那么棕色的普利茅斯应该依然是在沿着二号公路往南开。他们可能根本就不知道出问题了……尽管赛德严重怀疑哈里森是否会这么笨。曼彻斯特或许有点笨，但哈里森不笨。

他向左一转，瞅准无车过往的短暂空隙冲了过去。一辆向南开的福特车的司机不得不紧急刹车。当赛德从他车前横穿过去、驶向黄金楼的废车场时，福特车的司机冲赛德挥挥拳头。赛德又一次把油门踩到底。如果一个巡警看到他公然超速，那就太糟了。他不能耽搁，必须尽快把这个又大又亮的汽车驶下公路。

返回废车场有半英里路程。赛德一边开车，一边盯着后视镜，寻找普利茅斯的踪迹。当他左拐进入黄金楼的废车场时，它还是了无踪影。

铁链围栏上有一道敞开的大门，他慢慢将“巨无霸”开进门里，看见一块肮脏的白色招牌上写着几个褪色的红字：**仅限员工进入**！要是在工作日，他肯定立刻就会被发现并赶出去。但今天是周六，而且刚好是午饭时间。

赛德驶进一条两边都叠着两三层破车的通道。被压在最底下的车都已经变形，仿佛正慢慢融入地面。地上黑乎乎的，满是油污，你可能认为这是一个寸草不生的地方，但这儿却长着茂密的绿色野草，从杂物堆里长出来的巨大向日葵无声地摆动着，犹如核爆炸后的幸存者。一株大向日葵从一辆食品车破碎的挡风玻璃内长出来，这辆车像条死狗一样底朝天躺着，上面还压着一辆旧卡迪拉克，向日葵毛茸茸的绿色根茎像只握紧的拳头似的缠在一只车轮上，另一条拳头般的根茎则缠着旧卡迪拉克发动机罩上的装饰物。向日葵盯着赛德，像一只死掉的怪物的黄黑色的眼睛。

这是底特律一片巨大、寂静的汽车公墓，让赛德感觉毛骨悚然。

他右转，接着又左转。突然他看到到处都是麻雀，它们停在屋顶、行李箱和油腻腻的破发动机上。他看到三只小麻雀在盛满水的车轮壳中洗澡。他驶近时，它们没有飞走，只是停下来用黑珠子般的眼睛盯着他看。一块挡风玻璃靠在一辆旧普利茅斯的一侧，上面停着一排麻雀。他在离它们不到三英尺的地方经过，它们都紧张地拍拍翅膀。

活死人的先驱，赛德想。他的手伸向前额上的白色疤痕，开始不安地揉它。

他驶过一辆达特森，看到那车的挡风玻璃上像是有一个陨石洞，从这洞望进去，他发现仪表盘上有一大摊干了的血迹。

这洞不是陨石砸的，他想着感到自己的胃开始慢慢翻腾起来。

一群麻雀站在达特森的前座上。

“你们想把我怎么样？”他嗓音嘶哑地问。“你们到底想要什么？”

他似乎在头脑里听到了各种回答。他似乎在头脑里听到了这群鸟一起尖声回答：*不，赛德——你想要把我们怎么样？你是拥有者。你是始作俑者。你是知情者。*

“我他妈的一点儿都不知道。”他咕哝道。

在这一排车的尽头是一辆新式的超级短剑[①]——有人把这辆车的整个前脸都截掉了，它的前面有一块空地。赛德把“巨无霸”倒进去，然后下了车。从狭窄通道的一头朝另一头望去，赛德觉得自己有点像迷宫中的一只老鼠。这个地方有一股汽油味和难闻的传动液味。四周静悄悄的，只能听到远处二号公路上汽车发出的嗡嗡声。

麻雀从四面八方看着他——褐色小鸟的一次无声的集会。

突然，它们同时展翅起飞——成百上千只麻雀一齐飞起，空气中一下子充满了拍打翅膀的声音。它们成群地横穿过天空，然后朝西飞去——往罗克堡的方向飞。突然他又开始感觉犹如有虫在爬……不是在他的皮肤上面，而是在皮肤里面。

我们要偷窥一下吗，乔治？

他开始低声地哼一首鲍勃·迪伦的歌：“约翰·威斯利·哈丁……是穷人的好朋友……他双手各持一把枪游走……”

那种痒痒的蠕动感似乎越发强烈了，它主要集中在他左手的伤口处。他也许完全错了，一切只是他一厢情愿的想象，但赛德似乎感觉到了斯塔克的愤怒……和沮丧。

“电报从头到尾……他的名字在回响……”赛德轻轻地哼道。前面油乎乎的地上，躺着个生锈的发动机底盘，它像一座扭曲的铁像残骸，很不引人注目。赛德把它捡起来，走回到“巨无霸”旁，嘴里依然断断续续地哼着《约翰·威斯利·哈丁》这首歌，还想起了自己同名的浣熊朋友。如果他砸几下“巨无霸”，把它伪装起来，如果他能为自己再多争取到两个小时，这对丽姿和双胞胎而言可能就意味着生与死的差别。

“沿着乡村……对不起，老伙计，这对我的伤害比对你更多……他打开了许多扇门……”他把发动机底盘甩向“巨无霸”驾驶室这边的车身，在上面砸出了一个脸盘深浅的大坑。他又捡起发动机底盘，走到“巨无霸”的车头前，把它猛地抡向散热格栅，劲用得很大，把

---

① 奥兹莫比尔旗下的一款汽车。

肩膀都拉疼了。塑料被砸得到处乱飞。赛德掀起发动机罩，把它稍微抬起一点，让“巨无霸”看起来像是一条正在狞笑的死鳄鱼，犹如黄金楼废车场里的最新作品。

“……但听说他从来不伤害老实人……”

他又捡起发动机底盘，这么做的时候鲜血开始从他伤口上的绷带里渗透出来。现在他没办法处理伤口。

“……他的身边有个姑娘，他坚定立场……”

他最后一次抡起发动机底盘，砸碎了挡风玻璃，哗啦一声巨响——这或许有点傻——但他真的感到心痛。

他觉得“巨无霸”现在看上去和这儿的其他破车足够像了，不会被人一眼认出来。

赛德开始走出通道。他在第一个路口右转，朝大门及大门外的零售商店走去。他开车进来时在门边的墙上看到过一部付费电话。走到半路，他停下脚步，也不再哼歌了。他抬起头，好像在仔细地捕捉某种微弱的声响。其实他是在倾听、审查自己的身体。

虫爬般的瘙痒感已经消失了。

麻雀不见了，乔治·斯塔克也不见了，至少目前如此。

赛德笑了笑，开始加快脚步。

3

电话铃响过两遍后，赛德开始冒汗。如果罗利还在那儿，他现在应该已经接起电话了。英语—数学楼里的教师办公室不是很大。他还可以打电话给谁呢？还会有谁在那里呢？他想不出来。

第三遍铃响到一半时，罗利接起了电话。“嗨，我是德莱塞普。”

听到这个因抽烟而变粗的声音，赛德闭上眼睛，在零售商店凉凉的铁皮墙上靠了一会儿。

“喂？”

“你好，罗利！我是赛德。”

“嗨，赛德。”罗利听到他的声音似乎不是很惊讶。“你忘记什么东西了？”

“没有，罗利。我遇到麻烦了。”

“哦。”罗利答应了一声，没有提问，只是等在那里。

“你知道那两个——”赛德犹豫了一下，“那两个跟着我的警察吗？”

“知道。”罗利平静地说，“他们是保护你的警察。”

“我把他们甩掉了。”赛德说，这时一辆汽车隆隆地驶进黄金楼作为顾客停车区的泥地，他听到声音后迅速回头看了一眼。有那么一瞬，他非常确定自己看到是棕色的普利茅斯……但那其实是一辆外国车，开始被他看成棕色车身的其实是因路上的尘土而变暗的深红色，司机只是想调头。“至少我希望自己是甩掉了他们。”他停顿了一下。现在已经到了紧要关头，他没有时间犹豫，必须立刻做决定。当你真的走到这一步时，其实也没什么决定可做，因为他没有选择。“我需要帮助，罗利。我需要一辆他们不知道的车。”

罗利沉默了。

“你说过如果有什么事情你能帮我，我可以跟你说。”

“我知道自己说过什么。”罗利温和地回答，“我也记得自己说过如果那两个跟着你的警察有能力保护你，你或许应该明智地跟他们尽量坦白。”他停了一下，“我认为我可以推断说你选择不接受我的建议。”

赛德差点说，*我没办法接受你的建议，罗利。劫持了我的妻子和我们的孩子的男人也会杀了他们的*。他倒不是不敢告诉罗利正在发生的事情，也不是因为如果告诉罗利，罗利会认为他疯了。相比其他大多数人，大学教授们对疯狂的看法要灵活得多，有时他们甚至完全没有看法，他们宁愿认为人要么愚笨（但神智清醒）要么就非常怪（但依然神智清醒，老伙计）。他闭口不语，是因为罗利·德莱塞普是那种非常有主见的人，赛德根本不用枉费口舌去说服他……任何从他嘴里说出来的事情或许只会把情况弄糟。但无论是否有主见，这位语法专家都有着一颗善良的心……他有他勇敢的地方……而且赛德相信罗利对赛德的遭遇不是只有一点点兴趣，他的警察保镖，他对于麻雀的奇怪兴趣。最后他简单地认为——或者是仅仅希望——保持沉默对他最有利。

然而，等待依然是一种煎熬。

“好吧。”罗利最后说，“我把我的车借给你，赛德。”

赛德闭上眼睛，不得不挺直膝盖，以免自己跪倒在地。他用手擦擦下巴下面的脖子，那儿都是汗。

“但我希望如果车子归还时坏了，你要负责修理……”罗利说，“如果你是一个逃犯，我怀疑我的保险公司不会负责修理费用。”

逃犯？因为他从两个很可能没法保护他的警察的眼皮底下溜走了？他不知道这是否就把他变成了一个逃犯。这是一个有趣的问题，一个他日后必须考虑的问题。日后当他不再如此焦虑与恐惧时再说。

“你知道我会的。”

“我还有一个条件。”罗利说。

赛德再次闭上眼睛。这次是因为挫败感。“什么条件？”

“等事情完结，我要知道一切。”罗利说，“我要知道你为什么对麻雀在民间传说中的意义如此感兴趣，为什么当我告诉你什么是灵魂的摆渡者以及它们一般做什么时，你立刻脸色变得煞白。”

“我脸色变得煞白？”

“跟纸一样白。”

“我会告诉你整个故事的。”赛德承诺。他略微咧嘴笑了一下。“你或许会相信其中的某些部分。”

“你在哪里？”罗利问。

赛德告诉他，并要他尽快赶来。

4

他挂上电话，穿过铁链篱笆上的门，回到外面，坐在一辆校车的宽大保险杠上，这辆校车不知为什么被砍成了两半。如果你不得不等待的话，这是一个等人的好地方，从公路上看不到他，但他只要一探身就能看到零售商店前的泥地停车场。他四处张望，寻找麻雀，但一个也没看到——只看到一只又大又肥的乌鸦正在两排废车之间的通道里无精打采地啄着闪亮的铬碎片。想到半个多小时前他才刚完成与乔治·斯塔克的第二次谈话，让他感觉有点不真实，似乎那已经是几个小时前的事情了。尽管他一直忧心忡忡，但他还是感觉很困，仿佛是到了睡觉的时间。

与罗利通话后十五分钟左右，那种虫爬般的瘙痒感又开始侵袭他。他又哼起那首自己记得的《约翰·威斯利·哈丁》，一两分钟后那种感觉消失了。

或许是心理原因，他想，但他知道这不是真的。那种感觉是乔治·斯塔克试图在他的脑子里钻一个锁眼，随着赛德越发清楚地意识到这点，他对此也变得更为敏感。他猜反之亦然。并且他认为，他或许迟早将不得不反过来做……但这意味着他要试图招来麻雀，这不是一件他所期待的事情。另外，上次他成功地偷窥了乔治·斯塔克的想法，但结果却导致他自己的左手被插进一支铅笔。

时间一分一秒过得非常慢。二十五分钟后，赛德开始担心罗利改变主意不来了。他离开被肢解校车的保险杠，站在汽车墓地和停车区之间的通道上，不管公路上是否会有人看见他。他开始考虑是否要冒险尝试搭车了。

他决定再打个电话去罗利的办公室，刚走到半路，一辆灰扑扑的大众甲壳虫开进了停车场。他立刻认了出来，赶紧跑过去，想到罗利对保险的担心，他就觉得好笑。在赛德看来，仿佛就算把这辆大众彻底报废了，退一箱汽水瓶子的钱也够支付损失了。

罗利在零售商店的一头把车停下来，下了车。赛德有点吃惊地发现他的烟斗点着了，正吐出大团的烟雾，这要是在一个封闭的房间里可就真够呛人的。

“你不该抽烟的，罗利。”这是他想到要说的第一句话。

“你不该逃跑的。”罗利严肃地回应。

他们互相看了一会儿，然后突然大笑起来。

“你怎么回家呢?”赛德问。既然到了这一步——只要跳进罗利的小车，沿着漫长蜿蜒的道路朝罗克堡进发——他反倒不知说什么才好了。

“我想是叫一辆出租车吧。”罗利说着，目光落在这一大片闪光的废旧汽车上。“我猜想他们一定经常来这儿接扔掉汽车的人。”

“让我给你五美元——”

赛德从裤子后口袋里掏出钱包，但罗利冲他摆摆手。“作为一个暑假里的英语老师，我现在算是有钱的。”他说，“呀，我一定有四十多块钱。比丽让我揣着那么多钱四处乱跑，连个保镖都不带，真是不可思议。”他非常开心地吸着烟斗，然后把它从嘴里拿出来，冲赛德笑笑。“但我会问出租车司机要发票，并在适当的时机把它给你的，赛德，别担心。”

“我刚才都开始担心你不会来了。”

“我在廉价店停了一下。”罗利说，“买了一些我认为你可能会想要的东西，赛迪亚斯。”他身体探进甲壳虫内（车子明显朝左边倾斜，可能是底盘的一根弹簧断了或是快要断了），翻找、嘀咕并吐出几团新烟雾后，他拿出一个纸袋子，交给赛德，赛德往里一看，看到一副墨镜和一顶正好可以盖住他头发的波士顿红袜队的棒球帽。他抬头万分感动地看看罗利。

“谢谢你，罗利。”

罗利摆摆手，朝赛德狡黠地一笑。“或许是我应该谢谢你。”他说，“过去的十个月里我一直在寻找一个把老烟斗再度填满的借口。不时有些事情发生——我最小的儿子离婚了，某天晚上我在汤姆·卡洛尔家打牌输了五十块——但似乎没什么事情……足够有启示性。”

“好吧，这事可够刺激了。”赛德说着打了个冷战。他看看手表，快一点了。斯塔克至少比他快了一个小时，或许还更多。“我必须走了，罗利。”

“好的——这事很紧急，不是吗?”

“恐怕是的。”

“我还有一样东西——我把它塞在外套口袋里了，这样我就不会弄丢掉。这不是从廉价店买来的。我在办公桌里发现了它。”

罗利开始一个接一个地翻他那件从冬天穿到夏天的运动服的口袋。

“如果机油警告灯亮起来的话，就拐到什么地方买一罐蓝宝石牌机油。”他一边说一边继续找，“就是那种循环系统里用的东西。哦！在这儿呢！我快以为我把它落在办公室里了。”

他从口袋里掏出一根削过的木管。它跟赛德的食指差不多长，是空心的。一头有一个V字形的切口。看上去旧旧的。

“这是什么？”赛德从罗利的手中接过它问。但他已经知道是什么了，他感到自己的思路更为清晰了一点。

“这是一只鸟哨。”罗利说，并从闪着微光的烟斗钵上方打量着他。“如果你觉得你会用它，我要你拿着。”

“谢谢。”赛德说着用有点颤抖的手把鸟哨装进了胸前的口袋里。“可能会有用。”

罗利的眼睛在他紧锁的眉毛下瞪大了。他从嘴里取出烟斗。

“我不确定你是否会需要它。”他用低沉、颤抖的声音说。

“怎么了？”

“看看你的身后。”

现在已经不是几百或几千只麻雀了，赛德身后黄金楼方圆几十里的废车场和零售商店上铺满了麻雀。它们到处都是……赛德却一点也没听到它们的到来。

他俩四目望着麻雀。麻雀们则用两万只眼睛回望他俩……或许是四万只眼睛。它们没有出声。它们只是停在发动机罩、车窗、车顶、排气管、散热格栅、发动机组、万向接头和车架的上面。

“上帝啊。”罗利嗓音沙哑地说，“灵魂的摆渡者……这意味着什么，赛德？这是什么意思？”

“我想我开始明白了。”赛德说。

“天哪。”罗利说。他把双手举过头顶，大声地拍起手来。麻雀没有动。它们对罗利没兴趣；它们只是看着赛德·波蒙特。

“找到乔治·斯塔克。”赛德轻轻地说——跟耳语差不多。“乔治·斯塔克。找到他。飞吧！”

麻雀像一片黑云似的升起在雾蒙蒙的蓝色天空中，翅膀发出的呼呼声犹如雷声隐隐的余响，它们还叽叽喳喳地叫着。原本站在零售商店门内的他俩跑出去看。头顶上，黑压压的麻雀盘旋着，然后掉头朝西飞去。

赛德抬头望着它们，一度，现实与他第一次进入恍惚状态时所看到的幻影交融在一起；一度，过去与现实融为一体，就像一条奇怪而美丽的辫子。

麻雀飞走了。

“我的天哪！”一名身穿灰色技工连体服的男人喊道，“你们看到那些鸟了吗？所有这些鸟他妈的是从哪儿来的？”

“我有一个更好的问题。”罗利注视着赛德说。他控制住了自己，但很明显他大受震动。“它们要去哪里？你知道，是吗，赛德？”

“是的，当然。”赛德一边打开大众车的门，一边喃喃地说，“我也必须走了，罗利——我真的不得不走了。我对你感恩不尽。”

“当心点，赛迪亚斯。一定要非常小心。没人能控制死后灵魂的使者。没人能长时间控制它们——而且总是要付出代价。”

“我会尽量当心的。”

大众车的变速杆抗议地发出响声，但最终还是听话地进入了合适的挡位。赛德停了好一会儿才戴上墨镜和棒球帽，然后抬起手朝罗利挥了几下，便开走了。

当他转上二号公路时，他看见罗利吃力地朝他自己用过的那部付费电话走去，赛德想：*现在我必须把斯塔克挡在外面。因为现在我有一个秘密。我或许无法控制灵魂的摆渡者，但我至少能拥有它们一小会儿——或者是它们拥有我——他一定不能知道这点。*

他挂上二挡，罗利·德莱塞普的大众车多数时候时速都不会超过三十五英里，现在它开始颤抖着突破这一速度区间。

第二十三章　两个电话

1

艾伦·庞波接到的两个电话让他重新回到事情的核心上，第一个电话是刚过三点时打来的，当时赛德正在奥古斯塔的服务站里给罗利干渴的大众车加机油。艾伦自己则在去买咖啡的路上。

希拉·布里汉姆从调度室里探出头来喊道：“艾伦？有人打来让你付费的电话——你认识一个名叫休·普瑞查德的人吗？”

艾伦迅速转过身。“是的！把电话接进来！”

他冲进办公室，拿起电话，正好听到希拉说同意付费。

“普瑞查德医生？普瑞查德医生，你在听吗？”

“是的，我在听。”线路很顺畅，但艾伦依然有点怀疑——这男人的声音听上去不像七十岁。或许有四十岁，但不像七十岁。

“你是过去在新泽西伯根菲尔德行医的休·普瑞查德医生吗？”

“伯根菲尔德，特纳弗莱，哈肯赛克，恩格尔伍德，恩格尔伍德高地……天哪，一直到帕特森，我在这些地方都行过医。你是一直在找我的庞波长官吗？我和我的妻子一直在外面，刚刚回来，现在浑身疼得要命。”

“啊，我很抱歉。我要感谢你打来电话，医生。你听上去比我预期的要年轻许多。”

“嗯，那很好。”普瑞查德说，“但你应该看看我的其他部分。我看上去就像是靠两条腿走路的鳄鱼。我能为你做些什么呢？”

艾伦考虑过这个问题，决定小心行事。现在他把电话夹在耳朵和肩膀之间，靠在椅子上，在墙上比划着动物影子。

“我正在调查一起发生在缅因州卡索县的谋杀案。”他说，“受害者是一个叫霍默·葛玛奇的本地人。这起罪案可能有一个目击者，但我与这个目击者的关系非常微妙，普瑞查德医生。原因有两个。首先，他很有名。其次，他所呈现的一些症状你曾经很熟悉。我这么说，是因为你在二十八年前为他做过一个手术。他当时长了一个脑瘤。我担心如果这个肿瘤复发了，那么他的证词就可能不是非常可信——”

“赛迪亚斯·波蒙特。”普瑞查德立刻打断了他，“无论他出现什么症状，我都怀疑这跟他原来的肿瘤复发有关。”

“你怎么知道我说的是波蒙特？”

“因为我在一九六〇年救了他的命。”普瑞查德说完还不自觉地傲慢地补充道，“要不是我，他一本书都写不成，因为他活不到十二岁就会死掉。自从他的第一本书差点儿获得国家图书奖后，我一直怀有兴趣地关注着他的事业。我看了一眼封套上的照片，知道是同一个人。他的脸变了，但眼睛还和过去一样。不同寻常的眼睛。我应该称之为梦幻的眼睛。当然，我知道他住在缅因，因为最近《人物》杂志登了篇文章。正好是在我们外出度假之前。”

他停了一会儿，接着漫不经心地说出了一句令人震惊的话，让艾伦一时不知道该如何作答。

“你说他或许目睹了这起谋杀案？你确定你没有怀疑可能就是他本人干的？”

“嗯……我……”

“我只是好奇。”普瑞查德继续说道，“因为脑瘤患者经常会做出非常奇怪的事情。行为的古怪程度似乎还与患者的智力成正比。但这孩子根本没有长脑瘤——至少长的不是通常意义上的脑瘤。那是一个非同寻常的病例，极其不寻常。从一九六〇年起我仅读到过三个类似的病例——两个是在我退休之后。他做过标准神经检查了吗？”

“是的。”

“怎么说？”

“阴性。”

“我不感到惊讶。”普瑞查德沉默了一会儿，接着说，“你并没有全部跟我讲实话，年轻人，是吗？”

艾伦停止用手在墙上做出动物影子，在椅子上坐正了。“是的，我想是的。但我很想知道你说赛德·波蒙特没有长‘通常意义上的脑瘤’是什么意思。我很清楚医生替病人保密的规定，我也不知道你是否能信任一个通过电话与你初次交谈的人——但我希望你能相信我，我是站在赛德这一边的，我肯定他希望你把我想要知道的事情说出来。我没时间叫他打电话给你表示同意——我现在就需要知道。”

艾伦惊讶地发现这是真的——或者说他认为这是真的。他开始感到一种奇怪的紧张，感觉有事要发生。他不知道是什么事情……但很快就会知道的。

“我可以告诉你病情。”普瑞查德平静地说，“我曾多次考虑亲自联系波蒙特，至少告诉他手术完成不久后医院里发生了什么。我觉得他可能会感兴趣。”

“发生了什么？”

“我会讲到的，我向你保证。我没有告诉他的父母手术中发现了什么，因为这实际上无关紧要——而且我不想再跟他们打交道。尤其是他的父亲。那家伙应该生在洞穴里，终生靠狩猎猛犸象过活。我当时决定只跟他们说他们想听的，尽快把他们打发走。当然，后来时间长了，你就和病人失去联系了。当海尔格给我看他的第一本书时，我曾想写信给他，后来我也几次这样想过，但我觉得他可能不会相信我的话……或者不会在意……或者他可能认为我是疯子。我不认识什么名人，但我同情他们——我怀疑他们一定过着小心防范、支离破碎、担惊受怕的日子。当时我觉得过去的事情似乎不提比较好。现在，用我孙子孙女们的话来说，我那么做是自欺欺人。”

“赛德当时有什么不舒服？他为什么去找你看病？”

“记忆丧失。头痛。幻听。还有——”

“幻听？”

“是的——但请你让我按我自己的方式把它讲完，长官。”艾伦又从他的声音里听出了那种不自觉的傲慢。

“好的。”

“还有痉挛。问题都是由脑前额叶的一块肉垂引起的。我们动手术，以为那是一个肿瘤，最后却发现它其实是赛德·波蒙特的双胞胎兄弟。”

“什么！”

“是的，没错。”普瑞查德说，听上去仿佛艾伦的震惊让他很高兴。“这并非异常罕见——双胞胎经常在子宫内被吸收，偶尔会出现吸收不彻底的情况——但这个东西的位置很罕见，异常组织的生长速度也很不寻常。这种组织一般都是不会生长的。我认为赛德的问题或许是发育过早引起的。”

“等等。”艾伦说，“等一下。”他在书里读到过一两次“头脑一片混乱”这样的词语，但这是他平生第一次亲身体验到这种感觉。“你是在告诉我说赛德是双胞胎中的一个，但他……他不知怎么搞的……不知怎么搞的吞噬了他的兄弟？”

“或是姐妹。”普瑞查德说，“但我怀疑那是一个兄弟，因为我认为异卵双生双胞胎出现吞噬现象的几率更要少得多。这是基于统计的次数，并非铁的事实，但我确实是这么认为的。由于同卵双生双胞胎总是同一性别，所以对你的问题的回答是肯定的。我认为胎儿时期的赛德·波蒙特在她母亲的子宫里吞噬了他的兄弟。”

“上帝啊。”艾伦轻轻地感叹道。这是他一生中听过的最可怕的事情——他从未听过如此诡异的事情。

“你似乎对此很厌恶。”普瑞查德医生语气欢快地说，“但这其实没必要，你要把它放在具体的背景下考虑。我们说的不是该隐起身用石头砸死了亚伯。这不是一种谋杀行为；它只是我们并不理解的某种生物规则所起的作用。也许是母亲的内分泌系统里的某种物质激发的一个坏信号。准确地说，我们讨论的甚至都不是胎儿。在吞噬发生的时候，波蒙特夫人的体内只有两团大概具有人类特点的组织。你可以称之为活动中的两栖动物。只是它们中的一个——较大、较强的一个——压在较弱的那个上面，把它包起来……与之合并。”

“听上去像他妈的昆虫。”艾伦嘀咕道。

“是吗？我想是有点像。不管怎么说，这次吞噬并不彻底。双胞胎中的另一个完整地保留了自己的一块组织。这块异物——我想不出其他叫法——和成为赛德·波蒙特大脑的组织缠在一起。由于某种原因，它在男孩十一岁时变得活跃起来。它开始生长。脑子里的空间不够，因此必须像切除肿瘤一样割掉它。我们这样做了，手术非常成功。”

“像切除肿瘤。”艾伦很感兴趣，却又觉得恶心。

各种念头在他的脑中闪过，都是些黑暗的念头，就像废弃教堂尖塔里的蝙蝠一样黑暗。只有一个念头是连贯的：*他是两个人——他一直都是两个人。任何靠创作谋生的男女都是如此。一个生活在正常世界……另一个则创造世界。他们是两个人。总是至少两个人。*

“无论如何我都会记得这个罕见的病例。”普瑞查德说，“但这孩子苏醒之前所发生的事情可能更为不同寻常。我一直想知道到底是怎么回事。”

“什么事情？”

“这个姓波蒙特的男孩每次头痛发作前都会听到鸟的声音。”普瑞查德说，“这本身并不罕见，脑瘤或癫痫患者经常会出现这种症状。这叫做感觉先兆综合征。但手术实施不久，就发生了一起与现实中的鸟儿有关的奇异事件。事实上，伯格菲尔德县医院遭受了麻雀的攻击。”

“你是什么意思？”

“这听起来很荒唐，不是吗？”普瑞查德似乎相当得意。“要不是有据可查，我根本就不会提这事。伯根菲尔德《信使报》甚至在头版报道了这事，还附有一张照片。一九六〇年十月二十八日下午刚过两点，一大群麻雀飞进县医院的西侧。当时特护病房在那边，波蒙特家的男孩手术后当然就被送去那里了。

“许多窗户都被打破了，事后修理工清理出了超过三百只死鸟。我记得，《信使报》引用了一名鸟类学者的看法——他指出大楼的西侧几乎全是玻璃，推测鸟可能是受到了反射在玻璃上的强烈阳光的吸引。”

“这太扯了。”艾伦说，“鸟只会在看不见的时候撞上玻璃。”

“我记得采访的记者提到，这位鸟类学者指出鸟群中似乎有一种把它们联系在一起的集体心理感应——如果说鸟也有思维的话，就像觅食的蚂蚁。他说一只鸟决定撞玻璃，鸟群中的其他鸟大概就会跟随。这事发生时我并不在医院——我替波蒙特动完手术，检查确定他的生命体征稳定——”

“生命体征？”

“就是一些重要的指标，长官。接着我就离开医院去打高尔夫球了。但我知道那些鸟把医院里的人都吓坏了。两个人被飞溅的玻璃割伤。我能接受鸟类学者的理论，但我心里依然有所疑问……因为我知道波蒙特的感觉先兆，你瞧，不只是鸟，而是特指一种鸟：麻雀。”

“麻雀又在飞了。”艾伦轻轻地说，声音既茫然又恐惧。

“你说什么，长官？”

“没什么。你继续。”

“一天后，我问了他的症状。手术切除造成感觉先兆的病灶后，有时会伴有局限性遗忘，但这起病例没有。他记得很清楚。他既听到了麻雀，也看到了它们。他说，到处都是鸟，他住在伯根菲尔德的瑞奇威，那里的房屋、草坪和街道上都是麻雀。

“我感兴趣地查了他的病历，并把它们与事件的报道对照。麻雀攻击医院时大约是两点过五分。他是两点十分醒过来的。或许还要更早一点。”普瑞查德停顿一下，接着补充道，“事实上，特护病房的一名护士说她认为是麻雀撞碎玻璃的声音把他弄醒的。”

“有意思。”艾伦轻声说。

“是的。”普瑞查德说，“是很有意思。我这些年来从未跟人提过这事，庞波长官。它对你有用吗？”

“我不知道。”艾伦诚实地说，“可能有用。普瑞查德医生，或许你没有明白——我的意思是，假如你们没有切干净，也许它又开始生长了。”

“你说他做了检查。他有没有做 CT 扫描？”

“做了。”

“那他当然也拍过 X 光片。”

“嗯。”

“如果这些检查的结果是阴性，那么就是因为查不出东西。就我而言，我认为我们切除干净了。”

“谢谢你，普瑞查德医生。”他有点不知道该说什么，他的嘴唇奇怪地不听使唤。

“当这件事结束以后，你能详细告诉我所发生的一切吗，长官？我对你很坦率，因此我这个要求似乎也不过分。我非常好奇。”

“如果可以，我会告诉你的。”

“这是我全部的要求了。你继续上班吧，我也要继续度假了。”

“祝你和你的妻子玩得开心。”

普瑞查德叹了一口气。“到我这个年龄，我必须努力再努力才能玩得马马虎虎，长官。我们过去很喜欢露营，但我想明年我们会待在家里。”

“嗯，非常感谢你抽时间给我回电。”

“不用客气。我怀念我的工作，庞波长官。不是怀念手术的神秘性——我从来不在意那个——而是怀念秘密本身。大脑之谜。那很令人激动。”

“我能想象得出。”艾伦表示赞同，但他想如果此时他的生活里少一些谜团，他会非常高兴。“当事情……水落石出后，我会与你联系的。”

“谢谢你，长官。”他停了一下，接着说道，“你很关心这事，对吗？”

“是的。我很关心。”

“我记得那男孩非常可爱。他被吓坏了，但很讨人喜欢。他现在是个什么样的人？”

“一个好人，我认为。”艾伦说，“也许有点冷漠、有点孤僻，但还是个好人。”接着他重复道，“我认为。”

“谢谢。我不再打扰你了，再见，庞波长官。”

线路咔嚓一响，艾伦慢慢把听筒放回电话机座上。他靠在椅背上，弯起灵活的手指在办公室墙上的太阳光影里做出一只大黑鸟慢慢拍着翅膀飞翔的造型。《绿野仙踪》里的一句话忽然闪现在他的脑海里："我真的相信幽灵，我真的相信幽灵，真的，真的，我真的相信幽灵！"那是胆小的狮子说的，是吗？

问题是，他相信什么？

思考他不相信的事情对他而言更为容易。他不相信赛德·波蒙特谋杀了任何人。他也不相信赛德在任何人家里的墙壁上写了那个神秘的句子。

那么它怎么会出现在墙上呢？

很简单。年老的普瑞查德医生从福特罗拉米飞到东边，杀死弗雷德里克·克劳森，在他家的墙上写下"麻雀又在飞了"，然后又从华盛顿特区飞到纽约，用他最喜欢的手术刀撬开米里亚姆·考利家的门锁，对她干了同样的事情。他动手术一般杀了他们，因为他怀念手术的神秘性。

不，当然不是这样的。但普瑞查德不是唯一知道的人，赛德的——他把那叫做什么来着？——感觉先兆。这没有出现在《人物》杂志的文章里，没错，但是——

你忘掉了指纹和声波纹。你忘掉了赛德和丽姿平静干脆的断言，他们说乔治·斯塔克是真的；他杀人是为了让自己一直活下去。现在你竭力回避一个事实，即你开始相信它们可能都是真的。你跟他们说，相信鬼魂复仇，而且是一个从来不存在的人的鬼魂，是多么愚蠢。但也许作家能招来鬼魂；演员和艺术家也是如此，他们是我们这个社会里唯一被完全接受的灵媒。他们创造不存在的世界，让虚构的人充斥其中，然后又邀请我们加入他们的幻想。我们照做了，不是吗？是的。我们花钱去这么做。

艾伦双手紧紧地交叉在一起，伸长小手指，在墙上的光影里做出一只小鸟的造型。一只麻雀。

你无法解释差不多三十年前麻雀群攻击伯根菲尔德县医院的事情，就像你无法解释为什么两个人会有同样的指纹和声波纹一样，但现在你知道赛德·波蒙特和另一个人共享过他母亲的子宫。一个陌生人。

休·普瑞查德提到了过早发育。

艾伦·庞波突然发现自己在怀疑那块异常组织的生长是否与其他事情有关。

他怀疑是否当赛德·波蒙特开始写作时，它就同时开始生长。

2

桌上的对讲机响了，把他吓了一跳。又是希拉。“胡子马丁在一号线，艾伦。他想要跟你讲话。”

“胡子马丁？他到底想要什么？”

“我不知道。他不愿告诉我。”

“天哪。”艾伦说，“我今天可真够忙的。”

胡子马丁在镇外的二号公路旁有一大片地产，距离卡索湖大约有四英里。那地方曾经是一个兴旺的牧场，但那是在胡子马丁还用教名艾伯特、还没整天捧着威士忌酒壶的时候。他的孩子们已经长大，妻子十年前就弃他而去了，如今胡子马丁一个人住在一片二十七英亩正在慢慢退化为荒野的土地上。他的住所和畜棚立在这块地的西侧，二号公路在那里转弯拐向湖区。畜棚很大，曾经养着四十头牛，现在屋顶深深地凹下去一块，油漆脱落，大多数窗户都用方形的硬纸板封住了。这四十年来，艾伦和罗克堡的消防队长特雷弗·哈特兰德一直觉得马丁的房子和马丁的畜棚总有一天会起火化为灰烬。

“你想我告诉他你不在这儿吗？”希拉问，“克拉特刚进来——我可以叫他接电话。”

艾伦考虑了一下，接着叹了口气，摇摇头。“我来跟他谈，希拉。谢谢。”他拿起听筒，把它夹在耳朵和肩膀之间。

“庞波长官？”

“是我。”

“我是胡子马丁，我住在镇外的二号公路旁。我这儿可能出了点问题，长官。”

“哦？”艾伦把桌上的第二部电话拉到离自己更近的地方。这是一部可以直拨市政大楼其他办公室的电话。他的指尖在贴有数字“4”的方形按键旁滑来滑去。他只要拿起听筒，按下这个键，就可以接通特雷弗·哈特兰德。“是什么样的问题？”

“嗯，长官，我他妈的一点也搞不清楚。如果那是辆我认得的车子，我会把它叫做豪华汽车偷窃。但那车我不认得。我这辈子从来没见过它。但它就是从我的畜棚里开出来的。”胡子的口气略带嘲讽，有着浓重的缅因口音。

艾伦把内线电话又推回到它的正常位置。上帝偏爱蠢人和酒鬼——他当警察那么多年早就明白了这点——看来胡子的房子和畜棚还没倒，尽管他喝醉时习惯把没有熄灭的烟头弹向四处。现在我只需坐在这里，直到他把事情讲完，艾伦想。然后我就能搞清楚——或者试图搞清楚——这到底是胡子脑子里的幻想还是确有其事。

他用手在墙上做出另一只麻雀的造型，然后停了下来。

“从你的畜棚里开出来的是一辆什么车，艾伯特？”艾伦耐心地问。罗克堡的所有人（包括他自己）几乎都管他叫胡子艾伯特，艾伦在镇上再待十年，或许二十年后可能也会那么叫他。

“刚跟你说过，我从未见过它。”胡子马丁的语气里透出明显的不屑，仿佛是在说“你这个该死的傻瓜”，“这正是我给你打电话的原因，长官。那肯定不是我的车。”

艾伦的脑子里终于开始显现出一幅图画。奶牛、孩子和老婆都不在了之后，胡子马丁不再需要大量的现金——除了他从父亲那儿继承这片土地时所缴的税，现在他完全没有什么牵挂。胡子从各种古怪的渠道赚钱。艾伦认为，事实上是几乎确知，每过几个月，就会有一两捆大麻混在胡子畜棚阁楼的干草里，这只是胡子的小勾当之一。有时他想自己应该以窝藏并企图销售毒品罪逮捕胡子，但他怀疑胡子本身并不吸毒，更不用说有脑子去销售毒品了。更大的可能是胡子只是靠提供毒品储藏空间来赚一两百美元。即使在罗克堡这样的小地方，也有比逮捕窝藏大麻的酒鬼更为重要的事情要做。

胡子的另一项储藏服务——至少是合法的——是将畜棚当成夏季来度假的人们的停车场。艾伦初来镇上时，胡子的畜棚就已经是一个常规的停车场了。你可以在那儿看到多达十五辆的汽车——大多数汽车都归夏季来度假的人所有，这些人一般都在湖上拥有房产——他们就把车停在原来奶牛过冬的畜棚里。胡子敲掉了畜棚里的隔墙以扩大停车的空间，那些夏季才会被人开来开去的车就一辆辆紧挨着，在弥漫着甜甜干草味的畜棚中度过漫长的秋天和冬天，它们光亮的表面因为阁楼上掉下的陈年谷壳而变得暗淡。

这些年来，胡子的停车生意迅速衰败了。艾伦猜想这是他随便的抽烟习惯渐渐传开后所造成的结果。没人愿意在畜棚大火中失去自己的汽车，即使那车只是你在夏季随便开开的旧车。艾伦上次去胡子家时，在畜棚里只看到了两辆车：一辆是一九五九年款的雷鸟——要是它不是如此锈迹斑斑、破得要命，倒是一款经典车；另一辆就是赛德·波蒙特的旧福特旅行车。

又是赛德。

今天似乎所有的事情都会归结到赛德身上。

艾伦在椅子上坐坐正，下意识地把电话机拉得离自己更近了。

“不是赛德·波蒙特的旧福特车？”他问胡子，“你确定？”

“我当然确定。这不是福特，也不是什么见鬼的旅行车。它是一辆黑色的托罗纳多。”

艾伦的脑海里又是火光一闪……但他不是很肯定为什么。不久以前，有人跟他提过一辆黑色的托罗纳多。他就是想不起来是谁在什么时候跟他说过的，现在想不起来……但他会想起来的。

“我正好在厨房里给自己倒一杯冰柠檬汽水。”胡子继续说道，“当我看到那辆车倒进畜棚时，我的第一个念头是我没存过这种车。第二个念头是这人是怎么进去的，畜棚大门上的那个破旧的大挂锁，只有一把钥匙，它就挂在我的钥匙圈上。”

“把车存在畜棚里的人呢？他们没有钥匙吗？”

“没有，先生！”胡子似乎被这个问题惹恼了。

“你没有恰巧记下车牌号码，是吧？”

“他妈的我记下了！”胡子喊道，“我的窗台上架着一个双筒望远镜，不是吗？”

艾伦和特雷弗一起巡视过畜棚，但他从没进过胡子的厨房（也没打算近期去巡视一下，谢天谢地），他说：“哦，是的。双筒望远镜。我把它给忘了。”

“嗯，我没有！”胡子好斗且得意地说。“你有铅笔吗？”

“当然了，艾伯特。”

“长官，你为什么不像大家一样叫我胡子呢？”

艾伦叹了一口气。“好吧，胡子。既然说到这点，你为什么不叫我名字呢？”

“你说什么就是什么。现在你到底要不要知道那车的车牌号码？”

“这还用问吗。”

“首先，那是密西西比的车牌。”胡子得意洋洋地说，“对此你有什么看法？”

艾伦不知道自己对此是怎么想的……但他的脑中第三次火光一闪，这次比前两次都要亮。一辆托罗纳多。密西西比的车牌。关于密西西比州。一个小镇。牛津镇？是牛津吗？与这里隔着一两个镇？

“我不知道。”艾伦说，接着为了迎合胡子又补了一句，“这听上去很可疑。”

“你他妈的说得太对了！”胡子欢呼道。然后他清清嗓子，一本正经地说：“好吧。密西西比车牌，号码是62284。你记下了吗？”

“62284。”

“62284，对，你可以把这号码拿去查一下，非常可疑！啊！这正是我想的！这就跟耶稣吃了一罐豆子一样自然[①]。”

想到耶稣大嚼豆子的样子，艾伦不得不捂住听筒停了一会儿。

“那么。”胡子说，“你将采取什么行动？”

我将趁自己头脑还清醒的时候，尽快结束这次谈话，艾伦想。这是我要做的第一件事情。我将试图回忆起是谁——

---

① 豆子是耶稣常吃的食物之一。

然后，他突然全身一冷，胳膊上立刻布满了鸡皮疙瘩，脖颈后面的肌肉也像鼓面一样绷紧了。

和赛德通电话时——那个疯子从米里亚姆·考利的公寓打来电话后不久——杀人游戏真正开始的那天晚上。

他听到赛德说，他随母亲从新罕布什尔搬去了密西西比州的牛津……他的南方口音已经减轻了许多，几乎不太听得出来了。

当赛德在电话里描述乔治·斯塔克时，他还说了什么？

最后一件事情：他可能开一辆黑色的托罗纳多。我不知道是哪一年的车。不过是那种动力强劲的老款。黑色。它可能挂着密西西比的车牌，但他大概已经把它换掉了。

“我猜他太忙了，所以没有换。”艾伦咕哝道。他的身上依然满是鸡皮疙瘩。

“你说什么？”

“没什么，艾伯特。我只是自言自语。”

“我妈妈过去常说自言自语意味着你要发财了。或许我也应该开始这么做。”

艾伦突然想起来赛德还说了些别的——最后一个细节。

“艾伯特——”

“叫我胡子。我跟你说过了。”

“花子，你看到的车的保险杠上有没有贴东西？你有没有注意到——”

“你怎么会知道的？你们在通缉那辆车？”胡子急切地问。

“别管这些，胡子。这是警察的事情。你有没有看到那上面写什么？”

“我当然看到了。”胡子马丁说。“‘高调的杂种’，上面写着。你能相信吗？”

艾伦慢慢地挂上电话，他相信，但他告诉自己这不能证明什么，根本不能证明什么……只能说明赛德·波蒙特可能疯了。认为胡子看到的东西能证明什么……比如，证明一些超自然的事情正在发生，只因缺乏其他更好的证据……这真是太蠢了。

然后他想到了声波纹和指纹，他想到了成百上千的麻雀撞向伯根菲尔德县医院的窗户，不禁浑身发抖，足足抖了一分钟。

3

艾伦·庞波既不是一个懦夫也不是一个迷信的乡下人，那些乡下人仇视麻雀，不让怀孕的女人靠近牛奶，因为他们担心怀孕的女人会导致牛奶凝结。他不是一个乡巴佬；他不会被城里骗子的花言巧语所蒙蔽；他不是刚出生的孩子。他相信逻辑和合理的解释。因此他等这阵发抖过去后，把自己的罗拉代克斯[①]拉到面前，找出了赛德的电话号码。他有点哭笑不得地发现卡片上的号码和他记忆中的完全一样。显然，罗克堡的这位著名作家已在他脑子的某个部分深深扎下了根，扎得比他想的还要深。

在那辆车里的必定是赛德。如果你排除了所有愚蠢的假设，那还剩下什么选择呢？他描述过它。过去电台里的那档智力竞猜节目是怎么说的来着？说出它的名字，它就是你的。

事实上，伯根菲尔德县医院遭受了麻雀的攻击。

还有别的问题——很多问题。

赛德和他的家人受到缅因州警察的保护。如果他们决定收拾行李到这儿来度周末，那么州警察也应该给他打个电话——一方面是提醒他，另一方也是出于礼貌。但州警察既然已经把在拉德洛保护赛德的工作当成例行公事，那么他们一定会试图劝阻赛德进行这样的旅程。如果赛德是一时兴起，那么他们更是会竭力劝阻他。

那么一定有胡子没看到的——比如后备车辆或被派来保护波蒙特一家的警察，如果他们非要坚持出行的话……他们当然可以出行；毕竟他们不是囚犯。

---

① 一种用来盛装名片、地址卡和电话号码卡等可移动卡片的台式旋转夹的商标。

脑瘤患者经常会做出非常奇怪的事情。

如果那是赛德的托罗纳多，如果他到胡子那儿去把车子开走，如果他是一个人，那就得出了一个让艾伦非常难过的结论，因为他本来觉得赛德人还不错。结论是赛德故意甩掉了他的家人和保护者。

如果情况是这样的话，州警察还是应该给我打个电话。他们会发出详情通报，他们会知道这是他可能来的一个地方。

他拨了波蒙特家的电话号码。铃刚响了一声电话就被接起来了。接电话的人的声音他不熟悉。就是说他不认识那个人。但那人一开口，他就知道那是一个警察。

“嗨，这是波蒙特家。”

这声音很谨慎，听上去像是随时准备抛出一堆问题，如果对方听起来可疑的话。

出什么事了？庞波想，下一个念头是：他们死了。有人去那里杀了他们全家，动作迅速，不费吹灰之力，残酷无情，就像他对其他人一样。保护、审问、电话追踪设备……都没有用。

但当他回答时，声音里一点也没有透出这些想法。

“我是艾伦·庞波。”他清楚地说，“卡索县的治安官。我要找赛德·波蒙特。请问你是哪位？”

对方一阵沉默，接着回答：“我是史蒂夫·哈里森，长官，缅因州的州警察。我正要给你打电话，至少一小时前就应该给你打了。但这里的情况……这里的情况他妈的糟透了。我能问一下你为什么打电话来吗？”

艾伦不假思索地说了一个谎，要是思考一下的话他大概就不会撒谎了。他这么做时也没有问自己为什么。这个以后再讨论吧。

“我打电话来是想了解赛德的情况。”他说，“已经过了很久，我想要知道他们过得怎么样。我猜你那儿有麻烦了。”

“麻烦大得你都没法相信。”哈里森语气阴沉地说，“我的两个人死了。我们相当确信是波蒙特干的。”

我们相当确信是波蒙特干的。

行为的古怪程度似乎还与患者的智力成正比。

艾伦觉得一种似曾相识的感觉不仅悄悄地溜进了他的脑子里，还进入了他的全身，犹如一队侵略军。赛德，所有的问题总是回到赛德身上。当然，他很聪明，他很古怪，而且他承认自己长了脑瘤的症状。

但这孩子根本没有长脑瘤，你知道吗？

如果这些检查的结果是阴性，那么就是因为查不出东西。就我而言，我认为我们切除干净了。

忘掉脑瘤吧。麻雀才是你现在要想的东西——因为麻雀又在飞了。

“出什么事情了？”他问哈里森探员。

“他差不多是把汤姆·查特森和杰克·埃丁斯切成了碎片，这就是所发生的事情！”哈里森喊道，他的愤怒程度让艾伦感到震惊。“他带着全家人，我要抓住这个狗杂种！”

“什么……他怎么逃走的？”

“我没时间详细讲。”哈里森说，“这真是一个他妈的让人难过的故事，长官。他开一辆红灰色的雪佛兰‘巨无霸’，一个他妈的带轮子的庞然大物，但我们认为他一定是把它扔在什么地方，然后换了一辆车。他在你们那儿有栋消夏别墅。你知道它的地点与布局，对吗？”

“是的。”艾伦一边说，一边脑子飞速运转。他看看墙上的钟，三点四十差一分。时间。一切都与时间有关。他意识到他没问胡子马丁是在几点看到托罗纳多开车谷仓的。当时这个问题显得不重要。现在却很重要了。“你们是在几点让他溜掉的，哈里森探员？”

他觉得自己能感觉到这个问题让哈里森很恼火，但他回答时却没有生气或辩解。“大约是十二点半。如果他真换了车，那么一定是花了一些时间，然后他驶向他在拉德洛的家——”

“你们是在哪里跟丢他的？那个地方离他家有多远？”

“长官，我倒是想回答你的问题，但没时间了。问题在于如果他去你们那儿的消夏别墅——这似乎不可能，但这家伙疯了，所以你根本猜不到他到底会干什么——他应该还没到，但他很快就会到了。他和他的全家。如果你和你的手下去那里恭候他，那就太好了。如果出现什么状况，你可以用无线电联系位于牛津的州警察局的亨利·佩顿，我们会派出大量的增援人员。无论如何，你都不要亲自逮捕他。我们认为他的妻子已经成了人质，如果她还没死的话，孩子们也是一样。”

“没错，如果他杀了值勤的警察，那他一定是武力劫持了他的妻子，不是吗?”艾伦表示同意，却发现自己在想，如果可能，你会把这算在赛德头上，不是吗？因为你的思维已经形成定式，不会改变了。见鬼，你都不会动脑筋想一想，你朋友们脸上的血都已经干掉了。

他还有许多问题想问，这些问题的答案大概又会引发更多的问题——但哈里森有一点说对了，没时间了。

他迟疑了一下，非常想问哈里森一个最重要、最关键的问题：哈里森是否确信赛德在第一批增援警察赶到前，有时间赶到家里，杀掉在那儿守卫的警察，并掳走了全家人?但这个问题会触到哈里森现在正努力应对的痛处，因为这个问题透着无可辩驳的指责：你们让赛德溜走了。你们不知怎么的让赛德溜走了。你们有责任看住他，但你们却把事情搞砸了。

“我能请你帮帮忙吗，长官?”哈里森问，现在他的声音里已经没有愤怒了，只剩下疲惫与烦恼，艾伦很同情他。

“可以。我会立刻派人去那里。”

“太好了。你会与牛津警察局联系吗?”

“是的。亨利·佩顿是我的朋友。”

“波蒙特很危险，长官。极其危险。如果他真的露面了，你一定要当心。”

“我会的。”

“跟我保持联系。”哈里森连再见都没说，就挂断了电话。

4

他的头脑过去一直沉湎于常规——现在觉醒过来，开始提问……或试图提问。艾伦认为他没有时间循规蹈矩了，彻底没有时间。他必须保持所有可能的线路畅通。他感觉事情已经发展到了某些线路马上就会开始自动关闭的程度。

至少叫上一些你的人。

但他不认为自己准备好这么做了。他本想叫诺里斯·瑞治威克，但他今天不上班，也不在镇上。约翰·拉波特依然因为毒漆藤中毒而在家休息。西特·托马斯外出巡逻去了。安迪·克拉特巴克在这里，但克拉特巴克是新手，而这事却很棘手。

暂时他必须一个人处理这事。

*你疯了！*常规在他的脑子里尖叫。

“我也许会赶到那里处理这事。”艾伦大声说。他在电话簿里查到艾伯特·马丁的电话号码，给他打电话，问他第一次就该问清楚的事情。

5

“你是在什么时间看到那辆托罗纳多开出你的谷仓的，胡子？”马丁接电话后他问，一边想道：*他不会知道的。见鬼，我都不完全肯定他知道如何看时间。*

但胡子立刻证明他错了。“刚过三点吧，长官。”接着他又考虑了一下，“我的表上是那个时间。”

“你直到——”艾伦扫了一眼值班记录，当时他想也没想就在上面记录了胡子的来电。“你直到三点二十八分才打来电话的。”

“必须先认真思考一下。”胡子说，“做人必须三思而后行，长官，至少我做事是这样的。在我打电话给你之前，我先去谷仓查看开车的这家伙是否还在那儿搞出了其他麻烦。”

*麻烦，*艾伦觉得这很有趣。*大概是检查你阁楼上的那捆大麻，对吧，胡子？*

“他有没有呢？”

“什么有没有？”

“他有没有搞出麻烦呢？”

“没有。简直难以置信。”

“谷仓的门锁是什么情况？”

“打开着。”胡子干脆地说。

“被砸坏了？”

“没有。只是挂在门扣上，锁环开着。”

“你觉得是用钥匙打开的？”

“不知道这狗娘养的从哪里搞来钥匙的，我猜是他撬开的。”

“他是一个人在车里吗？”艾伦问，“你能看清吗？”

胡子停下来想了一想。“我不能肯定。”他最后说，“我知道你在想什么，长官——如果我能看清牌照和那句该死的标语，那我就应该能弄清楚车里坐了几个人。但当时太阳光照在玻璃上，而且我猜想那还不是普通的玻璃。我觉得是镀膜了。膜的颜色不是很深，但还是有一点颜色。”

“好吧，胡子。谢谢你。我们会调查的。”

“嗯，他从这里消失。”胡子说，接着又迅速推断道，“但他一定在什么地方。”

“你说得很对。”艾伦说。他承诺会把最后的结果告诉胡子，然后就挂了电话。他把椅子推离办公桌，看看钟。

三点，胡子说。刚过三点。我的表上是那个时间。

艾伦认为，赛德不可能在三小时内从拉德洛赶到罗克堡，中间还要加上很长一段绕回家的路——并在此期间劫走老婆和孩子，杀掉两名州警察。从拉德洛直接过来，但若是从别处出发，在拉德洛停留，然后及时赶到这里撬开锁，并开走正好停在胡子马丁谷仓里的托罗纳多，则绝无可能。

但假如是另外一个人杀了在波蒙特家守卫的警察，并劫持了赛德的家人呢？假如有人不需要费劲甩掉警察、换车和绕道呢？假如有人只需要把丽姿和双胞胎塞进车里，然后开到罗克堡呢？艾伦认为他们可能及时赶到这里，在刚过三点时被胡子马丁看到。他们可能轻易地做到这点。

警察——瞧瞧哈里森，至少目前——认为一定是赛德干的，但哈里森和他的同事们不知道关于托罗纳多的事情。

密西西比牌照，胡子说。

根据赛德为乔治·斯塔克虚构的传记，密西西比是斯塔克的故乡。如果赛德精神分裂到自以为是斯塔克的地步，那么他至少在某个阶段，他可能给自己搞一辆黑色的托罗纳多以强化这种错觉或幻想，无所谓你把它叫成什么……但为了弄到车牌，他不仅需要去密西西比州，还要证明自己住在那里。

真愚蠢。他可以偷一块密西西比的车牌。或者买一块旧车牌。胡子没说车牌是哪一年的——他在家里往外看，大概也没办法看清楚，用望远镜也不行。

但那不是赛德的车子。不可能是赛德的车。如果是赛德的车，丽姿就会知道，不是吗？

也许丽姿不知道。如果他足够疯狂，也许丽姿不知道。

还有锁着的门。赛德怎么可能不砸坏锁就进入谷仓呢？他是一位作家和老师，不是一个窃贼。

复制钥匙，他的脑子里响起一个轻轻的声音，但艾伦不这么认为。如果胡子经常把大麻藏在谷仓里，那么他一定会很小心地摆放钥匙，无论他处理烟头是多么随便。

最后一个问题，凶手：如果那辆黑色的托罗纳多一直停在胡子的谷仓里，他怎么会之前从未见过它呢？怎么可能这样呢？

考虑一下这种可能性，当他抓起帽子离开办公室时，一个声音在他脑子里轻轻地说。这是一个相当有趣的想法，艾伦。你会笑的，你会笑破肚皮的。假设赛德·波蒙特从一开始就是对的呢？假设真有一个叫乔治·斯塔克的怪物在四处游荡呢……他生命的各个方面，都是赛德创造出来的，在他需要的时候他就活过来了呢？在他需要的时候，但他并不总是出现在他所需要的地方。因为他总是出现在与重要创造者的生活相关的地方。于是斯塔克必须在赛德存车的地方把车开出来，就像他必须从赛德象征性地埋葬他的墓地中走出来一样。你不喜欢这个想法？它很滑稽，不是吗？

他不喜欢这个念头。它不滑稽。它甚至一点都不好笑。它不仅破坏了他所相信的一切，还破坏了他从小习得的思考方式。

他发现自己想起了赛德说过的一些话。我不知道我在写作时，我是谁。这么说并不确切，但也差不多了。更惊人的是，之前我从未意识到这点。

“你是他，对吗？”艾伦轻轻地说，“你是他，他是你，杀手就是这么成长起来的，简单吧。”

他打了个冷战，坐在调度桌前的希拉·布里汉姆从打字机上抬起头，刚好看到。“这么热的天，你还发抖，艾伦。你一定是快感冒了。”

“我想我是快要生病了。”艾伦说。“注意电话，希拉。小事情都交给西特·托马斯处理。有大事通知我。克拉特在哪里？”

“我在这儿！”克拉特的声音从厕所飘出来。

“我大约四十分钟后会回来！”艾伦冲他喊道，“你替我看着点，直到我回来！”

“你去哪里，艾伦？”克拉特往裤子里塞着衬衫，从厕所里走出来。

“去湖边。”艾伦含糊地说，赶在克拉特或希拉再提问前便走了……或者说是赶在他自己细想要做什么之前。在这种情况下，不说明目的地就离开是一个很糟糕的主意。这不仅是自找麻烦；这简直是寻死。

但他想的是（麻雀在飞）这不可能是真的。不可能。一定有一个更符合情理的解释。

他开着巡逻车出镇，驶向他这辈子最大的麻烦时，依然竭力想让自己相信这点。

6

五号公路离胡子马丁的农场大约半英里处有一个休息区。艾伦拐了进去，一半是因为预感，一半是因为突发奇想。预感的部分很简单：不管他们开的是不是黑色的托罗纳多，他们都不是从拉德洛坐着神奇的飞毯来到这里的。他们一定是开车来的。这意味着某个地方一定有一辆被丢弃的车。他正在追捕的男人用完霍默·葛玛奇的小卡车后，就把它扔在了一个路边的停车场里，一名罪犯做过一次的事，他就会做第二次。

在拐弯处停着三辆车：一辆运啤酒的车，一辆新的福特护卫者和一辆风尘仆仆的沃尔沃。

他从巡逻车上下来时，一位身穿绿色工作服的男人从厕所走出来，朝啤酒车的驾驶室走去。他身材矮小，黑头发，窄肩膀。乔治·斯塔克不在这儿。

“长官好。”他说着冲艾伦敬了个礼。艾伦冲他点点头，朝三位坐在野餐桌旁的老妇人走去，她们正一边喝着保温瓶里的咖啡，一边聊天。

“你好，长官。”她们中的一个说，“有什么需要我们帮忙吗？”她眼中一闪而过的焦虑神色仿佛在问，我们做错什么了吗？

“我只是想知道停在那儿的福特和沃尔沃是不是你们的车子。”艾伦说。

“福特是我的。”第二个老妇说，“我们是开那辆车来的。我不知道沃尔沃是谁的。是车的注册贴签过期了吗？这事应该由我的儿子负责，但他是那么健忘！他今年四十三岁了，但我还是不得不提醒他——”

“车子的注册贴签没问题，夫人。”艾伦说着露出一个“警察是你的朋友”的职业微笑。“你们中没人碰巧看见那辆沃尔沃开进来，是吗？”

她们摇摇头。

“在过去的几分钟里，你们看到什么像车主的人吗？”

“没有。”第三位老妇说。她用小沙鼠般的明亮眼睛看着他。“你在找什么吗，长官？”

“你说什么，夫人？”

“我是说，追捕一名罪犯。”

“哦。”艾伦说。他感到一瞬间的不真实。他到底在这里干什么？他到底为什么想到这里来呢？“没有，夫人。我只是喜欢沃尔沃汽车。”天哪，这听上去真是一个智慧的回答。它听上去真是……太他妈的……智慧了。

“哦。”第一位老妇说，“嗯，我们没有看到任何人。你想要喝一杯咖啡吗，长官？我想我们正好还剩一杯。”

“不了，谢谢。”艾伦说，“祝你们度过愉快的一天。”

“你也是，长官。”她们三人几乎异口同声地说。这让艾伦感觉更加不真实了。

他走回到沃尔沃旁边，拉了拉驾驶室的门。门开了。车内像阁楼一样热烘烘的，说明它停在这里已经有一段时间了。他向后座望去，看到座位底下有一个盒子，比思味特[①]的包装稍大一点。他俯身从前后排座位间把它捡了起来。

包装上写着“纸手帕”。他觉得仿佛有人往他胃里投了一只保龄球。

这什么也说明不了，常规和理智的声音立刻说道。至少，不一定说明什么。我知道你在想什么：你想到了孩子。但是，艾伦，当你在路边的小吃摊买炸鸡时，他们也会给你这种东西，看在上帝的分上。

不过……

艾伦把纸手帕塞进他制服上衣的一只口袋里，从车里走出来。他正要关门，却又探进身去。他想看看仪表盘下面，但站着不太看得清楚。他必须跪下来。

有人朝他的胃里又扔了一只保龄球。他发出一个沉闷的声音——就像被人猛击了一样。

点火线垂在那里，铜芯裸露着，稍微有点弯曲。这种弯曲，艾伦知道，是因为它们被人缠在一起过。沃尔沃被人没用钥匙发动过，而且那人干得很熟练。停车时，司机又把点火线拉开，熄灭了引擎。

---

① 美国著名的代糖品牌。

那么这是真的……至少，一部分是真的。大问题是有多真。他开始感觉自己像一个逐渐靠近一堵致命悬崖的人。

他走回自己的巡逻车边，坐进车里，发动引擎，从架子上取下麦克风。

什么是真的？常规和理智的声音轻轻地问。上帝，这是一个令人抓狂的声音。*有人在波蒙特的湖边别墅里？是的——这可能是真的。有个叫乔治·斯塔克的人把那辆黑色的托罗纳多开出了胡子马丁的谷仓？还有呢，艾伦。*

两个念头几乎同时闪现在他的脑子里。第一个念头是，如果他照哈里森跟他说的那样，联系牛津的州警察局的亨利·佩顿，他可能就永远也不会搞清楚这一切。赛德·波蒙特的消夏别墅所在的湖畔路是一条死路。州警察会叫他不要单独接近那栋房子——当他们怀疑绑架了丽姿和双胞胎的人至少犯下了十几起谋杀案时，他不应该单枪匹马地去。他们会要他堵住路，但不要进一步行动，等他们派出一队巡逻车，或许还有一架直升机，就艾伦所知，他们还有驱逐舰和战斗机。

第二个念头是关于斯塔克的。

他们没有考虑过斯塔克；他们甚至不知道有斯塔克这么个人。

但如果斯塔克是真的呢？

如果是这样的情况，那么艾伦认为派一队对湖畔路不熟悉的州警察去那儿，就像是把人送进绞肉机一样。

他把对讲机放回到机座上。他要去，他要一个人去。这也许是错的，很可能是错的，但这是他要做的事情。他可以容忍自己的愚蠢；天知道他以前也干过蠢事。他不能忍受的是在没弄清楚情况前，他通过无线电寻求增援，这可能会导致一个女人和两个婴儿丧命。

艾伦开出休息区，朝湖畔路驶去。

第二十四章 麻雀到来

1

赛德一路上都避开收费公路（斯塔克命令丽姿这么干，节约了半小时），所以他不是穿过路易斯登-奥本就是穿过牛津。当地人把路易斯登-奥本简称为L.A.，那是一个规模大许多的大城市区……但州警察局就在牛津。

他选择走路易斯登-奥本。

他在奥本一边等红绿灯，一边不断检查后视镜，看有没有警车，他在废车场与罗利谈话时所产生的那个念头又一次闪进了他的脑子里。这一回，他不是感觉有点痒，而像是挨了一记重重的耳光。

我是知情者。我是拥有者。我是始作俑者。

我们是在跟魔术打交道，赛德想，任何一个称职的魔术师都必须有一根魔杖。每个人都明白这点。幸运的是，我知道可以在哪里找到这样的魔杖。事实上是知道哪里成打地出售。

最近的文具店在考特街上，现在赛德正拐去那个方向。他肯定洛克堡的家里有贝洛牌黑美人铅笔，他也肯定斯塔克已经买了他自己要用的铅笔，但他不想用那些。他要用斯塔克从来都没碰过的铅笔，无论他是赛德的一部分，还是独立的个体。

赛德在距离文具店半个街区的地方找到了一处停车地，他熄灭了罗利的大众车的引擎（引擎熄掉前发出呼哧呼哧的声音，还嘎嘎响了几下，熄火很不顺畅），走下车。从罗利烟味浓重的车里出来，呼吸一会儿新鲜空气，真是不错。

他在文具店买了一盒贝洛牌黑美人铅笔。当赛德问是否可以借用商店墙上的削铅笔器时，店员让他随便用。他用它削了六支贝洛牌铅笔，然后把它们并排放进胸前的口袋里。铅笔头露在外面，犹如一些致命的小导弹头。

一切就绪，他想。让狂欢开始吧。

他走回到罗利的车旁边，上车，坐了一会儿，闷热的空气让他流汗，他轻轻地哼唱着《约翰·威斯利·哈丁》。他几乎回想起了所有的歌词。人的脑子在压力之下的表现着实让人吃惊。

这可能非常、非常危险，他想。他对自己倒不怎么在乎。毕竟，是他把乔治·斯塔克带到这个世界上来的，他认为自己应该对他负责。这似乎不太公平，他认为自己不是心怀恶意创造出乔治的。他觉得自己不是哲基尔[①]和弗兰肯斯坦[②]这样臭名昭著的医生，尽管他的妻子和孩子可能遭遇不测。他写作一系列小说的出发点不是为了赚大钱，他的出发点肯定也不是为了创造出一个怪物。他只是想克服写作道路上的障碍。他只是想找到写出另一个好故事的方法，因为这么做让他感到快乐。

然而，他却得了某种超自然的疾病。疾病，许多疾病都会找上那些什么都没干、不该得病的人——比如脑瘫、肌营养不良症、癫痫、阿耳茨海默症——但你一旦得病了，你就不得不对付它。过去电台里的那档智力竞猜节目是怎么说的来着？说出它的名字，它就是你的。

这对丽姿和孩子们来说可能是非常危险的，虽然他脑子里觉得这很合理。

没错。脑部手术可能也是非常危险的……但如果你的脑子里长了一个肿瘤，你还有什么选择呢？

他会看。偷看。铅笔很好，他甚至可能感到很满意。但如果他感觉到你计划用铅笔干什么，或发现鸟哨……如果他猜到了麻雀……该死，甚至只要他猜到了有事可猜……那么你就麻烦大了。

但这可能会成功，他脑子的一部分低语道。见鬼，你知道这可能

---

① 英国小说《化身博士》中的主人公。

② 玛丽·雪莱的小说《弗兰肯斯坦》中的主人公。

会成功的。

是的。他确实知道。因为他脑子的最深处坚持认为实在是别无选择了，赛德发动大众车，朝洛克堡驶去。

十五分钟后，他驶出奥本，又奔驰在乡间，向西开往湖区。

2

在最后四十英里的旅程中，斯塔克不停地谈到他和赛德将要合写的《钢铁马辛》一书。当丽姿打开消夏别墅的门锁，让他们进去时——他帮助丽姿抱孩子——但总是空出一只手，确保塞在皮带里的枪触手可及，确保她不会搞什么小动作。她一直希望湖畔路两边的车道上至少有一些停着的车，或者听到说话声或链锯声，但她只听到昆虫催眠般的嗡嗡声和托罗纳多有力的引擎轰鸣声。看来这狗杂种够走运的。

他们从车上往屋里搬东西时，斯塔克仍在不停地说。就连他用折叠剃刀切断所有的电话插座，只留下一条线路时，他也没住口。这本书听上去不错，非常惊险，听上去确实非常不错，似乎可能跟《马辛的方式》一样大获成功——甚至可能更轰动。

"我必须去一下卫生间。"行李都搬进来后，她打断他说。

"好。"他和气地说，转身看着她。他们一到，他就摘掉了墨镜，现在她不得不转头避免看他。那种瞪着腐烂的眼睛看着她的样子，让她难以忍受。"我跟你一起去。"

"我方便时喜欢一个人，难道你不是这样的吗?"

"是不是一个人，我不是太有所谓 。"斯塔克平静而快活地说。自从他们从盖茨瀑布拐下收费公路后，他心情一直不错——流露出一种明确知道一切都会按计划顺利进行的感觉。

"但我有所谓。"她说，仿佛是在跟一个笨孩子讲话。她感到她的手指蜷曲起来。她想象忽然把这双盯着她的眼球从它们松弛的眼眶里剜出来……她冒险抬头瞥了他一眼，看到他笑容可掬的面孔，她明白他知道她的想法和感觉。

“我就待在门口。”他故作谦卑地说。“我会做个乖孩子，我不会偷看的。”

孩子们在客厅的地毯上乱爬，非常开心地叫喊着，笑个不停。他们似乎很高兴来到这里，之前他们只在冬天来这里度过一次长周末。

“不能把他们单独留下。”丽姿说，“卫生间在主卧那边。如果把他们留在这里，他们会惹麻烦的。”

“没问题，贝丝。”斯塔克说着，毫不费力地一手一个，把他们抱起来。就在今天早晨，她还认为除了她和赛德之外，谁要是这么干，威廉和温迪一定会叫破嗓子。但当斯塔克这么做时，他们却开心地咯咯直笑，仿佛这是天底下最让他们高兴的事情。“我会把他们带进卧室，我会照看他们，不用你管。”他转身冷冷地看了她一眼。“我也会看好他们的。我不想让他们受到任何伤害，贝丝。我喜欢他们。如果他们出了什么事，那可不是我的错。”

她走进卫生间，他站在门口，像他保证的那样背对着她，看着双胞胎。她撩起裙子，褪下内裤，坐下来，希望他是一个遵守承诺的人。如果他转过来，看到她蹲坐在马桶上，她倒不会死……但如果他看到她内裤里藏着的剪刀，那她可能就要死了。

和往常一样，她越急越尿不出来。*快点，快点*，她既害怕又着急地想。*怎么回事，你是想靠那玩意儿收利息吗？*

最后，终于尿出来了。

“但他们想从谷仓出来时。”斯塔克说，“马辛点燃了他们夜里倒在谷仓周围沟里的汽油。那是不是很棒？很有电影的画面感，贝丝——拍电影的那帮傻子就是喜欢大火。”

她用卫生纸擦过后，小心地拉起内裤穿好。她整理衣服时，眼睛一直死盯着斯塔克的后背，祈祷他不会转过来。他正沉浸在他自己的故事里，没有转身。

“韦斯特曼和杰克·兰奇利闪到里面，打算开车冲出大火。但艾林顿慌了神，而且——”

他突然停了下来，头歪向一边。接着他转过身，她正好在拉直裙子。

“出来。”他生硬地说，声音里所有的好心情都荡然无存了。“他妈的立刻出来。”

“怎么——”

他粗暴地抓住她的胳膊，把她拉进卧室。他走进卫生间，打开药柜。“我们有伴儿了，赛德不可能这么早就到。”

“我不——”

“汽车引擎。”他简短地说，“大马力发动机。可能是一辆警察的拦截车。听到了？”

斯塔克猛地关上药柜的门，又拉开洗手盆右边的抽屉。他找到一卷胶带，使劲扯下胶带卷上的锡环。

她说，她什么都没听到。

“没关系。”他说，“我能听到就行了。手放到背后。”

“你要做什——”

“闭嘴，把手放到背后去！”

她照做后，手腕立刻被绑住了。他将胶带十字交叉左缠右缠，紧紧绕成一个 8 字形。

“汽车熄火了。”他说，“大概在四分之一英里之外。有人在耍小聪明。”

她认为自己最后可能也听到了引擎声，但这也可能只是一种心理暗示。她知道，如果她不全神贯注地听，就不会听到什么。亲爱的上帝啊，他的耳朵是多么尖。

“必须割断胶带。”他说，“原谅我的冒昧，贝丝。时间太紧，来不及讲究礼貌了。”

不等她明白他要干什么，他的手已经伸进了她裙子的前面。一眨眼的工夫，他已经抽出了那把缝纫剪刀，剪刀尖一点都没碰到她的皮肤。

他与她对视了一下，手伸到她背后，用剪刀剪断了胶带。他似乎又高兴起来了。

“你看到它了。”她呆呆地说，“你还是看到凸起了。”

“剪刀？”他笑了，“我看到它了，不过不是因为它凸出来了。我在你的眼睛里看到了它，亲爱的贝丝。我在拉德洛时就看出来了。你一下楼梯，我就知道了它的存在。”

他拿着胶带，可笑地跪在她面前——不怀好意——像个求婚者。然后他抬头望着她。“你别打算踢我什么的，贝丝。我不敢肯定，但我想那是一个警察。我没时间用手爱抚你，虽然我很想。所以你待着别动。”

“孩子们——”

“我会关上门。”斯塔克说，“他们即使站起来也够不到门把手。他们在床底下玩的时候可能会吃到点灰，但我想最糟也就是这样了。我很快就回来。”

现在胶带又交叉缠住了她的脚踝。他割断胶带，站起来。

“你乖乖待着，贝丝。”他说，“别打什么鬼主意，我会让你付出代价的……但我首先要让你看着他们付出代价。”

然后他关上卫生间和卧室的门，走开了，消失的速度之快犹如魔术师在变魔术。

她想起锁在装备棚里的点二二口径步枪。那儿还有子弹吗？她相当肯定还有。一个高架子上有半盒温切斯特点二二口径长步枪的子弹。

丽姿开始来回扭动手腕。他把胶带缠得非常巧妙，她一度甚至不确定自己是否能弄松它，更不用说从中彻底挣脱出来了。

接着她开始感觉有点松动，开始气喘吁吁地更快扭动她的手腕。

威廉爬过来，把手放在她的腿上，疑惑地望着她的脸。

“一切都会好起来的。”她冲他笑笑说。

威廉也对她笑笑，又爬开去找他的妹妹了。丽姿轻轻地快速甩甩头，把盖住她眼睛的一缕汗津津的头发甩开，然后继续来回扭动手腕，前后，前后。

3

就艾伦·庞波所见，湖畔路上完全没人……至少，就他敢于开车深入的这段路上不见一个人影。他已经开到了沿路的第六条车道。他认为他至少还可以安全地再开远一点——波蒙特家与这儿隔着两座小山，在那边不可能听到他的汽车引擎声——但还是保险点好。他开到一栋A字形木屋前，把车停在一棵松针落了一地的老松树下，熄灭引擎，走下车。这栋木屋属于威廉姆斯家，他们来自马萨诸塞州的林恩[①]，是这里的夏季居民。

他抬头，看到了麻雀。

它们站在威廉姆斯家房子的屋顶上。它们站在房子周围树的高枝上。它们停在湖边的岩石上；它们在威廉姆斯家的码头上挤来挤去争地方——它们的数目太多了，多得让他看不到码头上的木头。成百上千只的麻雀。

而且它们完全不出声，只是用它们黑色的小眼睛注视着他。

“上帝啊。”他轻轻地说。

蟋蟀在威廉姆斯家地基旁的高草丛中唱歌，湖水轻柔地拍打着他们家码头的永久性部分，一架飞机嗡嗡地向西开往新罕布什尔。除此之外，周遭一片寂静。湖上连一艘摩托艇刺耳的引擎声都没有。

只有那些鸟。

所有那些鸟。

艾伦感到毛骨悚然。他在春秋天见过成群的麻雀，有时一次可以看到一两百只，但他这辈子从没见过这样的景象。

它们是为赛德而来……还是为斯塔克而来?

他又回头看看对讲机，考虑他到底是否应该呼叫支援。这实在是

---

① 马萨诸塞州东北部城市。

太怪异了，太难以控制了。

如果它们一下全都飞起来，会怎么样？如果他在这里，如果他像赛德说的那样敏锐，他会听到的，毫无疑问。他会清楚地听到。

他开始迈步。麻雀们没有动……但出现了一群新麻雀，它们停在树上。现在他的周围到处都是麻雀，它们注视着他，犹如无情的陪审团在审视一名谋杀犯。只有身后湖畔路边的树林里还没有麻雀。

他决定从那条路返回。

一个沮丧的念头毫无征兆地闪进他的脑海——这可能是他职业生涯中最大的错误。

我只是去侦察一下地形，他想。如果鸟儿们不飞起来——它们似乎也不想这么做——我应该就不会有事。我可以沿着这条车道走，穿过湖畔路，从树林走到波蒙特家。如果托罗纳多在那儿，我就会看到它。如果我看到它，我就可能看到他。如果我看到了他，那么至少我会知道自己在对付谁。我会知道那是赛德……还是别人。

还有另一个念头。这个念头，艾伦几乎都不敢去想，因为思考它可能会破坏他的运气。如果他真看到了黑色托罗纳多的主人，他可能还有机会。他可能可以击倒这个杂种，就地解决一切。如果最终是这种情况的话，他会因为违反州警察局的具体指令而受到重罚……但丽姿和孩子们会安然无恙，现在他只关心这点。

更多的麻雀无声地落下。它们铺满了威廉姆斯家整条车道的沥青路面。一只麻雀落在离艾伦的靴子不到五英尺的地方。他冲它做了一个踢的动作，做完立刻就后悔了，他以为这会把这只鸟——连同与它一起的数目庞大的群鸟——立刻赶到天上去。

但这只麻雀只是小跳了一下。仅此而已。

另一只麻雀落在艾伦的肩膀上。他不敢相信，但它就在那儿。他挥手赶它，它又跳到他的手上。它低下嘴，仿佛是要啄他的手掌……接着却停住了。艾伦的心怦怦直跳，他把手放低。麻雀跳走了，它拍了一下翅膀，和同伴一起落在车道上。它用明亮的眼睛毫无目的地盯着他。

艾伦咽了一下口水。喉咙里咯噔响了一声。“你们是什么东西？”

他咕哝道，“你们他妈的到底是什么东西？”

麻雀们只是盯着他看。现在卡索湖这边他所能看到的每一棵松树和枫树上都停满了麻雀。他听到一根树枝在重压下的断裂声。

它们的骨头是空心的，他想。*它们轻得几乎没有分量。要多少只麻雀才能像这样压断一根树枝啊？*

他不知道。也不想知道。

艾伦打开挂在屁股上的点三八口径手枪的枪套，离开这些麻雀，往后走上威廉姆斯家倾斜的车道。湖畔路只是一条泥路，车辙印间长着一排青草，他走到那里时汗流满面，衬衫湿漉漉地粘在背上。他放眼望去，看到走过的路上满是麻雀——它们站在他的车顶、发动机罩、行李箱和警灯上——但这里却一只麻雀也没有。

它们好像不愿走得太近……至少现在不愿意，他想。*仿佛那里是它们的舞台。*

他躲在一片漆树丛后面，希望这能为他提供一点遮蔽，湖畔路的两边，看不到一个人——只有麻雀，它们全停在威廉姆斯家 A 字形房子所在的斜坡上。除了蟋蟀的叫声和绕着他的脸飞的蚊子的嗡嗡声，周围一片寂静。

很好。

艾伦弓着背、低着头，像一名身处敌区的士兵一样跑过小路，跳过另一头杂草乱石丛生的沟渠，消失在树林中。一旦置身于掩护之下，他便尽快悄悄地朝波蒙特的消夏别墅走去。

4

卡索湖的东边处在一道长而陡峭的斜坡之下。湖畔路位于斜坡的半途，大多数房屋都在湖畔路的下面，艾伦站在离路二十码的高处，所以只能看到房子的屋顶。还有些房子，他则完全看不到。但他能看到路和岔出的车道，只要他不忘记数数，就没事。

当他来到威廉姆斯家后的第五条岔路时，他停了下来，回头看看麻雀是否跟着他。这个想法很怪异，却有点不可避免。他看不到一点它们存在的迹象，他想可能是他太紧张了，整件事只是他的幻想。

忘了吧，他想。这不是你的想象。它们就在那儿……它们还在那儿。

他低头看着波蒙特家的车道，但从他现在的角度什么都看不清。他弯着腰，开始慢慢往下走。他移动时轻手轻脚的，正当他为此恭喜自己时，乔治·斯塔克用枪顶住他的左耳，说："如果你再动，伙计，你的脑浆就会溅到你的右肩膀上。"

5

他很慢、很慢、很慢地转过头。

他的所见几乎让他希望自己生来就是一个瞎子。

"我猜他们永远也不会想让我上《GQ》杂志[①]的封面吧？"斯塔克问。他正咧着嘴笑。这个笑所暴露的他的牙齿和牙龈（以及原本长着牙齿的空洞）之多，超过任何一个最开怀的笑容。他的脸上布满了创口，皮肤似乎正从底下的组织上剥落。但还不止如此——这还不是让艾伦感到恐怖和恶心的原因。这个男人的面孔底下的组织似乎出了问题。他好像不仅是在腐烂，还在经历着某种可怕的变异。

不过，他知道这个拿枪的男人是谁。

他金色的头发毫无生气，犹如粘在稻草人头上的旧假发。他的肩膀像带着护胸的橄榄球运动员一样宽。他傲慢地站在那里，即使不动，也透出一种敏捷。他高兴地注视着艾伦。

这是那位不可能存在，也从未存在过的人。

他是乔治·斯塔克先生，来自密西西比州牛津市的高调的狗

---

① 全球知名的男性时尚生活杂志。

杂种。

这一切是真的。

“欢迎来到嘉年华，老伙计。”斯塔克和气地说。“你这么大的个子，动作倒是挺灵活的。我开始差点儿就忽略你了，我一直在找你。我们到下面的房子里去吧。我要向你介绍一个小女人。如果你乱动一下，你就死定了，她也会没命，还有那两个可爱的小家伙。在这个世界上，我没有什么可以失去的。你相信吗？”

斯塔克那张腐烂、变形、恐怖的面孔冲他咧嘴笑笑。草丛里的蟋蟀继续唱着歌。远处的湖面上，潜鸟甜美的叫声划破天空。艾伦满心希望自己是那只鸟，因为当他看着斯塔克盯着他的眼珠时，除了死亡，他只看到了一样东西……那就是虚无。

他突然清楚地意识到，他再也见不到他的妻子和儿子了。

“我相信。”他说。

“那么扔掉你的枪，我们走。”

艾伦照做了。斯塔克跟在他的后面，他们朝下面的路走去。穿过马路后，他们走下波蒙特家车道的斜坡，走向房子。房子从山边凸起，桩结构很结实，很像马利布海滩边的房子。就艾伦所见，它的周围没有麻雀。一只也没有。

托罗纳多停在门边，在黄昏的阳光下，像一只漆黑发亮的大狼蛛。车子看上去像一颗子弹。艾伦有点儿惊奇地看着保险杠上的标语。很奇怪，他所有的情绪一下子变得舒缓平和了，仿佛这只是一个梦，他很快就会醒来。

千万别这么想，他警告自己。这么想会让你丧命的。

那很可笑，因为他已经是一个死人了，不是吗？刚才他还在蹑手蹑脚地接近波蒙特家的车道，想要悄悄地穿过马路，仔细观察周围，搞清楚到底是怎么回事……斯塔克却用枪顶住了他的耳朵，命令他扔掉枪，情况变成了这样。

我没有听到他，甚至没有感觉到他。大家都认为我手脚很轻，但这家伙却让我相形见绌。

“你喜欢我的车？”斯塔克问。

“现在我想缅因州的每个警官都喜欢你的车。”艾伦说，“因为他们都在找它。”

斯塔克开心地笑起来。“我为什么不相信呢？”他用枪管戳戳赛德的腰背部。“进去，我的老伙计。我们正在等赛德。等赛德到这儿了，我想我们就可以开始狂欢了。”

艾伦回头看看斯塔克空着的手，发现了一件极其怪异的事情：那只手的手掌上似乎没有掌纹。一条掌纹也没有。

6

“艾伦！”丽姿喊道，“你没事吧？”

“嗯。”艾伦说，“假如一个人觉得自己是个十足的蠢货，还能觉得自己没事的话，那我想我是没事。”

“你不会相信的。”斯塔克和气地说。他指指从丽姿的内裤里搜出的剪刀。剪刀被他放在双人床一侧的床头柜上，这样双胞胎就够不到了。“剪开她腿上的胶带，艾伦警官。不用管她手腕上的胶带，看上去她几乎已经挣脱出来了。也许应该叫你艾伦长官？”

“艾伦治安官。”他说，同时想：*他知道这点。他认识我——卡索县治安官艾伦·庞波——因为赛德认识我。但即使他占了上风，他也不会泄露他所知道的一切。他像黄鼠狼一样狡猾。*

他第二次感到自己死到临头了，心里一阵凄凉。他试着回忆麻雀，因为他认为麻雀是这场噩梦中斯塔克唯一不熟悉的东西。然后他又认真考虑了一下。这家伙太精明了。如果他让自己抱有希望，那么斯塔克就会从他的眼睛里看出来……并猜测它的含义。

艾伦拿起剪刀，剪断了丽姿·波蒙特腿上的胶带，这时她已经挣脱出一只手，开始解她手腕上的胶带。

“你要伤害我吗？”她担心地问，举起双手，仿佛手腕上被胶带弄出的红印能说服他不要那么做。

“不。”他微微一笑，说，“你那么做很自然，我不能怪你，不是吗，亲爱的贝丝？”

她厌恶而惊恐地看了他一眼，然后去抱孩子了。她问斯塔克她是否能把他们带到厨房，给他们吃点东西。一路上他们都在睡觉，直到斯塔克把偷来的沃尔沃停在休息区，现在他们很活跃，互相打闹得很欢。

“当然可以。”斯塔克说。他似乎心情很好……但他的一只手一直握着枪，眼睛不停地在丽姿和艾伦间扫来扫去。“为什么我们不一起出去呢？我要和县治安官谈谈。”

他们一起来到厨房，丽姿开始为双胞胎备餐。她做这些的时候，艾伦在一旁照看双胞胎。他们是非常可爱的孩子——像两只小兔子一样可爱，看着他们让艾伦想起了自己和安妮年轻的时候，那时托比还在穿尿布，离托德出生还有好几年，现在托比已经是高三的学生了。

双胞胎高兴地爬来爬去，艾伦不时必须调整他们的爬行方向，以免他们拉倒椅子或头撞到厨房里的桌子腿上。

艾伦照看孩子时，斯塔克在一旁跟他说话。

“你认为我会杀了你。”他说，“无须否认这点，县治安官。我能从你的眼睛里看出来，我很熟悉这种眼神。我可以撒谎说这不是真的，但我认为你不会相信。你自己对于这种情况有一定的经验，不是吗？”

“我想是的。”艾伦说，“但这种事有点……嗯，有点超出正常警务的范畴。”

斯塔克仰天大笑起来。双胞胎循声望去，也跟着笑起来。艾伦瞥了丽姿一眼，看到她脸上写满了恐惧与仇恨。除此之外，她的表情里还蕴含了些别的什么，不是吗？是的。艾伦认为那是妒忌。他无端怀疑是否还有其他什么事情是乔治·斯塔克不知道的。他怀疑斯塔克是否意识到这个女人对他而言可能是非常危险的。

“你说得对！”斯塔克说，依然咯咯地笑着。然后他变得严肃起来。他凑近艾伦，艾伦能闻到他腐烂肌肉所散发出的类似干酪的气味。“但不一定非要这样，县治安官。你的确不太可能活着离开这儿，我可以坦率地跟你承认，但机会还是有的。我在这儿有事要做。写一点东西。赛德将会帮助我——他会起到促进作用，你可以这么说。我认为我们大概会整晚工作，他和我，但等到明天早晨太阳升起来时，我应该基本搞定一切了。”

“他想要赛德教他如何独立写作。”丽姿在厨房里说。“他说他们会合作写一本书。”

“不太对。”斯塔克说。他瞥了她一眼，和气的脸上掠过一丝怒容。“是他欠我的，你知道的。或许在我出现之前，他知道怎么写作，但我才是教他写出那些人们想要看的东西的人。如果写出来的东西没人要看，那又有什么用呢？”

“不——你不会理解的，不是吗？”丽姿问。

“我想从他那儿得到的是一种‘移注’作用。”斯塔克告诉艾伦，“我的某种腺体……似乎停止分泌了。暂时停止分泌了。我认为赛德知道如何让它重新工作。他应该知道，因为他从他自己身上克隆出了我，如果你明白我的意思的话。我猜想你们可以说，我的大部分才能都是由他创造出来的。”

哦，不，我的朋友，艾伦想。不是这样的。你或许不知道，但情况并非如此。这事是你俩一起干的，你们两个共同做的，因为你一直就在那儿。而且你非常坚持不懈。在你出生前，赛德就试图结果你，但没能办到。然后，十一年后，普瑞查德医生也试了一下，做成了，但只是暂时性的。最后，赛德把你请了回来。他这么做了，但他不知道自己在做什么……因为他不了解你。普瑞查德从没告诉过他。于是你来了，不是吗？你是他死去兄弟的鬼魂……但你们的关系又不完全是这样的。

艾伦一把抓住温迪，她在壁炉边，差点仰面摔进木柴箱子里。

斯塔克看着威廉和温迪，然后目光又落回到艾伦身上。“赛德和我一直都是双胞胎，你知道的。当然，我是在第一对双胞胎夭折后才出现的，那对双胞胎本来应该是这两个孩子的哥哥或姐姐。你可以把这称为某种超验的平衡行为。”

“我称之为疯狂。”艾伦说。

斯塔克笑了。“事实上，我也这么认为。但它真的发生了。文字变成了活生生的人，你可以这么说。它是怎么发生的无关紧要——重要的是我就在这里。”

你错了，艾伦想。它是如何发生的现在可能非常重要。即使对你而言不重要，对我们而言却非常重要……因为这可能是唯一能救我们的途径。

“一旦事情进展到一定的程度，我就能自己创作。”斯塔克继续说道，“我写作上有困难，这其实并不令人感到惊讶，不是吗？创造一个人的自我……需要耗费大量的精力。你总不会认为这是天天会发生的平常事吧？”

“天理难容。”丽姿说。

这就像当头一棒。斯塔克猛地把头转向她，动作快得犹如一条准备攻击的蛇，这一次他脸上的恼怒显然不是只有一点点了。“我认为你或许最好闭上你的臭嘴，贝丝。”他轻轻地说，“免得给自己不会说话的他或她造成麻烦。”

丽姿低头看看炉子上的锅。艾伦觉得她脸色变白了。

“把他们抱过来，艾伦，可以吗？”她平静地问，“饭做好了。”

她把温迪抱到腿上喂饭，艾伦抱着威廉。他一边喂着胖胖的小家伙，一边吃惊地发现自己的喂饭技术恢复得如此之快。把调羹往嘴里一塞，倾斜一下，拿出来时轻快地从下巴往下嘴唇一抹，尽量防止汤汁和口水流出来。威廉不停伸手要抓调羹，显然是觉得自己已经长大了，足可以独立使用调羹吃饭。艾伦轻轻地拦住他，小家伙很快就静下来认真吃饭了。

“事实是我可以利用你。”斯塔克对他说。他靠在橱柜上，心不在焉地用枪的瞄准器上下摩擦着夹棉背心的前襟，发出一种刺耳的声音。“是州警察打电话给你，要你来这儿彻底检查一下吗？这是你来这儿的原因吗？”

艾伦考虑了一下是否要说谎，然后决定还是说真话比较保险，主要是因为他相信这个男人——如果他真是人的话——身体里自带着一个非常灵敏的测谎仪。

“不完全是这样的。”他说，接着跟斯塔克讲了胡子马丁的电话。

不等他讲完，斯塔克就点点头。“我觉得我看到那栋农舍的窗户亮了一下。”他说，然后又咯咯地笑。他似乎恢复了好心情。“哎，呀！乡下人难免有点好管闲事，不是吗，艾伦治安官？他们没什么好做的，不管闲事才奇怪呢！那么你挂了电话后做了什么？”

艾伦也告诉了他，现在他不说谎，因为他认为斯塔克知道他做了什么——他独自一人在这里的简单事实已经大致回答了他的问题。艾伦觉得斯塔克其实只是想知道，他是否会蠢得试图撒谎。

他说完后，斯塔克说：“好，很好。这增加了你多活一天的机会，艾伦治安官。现在你听我说，我要告诉你一喂完孩子后，我们到底要做什么。”

7

“你确定你知道要说什么吗？”斯塔克又问。他们站在前厅的电话机旁，这是家里仅剩的一部能用的电话。

“是的。”

“你不会企图给调度员留什么暗号吧？”

“不会。”

“很好。”斯塔克说，“因为现在不是抛开成人身份，而去玩儿童游戏的好时间。你要是那样做，肯定有人要受伤的。”

“我希望你能暂时停止威胁。”

斯塔克把嘴咧得更开了，这种笑显得非常邪恶。他抱着威廉，以确保丽姿继续表现良好，现在他在孩子的胳膊下挠痒痒。“我恐怕做不到。”他说，“一个人违反本性会便秘的，艾伦治安官。”

电话机摆在一扇大窗户旁的桌子上。艾伦拿起电话时，查看了一下车道后面斜坡上的树林里是否有麻雀。他一只麻雀也没看到。至少，现在还没看到。

“你在找什么，老伙计？”

“嗯？”他瞥了一眼斯塔克，斯塔克的眼睛正从他那腐烂的眼窝里直勾勾地盯着他。

“你听到我说话了。”斯塔克指指车道和停在那儿的托罗纳多。“你不是因为正好站在窗户前，才随便朝窗外看的。你脸上的表情说明你在期待看到什么东西。我想知道那是什么。”

艾伦觉得自己的后背上一片毛骨悚然。

“赛德。”他听见自己冷静地说，“我是在看赛德来了没有，跟你一样。他应该快到这里了。”

“这最好是全部的事实，你觉得呢？”斯塔克问他，并把威廉举高了一点。他开始用枪管在威廉胖嘟嘟的肚子上慢慢地蹭来蹭去，挠他的痒痒。威廉一边咯咯地笑，一边轻轻地拍打斯塔克腐烂的脸颊，仿佛在说，*停下，别逗我了……但先别停，因为这很好玩。*

“我明白。”艾伦说着干咽了一下唾沫。

斯塔克的枪管又滑到了威廉的下巴上，他用它戳戳那儿的小垂肉。孩子笑起来。

*如果丽姿在角落边转过身，看到他这么做，一定会疯掉的，艾伦*镇静地想。

“你确定自己跟我交代了一切，艾伦治安官？没向我隐瞒什么？”

“是的。”艾伦说。只是隐瞒了威廉姆斯家周围树林里的麻雀。“我没有隐瞒什么。”

“好吧。我相信你。至少，目前如此。现在你继续做你该做的事吧。”

艾伦拨了卡索县治安官办公室的电话。斯塔克凑过来听——他凑得太近了，身上的腐肉味让艾伦恶心想吐。

电话铃只响了一声，希拉·布里汉姆就接起来了。

“嗨，希拉——是我，艾伦。我在卡索湖。我试过用无线电联系你，但你知道这里的信号很差。”

“就是没信号。”她笑着说。

斯塔克也微笑起来。

8

当他们消失在拐角时，丽姿打开橱柜底下的抽屉，拿出一把最大的砍肉刀。她瞥了一眼拐角，知道斯塔克随时可能探出头来看看她。但她现在是安全的。她能听到他们讲话。斯塔克在说艾伦朝窗外看的方式什么的。

我必须这么做，她想，我必须一个人做这件事。他正像一只猫那样盯着艾伦，即使我能给赛德传话，那也只会让情况变得更糟……因为他能进入赛德的思维。

她把温迪抱在臂弯里，脱掉鞋子，迅速光脚走到客厅里。那儿有一张沙发，摆在那里是为了让人可以坐在上面，看到外面的湖。她把砍肉刀塞进沙发套的裙边下面……但没有塞得太里面。如果她坐下来，就能够到刀。

如果他们一起坐下来，她和狡猾的乔治·斯塔克，那他也会在她能够到的范围内。

我也许可以让他坐下来，她想，又匆匆跑回厨房。是的，我或许可以做到。他很迷恋我。这很可怕……但却可以利用一下。

她走进厨房，以为会看到斯塔克站在那里，冲她咧嘴怪笑，露出他那些剩下的牙齿。但厨房里却没人，她依然能听到艾伦在前厅里打电话。她可以想象斯塔克就站在他旁边，听着。很好。她想：如果运气好的话，赛德到这里的时候，乔治·斯塔克就已经死了。

她不想让他们见面。她不明白自己为什么竭力想阻止他们见面，但她至少明白一点：她担心他们的合作真的会成功，她更为担心的是她知道成功的果实将是什么。

最后，只有一个人能拥有赛德·波蒙特和乔治·斯塔克的双重天性。只有一个肉身能从这场重要的分裂中存活下来。如果赛德能提供斯塔克所需要的助推力，如果斯塔克开始独立写作，他的伤口和溃疡就会开始愈合吗？

丽姿认为它们会的。她甚至认为斯塔克可能会开始变成她丈夫的模样。

多久以后赛德的脸上会出现第一道溃疡呢（假设斯塔克顺利逃走，并让他们都活着从这里出去）？

她认为不会很久的。她非常怀疑斯塔克不会有兴趣看着赛德从出现第一道溃烂的迹象一直到最终分解消失，所有的快乐念头都彻底烟消云散。

丽姿重新穿上鞋，开始收拾双胞胎早晚饭的剩余物。*你这个狗杂种*，她一边想，一边擦台面，接着在洗碗池里注满热水。*你是笔名，你是闯入者，你不是我的丈夫。*她把洗碗液挤在水池里，然后去客厅看看温迪。她正在客厅的地板上爬来爬去，大概是在找她的哥哥。玻璃移门外，傍晚的阳光在卡索湖碧蓝的水面上投下一束明亮的金光。

你不属于这儿。你是一个讨厌鬼，让人看到、想到就心烦。

她看看沙发底下，那把长而锋利的刀躺在那儿，触手可及。

我能搞定的。如果上帝给我机会，我会搞定这事的。

9

斯塔克的气味真是让他受不了——让他感觉仿佛自己随时可能呕吐——但艾伦努力不让这一点在自己的声音里流露出来。“诺里斯·瑞治威克回来了吗，希拉？”

斯塔克在他旁边，又开始用点四五口径手枪的枪管胳肢威廉。

“还没有，艾伦。不好意思。”

“如果他回来了，让他值班。在此之前，让克拉特值班。”

“他值班的时间——”

“是的，他值班的时间已经结束了，我知道。镇子必须给他支付加班费，基顿会为此说我的，但我有什么办法呢？破无线电和一台老熄火的破巡逻车把我困在这儿了。我是从波蒙特家打电话来的。州警察局叫我来查看一下，但根本没什么情况。”

“这太糟糕了。你要我传话给什么人吗？州警察局？”

艾伦看看斯塔克，后者似乎正全神贯注于逗弄在他的臂弯里开心地扭来扭去的小家伙。斯塔克心不在焉地朝艾伦点点头。

“是的。帮我打电话给牛津的州警察局。我想我会先去外卖店吃点炸鸡，然后回到这里复查一下。前提是我能发动我的车子。如果车子发动不起来，或许我会看看波蒙特家的食品储藏室里是否有什么可以吃的东西。你能为我做个记录吗，希拉？”

他感到而非看到身边的斯塔克有点紧张，枪管不动了，枪口指着威廉的肚脐。艾伦感到冷汗顺着肋骨流下来。

“当然了，艾伦。”

“这家伙应该是很有创意的。我认为除了门垫下面外，他可以找一个更好的地方来藏他的备用钥匙。”

在他身边，点四五口径手枪的枪管又开始移动了，威廉又开始咧嘴笑了。艾伦放松了一点。

“我是应该找亨利·佩顿汇报吗，艾伦？”

“嗯。如果亨利不在，就找丹尼·伊蒙斯。”

“好的。”

“谢谢，希拉。都是些乱七八糟的事情，就这样吧。你保重。”

“你也是，艾伦。”

他轻轻地挂上电话，转向斯塔克。“可以了吗？”

“非常好。”斯塔克说，“我尤其喜欢关于钥匙放在门垫下的那部分。它很值得回味。”

“你真烦人。”艾伦说。在这种情况下，这么说不是很明智，但他自己的愤怒让他大吃一惊。

斯塔克的表现也让他吃惊。斯塔克大笑起来。“没人很喜欢我，不是吗，艾伦治安官？”

“没人喜欢你。”艾伦说。

“嗯，没关系——我替大家喜欢我自己。在这方面，我是个真正的新时代人。重要的是，我认为我们在这里一切都好。我认为一切都会很顺利的。”他一把抓住电话线，把它从电话插座上扯了下来。

“我想是的。”艾伦说，但他对此有所怀疑。斯塔克大概认为波特兰以北的警察都是一群昏昏欲睡的废物，但艾伦的看法与斯塔克不同。牛津的丹尼·伊蒙斯或许什么都不会觉察到，除非奥罗诺或奥古斯塔的人提醒他。但亨利·佩顿呢？亨利会相信艾伦今晚在去吃炸鸡前，先独自一人随便地快速调查一下霍默·葛玛奇的谋杀案吗？他不这么认为。亨利可能会感觉到一点异样。

看着斯塔克用点四五口径手枪的枪管逗弄孩子，艾伦好奇自己到底想不想让这事发生，他发现自己没有答案。

“现在干什么？”他问斯塔克。

斯塔克深吸一口气，高兴地望着外面洒满阳光的树林。“让我们问问贝丝，看她是否能给我们做点吃的。我饿了。乡村生活真不错，是吗，艾伦治安官？该死！”

“好了。”艾伦说。他开始往回朝厨房走去，斯塔克一把抓住他。

“有关汽车熄火的话，没什么特别的含义，是吧？”

“没有特别的含义。”艾伦说，“只是一句……你把这叫什么来着？一句值得回味的话。去年，我们单位好几辆车的化油器都有毛病。”

“这最好是事实。”斯塔克死盯着艾伦说。黏黏的脓水从他的内眼角沿着脱皮的鼻子流下来，犹如鳄鱼的眼泪。“如果因为你的缘故，而不得不伤害一个孩子，那真是太可耻了。如果赛德发现，我为了让你老实点而不得不报销掉他双胞胎中的一个，他可不会就这么算了。”他咧嘴一笑，把点四五的枪管伸进威廉的胳肢窝里。威廉扭来扭去，咯咯直笑。“他像一只热乎乎的小猫一样可爱，不是吗？”

艾伦觉得喉咙里仿佛有一团刺。“你这么做让我紧张得要死，伙计。”

“你继续紧张吧。”斯塔克冲他笑笑说。“我就是那种让人紧张的人。我们吃饭吧，艾伦治安官。我觉得这个小家伙也想他的妹妹了。”

丽姿用微波炉替斯塔克热了一碗汤。她先给了他一份冰冻速食，他微笑着摇摇头，然后把手伸进嘴里拔一颗牙。牙齿轻易地从腐烂的牙龈上被拔下来了。

他把它丢进垃圾桶里，她把头扭到一边，双唇紧闭，满脸厌恶。

“别担心。”他平静地说，“它们很快就会好的。不久，一切都会变好的。爸爸很快就会到这里了。”

十分钟后，赛德开着罗利的大众车到了，斯塔克还在喝汤。

第二十五章　钢铁马辛

1

波蒙特的消夏别墅在五号公路边、湖畔路上方一英里处，但赛德在湖畔路上开了不到十分之一英里就停了下来，难以置信地瞪大了眼睛。

到处都是麻雀。

每棵树的每一根枝条、每一块岩石、每一片空地上都站满了麻雀。他眼前的世界古怪且虚幻：仿佛缅因州的这块土地上长出了羽毛。他前面的路已经消失了。完全消失了。原来的路上现在全是安静地挤来挤去的麻雀，两边的树枝也都在麻雀的重压之下。

某个地方的一根枝条啪的一声折断了。除此之外，唯一发出声响的就是罗利的大众车。车子的消音器从赛德开始西行时就不行了，现在它似乎一点也不起作用了。引擎隆隆作响，偶尔还有回火的现象，这种声音本该立刻就把鸟群吓跑了，但鸟儿们却没有动。

赛德停下大众车，调到空挡，鸟群就站在大众车前方不到十二英尺处，两者间的界限非常清楚，就像用尺子画出来的。

多年来，没人见过这么多鸟，他想。自从上世纪末旅鸽灭绝后就没见过……在那之前可能还有人见过这种情形。这场面犹如出自达芙妮·杜穆里埃[①]的故事。

一只麻雀跳到大众车的发动机罩上，似乎在窥视他。赛德从小鸟黑色的眼睛里感觉到一种可怕且冷漠的好奇。

它们一直延伸到多远？他想知道。一直延伸到房子那里？如果是

---

① 达芙妮·杜穆里埃（1907—1989），英国作家，小说《蝴蝶梦》的作者。

这样，乔治已经看到它们了……那就糟了，如果之前还不算是糟透了的话。即使它们没有延伸到那么远，我该如何去那里呢？它们不仅是占据了道路，它们本身就构成了道路。

但是，他当然知道问题的答案。如果他想到房子那里，就不得不从它们身上开过去。

不，他在心中呻吟道。不，你不能这么做。他的脑海中浮现出一幅可怕的景象：成千上万只小鸟的身体发出被碾碎的声音，鲜血从车轮下喷射出来，一团团浸透鲜血的羽毛随着车轮转动。

“但我将要这么做。”他咕哝道，“我将要这么做，因为我必须这么做。”他咧嘴一笑，脸上的表情慢慢转变为一种可怕的半癫狂状。在那一瞬间，他看上去就像阴森恐怖的乔治·斯塔克。他把车子换到一挡，开始轻轻地哼唱《约翰·威斯利·哈丁》。罗利的大众车嘎嘎作响，几乎停转，随着三声刺耳的回火声，开始向前进发。

站在发动机罩上的麻雀飞走了，赛德屏住呼吸，等着它们同时起飞，就像他在恍惚状态中看到的那样：伴随着热带风暴般的一声巨响，一片黑云腾空而起。

相反，大众车前方的道路表面开始翻腾、移动。麻雀们——至少是它们中的一些——正在后退，让出两条赤裸的通道……刚好够大众车的轮子通过。

“上帝啊。”赛德轻轻地说。

然后他就置身于麻雀之中了。突然，他从熟悉的世界来到了一个陌生的世界，陌生世界的唯一居民就是这些守卫着生与死的界限的麻雀哨兵。

这就是我现在的处境，他一边想，一边慢慢沿着麻雀让出的通道行驶。我正在活死人的领土上，上帝保佑我。

道路继续在他前面不断展开。他的前面总是有大约十二英尺的路上没有麻雀，当他驶完这段距离时，麻雀总会再跟他让出十二英尺的路。大众车的底盘从聚集在车辙之间的麻雀头上开过，但他似乎并没有轧死它们。至少他在后视镜里没有看到一只死麻雀。但这也很难说，因为车一过麻雀就又把他身后的路完全覆盖住了，重新制造出一片平坦的羽毛地毯。

他能闻到它们的气味——一种淡淡的气味，像是堵在胸口的一抔骨粉。他小时候，有一次曾把脸埋进一袋兔子饲料里，并深深地吸了一口气，现在的气味与那很像。它并不脏，但压倒了一切。而且这种气味很陌生。他开始担心这一大群麻雀会偷走空气中所有的氧气，导致他还没到达目的地就窒息了。

现在他可以听到头顶上的哒哒声，想象着麻雀挤在大众车的顶上，跟它们的同伴交流，告诉它们何时该让出给车轮通过的空间，何时可以安全地归位。

他开上第一个山坡，看到了满坑满谷的麻雀——到处都是麻雀，它们覆盖了每一个物体，填满了每一棵树上的空隙，把周遭的风景变成了一个噩梦般的鸟类世界，他难以想象，而且无法理解。

赛德觉得自己有点晕，于是使劲地扇了自己几下耳光。他听到“啪”的一声——和大众车引擎的轰鸣声相比，这个声音很轻，但他看到鸟群中一阵波动……像是打了一个冷战。

我不能到那里去。我不能去。

你一定要去。你是知情者。你是始作俑者。你是拥有者。

此外——还能去哪儿呢？他想到罗利说，*当心点，赛迪亚斯。一定要非常小心。没人能控制死后灵魂的使者。没人能长时间控制它们。*假如他退回到五号公路呢？鸟儿们在他前面为他让开了一条路……但他不认为它们会在他身后为他让开一条路。他相信现在试图改变主意的后果将是难以想象的。

赛德开始往山坡下行驶……麻雀在他前面让开了一条路。

他从未准确地记住剩下的那段旅程；这段行程一结束，他的记忆立刻同情地在它之上拉起了一道帘子。他记得自己反复地想，*看在上帝的分上，它们不过是麻雀而已……它们不是老虎，不是鳄鱼，也不是水虎鱼……它们只是麻雀！*

是这样的，但同时看到如此多的麻雀，看到到处都是它们，看到它们挤满了每一根树枝，看到它们在每一根伐木上挤来挤去争地方……这会对你的精神产生影响。这会对你的精神造成伤害。

当他拐到湖畔路半英里处的一个急转弯时，学校的一片草坪出现在左边……但那不是草坪。学校的草坪已经消失了，取而代之的黑压压的麻雀。

这会对你的精神造成伤害。

有多少只麻雀？几百万只？还是几十亿只？

树林中又有一根枝条咔嚓一声断了，这声音听上去像远处的雷声。他经过威廉姆斯家，但他家A字形的房子只是一个绒毛状的隆起物，上面压满了麻雀。他不知道艾伦·庞波的巡逻车就停在威廉姆斯家的车道上，他只看到了一座毛茸茸的小山。

他又经过了桑德勒家、马森博格家、佩恩家。其他家他不认识或不记得了。然后，在离他自己家还有大约四百码的地方，突然没有麻雀了。一边是麻雀的世界，六英寸之外却一只麻雀也没有。这又像是有人在路上用尺子画了一条笔直的线。小鸟们扑扇着翅膀，跳到一边，在湖畔路光秃秃的泥地表面让出了两条车轮通道。

赛德把车开进空地，突然停车，打开车门，吐了一地。他呻吟着，用胳膊擦擦额头上的虚汗。在他前面，他可以看到两边的树林和左边波光粼粼的蓝色湖水。

他向后望去，看到一个黑色的、无声的、静止的世界。

灵魂的摆渡者，他想。*如果出了问题，如果他不知怎么的控制了那些鸟，那么上帝保佑我吧。上帝保佑我们大家吧。*

他猛地关上门，闭上眼睛。

现在镇静，赛德。你历尽艰险，不是为了现在把事情搞砸。你镇静点。忘掉麻雀。

*我没办法忘掉它们！*他的部分头脑吼道。这吼声中充满了害怕与愤怒，几近癫狂。*我没办法。我没办法忘掉！*

但他可以忘掉的。他会忘掉的。

麻雀在等待。他要等待。他要等到时机成熟。他抵达后，他要相信自己能够知道什么时候时机成熟了。即使他不能为自己这么做，他也要为丽姿和双胞胎这么做。

假装这是一个故事。只是一个你在写的故事。一个没有鸟的故事。

“好吧。”他咕哝道，“好吧，我尽量。”

他又开动汽车。与此同时，他开始哼唱《约翰·威斯利·哈丁》。

2

赛德熄掉大众车的引擎——引擎又是出现了一次回火才熄灭——他慢慢地走下小车，伸了个懒腰。乔治·斯塔克抱着温迪，从屋里走出来，走到门廊上，面对着赛德。

斯塔克也伸了个懒腰。

丽姿站在艾伦旁边，感到一声尖叫要从她的前额而非喉咙里喊出来。她拼命想把目光从他俩身上移开，却发现做不到。

看着他俩，就像看着一个人对着镜子做拉伸运动。

他们看上去毫不相像——即使不算斯塔克正在腐烂这点，他俩也不像。赛德身材纤细，皮肤有点黑。斯塔克肩膀宽阔，皮肤很白，尽管现在晒黑了（但从没晒到的部分，还是能看出皮肤的本色）。然而他们还是犹如互为镜中的影像，完全一模一样。这种相像很怪异，因为恐惧的眼睛无法找出任何一个明显的相似点。它很隐秘，埋得很深，很微妙，但它又异常真实：伸懒腰时双脚交叉站立，手指伸直贴在大腿两侧，微微眯起眼睛，这些习惯都如出一辙。

他们同时放松下来。

“你好，赛德。”斯塔克听上去几乎有点害羞。

“你好，乔治。”赛德平静地说，“家里好吗？”

“很好，谢谢。你想干吗？你准备好了吗？”

“是的。”

在他们身后，五号公路的方向，一根树枝折断了。斯塔克的眼睛立刻转到那个方向。

“那是什么东西？”

“一根树枝。”赛德说，“四年前，这里有过一场龙卷风，乔治。死掉的树木依然在往下掉。你知道的。”

斯塔克点点头。“你怎么样，老伙计？”

“我很好。”

“你看上有点憔悴。”斯塔克的眼睛在赛德脸上扫来扫去，他能感觉到它们正试图窥探他脸孔后面的思想。

“你自己看着也不怎么精神。”

斯塔克听到这里大笑起来，但他的笑声中毫无幽默。“我想我是看上去情况不妙。”

“你会放过他们吗？”赛德问，“如果我照你说的做，你真的会放他们走吗？”

“是的。”

“你向我保证。”

“好的。”斯塔克说，“我保证。南方人说话算话。”他假装出来的穷苦白人的滑稽口音完全消失了，口气简洁且庄严。两人在夕阳中对视，璀璨的金色光线让这一切显得很梦幻。

“好了。”过了好一会儿，赛德一边说，一边想：*他不知道。他真的不知道。麻雀……它们对他而言还是一个谜。这个秘密是我的。*“嗯，我们开始吧。”

3

当他俩都站在门口时，丽姿意识到她本有一个告诉艾伦沙发下藏着一把刀的绝佳机会……但她让机会溜走了。

还有机会吗？

她转向他，正在这时，赛德喊道：“丽姿？”

他的声音很尖锐，有一种他很少用的命令式口吻，仿佛他知道她打算做什么……而他则不想让她那么做。当然，这是不可能的。不是吗？她不知道。她什么都不知道了。

她注视着她，看到斯塔克把孩子交给赛德。赛德抱紧温迪。温迪亲热地用胳膊搂住爸爸的脖子，就像她搂住斯塔克那样。

哦！丽姿在心里冲她叫道。现在告诉他！叫他快跑！现在趁双胞胎都在我们手里，快跑！

当然，斯塔克有枪，她不认为他们能比子弹快。而且她非常了解赛德。她不会说出口，但她忽然意识到，他很可能会自己把自己绊倒。

现在赛德离她很近，她没办法假装自己不理解他眼神中的信息。

你别管，丽姿，赛德的眼神说，这是我的戏码。

然后他用空着的那只胳膊搂住她，全家人站在一起，热烈却笨拙地彼此拥抱。

"丽姿。"他亲亲她冰凉的嘴唇说，"丽姿，丽姿，我很抱歉。我对此很抱歉。我不想让这样的事情发生。我不知道。我以为它……不会造成伤害。我以为只是一个玩笑。"

她紧紧地抱住他，亲吻他，让他的嘴唇温暖她的。

"没关系。"她说，"会没事的，不是吗，赛德？"

"是的。"他说，抽身出来，好让自己能看着她的眼睛，"会没事的。"

他又亲亲他，然后望着艾伦。

"嗨，艾伦。"他说着，微微笑了一下，"你对一切改变看法了吗？"

"是的。对相当多的事情改变了看法。今天我跟你的一个老相识谈话了。"他看看斯塔克，"也是你的老相识。"

斯塔克抬起自己眉毛剩下的部分。"我不认为赛德和我有任何共同的朋友，艾伦治安官。"

"哦，你俩与这人有非常近的关系。"艾伦说，"事实上，他曾杀死过你一次。"

"你在说什么？"赛德尖锐地问。

“跟我谈话的是普瑞查德医生。他对你俩记得非常清楚。你瞧，那是一个非常特别的手术。他从你脑袋里取出来的是他。”他朝斯塔克点点头。

“你在说什么？”丽姿问，说到最后一个字时，她的声音都变沙哑了。

于是艾伦跟他们说了普瑞查德告诉他的事情……但他在最后一刻省略了麻雀攻击医院的那部分。他这么做是因为赛德从没提到麻雀……赛德必须经过威廉姆斯家才能开到这里。这暗示了两种可能性：要么麻雀在赛德到达之前就消失了，要么赛德不想让斯塔克知道它们在那儿。

艾伦非常仔细地打量赛德。*他在心里想着些什么。一些念头。上帝保佑，但愿是些好主意。*

艾伦说完后，丽姿看上去惊呆了。赛德在点头。斯塔克——艾伦本以为他的反应会激烈——却似乎无动于衷。艾伦从那张腐烂的脸上读出的唯一表情是高兴。

“这说明了许多问题。”赛德说，“谢谢你，艾伦。”

“这对我说明不了任何问题！”丽姿叫得是如此刺耳，连双胞胎都开始抽泣了。

赛德看着乔治·斯塔克。“你是一个鬼魂。”他说，“一个怪异的鬼魂。我们都站在这里，看着一个鬼魂。这难道不令人惊奇吗？这不只是一桩灵异事件，这简直是一段史诗！”

“我不认为这有什么重要。”斯塔克轻松地说，“跟他们讲讲威廉·巴洛斯[①]的故事，赛德。我记得很清楚。当然，那时我还在里面……但我在听。”

丽姿和艾伦疑惑地看着赛德。

“你知道他在讲什么吗？”丽姿问。

“我当然知道。”赛德说，“艾克和迈克，他们的想法是一样的。”

斯塔克把头朝后一仰，大笑起来。双胞胎停止抽泣，也跟着他一

---

① 威廉·巴洛斯（1914—1997），美国小说家，《裸体午餐》是其代表作之一。

起笑。“很好，老伙计！太好了！”

“我——或许我应该说我们——一九八一年与巴洛斯在同组工作的事情。当时我们是在一所纽约州的新学校。在一次答疑时，一些孩子问巴洛斯是否相信死而复生。巴洛斯说他相信——他认为我们都是死而复生的。”

“那家伙很聪明。”斯塔克笑着说，“不会打枪，但很聪明。现在——你明白了吗？你明白这无关紧要了吗？”

但这有关系，艾伦仔细打量着赛德想。*它很有关系。赛德的表情说明了这点……而且你所不知道的麻雀也说明了这点。*

赛德掌握的信息比他知道的还要危险，艾伦怀疑。但这可能是他们所有的底牌了。他觉得自己没讲出普瑞查德最后说的那些话是对的……但他依然觉得自己像是一个站在悬崖边试图要弄太多火把的人。

“说得够多的了，赛德。”斯塔克说。

他点点头。“是的，够多了。”他看看丽姿和艾伦。“我不希望你俩中的任何一个人做……嗯……出格的事情。我将照他说的做。”

“赛德！不！你不能那么做！”

“嘘！”他把一根手指压在她的嘴唇上。“我可以的，而且我会那么做。不要花招，不弄特效。纸上的文字创造了他，也唯有纸上的文字可以除掉他。”他抬头面对斯塔克。“你认为他知道这会奏效吗？他不知道。他只是心怀希望。”

“没错。”斯塔克说，“人永远都会怀有希望的。”他大笑起来。这笑声疯狂至极，艾伦明白斯塔克也在悬崖边上玩火把。

他的眼角突然有东西一动。艾伦稍稍转过头，看到一只麻雀落在构成客厅西墙的玻璃窗外的露台栏杆上。接着又飞来了第二只、第三只。艾伦回头看看赛德，看到作家的眼睛稍微转动了一下。他也看到了吗？艾伦认为他看到了。那么，他是对的。赛德知道……但他不想让斯塔克知道。

“我们两人要去写一点东西，然后就说再见。”赛德说。他的目光移到斯塔克腐烂的脸上。“这是我们将要做的事情，是吗，乔治？”

“你说得对，伙计。”

“那么你告诉我。”赛德对丽姿说，“你有所隐瞒吗？脑子里有什么想法吗？有什么计划吗？”

她站在那儿，绝望地注视着她丈夫的眼睛，没有意识到，在他俩之间，威廉和温迪正手拉手，开心地望着彼此，犹如失散已久的亲人突然重逢一般。

你不是说真的，是吗，赛德？她的眼神问他。这是一个计谋，不是吗？一个用来哄骗他，使他麻痹大意的计谋，对吗？

不是的，赛德灰色的眼眸凝视着她回答。这完全正是我想要的。

他的眼神中还有些其他信息，不是吗？一些隐藏得极深的信息，或许只有她能看出来，是吗？

我会搞定他的，宝贝。我知道怎么做。我能做到。

哦，赛德，我希望你是对的。

“沙发下面有一把刀。”她注视着他的脸，慢慢地说。“我从厨房里拿的，当时艾伦和……和他……正在前厅打电话。”

“丽姿，上帝啊！”艾伦几近尖叫，把孩子们吓了一跳。事实上，他听上去却没有他希望的那么不安。他已经逐渐明白如果这事情终究要以某种方式解决，并且不是以大家同归于尽为结果，那么赛德必须站出来做点什么。他创造了斯塔克；他必须解决掉他。

她转过头看看斯塔克，看到那可恶的狞笑又浮现在他腐烂的脸上。

“我知道我在做什么。”赛德说，“相信我，艾伦。丽姿，把刀拿出来，扔到露台上。”

我也有一个角色要扮演，艾伦想。一个小角色，但是还记得我们大学戏剧课上那家伙常讲的一句话吗：没有小角色，只有小演员。“你认为他会就这么放我们走？”艾伦非常怀疑地问。“他会像玛丽的小羊羔那样摇着尾巴翻山而去吗？天哪，你真是疯了。”

“当然，我是疯了。”赛德说，接着笑起来。这笑声跟斯塔克的一样怪异——一个快要发疯的男人所发出的笑声。“他是我，他源自我，不是吗？像一个从三流宙斯的前额跳出来的廉价守护神。但我知道该怎么做。”他转身，面对艾伦，第一次显现出严肃的表情。“我知道该怎么做。”他慢慢地重复道，一字一顿地强调。“去吧，丽姿。”

艾伦粗鲁而厌恶地哼了一声，转过身，仿佛是要和他们所有人彻底断绝关系一般。

丽姿像做梦一样穿过客厅，跪下来，从沙发底下摸出那把刀。

“当心那玩意儿。”斯塔克说。他听上去非常警惕，非常严肃。“你的孩子们要是会讲话，也会跟你这么说的。”

她转过头，拂开脸上的头发，看到他正用枪指着赛德和威廉。

“我很当心！”她用颤抖、斥责的语气说，几乎都要哭了。她打开玻璃墙上的移门，走到外面的露台上。现在栏杆上已经停了六七只麻雀了。当她接近栏杆和栏杆后的悬崖时，它们三三两两地跳到一旁，但并没有飞走。

艾伦看见她停了一下，看看它们，然后用手指捏着刀柄，刀尖朝下，像根铅锤。他瞥了一眼赛德，看见赛德正紧张地望着她。最后，他瞥了一眼斯塔克。

他认真地盯着丽姿，但他的脸上没有显出惊讶或怀疑，一个疯狂的念头忽然掠过艾伦·庞波的大脑：*他没有看见它们。他不记得他在公寓墙壁上写的话了，他现在没看见它们！他不知道它们在那里。*

然后他突然意识到斯塔克正回头看着他，用他冷漠、腐烂的眼睛盯着他。

“你为什么这样看着我？”斯塔克问。

“我想确保自己记住你是多么丑陋。”艾伦说，“有一天，我或许想要告诉我的孙子孙女。”

“如果你他妈的不管好你的嘴巴，你就不用想什么孙子孙女了。”斯塔克说，“想也不用想。你最好停止盯着我看，艾伦治安官。这很不明智。”

丽姿把砍肉刀从露台的栏杆上扔了下去。当她听到它落在二十五英尺之下的灌木丛中时，她开始大哭起来。

4

“我们上楼吧。”斯塔克说，“赛德的办公室在楼上。我猜你会想要用你的打字机，不是吗，老伙计？”

“这回用不着。”赛德说，“你明白的。”

斯塔克爆裂的嘴唇边浮现出一个微笑。“是吗？”

赛德指指插在他胸前口袋里的铅笔。“当我试图重新与亚历克西斯·马辛和杰克·兰奇利取得联系时，我用的是这些铅笔。”

斯塔克看上去异常高兴。“是的，没错，不是吗？我原以为你这次会有所不同。”

“没什么不同的，乔治。”

“我带了我自己的铅笔。”他说，“三盒子，艾伦治安官，你为什么不做件好事，去外面到我的车里替我拿一下呢？它们在手套箱里。我们其余人在这里照看孩子。”他看看赛德，疯狂地笑笑，然后摇摇头。“你是一条狗，你！”

“没错，乔治。”赛德说。他也微笑了一下。“我是一条狗。你也是。而且你没办法教老狗新把戏。”

“你有点打算学新把戏了，不是吗，伙计？不管你怎么说，你的一部分非常想这么做。我在你的眼睛里看出来了。你想要这么走。”

“是的。”赛德简单地说，艾伦不认为他在说谎。

“亚历克西斯·马辛。”斯塔克说，黄色的眼睛闪闪发光。

“对。”赛德说，现在他自己的眼睛也在发光。“‘割他，我站在这里看着。’”

“你说对了！”斯塔克喊道，并开始大笑。“‘我要看到血流出来。不要让我跟你说第二遍。’”

现在，他俩都开始大笑。

丽姿看看赛德，又看看斯塔克，然后又看看自己的丈夫，她的脸色变得煞白，因为她不能区分他俩。

悬崖的边缘一下子变得无比接近。

5

艾伦走出去拿铅笔。他的脑袋只是伸进车内一会儿，就感觉很久似的，当他把头抽出来时，他很高兴。车里有股阴郁难闻的气味，让他感觉有点恶心。在斯塔克的托罗纳多里翻找东西，就像把头伸进一个打翻了一瓶三氯甲烷的阁楼。

如果这是梦境的气味，艾伦想，那我永远也不想再做梦了。

他在黑色的汽车旁站了一会儿，手里拿着三盒贝洛牌铅笔，看着车道的另一头。

麻雀已经到了。

车道消失在麻雀地毯之下。就在他看的时候，更多的麻雀落下来。树林里也满是麻雀。它们只是降落在那里，停在那里凝视着他，静得可怕，一道活生生的谜题。

*它们为你而来，乔治，*他边想边往回朝房子走去。走到半路时，他突然停下来，一个恶心的念头闪进他的脑海里。

或者它们是为我们而来？

他回头盯着麻雀看了好一会儿，但它们没有透露任何秘密，他走进房子。

6

“上楼。”斯塔克说，“你先走，艾伦治安官。走到客房的后面。那儿靠墙摆着一个装满照片、镇纸和小纪念品的玻璃橱。当你推玻璃橱的左边时，它会围绕中轴向内旋转，赛德的书房就在里面。”

艾伦看看赛德，赛德点点头。

“你对这地方了如指掌。”艾伦说，“尽管你是第一次来。”

“但我以前来过。”斯塔克严肃地说，“我以前在梦里，经常来。”

7

两分钟后，他们所有人都聚集在赛德小书房外独特的门边。玻璃橱向内一转，隔着玻璃橱，露出两个通往里屋的入口。里屋内没有窗户。在这里给我开一扇朝湖的窗户，赛德曾向丽姿提出，这样我能写两个字，就向外望两个小时，看着船来来往往。

可伸缩台灯明亮的碳素灯泡在书桌上投下一个白色的光圈。办公桌后并排摆着一把办公椅和一个可折叠的露营椅，椅子面朝的光圈下并排摆着两本空白的笔记本。每个本子上面都放着两支削尖的贝洛牌黑美人铅笔。赛德有时使用的 IBM 电子打字机没插电源，被放在角落里。

那把折叠椅是赛德从客厅的储藏室里拿过来的，现在丽姿发现这间书房呈现出一种既让人吃惊又让人感到异常不舒服的双重性。在某种程度上，这就像赛德最后赶到这里时她觉得自己看到的是斯塔克镜中的影像一样。本来只摆着一把椅子的地方，现在摆着两把椅子；本来只摆着一套文具的地方，现在并排放着两套文具。她与正常的（更好的）赛德联系在一起的写作工具，现在被扔到一边，当他俩坐下来时，斯塔克坐在赛德的办公椅上，赛德坐在折叠椅上，彻底乱套了。她有一种晕船的感觉。

他俩一人腿上坐着一个孩子。

“在有人产生怀疑并决定来检查这个地方之前，我们还有多少时间？”赛德问和丽姿一起站在门口的艾伦。“老实说，尽量精确点。当我告诉你这是我们唯一的机会时，你必须相信我。”

“赛德，看看他！”丽姿突然狂喊道。“难道你看不到正发生在他身上的事情吗？他不只是想要你帮他写一本书！他想要偷走你的生命！你难道看不出来吗？”

“嘘。”他说，“我知道他想要什么。我想我从一开始就知道。这是唯一的办法。我知道我在做什么。我们还有多少时间，艾伦？”

艾伦认真思考了一下。他告诉希拉他要去吃外卖，他已经打电话回局里过了，所以她要过一会儿才会开始紧张。如果诺里斯·瑞治威克在的话，事情的进展可能会快一些。

“可能一直要到我妻子打电话去问我在哪里。”他说，“或许我们还有更多的时间。她当警察的老婆已经很久了。她对于长时间的工作和有意外情况的夜晚已经习以为常了。”他不喜欢听到自己这么说。这不是游戏的常规玩法；游戏的常规玩法应该与现在的情况正好相反。

赛德的眼神迫使他这么说。斯塔克似乎根本没在听，他拿起办公桌角落里一堆手稿上的石头镇纸，正在把玩它。

“我认为至少还有四个小时。”接着，赛德迟疑地补充道，“或许是一整晚。我让安迪·克拉特巴克值班，克拉特不是个敏感的孩子。如果有人让他紧张起来，那人大概会是哈里森——你甩掉的那个——或者是我在牛津的州警察局认识的一个人。那人叫亨利·佩顿。”

赛德看着斯塔克：“这些信息够了吗？”

斯塔克的眼睛犹如两块镶在他腐烂脸上的璀璨宝石，他的眼神很迷离。他心不在焉地用缠着绷带的手把玩着镇纸，然后他把它放回原处，朝赛德笑笑。“你怎么想呢？你知道的跟我一样多。”

赛德想了一下。*我们两人都知道我们在说什么，但我不认为我俩中的任何一人能够用语言表达出来。我们在这儿不是为了写作，不是真的要写作。写作只是一种仪式。我们谈论的是传递仪仗。一种权利的交换。或者，更确切地说，是一种交易：用丽姿和双胞胎的生命来交换……什么？到底是交换什么？”*

但他当然知道。他要是不知道才怪了，因为他几天前刚思考过这个问题。斯塔克想要的——不，是急需的——是他的眼睛。那奇怪的第三只眼，那只埋在他脑子里，只能窥探内心的第三只眼。

他又感觉到了那种蠕动感，并竭力抵抗。*这么窥视不公平，乔治。你拥有火力，我只有一群皮包骨头的鸟。所以这不是公平的窥视。*

“我想大概够了。”他说，“事情开始后，我们就会知道的，不是吗？”

“是的。”

“就像跷跷板，一头翘起时……另一头就会落下。”

“赛德，你在隐瞒什么？你向我隐瞒了什么？”

房间里陷入了一阵死亡般的寂静，房间一下子显得太小了，无法容纳下倾倒进来的所有情绪。

“我也想问你同样的问题。”赛德最后说。

“没有。”斯塔克慢慢地回答，“我的牌都摊在桌面上了。告诉我，赛德。”他冰冷、腐烂的手像一双钢制手铐一样无情地抓住赛德的手腕。“你在隐瞒什么？”

赛德强迫自己转过头，注视着斯塔克的眼睛。那种虫爬般的感觉现在布满了他的全身，但中心是他手上的那个洞。

“你想写这本书，还是不想写？”他问。

丽姿第一次看到斯塔克脸上的表情——它不在脸的表面，而是在脸的下面——改变了。突然，他脸上出现了不确定。可能是恐惧？也许是，也许不是。但如果不是恐惧，那也是近似于恐惧了。

“我不是来这里跟你一起吃麦片的，赛德。”

“那么你说是怎么回事。”赛德说。丽姿听到一声喘气，随后才意识到那声音是她自己发出来的。

斯塔克抬头瞥了她一眼，然后目光又落回到赛德身上。“别骗我，赛德。”他轻轻地说。“你不想骗我的，老伙计。”

赛德笑了。笑声冷漠且绝望……但并非毫无幽默。这是最糟糕的部分。笑声并非毫无幽默，丽姿听乔治·斯塔克这样笑过，就像她在斯塔克逗孩子时，从他的眼睛里看到过赛德·波蒙特一样。

“为什么不呢，乔治？我知道我必须失去什么。这也是明摆着的。

现在你想写作，还是想谈话？”

斯塔克盯着他看了好一会儿，冷漠而阴毒的眼神在赛德脸上扫来扫去。然后他说：“啊，算了。我们走吧。”

赛德笑了。“为什么不呢？”

“你和警察离开。”斯塔克对丽姿说，“这是男人的事情，我们要开始了。”

“我来带孩子。”丽姿听到自己说，斯塔克笑了。

“这很好笑，贝丝。不行。孩子是保险，就像软盘上的写保护，不是吗，赛德？”

“但是——”丽姿开口说。

“没事的。”赛德说，“他们不会有事的。我开始写时，乔治会照看他们。他们喜欢他。难道你没注意到吗？”

“我当然注意到了。”她用一种充满仇恨的声音轻轻地说。

“你们只要记住，他们在这里跟我们在一起。”斯塔克对艾伦说，“记住这点，艾伦治安官。别自作聪明。如果你要什么手段，不会有好下场的。我们大家都会完蛋，明白了吗？”

“是的。”艾伦说。

“出去时关上门。”斯塔克转向赛德，“是时候了。”

“没错。”赛德说着拿起一支铅笔。他转向丽姿和艾伦，乔治·斯塔克的眼睛从赛德·波蒙特的脸上看着他们。“快点。出去。”

8

丽姿下楼走到一半停住了。艾伦差点撞到她。她盯着客厅玻璃墙的外面看。

满世界的鸟。露台被它们覆盖了；在渐渐暗下来的天色下，通往湖边的斜坡上黑压压的全是鸟；湖上的天空也是黑黑的一片，越来越多的鸟从西面朝波蒙特家湖边别墅涌来。

“哦，我的上帝。”丽姿说。

艾伦抓住她的胳膊。“安静。”他说，“别让他听见你。”

“但——”

他紧紧抓住她的胳膊，领着她走下楼梯。他们到了厨房后，艾伦跟她讲了普瑞查德医生这天下午告诉他的其他事情。

“那是什么意思？”她低声问道，脸色灰白。“艾伦，我太害怕了。”

他抱住她，意识到即使他自己也很害怕，这个动作还是不适合男人做的。

“我不知道。”他说，“但我知道它们在这里，因为不是赛德就是斯塔克招它们来的。我相当肯定是赛德。因为他来的时候，一定看到它们了。他看到它们了，但他没有提。”

“艾伦，他变得不同了。”

“我知道。”

“他的一部分爱斯塔克。他的一部分爱斯塔克的……斯塔克的邪恶。”

“我知道。”

他们走到客厅电话桌旁的窗户边，望出去。车道上满是麻雀，树林里、依然锁着点二二口径步枪的装备棚周围的小通道上也都是麻雀。罗利的大众车已经完全被麻雀覆盖住了。

然而，乔治·斯塔克的托罗纳多上却一只麻雀也没有。它四周的车道上也整洁地空出一圈，仿佛是个检疫隔离区。

一只鸟轻轻地撞到窗户上。丽姿小声地叫了一下。其他鸟不安地跳动着——犹如一道羽浪朝山上滚去——然后它们又不动了。

“即使它们是赛德的。”她说，“他或许也不会用它们来对付斯塔克。赛德的一部分疯了，艾伦。他的一部分一直很疯狂。他……他喜欢这点。”

艾伦没说什么，但他也明白。他能感觉到。

“这一切就像是一场可怕的梦。”她说，“我希望自己能醒来。我希望我能醒来，然后一切都照旧。不是像克劳森出现之前那样，而是像斯塔克出现之前那样。”

艾伦点点头。

她抬头看着他。“那么我们现在怎么办？”

“我们来做一件很难的事情。”他说，“我们等待。”

9

这个傍晚似乎长得永远也过不完，随着太阳慢慢退到湖西边的山后，天色逐渐变暗，群山也渐渐隐没于新罕布什尔州的总统山脉之中。

屋外，最后一群麻雀赶到，加入到了主群里面。艾伦和丽姿能感觉到屋顶上坟堆般的麻雀，但它们很安静。它们在等待。

它们在屋顶上移动时，边走边转动脑袋，犹如锁定一个信号的雷达。它们正在倾听书房里的动静，最让人抓狂的是通往书房的那扇门里一点声响也没有。她连孩子牙牙学语和互相嘀咕的声音都听不到。她希望他们已经睡着了，但她内心的另一个声音却坚持说也可能是斯塔克杀了他俩，还有赛德。

悄悄地杀了他们。

用他带的剃刀。

她告诉自己，如果这样的事情发生，麻雀会知道的，它们会做些什么，这会有所帮助，但只能帮上一点忙。麻雀很聪明，正在探查房子周围的未知空间。天知道它们会做什么……或者何时会做。

暮色慢慢变成了全然的黑暗，艾伦突然严厉地说：“如果这种情况持续得足够久，他们就会改变位置，不是吗？赛德会开始生病……斯塔克则会开始痊愈。”

她大吃一惊，差点把手上端的一杯黑咖啡掉在地上。

“是的，我这么认为。”

一只潜鸟在湖面上叫唤——叫声凄凉、孤独且痛苦。艾伦想到了在楼上的他们，两对双胞胎，一对在休息，另一对正挣扎着想把他们各自的想象力合二为一。

屋外，暮色渐暗，鸟儿们正在观望与等待。

那块跷跷板已经在动了，艾伦想。赛德那头正在上翘，斯塔克那头正在下落。楼上，那扇一开便形成两个入口的门后，变化也已经开始了。

快要结束了，丽姿想，无论结果如何。

仿佛这个念头起作用了，她听到开始刮风了——一种奇怪的旋风。只是湖面还是像碟子一样平坦。

她站起来，睁大眼睛，双手捂住喉咙，凝视着玻璃墙外。艾伦，她想说，但发不出声音。不要紧。

楼上传来奇怪的哨音，仿佛是一支变形的笛子吹出来的音符。突然斯塔克尖利地喊道："赛德？你在干什么？你在干什么？"随后砰的一声，像是玩具枪发出的声音。片刻之后，温迪开始大哭。

屋外，愈发阴沉的暮色之中，无数只麻雀拍打着翅膀，准备起飞。

第二十六章　麻雀在飞

1

当丽姿关上门，只剩下他们两人时，赛德翻开笔记本，盯着空白的页面看了一会儿。然后他拿起一支削尖的贝洛牌铅笔。

“我要从蛋糕写起。”他对斯塔克说。

“是的。”斯塔克说，脸上一副迫不及待的神情。“很好。”

赛德把笔尖指向空白的纸页。这总是最美妙的一瞬——写下第一笔之前。像是某种手术，最终病人几乎总是会死掉，但你还是要做。你必须做，因为你天生注定要做这个。别无选择。

记住，他想。记住你在干什么。

但他的一部分——真的很想写《钢铁马辛》的那部分——在抗议。

赛德俯身向前，开始在空白的纸上写起来。

钢铁马辛

乔治·斯塔克著

第一章：婚礼

亚历克西斯·马辛很少异想天开，对他而言，在这种情况下产生一个异想天开的念头是从未发生过的事情。然而，这个念头还是闪现在他的脑子里：全球五十亿人口——我是唯一一个现在手拿一支点二二三口径的半自动步枪，站在一只移动的婚礼蛋糕里的人。

他从来没被关在这样的地方。空气立刻就变得浑浊，但他却无论如何也不能做一次深呼吸。特洛伊蛋糕的糖霜是真的，但糖霜下面除了一层薄薄的高级灰胶纸板外，却什么都没有。如果他深呼吸的话，站在蛋糕顶层的新娘和新郎大概就会摔下来。当然，糖霜会开裂并……

他写了差不多四十分钟，越写越快，脑子里逐渐充满了一个会以一声巨响作为结束的婚礼派对的声音与画面。

最后，他放下铅笔。他已经把笔尖写钝了。

“给我一支烟。”他说。

斯塔克扬起眉毛。

“没错。”赛德说。

桌上有一包保尔·莫尔斯牌香烟。斯塔克抖出一支烟，赛德接过去。这么多年没抽烟了，香烟在他的唇间感觉很奇怪……似乎有点太粗了。但这种感觉很好。很对劲。

斯塔克划了一根火柴，送到赛德面前，赛德深深地吸了一口。烟无情地刺激着他的肺。他立刻感到眩晕，但他一点也不介意这种感觉。

现在我需要喝一杯，他想。如果事情结束，我还能活着站起来，那将是我要做的第一件事情。

“我以为你戒烟了。”斯塔克说。

赛德点点头。“我也是。我能说什么呢，乔治？我错了。”他又猛吸了一口，从鼻孔中喷出烟圈。他把笔记本转向斯塔克。“轮到你了。”他说。

斯塔克俯身凑近笔记本，读了读赛德写的最后一段；真的没有必要再读了。他俩都知道故事是如何发展的。

屋里，杰克·兰奇利和托尼·韦斯特曼在厨房，罗利克现在应该在楼上。他们三人都配备了斯太尔半自动步枪，这是唯一美国制造的好机枪。即使有些装扮成客人的保镖身手非常敏捷，他们三人构成的强大火力网应该也足够掩护他们撤退了。快点让我从这个蛋糕里出来，马辛想。这是我的全部要求。

斯塔克自己也点了一支保尔·莫尔斯，他拿起一支贝洛牌铅笔，翻开他的笔记本……然后停了下来。他一脸真诚地看着赛德。

“我害怕，伙计。”他说。

赛德对斯塔克感到一阵同情——尽管他知道斯塔克的所作所为。害怕。是的，你当然害怕了，他想。只有那些刚开始人生的人——孩子们——不害怕。岁月流逝，纸上的文字不会颜色变深……但纸上的空白却肯定变得更白了。害怕？你会比现在更疯狂的，假如之前你并不疯狂的话。

“我知道。”他说，“你知道该怎么办——唯一的办法就是去做。”

斯塔克点点头，伏在他的笔记本上。他又重读了两遍赛德写的最后一段……然后他开始写起来。

这些文字极其缓慢地在赛德的脑海里自动生成。

马辛……从来……没有想过……

很长的停顿，接着，突然一口气：

……患上哮喘是什么滋味，但此后如果有人问他……

短暂的停顿。

……他会记得斯克莱蒂的工作。

他读了一遍自己所写的东西，然后怀疑地看看赛德。

赛德点点头。“不错，乔治。”他突然感到嘴角一阵刺痛，用手指摸了一下，感到那儿出现了一处新伤口。他看看斯塔克，发现一个类似的伤口从斯塔克的嘴角边消失了。

它发生了，真的发生了。

“继续写啊，乔治。”他说，“别气馁。”

但斯塔克已经又伏在他的笔记本上了，现在他写得更快了。

2

斯塔克写了大约半个小时，最后他满意地喘了一口气，放下铅笔。

“很好。”他心满意足地轻声说道，“好得不能再好了。”

赛德拿起笔记本，开始读——跟斯塔克不同，他从头到尾看了一遍。他寻找的内容出现在斯塔克写的九页纸的第三页。

> 马辛听到刮擦声，身体变得僵硬，双手紧张地按在麻雀枪上，然后明白了他们正在做什么。客人们——大约有两百人——他们聚集在蓝黄相间的巨大帐篷下的长桌旁，正沿着用来保护草坪不被女人的高跟鞋麻雀踩坏的木板把折叠麻雀往后推。客人们正起立为麻雀蛋糕他妈的热烈欢呼。

他不知道，赛德想。他正在一遍遍地重复麻雀这个词，他妈的……他一点儿……也不知道。

他听到它们在头顶上不安地走来走去，双胞胎睡着前曾几次抬头看，所以他知道他们也注意到了。

但乔治却不知道。

对乔治而言，麻雀不存在。

赛德继续读斯塔克的手稿。那个词开始越来越频繁地出现，到了最后一段，它开始出现在完整的词组中。

> 马辛后来发现麻雀正在飞，还发现他亲手挑选的真正属于他的麻雀只有杰克·兰奇利和莱斯特·罗利克。所有其他人，他与之飞行了十年的麻雀，都参与了。在马辛对着麻雀对讲机吼之

前，麻雀就开始飞了。

“嗯？”当赛德放下手稿时，斯塔克问。“你觉得怎么样？”

“我认为很好。”赛德说，“但你知道的，不是吗？”

“是的……但我想听听你的意见，伙计。”

“我也认为你看上去好多了。”

这是真的。当乔治迷失在亚历克西斯·马辛充满愤怒和暴力的世界里时，他就开始痊愈了。

伤口正在消失。破损、腐烂的皮肤又开始生长变得粉红；新皮肤的边缘互相延伸过正在愈合的伤口，有几处已经融合在一起了。烂成一团的眉毛又长了出来。黏糊糊的、浸透斯塔克衣领的恶心的黄色脓水也开始干了。

赛德抬起左手，摸摸开始在他左太阳穴处爆发出来的伤口，然后把手放到眼前看了一会儿。手指都湿了。他又伸手摸摸前额。那里的皮肤很光滑。白色的小疤痕，多年前当他人生真正开始时所接受的那次手术的纪念品，已经消失了。

跷跷板的一头翘起来，另一头就沉下去了。这不过是另一条自然规律，宝贝。只是另一条自然规律。

天黑了吗？赛德想天一定是黑了，或快黑了。他看看手表，但这没用。手表五点一刻时就停掉了。时间无关紧要。他必须赶快行动。

斯塔克在已经满出来的烟灰缸里按灭了香烟。“你想继续，还是想休息一下？”

“你为什么不继续写呢？”赛德说，“我认为你行的。”

“是的。”斯塔克说。他没有看赛德。他用手梳理了一下重新变得有光泽的金发。“我认为我行的。事实上，我知道我行的。”

他又开始书写起来。当赛德离开椅子，走向削铅笔器时，他抬头看了一眼，然后又低头继续写。赛德削尖了一支贝洛牌铅笔。他转身时，从口袋里取出了罗利给他的那只鸟哨。他把它捏在手里，又坐下来，望着自己面前的笔记本。

就是这样，时间到了。他很清楚，就像他能用手真切地感知到自己脸的形状一样。剩下的唯一问题是：他是否用勇气去做。

他的一部分不想尝试，他的一部分依然渴望写书。但他惊讶地发现这种感觉不像丽姿和艾伦离开书房时那么强烈了，他想他知道为什么。一种分离正在发生。类似一种令人讨厌的诞生。这不再是他的书了。亚历克西斯·马辛正和从一开始就拥有他的人在一起。

赛德的左手依然紧紧地攥着鸟哨，他伏在自己的笔记本上。

我是始作俑者，他写道。

头顶上，鸟儿们不安的跳动停止了。

我是知情者，他又写道。

整个世界似乎都静止下来，倾听着。

我是拥有者。

他停下来，瞥了一眼熟睡的孩子们。

再写五个字，他想。只需再写五个字。

他发现，他想写这五个字的渴望超过他这辈子写过的任何其他字。

他想写故事……但不仅如此，比起他的第三只眼有时呈现给他的可爱画面，他更想写故事。他想要自由。

再写五个字。

他把左手抬到嘴边，嘴唇像夹香烟一样夹住了鸟哨。

现在不要抬头看，乔治。不要抬头看，不要从你正在创造的世界里看出来。现在不要。求求你，亲爱的上帝，现在不要让他看到外面真实的世界。

他在面前的白纸上工工整整、不带感情写下了“灵魂的摆渡者”这几个字。他把它们圈起来，在下面画了一个箭头，又在箭头下写道：麻雀正在飞。

屋外开始起风了——不过那不是风，那是几百万片羽毛在摆动。这是赛德脑子里的景象。突然他脑子里的第三只眼睁开了，睁得比以往任何时候都大，他看见新泽西的伯根菲尔德——空荡荡的房子，空荡荡的街道，温和春季的天空。他看见到处都是麻雀，比以前任何时候都多。他成长的世界变成了一只巨大的鸟笼。

只是那不是伯根菲尔德。

那是安兹韦尔。

斯塔克停笔了。他的眼睛突然瞪得很大，迟到的警惕。

赛德深吸一口气，开始吹哨。罗利·德莱塞普给他的鸟哨发出一种奇怪的啸叫声。

“赛德？你在干什么？你在干什么？”

斯塔克来夺鸟哨。不等他碰到哨子，砰的一声，鸟哨就在赛德的嘴里裂开了，割伤了他的嘴唇。那个声音惊醒了双胞胎。温迪开始哭。

屋外，麻雀发出的沙沙声越来越响，变成了一种咆哮。

它们在飞。

3

丽姿一听到温迪开始哭，就朝楼梯跑去。艾伦在原地站了一会儿，外面的景象把他怔住了。土地，树木，湖面，天空——它们都被遮蔽了。麻雀像一道摆动的窗帘一般腾空而起，严严实实地遮住了窗户。

当第一批麻雀的躯体开始撞击钢化玻璃时，艾伦从麻痹状态中醒了过来。

“丽姿！”他尖叫道，“丽姿，下来！”

但她没有下楼。她的宝贝在哭，这是她唯一能顾及的事情。

艾伦以惊人的速度穿过房间，奔向她，刚把她按倒，整面玻璃墙就在两万只麻雀的撞击下，向内炸开了。片刻之间，客厅里便满是麻雀，到处都是。

艾伦趴在丽姿身上，把她拖到沙发下面。整个世界充满了麻雀可怕的尖叫声。现在，它们能听到其他窗户的破碎声，所有的窗户都碎了。房子里全是这些迷你自杀轰炸机的撞击声。艾伦向外望去，只能看见一片棕黑色的物体在动。

鸟撞在烟雾探测器上，响起一片警报声。电视机屏幕炸开来，发出一声巨响。墙上的画也噼里啪啦地往下掉。随着麻雀撞上挂在灶台旁墙壁上的锅，把它们撞落在地，只听见一系列叮叮当当的金属声。

他依然能到听到孩子的哭声和丽姿的尖叫声。

“放我走！我的孩子！放我走！我必须去救我的孩子！”

她刚从他身下扭出半个身子，上半身就立刻被麻雀所覆盖了。它们咬住她的头发，发疯似地扑腾。她拼命地打它们。艾伦抓住她，把她拉回来。透过客厅旋转的空气，他能看到黑压压的一大群麻雀朝楼梯上飞去——飞向楼上的书房。

4

当第一批麻雀冲击通往书房的暗门时，斯塔克伸手抓住赛德。隔着墙，赛德能听到镇纸掉到地上所发出的闷响以及玻璃碎掉的叮当声。现在双胞胎都在嚎啕大哭了。他们越来越响亮的哭声与麻雀让人抓狂的叽喳声混在一起，两者倒是和谐得要命。

“停下来。”斯塔克喊道，“停下来，赛德！无论你在干什么，马上停下来！”

他伸手去摸枪，赛德把手里的铅笔扎向斯塔克的喉咙。

鲜血一下子喷涌而出。斯塔克转向他，一边抓住铅笔，一边拼命往外呕。铅笔随着他吞咽的动作而上下移动。他用一只手捏住它，然后把它拔了出来。“你在干什么？”他嗓音嘶哑地说，“那是什么？”现在他听到了麻雀。他不明白，但他听到它们了。他的眼睛转向关着的门，赛德第一次在那双眼睛里看到真正的恐惧。

“我在写结尾，乔治。”赛德低声说，声音很轻，丽姿和艾伦在楼下都不会听到。“我在写现实世界中的结尾。”

“好吧。”斯塔克说，“那么让我们为大家一起写吧。”

他一手拿着血淋淋的铅笔，一手握着点四五口径的枪，转向双胞胎。

5

沙发一头放着一块折起来的毛毯。艾伦伸手去拿，感觉却像是十几根滚烫的缝衣针在扎他的手。

“见鬼！”他叫了一声，把手缩了回来。

丽姿仍挣扎着想从他的身体下面扭出来。现在麻雀发出的可怕声响似乎充斥了整个宇宙，艾伦已经听不到孩子的哭声了……但丽姿·波蒙特能听到。她扭来扭去地挣扎着。艾伦用左手抓紧她的衣领，觉得衣服都快被他扯裂了。

“等一下。”他冲她吼道，但这无济于事。当她的孩子在尖叫时，他做什么都无法拦住她。艾伦又伸出右手，这回他不顾麻雀的啄咬，一把抓住毛毯。它从沙发上掉下来的时候摊了开来。主卧那边传来一声巨响，可能是衣柜翻了。艾伦不堪重负的混乱大脑试图想象需要多少只麻雀才能弄翻一个衣柜，却想不出来。

*需要多少只麻雀才能把一只灯泡拧进去？*他的头脑疯狂地问。*三只麻雀拧一只灯泡，三十亿只麻雀才能把房子掀翻！*他一阵狂笑，接着悬挂在客厅中央的巨大球形灯像炸弹一样爆炸了。丽姿尖叫起来，往后缩了一下，艾伦得以把毛毯扔在她的头上，他自己也钻到毛毯下面。连毛毯下面也并非只有他俩，有半打麻雀跟他们挤在一起。他感到毛茸茸的翅膀拍打着他的脸颊，左边太阳穴一阵刺痛，便使劲用毛毯拍打自己。麻雀落在他的肩膀上，又摔在毛毯下面的地板上。

他猛地拉过丽姿，对着她的耳朵喊。“我们走过去！走过去，丽姿！披着毯子！如果你跑的话，我就打晕你！如果你听明白的话，就点点头！”

她想挣脱。毛毯伸展开来。麻雀落下来，在上面跳来跳去，仿佛它是一个蹦床，然后又飞起来。艾伦把她拉回到自己身边，摇她的肩膀。使劲地摇她。

“如果你听明白了，就点头，见鬼！”

她点点头，他感觉到她的头发拂过他的脸颊。他们从沙发下面爬出来。艾伦始终紧紧搂住她的肩膀，担心她会跑掉。他们开始慢慢地穿过狂叫的鸟群，穿过房间。他们看上就像乡村集市上的滑稽动物——一头迈克当脑袋、艾克当后腿的跳舞驴子。

波蒙特家的客厅很宽敞，有着像大教堂一样的高天花板，但现在这里却闷得仿佛一点空气也没有。他们走过一群躁动不安、黏糊糊、软塌塌的麻雀。

家具都碎了。鸟群撞击着墙壁、天花板和各种家电。整个世界充满了鸟的臭味和怪异的震动。

最后，他们走到了楼梯边，开始披着毛毯慢慢上楼，毛毯上已经落满了羽毛和鸟屎。他们开始往上走时，楼上的书房里传来一声枪响。

现在艾伦又能听到双胞胎的声音了。他们在尖叫。

6

当斯塔克把枪瞄准威廉时，赛德在办公桌上摸到斯塔克之前把玩的那块镇纸。它是一块很重的灰黑色板岩，一面很平。他抢在斯塔克开枪前的一瞬，把它砸向这个金发大块头的手腕，敲断了他的骨头，枪管随着垂了下来。接着，小房间里爆发出一声震耳欲聋的枪响。子弹射进离威廉左脚一英寸的地板里，飞溅起的碎片弹在他淡蓝色拉绒睡裤的裤腿上。双胞胎开始尖叫，当赛德靠近斯塔克时，他看见双胞胎自发地抱在一起，互相保护。

汉斯和格莱泰，他想，这时斯塔克把铅笔扎进了他的肩膀里。

赛德痛苦地叫了一声，推开斯塔克。斯塔克被放在墙角的打字机绊了一下，趔趄地向后撞在墙上。他想把枪换到右手……但枪掉了。

现在，麻雀撞门的声音犹如有规律的雷声……暗门开始沿着中轴慢慢地开启了一道缝。一只麻雀挤断翅膀钻了进来，掉在地板上，不停地抽搐。

斯塔克摸到自己的后口袋……掏出折叠剃刀。他用牙齿拉开剃刀。眼睛在刀刃上方闪着疯狂的凶光。

“你想要，伙计？”他问，赛德看到他的脸一下子又开始腐烂了，就像一堵瞬间塌陷的砖墙。“你真的想要？好的。给你。”

7

丽姿和艾伦爬到楼梯中间时，停了下来。他们碰到了一堵悬浮在半空的软塌塌的麻雀墙，根本没办法再前进。空中满是一边扑扇着翅膀一边叽喳尖叫的麻雀。丽姿恐惧且愤怒地叫起来。

鸟儿们没有转向他们，也没有攻击他们；它们只是拦着他们。世界上所有的麻雀，似乎都聚集在位于罗克堡的波蒙特家的二楼。

“趴下！”艾伦对她喊道，“或许我们可以从它们下面爬过去！”

他们跪下来。尽管这种姿势很不舒服，但起初他们还是可以前行；他们发现自己爬在一块咯吱作响、至少有十八英寸厚的血淋淋的麻雀地毯上。然后他们又碰到了那堵麻雀墙。从毛毯边缘望出去，艾伦可以看到鸟儿们聚成难以描绘的乱糟糟的一团。楼梯台阶上的麻雀已经被压死了。一层又一层的活麻雀——但它们也很快会死掉——站在死麻雀的上面。楼梯上方大约三英尺的地方——麻雀似乎飞进了一片自杀区，它们互相撞击，跌落，一些又再度飞起来，另一些则摔断腿和翅膀，在它们的同伴间蠕动着。艾伦记得麻雀是不会盘旋的。

在他们的上方，在这道活体障碍的另一面，一个男人在尖叫。

丽姿一把抓住艾伦，将他拉近。“我们能做什么？”她喊道，“我们能做什么，艾伦？”

他没有回答。因为没有答案。他们什么都不能做。

8

斯塔克右手拿着折叠剃刀，逼近赛德。赛德一边盯着刀刃，一边退向正慢慢转开的暗门。他从办公桌上抓起另一支铅笔。

“这对你不会有好处的，伙计。”斯塔克说，“现在这么做没用。”然后他的目光转到暗门上。它已经敞得够开了，麻雀飞进来，犹如汹涌的河水……它们飞向乔治·斯塔克。

他的表情一下子变成了恐惧……他懂了。

“不！”他尖叫起来，开始用亚历克西斯·马辛的折叠剃刀砍它们。“不，我不会回去！我不会回去的！你不能让我回去！”

他利落地一刀把一只麻雀砍成两半，它翩然从半空跌落。斯塔克不停地朝四周劈砍。

赛德突然明白了这是怎么回事。

（我不会回去的！）

当然，灵魂的摆渡者已经赶来护送乔治·斯塔克了。护送乔治·斯塔克回到安兹韦尔，回到死人的世界。

赛德丢掉铅笔，退向他的孩子。空气中充满了麻雀。暗门几乎已经彻底敞开了，汹涌而入的麻雀现在已经变成了一道洪水。

麻雀落在斯塔克宽阔的肩膀上。它们停在他的胳膊上、脑袋上。麻雀撞击着他的胸口，先是几十只，后变成了几百只。他在飞扬的羽毛、闪烁的鸟眼和锋利的鸟喙中扭来扭去，试图反击。

它们盖住了折叠剃刀，它那邪恶的银光消失了，被粘在上面的羽毛遮蔽了。

赛德看看他的孩子。他们停止了哭泣。他们正仰着脑袋，用同样好奇且开心的表情望着空中拥挤的沸腾景象。他们都举着手，好像在检查是否下雨了。他们的小手指都张开着，麻雀站在上面，却没有啄它们。

但它们正在啄斯塔克。

鲜血从他脸上的无数处伤口中喷出来。他的一只蓝眼睛不见了。一只麻雀停在他的衣领上，啄着赛德用铅笔在斯塔克的喉咙上扎出的那个洞——这只鸟嗒嗒嗒，像机关枪一样快速地啄了三下，斯塔克伸手抓住它，一下子捏碎了这只犹如活纸艺品的小鸟。

赛德蹲在双胞胎旁，现在鸟也停在了他的身上，但它们并不啄他，只是站在那儿。

它们观望着。

斯塔克消失了。他变成了一尊蠕动的活鸟雕塑。鲜血从扇动的翅膀和羽毛里涌出来。赛德听到楼下某处传来一个尖锐的碎裂声——木头断掉了。

它们闯进了厨房，他想，接着又想到了煤气管道，但这念头只是无关痛痒地一闪而过。

现在他开始听到乔治·斯塔克的骨头上湿漉漉的皮肉被扯下来的嘶嘶声。

“它们为你而来，乔治。”他听到自己低语道，“它们为你而来。现在上帝保佑你。”

9

艾伦感到自己上方又有空间了，于是抬头从毛毯上钻石形的小孔往外看。鸟屎滴落在他的脸颊上，他用手抹去。楼梯井那边依然都是鸟，但它们的数量减少了。大部分还活着的鸟儿显然已经飞到了它们要去的地方。

“来吧。”他跟丽姿说，他们又开始压着可怕的死鸟地毯往上移动。当他们终于到了二楼时，他们听到赛德尖叫道：“那么，带他走！带他走！把他带回他所属的地狱去！”

鸟群像飓风一般盘旋而起。

10

斯塔克最后一次触电般垂死挣扎，想要摆脱它们。无处可去，无处可逃，但他还是要搏一下。这是他的作风。

覆盖他的鸟群随着他一起向前移动。他抬起被羽毛、鸟头和翅膀覆盖的粗壮胳膊，向身上扑打，然后又抬起胳膊，往胸口扑打。一些鸟受伤了，一些鸟死了，掉在地板上，在那一刻，赛德看到了一幅永生难忘的画面。

麻雀正在活吃乔治·斯塔克。他的眼珠不见了，只剩下两只大黑眼窝。他的鼻子变成了一个正在流血的小凸块。他的前额和大部分头发都已经被撕掉了，露出血肉模糊的头盖骨。衬衫的衣领依然挂在他的脖子上，但其他部分已经不见了。白白的肋骨戳在他的皮肤外面。鸟儿们扯开了他的肚皮。一群麻雀落在他的脚上，仰起脑袋专注地望着上方，争夺着一块块掉出来的破碎内脏。

他还看到了别的。

麻雀们正试图把斯塔克抬起来。它们努力着……很快，当它们把他吃得分量够轻了，就可以这么做了。

“那么，带走他！”他尖叫道，“带走他！把他带回他所属的地狱去！”

随着喉咙被无数只鸟喙一点点地啄烂，斯塔克停止了尖叫。麻雀聚集在他的胳肢窝下，他的脚从血淋淋的地毯上抬离了片刻。

他用胳膊——剩下的胳膊——猛地砸向身体的两边，压死了几十只麻雀……但又有更多的麻雀飞来接替它们的位置。

赛德右边木头被啄断的声响突然变大、变空了。他朝那个方向望去，看到书房东墙的木头像纸巾一样离开。一瞬间，他看到上千只黄色的鸟嘴一下子啄穿墙壁，然后他抓住双胞胎，朝他们翻了个身，弓起身体保护他们，这大概是他这辈子唯一一次身手矫健的时刻。

在一片飞扬的尘土和木屑中，墙壁向内塌陷了。赛德闭上眼睛，把孩子们紧紧地搂在怀里。

他什么也看不见了。

11

但艾伦·庞波看到了，丽姿也看到了。

随着头上和周围的鸟群变稀，他们把毛毯拉到肩膀上。丽姿开始踉踉跄跄跑进客卧，朝敞开的书房门跑去，艾伦跟在她的后面。

他一下子看不清书房里的情况，只看到一片模糊的棕黑色。接着他看到了一个大致的形状——一个恐怖的填充物。那是斯塔克。他全身都被鸟所覆盖，麻雀正在活吃他，然而他还活着。

更多的鸟飞来；越来越多。艾伦觉得它们恐怖的尖叫声快把他弄疯了。然后他看清了它们在做什么。

“艾伦！”丽姿喊道，“艾伦，它们在把他抬起来！”

乔治·斯塔克现在只剩下一个依稀的人形，他被厚厚一层麻雀抬了起来。人形物穿过办公室，差点掉在地上，但再次被摇摇晃晃地抬了起来。它逼近了东墙上那个巨大的裂洞。

更多的鸟从这个洞里飞进来；那些依然留在客房里的麻雀也冲进书房来。

皮肉像一场可怕的豪雨一般从斯塔克抽搐的骨架上往下掉。

他的躯体在麻雀的围绕下从洞中飘过去，最后一点头发也被扯了下来。

艾伦和丽姿奋力踏着死鸟地毯，走进书房里。赛德正一手抱着一个嚎啕大哭的婴儿，慢慢站起来。丽姿跑过去，从他手里抱过他们。她用手把他们浑身上下都摸了一遍，查看他们是否受伤了。

“没事。”赛德说，“我想他们没事。”

艾伦走到书房墙上的破洞边，望出去，看到了一幅某些邪恶童话中的场景。天空中黑压压的全是鸟儿，但有一处却特别漆黑，就像在现实中扯开的一个洞。

这个黑洞显然是一个挣扎的人形。

鸟儿们把它越抬越高。它到达树顶时，似乎停了一下。艾伦觉得自己听到从那团黑云的中间传来一声非人的刺耳尖叫。然后麻雀又开始移动。从某种程度上而言，看着它们就像是在看一场倒放的电影。黑色的鸟群从房子破碎的窗户里涌出来，它们从车道、树木和罗利大众车弯曲的车顶上呈漏斗状朝上飞去。

它们都在朝那个黑暗的中心飞。

那块人形物也再度开始移动……越过树林……飞进黑暗的天空……然后消失了。

丽姿坐在角落里，把双胞胎抱在腿上，摇着他们，哄着他们——但他俩似乎都没有特别难过。他们开心地抬头望着她布满泪痕的憔悴脸孔。温迪拍拍它，仿佛是在安慰她的妈妈。威廉抬手从她的头发里拔出一根羽毛，然后仔细地打量着。

“他走了。”赛德声音沙哑地说。他也走到书房墙上的破洞边，跟艾伦站在一起。

“是的。”艾伦说着突然哭了出来。他一点都不知道自己会这样，但就这么发生了。

赛德伸出胳膊去拥抱艾伦，艾伦却往后退去，他的靴子踩在干巴巴的死麻雀上。

“没关系。”他说，“我会好的。”

赛德又透过破洞望着外面的黑夜。一只麻雀从黑暗中飞出来，落在他的肩膀上。

“谢谢你们。”赛德对它说，“谢——”

麻雀突然狠狠地啄了他一口，刚好啄在眼睛下面，立刻就出血了。

然后它飞走了，加入到它的同伴之中。

“为什么？”丽姿问。她震惊且好奇地注视着赛德。“为什么它要这么做?”

赛德没有回答，但他认为他知道答案。他认为罗利·德莱塞普也知道。刚刚发生的一切非常不可思议……但它并非童话。可能最后那只麻雀受到某种力量的趋势，觉得需要提醒赛德这点。强调地提醒一下。

当心，赛迪亚斯。没人能控制死后灵魂的使者。没人能长时间控制它们——而且总是要付出代价。

我必须得付出什么代价? 他冷冷地想。然后：*那么账单……什么时候到期?*

但这个问题可以改天另找时间回答。鸟啄了我一下——或许账单已经付掉了。

也许他最终是不赚不赔。

“他死了吗?”丽姿问……几乎是在哀求。

“是的。”赛德说，“他死了，丽姿。事不过三。这本书以乔治·斯塔克为终结。来吧，大家一起——让我们离开这里。”

于是他们走了。

/

尾　声

那天，亨利没有亲吻玛丽·卢，但他也没有一言不发地离开她，他本可以那么做的。他看着她，忍受着她的愤怒，等待它平息为那种他熟知的缄默。他已经意识到大部分悲痛都是属于她的，别人无法分担，连讨论也不行。玛丽·卢一个人跳舞时，总是跳得最好。

最后，他们走过田野，又看了一眼三年前伊夫林去世的那间游戏室。这算不上是一种告别，但他们尽力了。亨利觉得这已经够好了。

他把伊夫林用纸做的小芭蕾舞女放在荒废的露台边的高草丛里，他知道很快风就会把它们吹走。然后他和玛丽·卢最后一次一起离开了这个老地方。这并不完美，但也不错。挺不错的。他不相信幸福的结局。他仅有的一点安宁主要来源于此。

——《突然起舞的人》，赛迪亚斯·波蒙特

与睡觉时可能出现的幻觉相反，人们的梦境——他们真正的梦境——可能终止于不同的时间。赛德·波蒙特关于乔治·斯塔克的梦止于那天晚上的九点一刻，灵魂的摆渡者带走了他黑暗的另一半，把他带到他该去的地方。它和那辆犹如狼蛛的黑色托罗纳多一起结束了，在他反复出现的噩梦中，他和乔治总是开着它来到这栋房子。

丽姿和双胞胎站在与湖畔路相交的车道尽头。赛德和艾伦站在乔治·斯塔克的黑色汽车旁，现在这车已经不再是黑色的了，鸟屎把它变成了灰色。

艾伦不想看这栋房子，但他没办法移开自己的眼睛。它碎成了一片废墟。东面——书房那侧——遭受的破坏最严重，但整栋房子也是惨不忍睹。到处都是裂开的大洞。露台上的栏杆从临湖的那边挂下来，犹如一把木梯子。房子周围堆着一大圈死鸟。它们有的夹在屋顶的缝隙中，有的堵在排水沟里。月亮升了起来，照在碎玻璃上，折射出闪亮的银光。死麻雀上过釉般的眼睛里也闪烁着同样的邪光。

“你真觉得没事吗？”赛德问。

艾伦点点头。

“我这么问，是因为这销毁了证据。”

艾伦激动地大笑起来。“谁会相信这样的证据呢？”

“我猜没人会信。”他停了一下，接着说道，“你知道吗，我一度感觉你有点喜欢我。现在我没有这种感觉了。一点也没有了。我不太明白。你认为我该为这一切……负责？”

“我根本不在乎。”艾伦说，“一切都结束了。我他妈的只在乎这点，波蒙特先生。现在，这是全世界我他妈的唯一关心的事情。”

他看到赛德疲惫痛苦的脸上露出受伤的表情，便想尽力弥补一下。

"瞧，赛德。这太让人震惊了。一下子让人接受不了。我刚看到一个男人被一群麻雀抬上天空带走了。让我缓一下，行吗？"

赛德点点头。"我明白。"

不，你不明白，艾伦想。你一点也不明白你是什么人，我怀疑你永远也不会明白。你的妻子可能明白……尽管我怀疑此事之后，你俩是否还能相安无事，她是否还会想去理解你，或者还敢再爱你。你的孩子们，或许，有一天会明白……但你不会，赛德。站在你身边，就像站在一个恶魔爬出来的洞穴边。恶魔现在消失了，但你还是不会喜欢离恶魔的出处太近。因为可能还会有另一个恶魔。大概不会有了。你的脑子知道这点，但你的情绪——它们演奏的调子不同，不是吗？哦，天哪。即使洞穴永远空了，还会有梦。以及记忆。比如，霍默·葛玛奇被他自己的假肢活活打死。因为你，赛德。一切都是因为你。

这不公平，艾伦的某一部分知道。赛德没有要求成为双胞胎中的一个；他在子宫里摧毁他的双胞胎兄弟也并非出于恶意（*我们说的不是该隐起身用石头砸死了亚伯*，普瑞查德医生说）；当他开始以乔治·斯塔克的名义写作时，他也不知道什么样的恶魔在等着他。

不过，他们仍曾经是双胞胎。

而且他没办法忘记斯塔克和赛德一起大笑的样子。

那种疯狂的笑和他们眼睛里的那种神情。

他怀疑丽姿是否能忘记。

一阵微风吹来刺鼻的汽油味。

"让我们烧掉它吧。"他突然说，"让我们把这一切全烧掉。我不在乎人们以后怎么想。这儿几乎没有风。不等火势蔓延，消防车就会赶到的。如果能烧到这地方周围的一些树，就会好很多。"

"我来干。"赛德说，"你去丽姿那里，帮忙照顾——"

"我们一起干。"艾伦说，"把你的袜子给我。"

"什么？"

"你听到我说了——我要你的袜子。"

艾伦打开托罗纳多的车门，看进去。没错——一辆手动挡车，跟他预计的一样。像乔治·斯塔克这样的男人是绝对不会开自动挡车的；自动挡车是给赛德·波蒙特这样的妻管严准备的。

他让车门开着，左脚金鸡独立，脱下右脚的鞋子和袜子。赛德看着他，也开始照做。艾伦重新穿上右脚的鞋，然后对左脚重复这套程序。他一刻也不愿光脚踩在这成堆的死鸟上。

脱完后，他把两只棉袜打结连在一起。然后他接过赛德的袜子，把它们接在他自己的袜子上面。他走到副驾驶座的后方，打开托罗纳多的油箱盖，死麻雀在他的脚下像报纸一样沙沙作响。他拧开油嘴盖，把袜子做的导火索塞进油箱。当他把它拉出来时，它已经浸透了汽油。然后他又掉了一个头，把干燥的那端塞进油箱，湿的那端就搭在沾满鸟屎的车身侧面。接着他转向跟在他身后的赛德。艾伦在制服衬衫的口袋里摸了摸，掏出一盒纸梗火柴。这种火柴一般是你在报摊买烟时附送的。他不知道自己是从哪里得到这盒火柴的，但它的封面上有一则集邮广告。

邮票上的图案是一只鸟。

“当车子发动时，就点燃袜子。”艾伦说，“一刻也不要提前，明白吗？”

“是的。”

“它会发出一声巨响。房子会起火。接着是后面的加油站。当消防队赶到这里时，看上去会像是你的朋友失控撞上房子，汽车爆炸了。至少这是我所希望的。”

“好的。”

艾伦走回到汽车边。

“你们在那里干什么？”丽姿紧张地喊道，“孩子们要着凉了！”

“马上就好！”赛德回答。

艾伦探进托罗纳多气味难闻的里面，松开手刹。“等到引擎转动再点火。”他冲身后喊道。

“好的。”

艾伦用脚踩住离合器，把变速杆挂到空挡。

托罗纳多立刻开始启动了。

他退出来，一度以为赛德没有点着火……突然导火索在车子的后部一亮，随之腾起一片火光。

托罗纳多慢慢地滑过最后十五英尺的车道，在沥青路缘上颠了一下，接着艰难地滑上后门廊，砰的一声撞进房子的侧面，停了下来。在橙色的火光下，艾伦能够清楚地看到保险杠上的标语：高调的杂种。

“不再是了。”他咕哝道。

“什么？”

“没什么。回去吧。车子要爆炸了。”

他们后退到第十步时，托罗纳多变成了一个火球。火焰蹿上房子损毁的东侧，把书房墙上的洞变成了一个瞪着的黑眼球。

“快点。”艾伦说，“坐到我的巡逻车里去。现在我们完事了，我们必须报警。没必要让湖上的其他人家为此遭受损失。”

但赛德又多留了一会儿，艾伦陪着他。房子的雪松木瓦下都是干燥的木头，所以火势蔓延得很快。火苗涌入赛德书房所在的那个洞里，他们看的时候，随火而起的气流卷起了一页页的纸，把它们吹得忽上忽下。火光中，艾伦能看到纸上写满了草书。纸张卷起来，被点着了，烧焦变黑，像一群黑鸟一般飞向火苗之上的夜空。

艾伦认为一旦它们到了气流的上面，就会被正常的微风吹走。吹啊吹，或许一直把它们吹到地球的尽头。

很好，他想，低着头，开始顺着车道朝丽姿和孩子们走去。

他的身后，赛德·波蒙特慢慢地抬起手，捂住脸。

他就这样在那儿站了很久。

一九八七年十一月三日——一九八九年三月十六日

后 记

亚历克西斯·马辛这个名字不是我原创的。看过谢恩·史蒂文斯的《死城》的读者，会认出这是那本小说里虚构的恶棍上司的名字。这个名字完美地总结了乔治·斯塔克和他自己虚构的罪犯上司的特点，所以我在你们刚读完的这本书里借鉴了这个名字……但我这么做也是为了向史蒂文斯先生表示敬意。他的其他小说，如《鼠党》、《以疯狂为由》和《忿怒的呼声》，把所谓的"犯罪思想"和无可救药的精神病相结合，创造出了一种彻底罪恶的封闭体系，它们是描写美国梦的黑暗面的三部上乘之作。它们像弗兰克·诺里斯的《麦克提格》和西奥多·德莱塞的《嘉莉妹妹》一样值得一读，我毫无保留地推荐它们……但这只适用于口味浓重、神经粗壮的读者。